江戸を造った男

伊東潤

朝日新聞出版

江戸を造った男／目次

【登場人物一覧】

〈河村屋関係者〉

河村屋七兵衛（河村瑞賢）　元和四年（一六一八）〜元禄十二年（一六九九）　江戸の材木商人。幕府の推進する大規模事業の実行責任者

脇　生没年不明。七兵衛の妻

河村屋伝十郎　慶安三年（一六五〇）〜延宝七年（一六七九）　七兵衛の次男

河村屋弥兵衛　承応三年（一六五四）〜享保六年（一七二一）　七兵衛の四男

磯田三郎左衛門（寅吉）、雲津六郎兵衛（甚八）、梅沢四郎兵衛、浜田久兵衛　生没年不明。七兵衛の手足となって働く品川組の面々

〈武士たち（登場順）〉

保科肥後守正之　慶長十六年（一六一一）〜寛文十二年（一六七二）　四代将軍家綱の後見役（大政参与）、陸奥会津藩主

稲葉美濃守正則　元和九年（一六二三）〜元禄九年（一六九六）　老中・相模小田原藩主

新井白石　明暦三年（一六五七）〜享保十年（一七二五）　江戸時代を代表する大政治家・儒者

小栗美作守正矩　寛永三年（一六二六）〜延宝九年（一六八一）　越後高田藩の年寄（家老）

堀田筑前守正俊　寛永十一年（一六三四）〜貞享元年（一六八四）　大老・下総古河藩主

稲葉石見守正休　寛永十七年（一六四〇）〜貞享元年（一六八四）　若年寄・美濃青野藩主

秋元但馬守喬知　慶安二年（一六四九）〜正徳四年（一七一四）　若年寄・武蔵川越藩主

内藤大和守重頼　寛永五年（一六二八）～元禄三年（一六九〇）　大坂城代・河内富田林藩主
徳川綱吉　正保三年（一六四六）～宝永六年（一七〇九）　江戸幕府五代将軍

〈その他の人々（登場順）〉

菱屋権六　七兵衛が懇意にしている廻船問屋の主
山村三郎九郎　木曾谷代官山村家の木材売買担当者
人買い仁吉　七兵衛が小田原宿で出会った旅の老人
武者惣右衛門　陸奥国の諸港に拠点を持つ廻漕問屋
脇島屋忠兵衛　紀州鳥羽の船手衆
宿根木の清九郎　佐渡の船大工
白石卯兵衛　赤間関の廻漕問屋の主人
丸尾五左衛門　塩飽船手衆の頭目
和田七郎右衛門　越後国今池村の大肝煎
仙太郎　越後国で七兵衛らの河川開削事業を手伝う少年
味方釜八　山師と呼ばれる鉱山専門業者
中甚兵衛　河内国河内郡今米村の庄屋
水学宗甫　「水上輪」と呼ばれる揚水装置の設計・製作者

東回り・西回り海運図と関連地名図

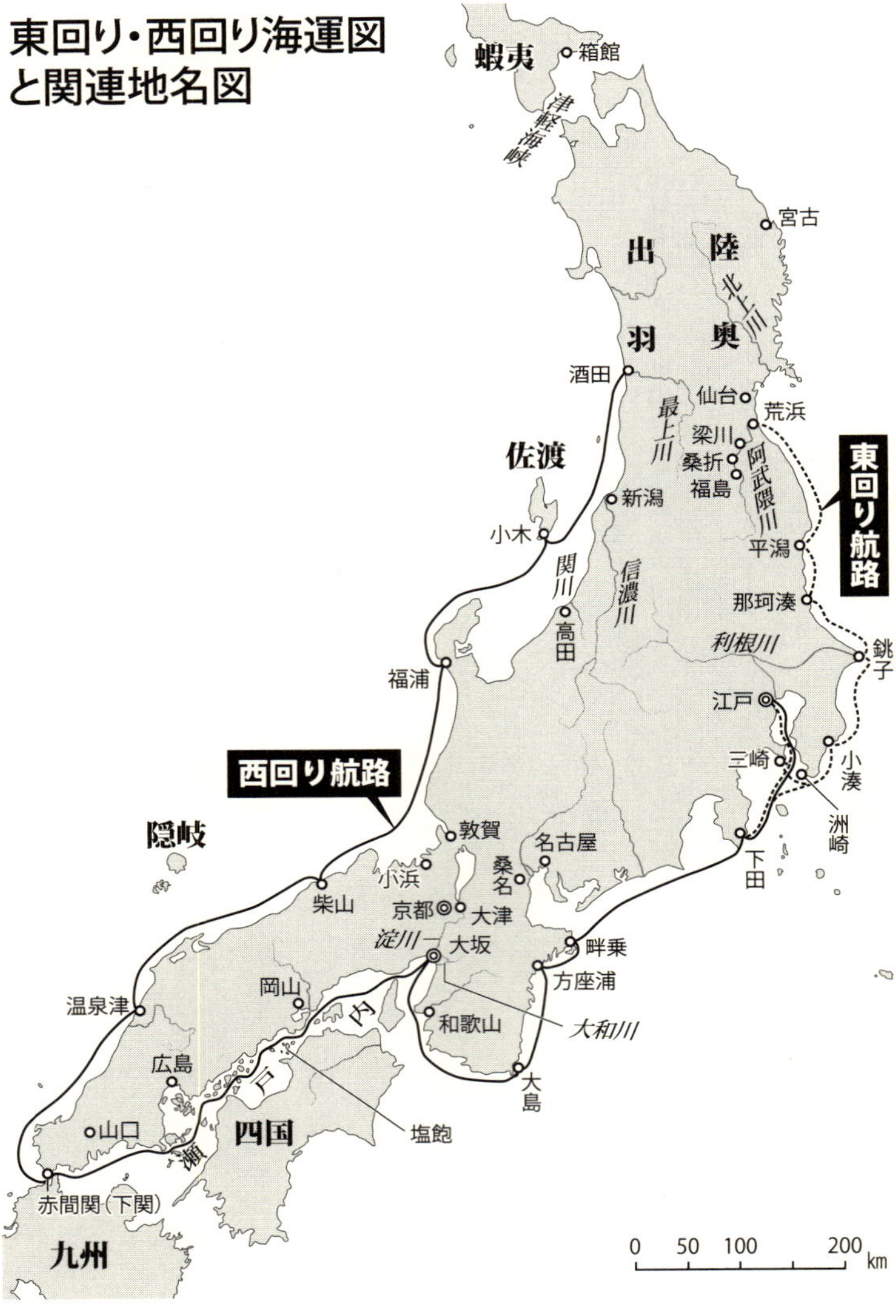

畿内治水概要図

①土佐堀川　②堂島川　③曽根崎川

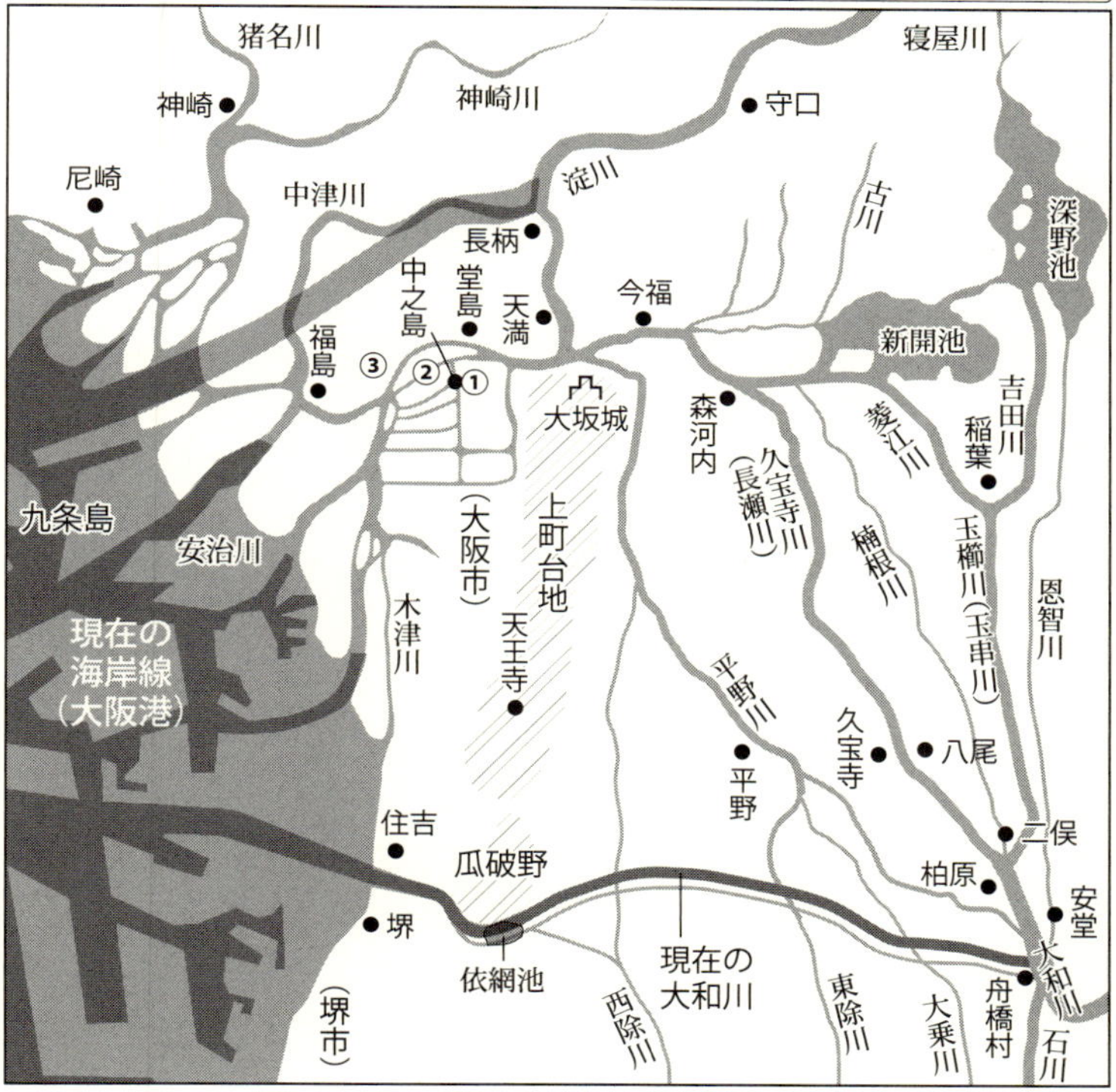

江戸を造った男

第一章　艱難辛苦《かんなんしんく》

一

葛籠《つづら》を背負った身の丈六尺（約百八十センチメートル）にも及ぶ男が、雪の積もった木曾路《きそじ》を懸命に進んでいた。

雪中を歩くことに慣れていないためか、しばしば男はつまずき、手をついてしまう。

それでも男は歩みを止めない。

――負けてたまるか。

男が見上げる夜空には星の一つもなく、ただ無数の雪片が、果てることもなく降ってきていた。

木曾福島を出た時はさほどでもなかったが、上松《あげまつ》に近づくに従い、積雪は二尺余（約六十センチメートル）に及び、歩くというより雪を左右にかきながら進むといった有様である。

激しかった横殴りの風が、夜になって幾分か収まったことくらいが唯一の救いだが、周囲は咫尺《しせき》も弁ぜぬ闇に閉ざされているため、腰につるした龕灯《がんどう》の灯だけが頼りである。

男は雪をかき分け、何かに追われているかのように進んだ。

――どうせ、一度は捨てた命だ。

その思いだけが、男を歩ませていた。

夜が明けるまで鳥居峠の番小屋にとどまることも考えたが、そんな悠長なことでは、誰かに出し抜かれる。とくに木曾谷に近い美濃《みの》や三河の商人たちに気づかれてしまえば、すべては手遅れになる。

――彼奴《きやつ》らは、もう来ているかもしれない。

それを思うと、雪中から抜く足がもどかしい。

奈良井宿《ならいじゅく》で泊まった宿の主人のおかげで、網代笠《あじろがさ》、蓑《みの》、脚絆《きやはん》、輪かんじきなど、雪中を歩くための装束一式をそろえられたのが幸いだった。冬でも木曾谷に向かう旅人のために、奈良井宿に用意があったからよかったものの、もしもそれがなかったら、雪中で立ち往生し、凍死していたに違いない。

やがて道は細くなり、半身になって崖に手を掛けつつ進まざるを得なくなった。さらに行くと道はいっそう狭まり、遂《つい》に途切れた。否、正確には道がなくなり、崖に張り付くようにして橋が架けられていた。どうやら、その先で道は再び続いているようだ。

橋というのは、川をまたぐように架けられるものだが、この橋は谷筋と平行に架けられていた。つまり崖が急すぎて道を造れず、やむなく橋で間に合わせているのだ。しかもそれは、丸太の上に板材が載せられ、藤蔓《ふじづる》でつられているだけの粗末なものである。

――これが桟《かけはし》か。

奈良井宿の親父《おやじ》の言っていたことが思い出される。

「雪が三寸（約九センチメートル）も積もっていたら、桟は重みに耐えられない。黙って福島まで引き返しなさい」

桟とは桟橋《さんきょう》のことである。崖が切り立って道が付けられない場所では、よく見られるものだが、その桟は雪が積もっているので、極めて危険な状態にある。

――こんなものが渡れるか。

恐る恐る桟に近づき、そこに積もった雪を確かめると、二寸から三寸はある。風が吹いて雪を飛ばすため、街道よりは積もっていないが、雪の重さに人の体重が加われば、藤蔓で結んでいるだけの桟が耐えられるとは思えない。

――どうする。

江戸で待つ妻子の顔が脳裏に浮かぶ。

――やはり命あっての物種だ。

そう思って福島宿に戻ろうとすると、強い風が吹いて、桟を岩壁に叩《たた》き付けた。その拍子に雪が音を立てて落ちていった。雪明りに照らされた雪片は、きらきらと輝きながら漆黒の闇にのみ込まれていく。

空を見上げると、いつの間にか雪はやみ、雲間から星が顔をのぞかせている。

――わいの背を押しているのか。

雲の間で光る星々が、男に「行け」と言っているような気がする。

――どうする。

眼下からは木曾川の川音が聞こえてくるが、高さは定かでない。

――落ちたら間違いなく死ぬ。

死の恐怖が脳裏を占める。だが死は、いつ訪れるか分からないのも事実である。

――わいの運が、どれほどのものか試してみるか。

肚《はら》を決めた男は、輪かんじきを脱ぎ、最初の一歩を踏み出した。体重を乗せたとたん、藤蔓が軋《きし》み音を上げる。

続いて次の一歩を慎重に踏み出す。藤蔓が悲鳴を上げ、恐怖が胸底からわき上がってきた。

それを抑え込むようにして、男はまた一歩、前に進んだ。

桟は意外に頑丈にできているようだ。しかし油断は禁物である。

かなりの時間をかけて、男は桟の中央付近に至った。

――焦るな。

風が吹いて桟を揺らす。崖に生える松の枝に積もっていた雪塊《せっかい》が、転がるように落ちていく。

一歩、また一歩と男は慎重に進んだ。

やがて腰の龕灯が、桟の終着を照らした、その時である。

風が強く吹いた。

男を乗せたまま桟が揺らぐ。

慌てて藤蔓に摑《つか》まろうとしたが、手が滑った。

「うわっ」

左足が底板の上を滑る。男が膝をついた衝撃で、藤蔓の一本が切れた。

「ああ」

男は漆黒の闇の中に落ちていく己の姿を、まざまざと思い描いた。

しかし男は落ちなかった。桟は傾いたが、まだ岩壁にぶら下がっている。

岩塊《がんかい》のような男の顔から、汗が噴き出す。

それでも男は四つん這《ば》いになり、にじるようにして進んだ。

「色即是空《しきそくぜくう》、空即是色《くうそくぜしき》……、不生不滅《ふしょうふめつ》、不垢不浄《ふくふじょう》」

「般若心経《はんにゃしんぎょう》」の一節を口ずさむと、なぜか心が落ち着いてきた。

「どうか力を貸して下さい。お助けいただけたら、生涯で稼いだ金の半分を寄進いたします」

それを言葉に出して言うと、力がわいてきた。

最後の板に手が掛かる。男はそれを摑むと、思いきり体を崖際に付けられた道に投げ出した。

遂に男は、木曾路最大の難所と言われる桟を渡り切ったのだ。

命が助かった喜びとも、達成感ともつかない何かが胸に迫ってきた。

男は泣いた。泣く以外、何も思いつかなかった。

やがて立ち上がった男は、輪かんじきをはき、先ほどと同じように雪道を進んだ。頰《ほお》に流れた涙が凍ったためか、顔がかじかむ。

やがて夜が明けてきた。

空には雲が広がり、日の光は拝めない。それでも小鳥の声が、わずかに聞こえる。

下を見ると、木曾川が勢いよく流れていた。谷底は思っていたよりも、はるかに下方にある。

やがて道は谷筋から離れ、小高い丘に至った。

——ようやく着いたか。

眼下に上松の宿らしきものが見える。

家々からは、いくつもの炊煙が上がっていた。男は腹がすいていることに気づいた。すでに奈良井で作ってもらった握り飯は、胃の腑《ふ》に収まっている。福島を通過したのは夜になってからだったので、遠慮して飯を分けてもらうことをしなかったのが悔やまれる。

——どこかの家に頼んで飯を食わせてもらおう。

疲れた足を引きずりながら、男は上松の宿に入っていった。

二

煙草盆《たばこぼん》の上に置かれた竹製の灰落としから、先ほど吸った煙草の煙が、いまだ立ち上っていた。

七兵衛《しちべえ》は「火の用心、火の用心」と二回唱えると、飲みかけのお茶を少しだけかけた。

「じゅっ」という音とともに火が消える。

——わいも、もう四十か。

齢《よわい》四十に達し、人の一生というのは竹と同じように節目があることを、七兵衛は覚《さと》っていた。節目で訪れる転機を知り、新たな流れに乗っていくことで、人生は大きく違ってくる。

こうして霊岸島《れいがんじま》で材木の仲買人を営めるようになったのも、転機に気づいて流れに逆らわなかったからである。

——早いもので、もう明暦《めいれき》三年（一六五七）か。

七兵衛が材木の売買に携わるようになったのは、寛永《かんえい》二十一年（一六四四）なので、すでに十三年の歳月が流れている。店を兼ねた住居も、二年ほど前に裏長屋から表店《おもてだな》に移ることができ、「材木卸　河村屋《かわむらや》」の暖簾《のれん》を掛けることができた。

羅宇煙管《らうきせる》に細刻みを詰めると、七兵衛は煙を思いきり吸い込んだ。

胸腔《きょうこう》いっぱいに煙草が行きわたり、新たなやる気を起こさせる。

――さて今日は、尾張の仲買人から運ばれてくる材木を、千住の大工の許《もと》まで運ぶ手配をするんだったな。夜は材木商たちの寄合か。

ちらりと外を見やると、土埃《つちぼこり》が舞っている。

――今日も風が強そうだ。

ここ数日、風の強い日が続き、江戸では珍しいくらい寒い。

――さて、早めに飯を食って出かけるか。

煙草盆を引き寄せ、煙管に詰まった灰を落とすと、七兵衛は再び茶をかけた。

――火の用心、火の用心、と。

「昼餉《ひるげ》の支度ができましたよ」

奥からお脇《わき》の声が聞こえてきた。

お脇と夫婦《めおと》になったのは、慶安《けいあん》元年（一六四八）なので、すでに九年の月日が流れている。夫婦になってすぐにできた長男の万太郎《まんたろう》には、乳飲《ちの》み子のうちに死なれてしまったが、同三年に生まれた次男の伝十郎《でんじゅうろう》を頭《かしら》として、同五年に生まれた三男の兵之助《ひょうのすけ》、承応《じょうおう》三年（一六五四）に生まれた四男の弥兵衛《やへえ》は、すくすくと育っている。

七兵衛が居間に入ると、三人の子が正座して待っていた。その視線は、湯気を上げている深川《ふかがわ》めしに釘《くぎ》付けになっている。

深川めしとは、江戸湾で取れた貝や長葱《ながねぎ》を醤油《しょうゆ》で味付けてから炊き込んだもので、お脇の得意料理である。

お脇が、椀《わん》と箸を盆に載せて運んできた。

「今日も、うまく炊き上がりましたよ」

「こいつは、うまそうだな」

「朝方、河岸《かし》に行ったら、いい貝が買えたんですよ」

「そいつはよかった」

神棚に柏手《かしわで》を打ち、七兵衛が座に着くと、伝十郎と兵之助の二人は「食べていいぞ」という言葉がかかるのを、今か今かと待っている。四歳になったばかりの弥兵衛だけが、正座に耐えられないのか、膝をもぞもぞと動かし、今にも泣き出さんばかりである。

お脇が留袖《とめそで》をたくし上げて、七兵衛の椀に深川めしをよそう。それを受け取った七兵衛は、椀に向かって手を合わせた後、「いただきます」と言って箸を付けた。

「うん、うまい。よし、食べていいぞ」

子供たちも手を合わせると、「いただきます」と元気な声を上げて食べ始めた。

「熱いから、ゆっくり食べなさい」

お脇の言葉を、伝十郎と兵之助は気にも留めない。

箸がうまく使えない弥兵衛のために、お脇は箸の持ち方を教えている。

「兵之助、いくら好物だからって、そんなに慌てるな」

七兵衛が、にこやかに注意した時である。

外から慌ただしい気配が伝わってきた。何やら常とは違う気がする。

――何かあったのか。

胸騒ぎがした。

七兵衛が椀と箸を置くと同時に、表口から声がかかった。

「河村屋の旦那」

裏長屋に住む酒問屋の手代である。

「どしたい」

七兵衛が表口に出てみると、人々がそこかしこに寄り集まり、不安げな顔を見交わしている。

「何かあったのかい」

「いや、大したことはないと思うんですけどね」

「だから何だって」

「火事のようです」

「火事だと――」

慌てて風の臭いを嗅いだが、木材が焼け焦げるような臭いはしない。

「どうして分かった」

「酒樽《さかだる》大工の留吉《とめきち》が、走って帰ってきて、そう言うんでさあ」

「留吉は」

「道具を抱えて親方の家にすっ飛んで行きやした。何でも家屋の引き倒しを手伝わされるとかで」

この時代の消火活動は、火が移ってしまった家屋は燃えるに任せ、隣接する家屋を長鳶口《とびぐち》や刺又《さすまた》で、片端から取り壊すという方法である。

「で、火事はどこだと言っていた」

「何でも本郷だとか」

「随分と遠いじゃないか」

七兵衛はほっとした。

「しかし、この風ですからね」

確かに強い北西風が吹いている。

「しかも、ここのところずっと雨が降っていなかったな」

前年の十一月から、江戸には一滴も雨が降っておらず、地面も家屋も乾ききっていた。

「何とか、外堀の向こうで、消し止めてくれるといいんですがね」

本郷と霊岸島は一里（約四キロメートル）以上も離れている。その間には江戸城の外堀が海まで続いているので、これまで対岸で起こった火事は、こちらにはやってこなかった。

「それでも油断はできない。わいは妻子を霊巌寺《れいがんじ》に移しとく。あんたはどうする」

「とりあえず、あっしも逃げる用意だけはしておきます」

そう言うと、手代は裏長屋に戻っていった。

「火事と喧嘩《けんか》は江戸の華」と言われるほど、江戸で火事は日常的に起こっていたが、大火はそうそう多くはない。それでも妻子持ちの七兵衛は、早めに避難することにした。

「おい、飯はそこまでだ」

七兵衛はお脇と子らを霊巌寺に向かわせると、反対方向の北新堀河岸を目指した。というのも尾張から来る弁才船《べざいせん》が、材木の積み下ろしを始めてしまってからでは、霊岸島に火が回った時、たいへんな損害をこうむるからである。

家を出ると、家財道具を車長持に積み込んで南を目指す人々に出くわした。彼らは新高橋《しんたかばし》を渡り、鉄砲洲《てっぽうず》方面に逃れようというのだ。その人の波を逆にかき分け、七兵衛は大川(隅田川)が江戸湾に注ぐ河口付近を目指した。

北新堀河岸のある新堀川沿いまで出ると、様々なものの積み込みが行われていた。商人たちが家財や商材を船に載せて、一時的に沖に避難しようというのである。

——こいつは、荷を下ろすどころではないな。

ここまで来て初めて、七兵衛にも事の重大さが分かった。留吉の話の何倍も火災は大きいのだ。むろん尾張から来る弁才船が、霊岸島に着岸して荷を下ろす心配もない。

その時になって、北の空に黒煙が上がっているのに気づいた。北西の風に乗り、火事は着実に迫っている。

——こいつは、まずいことになるかもな。

誰か知り合いはいないかと探していると、菱屋《ひしや》の船があった。菱屋は、七兵衛がよく使う廻船問屋《かいせんどいや》である。

「菱屋の旦那」

ちょうどよく菱屋の主《あるじ》の権六《ごんろく》が、若い衆を指揮して家財道具を積み込んでいるところに出くわした。

「ああ、河村屋さん」

「たいへんなことになりましたね」

「全く困ったものです。これから人や家財を積んで沖に船出するのですが、河村屋さんも乗りませんか」

「ぜひ、お願いします。ただ妻と子が霊巌寺にいるので、ひとっ走りして連れてきます。それまで待っていただけますか」

「いいですよ。まだ船を出すには間がある。早く行ってやんなさい」

「すいません」

七兵衛は元来た道を引き返し、霊巌寺を目指した。ところが道という道には、人と車が溢《あふ》れ、怒号と悲鳴が飛び交っている。自身番の叩く半鐘《はんしょう》の音が、焦りを誘う。

人と車の間を縫おうとするのだが、皆、考えていることは同じなので、なかなか前に進めない。ようやく霊巌寺まで着いたが、小半刻《こはんとき》（約三十分）はかかってしまった。

表門から霊巌寺に飛び込もうとしたが、中から出てくる人の波に押されて、今度は中に入れない。霊巌寺も危ういとなり、皆、さらに南を目指して逃げていくらしい。

「頼む。入れてくれ！」

喚《おめ》き声を上げつつ必死に入ろうとするのだが、誰も聞く耳を持たない。人の波をかき分け、ようやく寺内に入れたが、中でも人が右往左往しており、とてもお脇たちを捜せそうにない。

周囲を見回していると、砂利を蹴立てるようにして、一台の大八車が表門を目指してきた。

「どけどけ！」

悲鳴がわき上がるが、大八車はそんなことに頓着《とんじゃく》せず、人々をなぎ倒すようにして進んでくる。車を引いている男の目は血走っており、正気ではない。

「危ない！」

すんでのところで身をかわし、大八車を避けたが、その去った後に、弾《はじ》き飛ばされた老人が倒れているのが見えた。

「おい、しっかりしろ！」

七兵衛が助け起こしても、老人は気を失ったままである。

――仕方ない。

老人を寺の土塀際まで引きずっていき、土塀を背にして寝かせると、七兵衛は再び妻子を捜した。

寺内は徐々に閑散としてきている。

――あっ！

さほど遠くない北の空に、とぐろを巻くように黒煙が舞い上がっていた。その中で火の粉が明滅している。「黒煙、天に沖《ちゅう》す」という表現をよく聞くが、まさにその通りである。

北西の強風に乗り、黒煙は凄《すさ》まじい速度で、こちらに向かってきていた。

――こいつは、たいへんなことになる。

火が、これほど早く霊岸島まで達するとは思ってもいなかった。

七兵衛は、己が生きるか死ぬかの瀬戸際にいると覚った。

「お脇！」

突然、七兵衛の脳裏を死の恐怖が支配した。焦りばかりが先に立つ。

「どこだ。どこにいる！」

すでに声は嗄《か》れ、喉の奥が鳴っているにすぎない。しかし七兵衛は、家族の名を呼ばずにはおられない。

周囲には煙が立ち込め始め、その中から人が飛び出してくるので、幾度となくぶつかる。

七兵衛は懸命に寺内や墓所内を走り回った。しかし外にはいないという直感が働き、寺の本堂に向かった。本堂では僧侶たちが、本尊の阿弥陀如来像《あみだにょらい》に向かって一心不乱に経を唱えている。霊巌寺は、関東十八檀林《だんりん》（浄土宗の学問所）の一つに数えられるほどの大寺なので、若い僧侶も多い。

「経を唱えている場合じゃない。信心も命あっての物種だぞ！」

七兵衛が背後からそう声をかけると、半数ほどの顔が振り返った。

「この寺にも火は迫っている。あと半刻（約一時間）もすれば、この寺は焼け落ちる。すぐに逃げろ！」

そう喚《わめ》いた七兵衛は、奥へ奥へと進んでいった。

途中で出くわした寺男や下女を捕まえては問おうとするが、皆、自分が逃げるのに精いっぱいで、体を身悶《みもだ》えさせて七兵衛の腕から逃れていく。

「お脇、どこにいる！」

「あんた、あんたかい！」

その時である。長廊《ちょうろう》の奥から、お脇が突然、現れた。

「捜したぞ」

お脇が七兵衛の胸に飛び込む。

「子らはどうした」

「庫裏《くり》にいるよ」

庫裏とは、寺院の台所のことである。

「どうしてそんなところに」

「そこに隠れているように、お坊さんから言われたんだよ」

確かにこの混乱では、子らとはぐれてしまうことも十分に考えられる。そのため、一時的に庫裏に隠れるという判断は間違っていない。

「よかった。本当によかった」

禅宗に帰依《きえ》している七兵衛だが、この時ばかりは阿弥陀如来に感謝した。

庫裏に飛び込むと、子供たちが泣きながらしがみついてきた。

「よし、行こう！」

「行こうってあんた、どこへ行くんだい」

「北新堀河岸で菱屋の船が待っている」

庫裏から三人の子を連れ出した七兵衛とお脇は、本堂の外に飛び出した。

人もまばらになった境内では、僧侶たちが本尊を大八車に載せている。

——そんな暇はないだろうに。

そうは思うものの、これ以上、僧たちに何を言っても聞き入れそうにない。七兵衛は僧たちの無事を祈ると、寺を後にした。

弥兵衛を抱えて走る七兵衛の後方を、伝十郎と兵之助の手を引きつつ、お脇が付いてくる。怒号と悲鳴が交錯する中、五人は懸命に走った。

「お脇、船が待っているのは北新堀河岸だ。絶対にはぐれるな！」

「あいよ！」

普段は無口で大人しいが、こうした時のお脇は頼りになる。

ところが霊岸橋方面から人が押し寄せてきて、新堀川に架かる湊橋《みなとばし》が渡れない。

「うわー」

日本橋方面から逃げてきた人々が、何事か喚きながら走ってくる。その中には本郷や神田から逃れてきた者も交じっているのだろう。着物が焼け焦げた者、炭を塗りたくったような顔をした者、吉原の女郎なのか、しどけない姿で走る者もいた。

七兵衛一家は逆流する人の波にもまれた。弥兵衛の泣き叫ぶ声が途切れ途切れに聞こえる。

――放すものか。

七兵衛は弥兵衛をしっかり小脇に抱えると、背後を振りむいた。

「お脇！」

ところが、つい先ほどまで後ろにいたお脇と二人の子がいない。

「お脇、どこにいる！」

怒鳴ったところで、聞こえるはずがないほどの阿鼻叫喚《あびきようかん》の地獄である。皆、他人を押しのけようとするので、力の弱い者は倒されて踏みつけられる。一度でも倒れてしまえば、待っているのは死だけである。

空を見上げると、黒煙は亀島川《かめじまがわ》の対岸から上がっていた。いよいよ霊岸島にも火が迫っているのだ。何かが焼け焦げる臭いも漂い始めている。

「お脇、どこだ。どこにいる！」

一心不乱に捜したが、お脇の姿はない。

——致し方ない。何とか船まで来てくれ。

このままでは自分と弥兵衛も助からない。七兵衛は、弥兵衛だけでも船に乗せてから取って返そうと思った。しかし人の波は収まることなく、次から次へと押し寄せてくる。

その時である。

「あんた！」

背後からお脇の声が聞こえた。

「ああ、お脇、よかった！」

七兵衛は歓喜したが、お脇の傍らにいるのは伝十郎だけである。

「あんた、兵之助が手を放しちまったんだよ！」

「どうしてだ」

「誰かが間に割って入ったのさ」

泣き崩れるお脇を、七兵衛が抱きかかえた。その間も人の波に押され、七兵衛たちは、兵之助を見失った辺りから遠ざかっていく。

「どの辺りだ」

「もっと向こうだよ」

「捜したのか」

「もちろんさ。でも、この有様じゃ見つけられないよ」

お脇が背後を振り返ったが、人が多すぎて何も見えない。

母とはぐれた兵之助は恐慌状態に陥り、どこかに行ってしまったに違いない。

「分かった。兵之助はわいが捜す。お前らは船へ向かえ」

「船ったって、どの船だい」

――そうだった。

お脇は菱屋の権六を知らない。このままお脇と子らを河岸に向かわせても、どの船に乗っていいのかも分からず、河岸で右往左往するだけである。

「致し方ない。兵之助は後で捜そう。ひとまず付いてこい」

「だってあんた、それじゃ兵之助が――」

お脇は、その場から動こうとしない。

「聞け」

七兵衛が片手でお脇の肩を摑む。

「それじゃ、ここで一家そろって焼け死ぬっていうのか。兵之助はわいが必ず見つける」

「分かったよ。ああ、ごめんね、兵之助」

嗚咽《おえつ》を漏らしながらも、お脇は付いてきた。

四人は、人の波に押されながら豊海橋《とよみばし》まで出ると、そのまま橋を渡った。そこを左に行けば、北新堀河岸である。

煙をかき分けるようにして走っていくと、菱屋の船が見えてきた。

「菱屋さん！」

「おお、河村屋さん」

――よかった。間に合った。

船は今まさに艫綱《ともづな》を解き、出帆《しゅっぱん》しようとしていた。

「早く乗んなさい」

菱屋の若い衆が、外しかけていた渡し板を架け直して四人を乗せてくれた。

「ありがとうございます」

「よかったな。よし船を出すぞ！」

権六が大きく手を振る。

「待って下さい」

お脇に弥兵衛を託すと、七兵衛は、権六の方に向き直った。

「どした」

権六が怪訝《けげん》な顔をする。

「子を一人、置いてきちまったんです」

「何だって」

「わいだけ戻りますんで、妻と子をよろしく頼みます」

「それはよいが、戻れば焼け死ぬだけだぞ」

権六が指差す先を見ると、すでに黒煙は半町（約五十五メートル）ほど先まで迫ってきていた。

もうもうたる煙の下、ちらちらと火も見える。

——何ということだ。

この火勢では、霊岸島が焼き尽くされるのは時間の問題である。

「女房に、はぐれた子を捜してくると約束したんです」

「だからと言って——」

「分かっています。それでも子を助けたいんです」

「しょうがないな。行ってやんな」

「ありがとうございます」

その時である。

「あんた」

背後からお脇の声が聞こえた。

「行かないでいいよ」

「何だって」

「ここに残っておくれよ」

「馬鹿言うな。それじゃ兵之助は——」

「もういい、もういいんだよ」

お脇が号泣しながらくずおれる。

「七兵衛さん、早く決めてくれ」

さすがに権六も焦《じ》れてきた。

「お脇、それじゃ、兵之助は死んじまうぜ」

「分かっているよ。だけど、お前さんがいなくなったら、どうやってこの子らを食べさせていくんだい」

「だけど兵之助は――」

怒濤のような悲しみが襲ってきた。

「兵之助！」

七兵衛は河岸に向かって声を限りに叫んだ。

――あの時、捜しておけばよかったのか。

しかしそんなことをしていたら、船に乗り遅れ、一家はそろって焼け死ぬことになったはずだ。

河岸には多くの人が行き来し、手を振って船に助けを求めている。そうした人の波が、菱屋の船にも押し寄せようとしていた。

「もう待てない。渡し板を外せ！」

権六が若い衆に命じると、無情にも渡し板は引っ込められ、同時に船が河岸を離れた。

「兵之助！」

お脇の絶叫が耳をつんざく。

伝十郎も声を限りに叫んでいる。

「兵之助、死ぬな！」

――待っていろよ。必ず迎えに行く。

七兵衛は心に誓った。

すでに河岸は人が溢れ、それぞれ右に行ったり左に行ったりしながら、懸命に逃げ場を探している。ある船は人が押し寄せ、渡し板から何人も転落している。あまりに多くの人を乗せた船は、吃水《きっすい》が下がり、陸岸《おか》から離れられなくなっている。遂に炎は河岸にまで迫り、怒号と悲鳴が聞こえてきた。

――まさに地獄だ。

この中で、幼い兵之助が生き残れるとは思えない。

――兵之助、堪忍《かんにん》してくれよ。

七兵衛がその場に膝をつくと、その背にお脇が抱き付いてきた。二人の子も七兵衛の両腕にすがってくる。

――この子らのためにも、わいは生きていかねばならない。

七兵衛は、そのことを幾度となく己に言い聞かせた。

やがて船は大川を出て江戸湾に入ると、錨《いかり》を下ろした。江戸湾には船という船が出てきており、皆、心配そうに陸岸を見つめている。

炎は黒煙を噴き上げながら、すべてをのみ尽くそうとしていた。その中には、大事な兵之助の命も、ささやかながら七兵衛が築いてきた財産や人間関係もある。

――もう一度、出直しだ。

炎に蹂躙《じゅうりん》される霊岸島を眺めつつ、七兵衛は再出発を誓った。

三

明暦三年（一六五七）正月十八日、松飾りも外れ、江戸の町が日常を取り戻し始めた頃、後に明暦の大火と呼ばれることになる、その凶事は起こった。

昼過ぎに本郷丸山の日蓮宗本妙寺《にちれんしゅうほんみょうじ》から発した火は、折からの北西風に乗り、湯島から駿河台《するがだい》方面へと燃え広がり、湯島天神、神田明神、東本願寺を焼き尽くすと、和泉橋《いずみばし》と筋違橋《すじかいばし》を焼いて外堀を越え、御茶ノ水の武家屋敷群を灰にした。

夕刻が近づくと風は西に振れ、火は鎌倉河岸から八丁堀へと向かった。吉原の遊郭や、中村座や市村座といった芝居小屋がある堺町《さかいちょう》や葺屋町《ふきやちょう》にも火が移り、多くの遊女や役者が焼け死んだ。

小伝馬町《こでんまちょう》の牢《ろう》にも火が迫っていた。牢屋奉行の石出帯刀《いしでたてわき》は科人《とがにん》たちを解き放つことに決定し、火が収まったら浅草の善慶寺《ぜんけいじ》に集まるよう命じた。

百二十人余の科人たちは涙を流して喜び、四方に逃げ散った。

しかし、帯刀の善意は裏目に出る。

この頃、火に追われた人々は浅草を目指していた。浅草門の枡形《ますがた》を出れば、避難するには絶好の広い河原が広がっていたからである。ところが、小伝馬町の牢が破られたと勘違いした番士たちは、門を閉ざしてしまったのだ。

どこか別の場所に逃れようにも、後から後から人が押し寄せ、小伝馬町から浅草門までの八町の間は、人と車で身動きの取れない状態となった。

そこに北・西・南の三方から火が迫ってきた。人々は恐慌を来し、前にいる者を引き剝がし、倒れた者を踏みつけて前に出ようとする。それが徒労だと分かっていても、人間の本能としてそうせざるを得ないのだ。だが火は浅草門まで達し、そこにいる人々をのみ込んでいった。

浅草門周辺だけで、実に二万三千人もが犠牲になったという。

浅草門方面に向かわなかった人々は、いまだ火の移っていない霊岸島へと集まってきていた。人々は、霊岸島にある霊巌寺の広大な境内や墓所に避難した。そこでようやく一息ついていると、空から火の塊が降ってきた。風が炎を巻き上げて竜巻と化し、車輪大の火の粉を降らせる飛び火と呼ばれる現象である。

火の粉は空中で大小いくつにも分かれ、境内や墓地で休んでいた人々の髪や衣服に燃え移っていく。親は子の、子は親の火の粉を払おうとするが、いったん燃え移った火は、空気が乾燥しきっているためか、それを焼き尽くすまで消えることはない。人々は次々に火だるまになって死んでいく。それでも運のいい者は、霊巌寺の塀を乗り越え、河畔まで逃れることができた。

ところが寺の東側は大川の河口で、そこに逃げ場はない。致し方なく多くの者が江戸湾に飛び込み、溺れ死んだ。江戸の町人たちの大半は、泳ぎなど習ったことがないからである。

死者は霊岸島に逃げ込んだ者だけでも、九千六百余に及んだという。

夜になり、さらに火は海を隔てた孤島の石川島と佃島《つくだじま》まで飛び、島陰に避難していた百艘《そう》余の船を焼き払った。

翌十九日、火は収まったかに見えたが、朝四つ（午前十時頃）、小石川伝通院付近から再び出火し、この火が江戸城まで達した。これにより江戸城は、天守閣を含む主要な建築物が焼け落ちた。

京橋付近では、四方の橋という橋が焼け落ちたため、閉じ込められた二万六千余の男女が、南北三町、東西二町半の狭い地域に折り重なって死んでいったという。

火は狂ったように燃え広がり、江戸の町を焼き尽くした。その被害は、藩邸百六十余、旗本屋敷七百七十余、寺社三百五十余、橋六十一（残ったのは二つだけ）、民家四万八千余に及び、二日間で江戸市中の約六割に当たる三里四方が焼け野原となった。死者は、合計で六万から七万余と推定されている。

二十日の昼過ぎ、ようやく菱屋の船が霊岸島に戻った。妻子を菱屋に託した七兵衛は、声を嗄らして兵之助を捜した。

霊岸島には、同じように肉親を捜す人々がさまよっていた。親が子を、夫が妻を捜し歩く声が、そこかしこから聞こえてくる。

七兵衛も声を限りに兵之助の名を呼んだが、聞こえてくるのは、誰かが誰かを捜す声だけである。すべてが焼き尽くされ、廃墟《はいきょ》となった霊岸島には、焼け爛《ただ》れた遺骸が放置されており、それを烏《からす》の群れが啄《ついば》みにやってきていた。その中には小さな遺骸も多くあり、そこにいた子供のほとんどが焼け死んだことを物語っていた。

兵之助と年格好の近い遺骸を見つけると、七兵衛は懸命に顔を見たが、遺骸の大半は全身が炭化しており、識別などできるものではない。

兵之助が生きていることは、もはや万に一つも考えられなかった。

絶望感に打ちひしがれつつ、七兵衛は焼け野原となった一帯を幽鬼のようにさまよった。擦れ違う人々がいても、互いに視線を合わせるでも声をかけるでもない。ただ懸命に、それぞれの肉親を捜すだけである。

知らぬ間に七兵衛は、かつて自宅のあった場所に来ていた。

――兵之助、どこにいるんだ。

その答えを七兵衛は知っていた。炎は霊岸島を覆い、あらゆるものを焼き尽くした。たとえ炎から逃れられたとしても、六歳の子供が海に入れば、溺れ死ぬだけである。

決してあきらめまいと思いつつも、込み上げてくるのは絶望だけである。

――もう、何もかも嫌になった。

炎は兵之助の命を奪っただけでなく、七兵衛が積み上げてきたものすべてを奪った。

ぼんやりと足元を見ていると、兵之助が使っていた飯茶椀の燃えさしが目に入った。それを手に取り、七兵衛はじっと見つめた。

――ほんの二日前だったな。

あの日の昼、この場所に座り、この椀《わん》で、兵之助は懸命に飯を食っていた。目前に死が迫っているとは知らず、ただひたすら自らの空腹を満たしていた。

七兵衛はその燃えさしを懐紙で包み、懐に入れると、立ち上がった。

――また、一から出直しか。

出直すとなると、まずは元手である。

――そうだ。

こうした時のために、家の下に埋めていた資金のことを思い出した。それは、ちょうど兵之助の椀の燃えさしが落ちていた辺りにあるはずだ。

手近にある残材を使って土を掘り返すと、すぐに壺《つぼ》が出てきた。

――きっと、兵之助が教えてくれたんだな。

壺の蓋を開けると、十枚の慶長小判《けいちょう》と、紐《ひも》で結ばれた寛永通寶《つうほう》五十枚余が入っていた。

――十両と少しか。これなら何とかなる。

しかし出直すとしても、これで何をするかである。一家四人の衣食住に使ってしまえば、こんなものは半年も持たない。

――今、皆が最も必要としているものは何か。

むろん、それは水と食料である。しかし米や野菜を農家から買い入れるにしても、西武蔵《むさし》や相模《さがみ》の農家は、足元を見て高く売り付けてくるはずだ。しかも運搬するにも労力がかかり、利益を出すのは難しい。

――江戸が火の海になったことを、まだ知らない地で産するものを買い付ければよい。となると、衣類や調度品か。

しかし買い付けたところで、運搬できなければ利益は生まない。

――運搬せずに、ないしは、ほかの者に運搬させることで利を生むものは何か。

「あっ」

七兵衛が膝を叩いた。

――わいの扱っている木材ではないか。

木材なら買い付けておき、それを転売することで利を生める。

――これから江戸を再建するには、大量の材木が必要となる。しかも多くの大名屋敷が焼けたので、檜《ひのき》などの良材は高騰する。

――大量の良材があるのはどこか。

まず考えられるのは、上総《かずさ》や安房《あわ》の山林である。しかし江戸に近い地は、大火のことをよく知っており、それなりに足元を見てくるはずだ。

江戸の大火の全容が伝わる前に、良木を産する地に赴き、大量の木材を押さえねばならない。

――木曾か。

木曾は山深い里で、この季節は雪で街道も途絶している。常であれば、木材の買い付けは春になってからである。

――行くとしたら、どうする。

船で尾張か三河まで行き、そこから北上する手もあるが、険しい山道を行かねばならず、道に迷ってしまう可能性が高い。陸路を行くとしたら、甲斐《かい》から信濃《しなの》に出て、諏訪湖《すわこ》を経て鳥居峠を越えるという経路がある。これなら雪深いのは鳥居峠だけだが、木曾の山林の管理と売買は、木曾代官所のある福島ではなく、二里十四町ほど南の上松にある山村家が取り仕切っている。つまり木曾の良材を手に入れるには、上松まで行かねばならない。

――福島と上松の間の行き来は、冬の間、途絶していると聞くが。

逆に考えれば、それは江戸の大火が伝わっていないことを意味する。

皆があきらめることなら、そこに付け入る隙が生まれる。

――中山道を通って木曾に行こう。

七兵衛が焼け跡から立ち上がった。

――兵之助、見ていろよ。おとはんは必ずやったる！

船のある場所に戻った七兵衛は、権六に自らの考えを述べ、妻子の当面の衣食住の面倒を見てくれるよう頼み込んだ。その生活費は後で利子を付けて返すと約束し、お脇を下女として使ってくれても構わないとまで言った。

むろん七兵衛の思惑通りに行けば、権六にも見返りがあると説いた。つまり木曾で木材を押さえることができたら、すぐに知らせるので、船を熱田《あつた》に回しておけば、七兵衛の木材を買い付けた仲買人たちは、菱屋の手配した船を使うはずだ。

話を聞いた権六は、「どのみち商いは博打《ばくち》だ。やんなさい」と言って、妻子のことを引き受けてくれた。

七兵衛は権六の厚意に感謝した。

お脇にこのことを告げると、すぐに賛成してくれた。ただ五日間でいいから、兵之助を捜し歩きたいとだけ言った。無駄だと分かっていても、「それで気が済むなら」と思い、七兵衛はそれを許した。

権六に頼み入り、五日だけお脇の自由にさせてほしいと言うと、権六も快く了承してくれた。

これで後顧の憂いのなくなった七兵衛は、懐に十両余の資金をねじ込み、江戸を後にした。

四

全身に雪をかぶった男、すなわち河村屋七兵衛が現れた時、農家の老人は、あとずさるほど驚いた。

体中の雪を払って事情を説明し、宿と食事を頼むと、老人は初め難色を示した。しかし礼を貨幣で支払うと言ったところ、喜んで招き入れてくれた。こうした鄙《ひな》の地まで貨幣は流通しきっていないので、その価値は絶大である。

ここに着くまでも、七兵衛は同じようにして泊まりを重ねてきたが、どこも貨幣を出すと言うと、喜んでくれた。

——つまり物々交換できないものの需要は、こうした地にもあるのだ。

この時代、あらゆるものが、物々交換で手に入れられたわけではない。簪《かんざし》などの工芸品や上質な着物などは、貨幣でないと入手できない。そうした物を携えて行商人はやってくるが、貨幣がなければ売ってはくれない。

——こうした矛盾を解消すれば、銭は国中を馳駆《ちく》し、皆が豊かになる。

七兵衛は、経済というものを体験から学んだ。

着替えて一息ついていると、五平餅と熱い煎茶が出された。七兵衛は胃の腑を温かくすることができ、ようやく人心地ついた。

翌朝、寒気は厳しいものの、何日かぶりで日が差し、駒ケ岳をはじめとした木曾の山嶺《さんれい》を輝かせていた。

その荘厳な風景を眺めつつ、七兵衛は今日が生涯の切所《せっしょ》だと感じた。

葛籠から取り出した加賀染めの小袖に着替え終わると、農家の主人と女房が朝食を運んできた。二人とも七兵衛の姿を見て茫然《ぼうぜん》としている。

「どうした」

「いや、あまりに立派なお姿で——」

「ああ、これか。商いというのは姿形も大切だからな」

稗飯《ひえめし》に汁と煮干しだけの簡素な朝飯だったが、とても美味である。

「世話になった」

朝食を食べ終わった七兵衛は、礼金を置くと農家を後にした。存分に心付けをしたので、二人は神仏でも拝むように、七兵衛の後ろ姿に頭を下げていた。

やがて大きな瓦葺《かわらぶ》きの屋根が見えてきた。

――これが山村屋敷か。

戦国期、山村氏は木曾氏の重臣として活躍し、天正十八年（一五九〇）、木曾氏が転封となった際、一族はそれに従った者と、そのまま木曾谷にとどまった者に分かれた。

木曾谷にとどまった山村氏は、この時代、尾張徳川家の家臣として福島に本拠を構え、木曾谷の代官を務めていた。しかし福島は武家としての本拠であり、木材の伐採から販売は、木曾氏が支配していた頃と同じく、上松を窓口としていた。

この時の山村家当主は、山村甚兵衛良豊《たかとよ》だが、代官として主に福島にいるため、上松で売買を取り仕切っているのは末弟の三郎九郎良士《たかこと》である。

幅十五間（約二十七メートル）はある長屋門の前まで来ると、七兵衛は大きく息を吸った。商家なので、とくに番士などいない。そのまま中に入り、表口から案内を請えばよいだけである。

七兵衛が山村家の屋敷にいざ入ろうとした時、門内から四人ほどの童子《どうじ》が飛び出してきた。

「あっ」と思う間もなく、童子の一人が七兵衛にぶつかり、その場に転倒した。言うまでもなく次に聞こえるのは、童子のけたたましい泣き声である。

――幸先《さいさき》が悪いな。

心中、ぼやきながらも、七兵衛は童子を抱き起こして雪を払ってやった。それでも童子は泣きやまない。

懐に手を入れても、菓子や飴《あめ》がないのは分かっている。しかし銭が出てきた。

「ああ、よしよし。これは面白いぞ」

銭は落とさないように細い紐で結んでいるので、それを振ると、「ちゃりんちゃりん」という音がする。

童子は泣きやむと、つぶらな瞳で、紐でつながれた銭を見つめている。

――そうか。銭が珍しいのだ。

ほかの童子も近くに寄ってきた。

「面白いか」

七兵衛は、銭で拍子を取るようにしながら歌った。

想《おも》う殿御の声はして　姿へだつる柴垣《しばがき》の　逢《あ》いたや見たや恋しやと　ひとりこがるる胸の火をいっそ此身《このみ》をこがせかし
明暦の大火の直前、江戸で大流行した柴垣節の一節である。

米搗《こめつ》き歌を元にした恋歌の類だが、後に「いっそ此身をこがせかし」という一節が不吉だと言われ、大火後は廃《すた》れていった。

童子たちの顔に笑みが広がる。というのも柴垣節は、歌そのものより、目を見開き、口を歪《ゆが》め、肩をいからせ、のたうち回るように踊る様が面白いからである。しかし、その苦しげな動作が大火の犠牲となった人々の遺骸を連想させ、これも後に忌み嫌われる理由となった。

やがて踊り終わると、童子たちは笑いに包まれていた。

「これを振ってみるかい」

童子に銭を差し出すと、恐る恐る手を伸ばしてきた。

やがて童子たちは、それを振り、「きゃっ、きゃっ」と喜び合っている。

なぜか七兵衛も気分がよくなってきた。

「ほしいか」

童子たちがうなずく。

七兵衛は銭を紐から外すと、近くの草の茎をちぎり、そこに三つずつ銭を通して結んだ。

やがて人数分、その奇妙な玩具ができ上がった。

「持っていきな」

童子たちは銭を鳴らしながら、屋敷内に戻っていった。

その音に驚いたのか、中から下男の老人が出てきたので、七兵衛は用件を述べて案内を請うた。

「江戸から参られたと仰せか」

座に着くや、珍しい生き物でも見るように山村三郎九郎が問うてきた。

三十代半ばとおぼしき三郎九郎は、こうした鄙の地には珍しく、さっぱりとした上方風の顔をしている。

「はい。わいは江戸で材木の仲買をやっております河村屋七兵衛と申します。これまでは、木曾の檜を尾張や三河の仲買人を通じて買っていましたが、それだけでは足らず、直《じか》に買い付けに参りました」

「それはご苦労だったな。それでは、あの桟を渡られたのか」

「はい。何ほどのこともありませんでした」

七兵衛は嘘《うそ》を言った。

「それは豪気なお方だ。あの桟は冬場に行き来する者がいないため、長らく付け替えておらなんだ。来年の秋には、付け替えようと思っていたところだ」

三郎九郎はそう言って笑ったが、あの時のことを思い出した七兵衛は、生きた心地がしなかった。

「商人《あきゅうど》は、その程度のことではへこたれません。此度《こたび》は早急に木材の手配をせねばならず、こちらに駆け付けてきた次第」

「ということは、江戸で大名家か大寺の大きな作事があるのだな」

「ええ、まあ、そんなところです」

七兵衛が複雑な笑みを浮かべたが、三郎九郎は意に介していない。

――大火のことは、まだ伝わっておらぬようだな。

七兵衛はほっとした。

「それで、どれほど要る」

――来た。

ここで大きく出ないことには、命を懸けて来た甲斐がない。

「ご都合がつくすべての木をお引き取りいたします」

「えっ」

三郎九郎は啞然《あぜん》とした後、笑い声を上げた。

「戯《ざ》れ言《ごと》もほどほどになされよ。木曾全山の木を引き取りたいと申すか」

「はい」

七兵衛は真剣である。

「檜、椹《さわら》、鼠子《ねずこ》、翌檜《あすなろ》、高野《こうや》槇《まき》だけでなく、栗、松、唐松、欅《けやき》、栃《とち》、桂《かつら》など、すべて買い上げるつもりで参りました」

「しかし――」

三郎九郎は困った顔をした後、諭すように言った。

「それが、どれほどの額になるか知っておるのか」

「存じませぬが、相当な額でしょうな」

さっさとこの話を打ちきりたいかのように、三郎九郎が問う。

「手付金は、いかほどお持ちか」

懐から紫色の帛紗《ふくさ》を取り出した七兵衛は、十枚の慶長小判を並べた。

それを冷めた目で見ていた三郎九郎は、首を左右に振ると言った。

「それだけでは、手付金にならぬ」

その時、童子たちが騒がしい声を上げながら居間に駆け込んできた。それぞれの手には、先ほど与えた銭の玩具がある。

「これこれ」

その後から傅役らしき老人が続く。

「見ての通り、子沢山でな。騒がしいこと、この上ない」

「いえいえ、うちもそうなので慣れております」

ついそう言ってしまったが、七兵衛の子はもう二人しかいない。それを思い出すと、悲しみが込み上げてくる。

——兵之助、どうかおとはんを助けてくれ。

傅役に追いかけられていた童子の一人が、三郎九郎の膝の上に座った。

「これは何だ」

三郎九郎が、童子の持つ玩具を取り上げた。

「銭のようで」

傅役が答える。

「寛永通寳だな。これをどうした」

「そちらの方が——」

傅役が七兵衛を指差す。

「貴殿が、子らにくれてやったというのか」

「はい。門前でお子様の一人とぶつかってしまい、泣かれたのでつい——」

「江戸の商人というのは豪気なものだな」

「ええ、まあ――」

三郎九郎は感心したかのように首を左右に振ると、玩具を子に返した。傅役に追われた童子たちは、瞬く間にどこかに逃げていった。

しばし何か考えた後、三郎九郎が問うてきた。

「それでは問うが、木曾全山の木を、いくらなら買う」

「仰せのままに」

「何だと」

三郎九郎の顔色が変わる。

「木曾の木を一本残らず、こちらの言い値で買うというのか」

「はい」

ここが商いの勝負どころである。

「戯れ言はよしてくれ」

「戯れ言ではありません」

七兵衛の声音が強まる。

「この世のどこに、卸元の言い値で買う商人がいる」

「ご尤《もっと》も」

「では、どういうことだ」

「商人たるもの、利を出さねば商いをする意味はありません。しかしながら、産地と仲買人は持ちつ持たれつ。山村様も、暴利をむさぼるつもりはないはず」

「そうだ」

「山村様を男と見込んで、言い値で買うと申しました」

七兵衛が平伏する。二人の間に沈黙が漂う。

「分かった」

三郎九郎が膝を叩くと言った。

「今年の相場値で売ろう」

「ありがとうございます」

三郎九郎は勘定方らしき男を呼ぶと、価格表を持ってこさせた。

それをざっと見た七兵衛は、自らの目を疑った。

――これなら行ける！

七兵衛の手が震えた。三郎九郎は、木曾の木々をすべて相場値で売ってくれるというのだ。

「本当に伐採する木材を、すべて買い上げるのだな」

「男に二言はありません」

「ただし金を払った分しか運ばせぬぞ」

「構いません」

「どうして小判十枚しか持っていないのに、そんな大口が叩けるのだ」

「山村様」

七兵衛がにやりとした。

「商人たるもの、金は向こうからやってくるように仕向けねばなりません」

「この山里に、金を持った者どもが押し寄せてくると申すか」

「はい」

「面白い」

三郎九郎が再び膝を叩く。

「貴殿は何も知らぬのだな。この地は冬の間、雪に閉ざされ、春になっても雪解け水がひどいので、商人など来ない。皆、晩春になってから三々五々やってくる。木曾の木々は逃げぬからな」

そう言うと、三郎九郎は筆と硯《すずり》を持ってこさせ、約定書を取り交わした。

――遂にやった。

七兵衛は快哉《かいさい》を叫びたかった。

「これで商人たちを相手に、いちいち商談する手間が省けた」

「仰せの通り。明日からここに来る商人たちは、わが宿で、わいが相手をいたします」

「まあ、来ればの話だがな」

三郎九郎は高笑いすると、手を叩いて酒肴《しゅこう》を持ってこさせた。

数日後、七兵衛が宿にしている古寺に、初めての客があった。相模国は小田原の仲買人である。木材の扱いは、すべて河村屋七兵衛に託していると山村家から聞き、やむなくこちらに来たという。その男は五十両の手付けを払い、運搬の段取りを付けると帰っていった。この日の来客は小田原の仲買人だけだったが、七兵衛は早速、五十両を三郎九郎に支払い、木材を送る算段を付けた。

それから二、三日は、天候が悪くて誰も来なかった。しかし天気が回復した五日目あたりから、商人たちが押し寄せてきた。目を丸くして驚く三郎九郎ら山村家の人々を尻目に、七兵衛は次から次へと取引を成立させ、そのたびに山村家への支払いを済ませた。

ようやくこの頃になり、草深い上松の里にも、江戸で大火があり、木材需要が沸騰しているという噂《うわさ》が聞こえてきた。三郎九郎は口惜《くや》しがったが、今更、七兵衛との契約を反故《ほご》にするわけにはいかない。しかも連日にわたって現金収入があるので、悪い気はしない。

翌日からも、どんどん木材を買い付けたいという客がやってきた。七兵衛は手付金を受け付けず、現金を支払った分だけ売ったので、現金を持ってこさせる使者の行き来も激しくなった。

ただし七兵衛は、暴利を貪ろうとはしなかった。客どうしを競り合わせて販売価格を釣り上げるようなことはせず、「上限の売値は仕入れ値の倍まで」という方針を貫いたのだ。これにより、交渉や駆け引きによる無駄な時間がなくなり、それぞれの商取引は、右から左へと流れるように進んでいった。

しかも菱屋の権六には、すでに尾張熱田に船を回すよう伝えていたので、それを告げると、皆、安心して買い付けていった。

連日にわたり、商人たちはやってきた。雪解け水が涸《か》れ始める頃には、七兵衛は大分限《だいぶげん》（大金持ち）になっていた。

五

伊勢国の日差しは眩《まぶ》しい。

他国に行ったことのある者や、他国からやってくる者によると、熊野灘《なだ》に面した国々は、山も海もすべてが光に包まれているように見えるという。

元和《げんな》四年（一六一八）生まれで十三歳になったばかりの七兵衛は、生まれ故郷である度会郡東宮《わたらいぐんとうぐう》村《むら》を出たことがないので、むろん他国のことは知らない。それでもここは、何となく光に満ちているように感じられる。

「伊勢は光の国だが、江戸は人の国だ。陸からこぼれんばかりに、人が溢れている」

江戸に行ったことのある大仙寺の住持は、そう言った。

――いつか、人の国にも行ってみたい。

「江戸には人が溢れている」と言われても、それがどういうものか、七兵衛には見当もつかない。七兵衛にとって、人は山や河川の作り出す隙間に申し訳程度に住んでいるという認識しかない。

――いつか江戸に行ってやる。

江戸への憧れは日々、強いものとなっていった。


日差しが強い分、伊勢国の夏は暑い。

いくら拭っても、次から次へと汗が滴ってくる。二輪の荷車を上り坂に止めた七兵衛は、首に巻き付けた手巾《しゅきん》で顔の汗を拭いた。腹掛けと褌《ふんどし》しか身に着けていないのだが、風がないので全身汗まみれである。

顔を上げると、東宮村の象徴であるふたつか山が、七兵衛をにらんでいた。

ふたつか山は二つの峰から成り、ちょうど二つの塚のような山容をしていることから、そう呼ばれていた。一方、南に目を転じれば海が見えた。奈屋浦である。

これが、この時の七兵衛にとっての全世界だった。

奈屋浦で漁師から仕入れたベラ、アオリ、クロダイといった魚類や、さざえや鮑《あわび》といった貝類を、東宮川上流の山村に売り歩くのが七兵衛の仕事である。

冬場は休み休みでもいいが、夏場の魚はすぐに傷むので、早急に山間の村まで運び、売りさばかねばならない。むろん売りさばくと言っても、米や野菜との物々交換である。

帰りは米や野菜を積んで奈屋浦に戻り、それらを漁師たちに渡し、手間賃代わりに余ったものをもらうのだが、その日によって何をどれだけもらえるか分からないのが、この仕事の辛《つら》いところである。

この日の仕事を終えた七兵衛は、駄賃代わりの魚と野菜を車に載せ、東宮川に面した家に戻った。

こんなに魚介類が豊富な地でありながら、先祖が武士だったという誇りがあるためか、祖父の政《まさ》房《ふさ》も父の政次《まさつぐ》も、漁師にはならなかった。だからといって一介の浪人に仕官の口はない。それゆえ小さな畑を耕しながら、近所の子らに読み書きを教えて生計を立てていた。

そもそも河村家の祖は、俵藤太《たわらのとうた》の異名を持つ藤原秀郷《ふじわらのひでさと》で、その孫の秀高《ひでたか》が相模国の河村に住んだので、河村姓を名乗るようになったという。秀高の子の秀清《ひできよ》の時、源頼朝に仕えて功を挙げたことで、伊勢国に所領をもらい、一族郎党と共に移り住んだという。

その後、室町から戦国期にかけて、伊勢北畠《きたばたけ》氏に仕えていた河村氏だったが、北畠氏が織田信長に滅ぼされたので、祖父の政房は蒲生《がもう》氏郷《うじさと》に、さらに田《た》丸直昌《まるなおまさ》に仕えたが、直昌が関ヶ原合戦で西軍に付いて没落したため、政房も浪人となった。

半ば朽ちかけた家に入ると、客の気配が伝わってきた。

「七兵衛か。こちらに来い」

父に呼ばれて客間に行ってみると、四十代とおぼしき見知らぬ男がいる。

「これが長男の七兵衛だ」

七兵衛がちょこんと頭を下げると、父の怒声が轟《とどろ》く。

「武士の子なら、しっかり挨拶せんか！」

「初めてお目にかかります。河村七兵衛と申します」

驚いた七兵衛は正座して平伏した。

「武士の子は、そこまでせんでいい」

父が不機嫌そうに言う。しょせん何をやっても、気に入らないのだ。

「ははは、伊勢国随一の英才も、父上には頭が上がりませんか」

父は客に、七兵衛のことを「伊勢国随一の英才」と言ったらしい。

「わいの名は五郎八《ごろはち》。江戸は浅草で口入屋《くちいれや》をやっとります」

「五郎八殿は、祖父様《じいさま》の弟の子だ」

父が紹介すると、五郎八と名乗った男は、七兵衛に対しても丁重に言った。

「此度は上方で商用があり、そのついでに墓参を思い立ち、こちらに寄らせていただきました」

五郎八が、すでに武士の血を引く矜持《きょうじ》を欠片も持っていないことは、その流暢《りゅうちょう》な江戸弁からもうかがえる。

母の初《はつ》が茶を淹《い》れてきた。

「お前もここに座れ」

「はい」

母は茶を置くと、その場に座した。

ふと、その顔を見ると瞳が真赤である。

――これは何かある。

七兵衛の直感が、それを告げた。

「七兵衛、聞け」

「はっ」

「そなたは、以前から青雲の志を抱き、いつか江戸に出たいと申していたな」

「はい。仰せの通りです」

「わいも、そなたを、かような鄙の地で終わらせるには、もったいないと思っていた」

――ということは江戸に行けるのか！

七兵衛の心が沸き立つ。

「ここにいる五郎八殿は一介の人足から身を起こし、今は江戸で、人を使って手広く商いをしている」

「まあ、それほどの出世でもありませんがね」

五郎八が頭の後ろに手をやって笑う。

「そこでだ」

父が咳払《せきばら》いした。何かを申し渡す時の癖である。

「江戸に行ってみないか」

「よ、よろしいので」

声が上ずる。

「もちろんだ。だが、行くなら帰ってきてはならぬ」

「はい」

七兵衛は力強く答えた。むろん行くとなれば不退転の覚悟である。

「ただし、商人として一家を成し、故郷に錦を飾りたいというなら話は別だ」

「ありがたきお言葉」

「だが一つだけ、申し渡しておかねばならぬことがある」

父の顔が引き締まる。

「何なりと仰せになって下さい」

「当家の家督を、弟に譲らねばならぬぞ」

七兵衛は内心、苦笑した。

——こんな貧乏浪人の家で、家督も何もないではないか。

「分かりました」

「初も、それでよいな」

父が母に顔を向ける。

「はい」

普段から、父には何一つ口答えできない母である。父が決めたことに逆らうなどあり得ない。

「よし、これで決まった。五郎八殿は明日、この地を発《た》つ。一緒に連れていってもらえ」

「えっ、明日と仰せですか」

いくらなんでも、それは早すぎる。七兵衛にもささやかな人間関係はあり、友や知己《ちき》に別れの挨拶ぐらいはしておきたい。

「それが嫌なら、この話はなかったことにする」

「分かりました。それで結構です」

七兵衛は承知せざるを得ない。

「五郎八殿、至らぬ息子ですが、どうかよろしく」

「とんでもない。こちらこそ、ありがたいことです」

これで話は終わった。

父は己の死後のことも考え、七兵衛に家督相続放棄の念書を書かせた。それまでは、浮き立つような気持ちばかりが先に立っていたが、いざ念書に名を書き、血判を捺《お》すと、この家との縁が切れたことが、実感として迫ってきた。

——わいは、もうこの家の者ではないのだ。

傍らでは、母の初のすすり泣きが聞こえる。初にとって七兵衛は初めての子であり、それだけ思いも格別なのだ。

「母上、ご心配には及びませぬ」

念書を父に渡した後、七兵衛は初に向き直った。

「分かっています。お前なら江戸に行っても、きっとうまくやっていけるはずです」

「ありがとうございます。二度と再びあい見《まみ》えることがなくとも、それがしが母上の子であることは変わりません」

七兵衛は威儀を正すと武家言葉で応えた。

「立派になるのですよ」

後は嗚咽にかき消された。

「父上、母上、今日までお育ていただき、ありがとうございました」

七兵衛は潤んだ瞳を見せまいと、額を畳に付けるようにして平伏した。


翌朝、七兵衛は皆に見送られ、五郎八と共に奈屋浦から鳥羽《とば》行きの便船に乗った。鳥羽からは、どこかの廻船に乗って江戸に向かうことになる。

故郷の山河が小さくなっていくにつれ、七兵衛にも込み上げてくるものがあった。これまで当たり前のようにあった故郷の山河を見ることは、もうないかもしれないのだ。

しかし過去を懐かしんだところで、何も得るものはない。それよりも一人前になり、故郷に錦を飾ることだけを考えた方がよい。

――よし、やってやる！

七兵衛は、澪《みお》の彼方《かなた》に消えていく故郷の山河から前方に目を移した。行く手には島影一つなく、大海原が広がっていた。

その海の彼方に江戸はある。

寛永七年（一六三〇）八月、七兵衛は人生の第一歩を踏み出した。

六

明暦三年（一六五七）の二月初め、材木商人たちの波が一段落すると、七兵衛は川舟で尾張熱田まで下り、もうけた金で米を買い付けた。

こうした場合の経済政策の常で、幕府は大火発生から三日後の一月二十一日には米価統制令を出し、金一両で買える米の下限は七斗（約百五キログラム）とし、それより高い値段で売ってはいけないと布告した。

七兵衛は、金一両について八斗（約百二十キログラム）という米を百俵（約五・二五トン）も買い付けた。つまり金を約四十四両、支払ったことになる。

これを菱屋の廻船に載せて一路、江戸を目指したが、海が荒れて各地に寄港しながらの航行となったので、江戸に着いたのは、熱田を出てから六日後の二月九日になった。

江戸湾に入ると、空から雪が舞い落ちていた。雪は一月二十日の夜半から降り出し、その後も降ったりやんだりを繰り返しているという。

大火直後の江戸は、生き別れた身内や縁者を捜して、さまよい歩く人々でいっぱいだった。だが、それも雪が降るまでで、生き残った人々も飢えと寒さに打ち震え、次々と死んでいったという。

『徳川実紀《じつき》』には、「いまだ家居《いえい》なき細民、凍死する者多し」といった有様だったと記されている。

江戸湾に入ると、瓦礫《がれき》が集まって島のようになり、海上を漂っているのが見えてきた。船は、それを避けるようにして霊岸島河岸へと向かう。

視界の悪い中、ようやく陸岸が近づいてきた。しかし、そこかしこに見慣れないものが浮いている。それらは、河岸の吹《ふ》き溜《だ》まりのような場所に寄り集まっていた。

——あれは何だ。

目を凝らし、それが何であるか分かった時、七兵衛は愕然《がくぜん》とした。

——まさか、遺骸か。

それは江戸湾に流れ出た被災者の遺骸だった。瓦礫のように軽いものなら、筏《いかだ》のように絡み合って湾外に流れ出るのだが、水を吸った遺骸のように重いものは、潮溜まりに流れ寄せられていくのだ。

場所によっては、百以上の遺骸が固まっているところさえある。

——なんまいだ、なんまいだ。

七兵衛は懐から数珠《じゅず》を取り出すと、懸命に経を唱えた。

その中に兵之助がいると思うと、七兵衛は悲しみと口惜しさで、胸が張り裂けんばかりになる。

水死体は腸《はらわた》が重くなるので、皆、顔を水面に付け、背だけ出した状態で浮かんでいる。その横顔は膨張がひどく、どれも同じに見える。

その体も、水分を目いっぱい含んだことで着物が張り裂けてしまい、裸で手足を突っ張った格好になっている。それらの遺骸は、波が来る度に上下し、少しずつ位置を変えながら硬くなった体をぶつけ合っている。

遺骸の背に、容赦なく雪が降り積もる。

——さぞや、寒いだろうな。

中には、懸命に大人たちの間に潜り込もうとしているかのような、小さな遺骸もある。

——ああ、兵之助。

それが兵之助のように思え、七兵衛はその場にくずおれそうになった。

やがて船は河岸に着いた。かつて蔵が軒を並べていた河岸は、今では吹きさらしの空き地となっており、焼け残った土蔵や、新たに建てたとおぼしき掘立小屋が何軒か建っているだけである。

その中の一つに菱屋の仮店があった。

「河村屋さん」

積んできた米俵の荷下ろしを指図していると、権六が近づいてきた。

「見ての通り、何もかも焼けちまったよ」

「そのようですね」

「船で商いするわしはまだましだが、陸《おか》で商いをしている連中は、豪商だろうと一文なしさ」

むろん豪商は、こうした場合に備えて地方にも財産を分散しているので、一文なしにはならないだろうが、中小の商人たちは文字通り、無一文である。

「それほどひどかったのですね」

すでに木曾や熱田で噂には聞いていたが、大火の被害は、七兵衛の想像を絶していた。

「いかに目端《めはし》の利いた商人どもでも、あんたのように即座に頭を切り替えて、次の一手を打てる者はいない。皆、茫然と焼け野原に立ち尽くしているだけだった」

「そんなことはありません。わいは必死だっただけです」

「しかも、もうけた金で米を買ってきたとは恐れ入った」

「いや、これは金もうけのためではありません」

七兵衛は、粥施行《かゆせぎよう》の協力を権六に依頼した。

「自分のことしか考えない商人が多い中、あんたは大した男だ」

権六の顔には疲労の色がにじんでいた。それが、ここ数日の江戸の厳しさを表しているように思えた。

「そうだ。菱屋さん、留守の間、妻と子らの面倒を見ていただき、ありがとうございました」

「わしも稼がせてもらったんだから、当然のことだよ」

「権六さん、それでわいの一家は――」

権六は「皆、元気にしているよ。行ってやんな」と言って、七兵衛の妻子がいるという土蔵の場所を教えてくれた。

焼け残った権六の土蔵は、河岸沿いにあった。瓦礫と遺骸の間を縫って走りつつ、七兵衛は土蔵に飛び込んだ。

「お脇!」

「あんた!」

二人がひしと抱き合う。そこに二人の子供がしがみついてきた。

「無事でよかった」

「あんたこそ」

「伝十郎と弥兵衛も、元気そうだな」

再会できた喜びに、七兵衛は二人の頭をもみくちゃに撫《な》でた。

「菱屋さんのおかげで食べ物には事欠かなかったよ」

「よかった。本当によかった」

「でも――」

お脇が泣き崩れる。

「やはり兵之助は見つからなかったのか」

「いくら捜しても、どこにもいないんだよ」

お脇が声を絞り出す。

「兵之助は――」

込み上げてくるものを抑えつつ、七兵衛は言った。

「きっと、どこかで生きている」

「えっ、どうしてそれが分かるんだい」

「いや。そう信じよう。わいらが生き続ける限り、わいらの中で兵之助も生きている」

「そうだね。きっとそうだね」

お脇の顔に笑みが戻った。

「一家は五人だ。一人も欠けてはいない。これからも皆で力を合わせていくんだ」

「父上、わいにも手伝わせて下さい」

八歳になる伝十郎が力強く言った。

「分かった。頼りにしているぞ」

「はい」と言いつつ、伝十郎がうなずく。

ほんの半月ほど見ぬ間に、伝十郎は随分と大人びてきていた。

「弥兵衛――」

四歳になる弥兵衛を抱き寄せると、弥兵衛も七兵衛の胸に顔を埋《うず》めた。

「兵之助の分まで生きるんだぞ」

「あい」

「よし、やろう！」

七兵衛が立ち上がった。

「あんた、やるって何を――」

「まずは粥の炊き出しだ」

そう言い残すと、七兵衛は河岸に戻っていった。


権六の見つけてきた大釜に米をぶち込み、七兵衛の粥施行が始まった。

すでに幕府は、松浦《まつら》鎮信《しげのぶ》ら四人の大名に一月二十一日から二月十二日まで、六カ所で粥施行を行わせていたが、それが終わってしまったこともあり、飢えた人々は噂を聞きつけ、霊岸島へと押し寄せてきた。

おかげで七兵衛の手配した米だけでは三日と持たず、食べられなかった人々からは、逆に不平が出る始末だった。

不平が七兵衛への恨みへと変わり、「たいして米も買わず、これで粥施行とは笑わせる」「名を売るために行ったんだな」などと七兵衛を口汚く罵る者さえいた。

そうした悪口雑言にも、七兵衛はひたすら耐えて頭を下げ続けた。すでに木曾のもうけも底をつき、さらに米の買い付けに行くのは無理だった。

七兵衛が途方に暮れていた時である。突然、米俵が運ばれてきた。

――どういうことだ。

七兵衛が啞然としていると、権六が商人らしき者たちを引き連れてやってきた。

「七兵衛さん、こちらの皆さんは大坂の方々だ」

「えっ、ということは――」

商人の一人が言った。

「江戸で、私財をはたいて粥施行している商人がいると聞きましてね。伝手《つて》を頼んで探したところ、菱屋さんと親しい方だと知りました。それは奇特なお方だと皆で感心し、ささやかながら、お力添えさせていただこうと思いました」

「何だって、それは真《まこと》で――」

「見ての通り、畿内西国の米をかき集めてきましたよ」

米俵は次々と運び込まれてくる。

「ああ、何という――」

七兵衛はその場にひざまずき、大坂商人たちに頭を下げた。

「河村屋さん、こうした時は助け合いだ。頭を上げて下さい」

「あ、ありがとうございます」

七兵衛は喜びのあまり、大坂商人一人ひとりの手を取って礼を言った。

幕府から米の手配を頼まれた彼らは、それを廻船に載せてくる際、指定された量よりも多めに載せ、それを無償で七兵衛に提供したのだ。

粥施行は再び軌道に乗り始めた。米は大坂だけでなく、各地の商人からも送られてきた。役人を介すると、せっかくの米も武士に回ってしまうので、あえて七兵衛に送り付けてくるのだ。

噂は噂を呼び、飢えた人々が続々と集まってきた。それに従い、「霊岸島の河村屋」の名も高まっていった。

一方、幕府も大名たちの蔵米を放出させ、徐々に食糧問題は改善されつつあった。だがこの二月、江戸では、もう一つの大きな問題が持ち上がっていた。

七

焼け野原となった江戸城下には、そこら中に遺骸が転がっていた。一月から二月中旬にかけては、皆が食べることで精いっぱいだったため、誰もそこまで気が回らなかったが、気温が上がり始めると、その腐臭は耐え難いものとなっていった。

さらにその場しのぎで、生き残った者たちが遺骸を川や海に流すので、海の汚染も始まった。江戸湾流は湾内を回っているので、遺骸は外洋に流されずに江戸近辺にとどまるため、魚介類や海藻にも被害が出始めた。

しかし幕府は、江戸再建計画に着手したばかりで遺骸の処理まで手が回らない。

この時の幕閣は、四代将軍・家綱の後見役の保科正之《ほしなまさゆき》、「知恵伊豆」という異名を持つ老中の松《まつ》平信綱《だいらのぶつな》、同じく老中の阿部忠秋《あべただあき》が実権を握っていた。

彼らは江戸の町の過密化を解消すると同時に、防火性の高い町を造るべく、一月二十七日には早くも測量を始めていた。彼らの計画は土地造成と区画整理に始まり、水路や道路、また橋に至るまで都市基盤のすべてを網羅していた。あまりの手回しのよさに、明暦の大火は、彼らが故意に起こしたものではないかという憶測まで、後に生むことになる。

しかし、彼らに民の苦しみを理解しろと言っても無理である。七兵衛の売りさばいた材木は、諸大名や旗本の家の再建に回され、庶民にまで行き渡らない。そのため、例年になく江戸に降る雪の多かった一月から二月にかけて、焼け出された多くの民が凍死した。

時が来れば解決する寒さの問題はともかく、喫緊《きっきん》の課題として疫病《えきびょう》の蔓延《まんえん》を防がねばならない。そのためにも町中に打ち捨てられている遺骸や、沿岸部を漂う水死体を早急に片付ける必要がある。

誰かが、幕閣にそれを知らしめねばならなかった。


行列が増上寺《ぞうじょうじ》の大門を出てきた。境内の外では、見送りの僧や通りがかりの民が平伏している。

行列は四人の供侍を先頭に馬の口取りと草履《ぞうり》取りが並び、それに乗物が続き、その後ろから槍《やり》持ち二人と挟み箱持ち二人、そして最後尾に供侍二人という簡素なものだった。

――来たな。

七兵衛は背に伝う汗を感じた。

二月二十四日、将軍後見役（厳密には大政参与という臨時職）の保科正之は、大火のため一月《ひとつき》延期された二代将軍秀忠の祥月命日《しょうつきめいにち》に代参するため、芝の増上寺を訪れた。本来であれば命日当日の一月二十四日、現将軍の家綱が華麗な行列を従えて訪れるはずだったが、大火後の世情不安を慮《おもんぱか》り、一月後に延ばされ、しかも正之の代参となった。

大門を出た行列は左に曲がり、江戸城に戻ろうとしていた。

——どうせ捨てた命だ。

七兵衛の脳裏に、燃え盛る霊岸島と酷寒《こっかん》の木曾路が浮かび上がった。七兵衛は、そのいずれかで死んでいたかもしれないのだ。それを思えば恐れるものは何もない。

——兵之助、おとはんを助けてくれ。

七兵衛は「上」と書かれた上書《じょうしょ》を懐から取り出すと、大きく深呼吸してから行列の前に躍り出た。

「ご意見、奉《たてまつ》り候！」

行列の先頭から十間ほど前に飛び出した七兵衛が膝をついて上書を掲げると、「無礼者！」と喚きつつ供侍が駆け寄ってきた。

大火後の混乱で供侍も苛立《いらだ》っており、このまま無礼討ちにされてもおかしくはない。

「不届き者め！」

「この行列を何と心得る！」

供侍の一人が走り込みざま、七兵衛を足蹴にした。横倒しになりつつも、七兵衛は上書を汚すまいと、掲げ続けた。

「お願いでございます。何卒《なにとぞ》、この上書を保科様にお目通しいただきたく——」

「手討ちにいたす」

「覚悟せい！」

供侍の言葉を聞いた人々が、「ひい」という声を上げて後ろに引いていく。

物頭《ものがしら》らしき供侍の一人が、羽織を脱ぎ捨てると刀を抜いた。

──やはり駄目だったか。

七兵衛は路上に正座し、「何卒、何卒！」と喚きつつ上書を掲げ続けたが、武士たちは手討ちの支度をしている。

その時である。

乗物が下ろされると草履が並べられ、長棒引戸が開けられた。

「待て」

信じ難いことに、保科正之が乗物から姿を現したのだ。

──助かったか。

しかし正之の意向次第では、やはり斬られるかもしれない。

「手討ちには及ばぬ」

「はっ」

供侍たちが道を開けると、正之が近づいてきた。

さすがに肝《きも》の太い七兵衛も、前将軍家光の弟で会津松平家二十三万石の主が眼前に来た時には、体が強張《こわば》り微動だにできなかった。

「そなたは何者か」

そう言いつつ、正之が上書を受け取った。

「はっ、霊岸島の材木仲買人、河村屋七兵衛と申します」

「河村屋とな。それで何用か」

「大火の後、民の困窮は見かねるばかり。しかしながら上様のご慈悲により、民は飢え死にからは逃れられそうです。ただ一つ、お願い申し上げたいのは――」

上書を読もうとしていた正之が、七兵衛に視線を据える。

――ここが切所だ。

七兵衛は丹田《たんでん》に力を入れると言った。

「江戸市中には、災いに遭った者たちの遺骸が山のように積まれております。まずは、これらの遺骸を始末せぬことには悪疫《あくしつ》や悪疾が蔓延し、大火を生き残った者たちの命まで奪います。それゆえ――」

思い切って顔を上げた七兵衛は、正之と視線を合わせた。

「早急にこれらの始末をつけ、ご供養いただけますよう、お願い申し上げます」

「いかさま、な」

しばしの沈黙の後、正之が言った。

「そなたの申すことは尤もだ。われら柳営《りゅうえい》（幕閣）は、先へ先へと目が行きすぎていた。最も大切なことは、遺骸を葬り、供養することだった」

「あ、ありがたきお言葉」

「して、どうする」

「まずは、どこにどれほどの遺骸があるかを調べ、それらを一所に集め、火葬せねばなりません」

七兵衛の計画は、遺骸をどこかに集め、大穴を掘って火葬にし、そこに寺を建立《こんりゅう》して供養させるというものである。

「それは分かっておるが、それを誰が指揮する」

「いや、それは――」

七兵衛は、そこまで考えていない。むろん武士たちのやる仕事ではないので、町人の誰かが指導者となって行うしかない。

「誰か心当たりはないか」

「誰か、と仰せになられましても」

「わしは多忙だ。やらねばならぬことが山ほどある。町方の誰かに、それを一任したい」

幕閣には、すぐにやらねばならないことが山積みされている。とくに、新たな江戸の町割りを迅速に実行に移さないと、大名や旗本がどこに屋敷を建てていいか分からず、苦情が殺到する。それに加えて世情が不安となれば、徳川幕府の基盤も揺らぐことになる。

「ときに、そなたは材木商と言ったな」

「は、はい」

「材木商なら、様々な方面に伝手もあるはずだ」

「ええ、まあ――」

「そなたがやれ」

「えっ！」

七兵衛はのけぞるほど驚いた。

材木の仲買商人にすぎない七兵衛が、それだけの大仕事をやりおおせるとは思えない。

「それがしのような者にはできかねます。ほかにもっと適任の者が――」

「そうか。それなら残念だが、そなたを斬る。それでもよいか」

「えっ」

「当たり前だ。『上書』とは、お上に対して不満があり、意見することだ。これほど無礼なことはない。その場で斬り捨てなければ、柳営の威信は失墜する。しかしながら――」

正之の口端《くちは》が一瞬、緩む。

「その者がお上に盾突いたことを悔い改め、自ら率先して事に当たるというなら、許されないこともない」

――妙な理屈だ。

と七兵衛は思ったが、武士とは元々、理屈に適《かな》った存在ではない。

「ははっ」

七兵衛は何とも答えず平伏した。とにかくこの場は、平伏する以外に手はないように思えた。

「人を集められるか」

――集められないこともない。

かつて口入屋で働いていた七兵衛にとって、やってやれないことではない。しかも七兵衛には秘策があった。

「何とかなるかもしれません」

「それでは、そなたに三百両を与える。この中でやりくりしてみろ」

「は、はい――」

「うまくやりおおせなければ、あらためて死罪を申し渡す」

さすがの七兵衛も、何と答えてよいか分からない。

「よいな」

「はっ、ははあ」

とにかく、この場は承知するほかに手はない。

「よし、実務に当たる勘定方の役人どもを紹介しよう。供の列に加われ」

そう言うと正之は乗物に戻った。やがて乗物は持ち上げられ、行列が動き出した。七兵衛は慌てて脇によけたが、供侍の一人に腕を取られると、行列の最後尾を歩かされた。

事情の分からない見物人たちは、口々に「可哀想《かわいそう》に、これから斬られるんだよ」などと囁《ささや》き合っている。

——どうとでもなれ！

ようやく七兵衛の心に、持ち前の負けん気が戻った。

一行は焼け野原の間を通り、江戸城に向かった。


江戸城に登城させられた七兵衛は、正之の下役や勘定方らを紹介され、細かい談議に入るよう命じられた。地図を開いて、どこにどういう方法で遺骸を集めるかなどを協議するのだが、七兵衛は庭に控えさせられ、武士たちから質問があれば答えるといった作法を強いられた。

ところが話を聞いていると、武士たちが、あまりに物事を知らないことに驚かされた。確かに彼ら地位の高い奉行人たちは、城や屋敷の外に出ることは少なく、江戸の地理や民意を知らなくても無理はない。

——聞いてられんな。

それでも最初の半刻は黙っていた。しかし我慢ならなくなった七兵衛は、「恐れ入り奉る」と言いつつ発言を求めるようになった。

結局、広縁まで登ることを許された七兵衛は、半刻が過ぎる頃には、議論の中心になっていた。そこにいる役人たちも、正之が目を掛けている能吏である。世事に疎くとも、身分がどうのこうのなど堅苦しいことは言わない。

結局、談議は夕刻まで及び、牛島新田《うしじましんでん》を用地にあて、大穴を掘って火葬を行うことに決まった。しかし決まったことはそれくらいで、細かい作業内容や工程までは指示されない。そのため、そうした細々《こまごま》したことは、七兵衛に一任されることになった。

——それならそれで構わん。

終わってみれば、七兵衛のやるべきことは山積されていた。

——ちと、調子に乗りすぎたかな。

そうは思ったものの、仕事を前にすると、七兵衛という男は、異様なまでの闘志がわいてくる。

——兵之助のためにも、やらねばならん。

七兵衛は決意を新たにした。

八

明暦の大火をさかのぼること二十七年前の寛永七年（一六三〇）八月、着替えの入った風呂敷《ふろしき》一つを抱えた七兵衛は、口入屋五郎八と共に菱垣廻船《ひがきかいせん》に乗って江戸に着いた。

この時代、江戸港には大小取り混ぜ一千にも及ぶ船が日々、行き来していた。

あまりの船の多さに唖然としていた七兵衛だが、港が近づくに従い、陸岸には白壁や海鼠壁《なまこかべ》の蔵が、どこまでも軒を連ね、無数とも言える人々が立ち働いているのに気づいた。

――本当に江戸は人の国だな。

霞《かすみ》がかかったようにおぼろげな遠方まで、物資を陸揚げできる河岸があるらしく、さかんに船が行き交っている。

江戸で一旗揚げようとして出てきたものの、これだけの人間が懸命に立ち働いているのを見れば、それが、いかに難しいかは歴然である。

――これでは、頭角を現すどころではない。

さすがの七兵衛も、気持ちが萎えかかっていた。

江戸港は、大川上流から流れ込んだ土砂が堆積《たいせき》しているため遠浅となっており、七兵衛たちの乗っている菱垣廻船では河岸に着けられない。そのため沖合で、平底船《ひらぞこぶね》や伝馬船《てんません》といった渡し船に乗り換えねばならない。

五郎八と七兵衛の乗り組んだ渡し船は、霊岸島の将監河岸《しょうげんがし》に着けられた。

岸に上がるや五郎八は「商用で人に会ってから店に帰る」と言い、七兵衛を一人で浅草まで行かせようとした。不安になった七兵衛が「一緒に行きたい」と言うと、五郎八は苛立ったように、「ぼん、今日からは、わいの言うことは何でも聞いてもらいます」と言い残し、雑踏の中に消えた。

七兵衛は人に道を聞きつつ、何とか五郎八の店にたどり着いた。

「口入屋五郎八」と書かれた暖簾《のれん》をくぐり、番頭らしき人に事情を話すと、上がり框《がまち》に腰掛けて待っていろと告げられた。

日が暮れて腹も減ってきたが、「店の者に逆らってはいけない」と父から教えられていたので、そのまま一刻（約二時間）ばかりじっとしていた。むろんお茶など出されず、誰からも声をかけられない。

店には、入れ代わり立ち代わり人の出入りがあるが、七兵衛に気を留める者はいない。人足風の姿をした者たちは、店の奥にある土間に入り、立ったまま食事を取ったり、茶を飲んだりしている。

少しでも仕事の内容を覚えようと、出入りする人々の会話に聞き耳を立てていると、ようやく五郎八が帰ってきた。

五郎八はしたたかに酔っているらしく、草履を放るように脱ぐと、足元をふらつかせながら奥に向かおうとした。

たまたま番頭が帳場から離れている時だったので、誰も七兵衛の存在を五郎八に告げてくれない。このまま明日の朝まで待たされてはたまらないと思った七兵衛は、立ち上がると声をかけた。

「五郎八殿」

呼び止められた五郎八が、不思議そうな顔で問う。

「ああ、ぼんかい。ここで何してた」

「番頭さんに『ここで待っていろ』と言われたので座っていました」

「どれくらい座っていた」

「一刻ほどです」

「馬鹿野郎！」

突然、げんこつが落ちてきた。

「それだけ時間があれば、店の掃除やら片付けやら、何か仕事ができるだろう」

「誰からも、何も命じられなかったのです」

痛みを堪《こら》えつつ七兵衛が反論する。

「いいか」

五郎八の吐く息は酒臭い。五郎八の商用とは、どこかの店で酒を飲んでくることらしい。

「江戸ではな、ぼうっとしている奴は置いていかれるだけだ。命じられることだけしていたら、年を取っても下働きのままだ。頭角を現したかったら、今、自分が何をすべきかを常に考えていろ」

「ははあ、なるほど」

「なるほどじゃない！」

またしても、げんこつが振り下ろされた。

「今日から、ぼんは――、いや、もうぼんなんて呼ぶのはよそう。今日からお前は、この店の小僧だ。もう武士の家に生まれたことなど忘れるんだ。いいか！」

「はっ、はい」

「使うのは体だけじゃない。とにかく頭を使わんことには、この町では生き残れんぞ」

「分かりました」

――命じられたことだけしていては、駄目なのか。

七兵衛は一つ学んだ気がした。

「では今、何をすればいいか考えてみろ」

そう言うと、五郎八は奥に消えた。

その後ろ姿を茫然と見送っていると、土間に箒《ほうき》と塵取《ちりと》りが放り投げられた。

番頭である。

「ありがとうございます」

七兵衛が頭を下げるのを無視して、番頭は帳簿をつけている。

――よし、やってやる。

七兵衛は箒と塵取りを持つと、店の外に出た。

信じ難いことに、優に暮れ六つ（午後六時頃）は回っているというのに、外は灯火で昼のように明るく、多くの人々が行き交っている。

――これが江戸か。

ふと空を見上げると、そこだけは伊勢国と変わらず、星が瞬いていた。

十三歳の七兵衛は、この町で身を立てる決心をした。

江戸での日々が始まった。

誰に何を言われずとも、誰よりも早く起き出し、店の周囲に水を打って掃き清める。表口や土間も箒の跡が残るほど、きれいに掃いた。

番頭や別の小僧が起きてくると、何をやるべきか率先して問うた。それにより、徐々に朝の仕事が分かってきた。また、問わなければ誰も仕事を教えてくれないことも知った。

七兵衛は誰よりも積極的に仕事を探し、身を粉《こ》にして働いた。出入りしている定雇《じょうやと》いの「頭《かしら》」たちとも、すぐに打ち解け、仕事内容も教えてもらえるようになった。

仕事内容は様々で、お上から入る大口のものもあれば、民から入る店舗の引っ越しなどの小さなものまである。また特定の仕事に精通した番頭を探してくれというようなものや、女中を数名、調達してくれというものもある。

——つまり人を探してくるだけのものと、仕事ごと請け負うものがあるんだな。

しかも口入屋は地域ごとに持ちつ持たれつの関係を築いており、横のつながりで注文が入る場合もある。

すなわち深川、本所《ほんじょ》、浅草、下谷《したや》、本郷、小石川、麴町《こうじまち》、赤坂、芝などに、それぞれ口入屋があり、仕事量がそれぞれの店の手に余る場合、横に仕事が回されてくるのだ。

一方、江戸に流入してくる人口は日増しに増えてきており、人を雇うことは、さほど難しくはない。

早朝に店に集まり、その日の仕事札をもらった頭たちは、朝一で自然発生的にできた人足寄場《よせば》などに行き、そこで日雇いを募る。日雇い料は、労働の厳しさにより十銭から五十銭くらいまでまちまちだが、食うや食わずで江戸に流れてきた人々は仕事を選ばないので、賃金の高いものから、すぐに定員になった。

七兵衛は頭たちに付いて歩き、その補助役を務めながら様々なことを学んだ。

そんな日々が続き、次第に頭角を現してきた七兵衛は、五郎八の覚えもめでたく、寛永十二年（一六三五）には、十八歳で頭の一人に抜擢《ばってき》された。

すでに父の政次は二年前に他界していたが、その時、七兵衛は十六歳にすぎず、帰郷する小金さえも持ち合わせていなかった。そのため弟に詫《わ》びて、葬式一切を任せることにした。

五郎八の事業は順調で、仕事の種類や量も次第に増えていった。頭の中には暖簾分けしてもらい、北関東などで開業する者もいた。五郎八は、その開業資金を出すことによって、独立した者の利益の一部が懐に入る仕組みも作り上げていた。

ただ一つの懸念が、被差別民の棟梁《とうりよう》である浅草弾左衛門《だんざえもん》との諍《いさか》いである。これまでは互いの領分を侵さず、うまくやってきたのだが、仕事が増えるに従い、双方の仕事範囲が重なるようになってきた。それにより条件のいい仕事の取り合いや、注文主が双方に受注金額を競り合わせることなども起き、軋轢《あつれき》が絶えなくなった。

同十三年の冬の日、大川端に五郎八の遺骸が上がったという知らせが届いた。

ご丁寧にも、柳橋《やなぎばし》で懇意にしていた芸者も一緒に死んでおり、奉行所は心中として処理した。実際のところは闇の中だったが、誰かに殺されたのではないかという噂で持ちきりだった。

五郎八の妻は、元来が病弱で子もいなかったため、店の権利を売って田舎に引っ込むことにした。

だが五郎八の店の番頭や頭では、到底、店を買う金など持ち合わせておらず、店は深川の口入屋が買い取ることになった。

誰が主人になろうと構わないと思っていた七兵衛だが、深川の口入屋は、七兵衛ら五郎八の店にいた定雇いの人々を冷遇したため、皆、次々とやめていった。

七兵衛も面白くなくなり、店をやめることにした。

次の仕事のあてはなかったが、江戸で生きるからには出たとこ勝負である。

七兵衛は、これまでの経験を生かして口入屋を始めようとしたが、新規参入者は叩き出されるのが、商いの世界の常である。

それでも七兵衛は店を構えず、これまでの取引先との関係で仕事を取り始めた。ところが、すぐに人が集まらなくなった。ほかの口入屋の雇った渡世人に脅されているのだ。

たちまち蓄えも底をつき、致し方なく七兵衛は、日銭を稼ぐために車力《しゃりき》となった。

車力とは、荷運び専門の人足のことである。しかし働きながら、新たな商いを始めるのは容易でない。やがて七兵衛は、車力が本業になっていく。

このまま江戸の町に埋もれていくのかと思っていた矢先、車力仲間の雑談で面白い話を聞いた。

大坂は今橋《いまばし》の両替商の話である。

二十三歳で後家《ごけ》になった女がいた。女には息子が一人いるだけで身寄りもない。子供を抱えて日々の生活にも困っていたが、女は芸事も裁縫《さいほう》もできず、糊口《ここう》をしのぐ術《すべ》はない。ましてや器量が悪かったのか再嫁《さいか》の話も来ない。

それでも子供だけでも食べさせようと、草箒と渋団扇《しぶうちわ》だけを持って、淀川《よどがわ》流域の米問屋が多い河岸を歩き、何かの拍子にこぼれ落ちた米を集めて回った。さすがに白米とて、塵や土の混じった「こぼれ米」を拾う者はいない。

最初のうちは、「こぼれ米」を息子と二人で食べて生きていくのがやっとだった。しかし、そのうち徐々に要領を摑んで効率よく拾えるようになり、余った米を売るようになった。

捨てられた米俵を息子に拾い集めさせた女は、使用に堪える藁束《わらたば》をほぐしてより直させ、銭差しとして売らせた。

銭差しとは、銭の穴に通して銭を束ねる紐のことである。これまで銭通し専用の紐などないため、誰しもが必要に応じて、ありあわせの紐を利用していた。しかしそれだと、切れてしまうことがしばしばあった。それを丈夫で長さもほどよい専用の紐として売り出したところ、買い求める者が意外に多かったのである。

こうして女は、爪の先に火を灯《とも》すような節約をしながら、息子と共にこの仕事を二十有余年続け、気づいてみれば三百余両の蓄えができていた。

息子はそれを元手に両替商を営み、十年と経《た》たないうちに大坂屈指の分限になったという。

この話を聞いた七兵衛は、武家の町である江戸よりも商都大坂の方が、はるかに身を立てる機会が多いと思った。しかも大坂は江戸よりも新興商人に寛容なので、入り込める余地はある。

――よし、大坂に行こう。

七兵衛は即座に決断した。

九

寛永十四年（一六三七）の夏、汚れた夜具から擦り切れた襦袢《じゅばん》まで、家財道具一切を処分し、大坂までの最低限の旅支度を整えた七兵衛は、東海道を西に向かった。

久しぶりに鋭気が横溢《おういつ》し、その日は十五里を歩いて平塚に泊まった。翌日、大磯《おおいそ》を通り過ぎて国府津《こうづ》を経て酒匂川河畔に出たが、渡し賃が惜しい。まだ先は長いのだ。そこで七兵衛は脚絆を解き、草鞋を脱いで川に踏み入った。酒匂川は中ほどでも膝程度の深さだったが、意外に流れは速い。

それでも何とか渡っていたが、川の中ほどでつまずいてしまった。激痛が走る。傷を負ったことは確かだが、激流を渡るのに必死で確かめている暇はない。ようやく対岸にたどり着き、痛みの激しい左足の爪先を見ると、親指の爪が剝がれてしまっていた。

——ああ、旅の初めに何たることか。

しかし嘆いていても仕方がない。七兵衛は手拭いを裂き、親指に厳重に巻いた。それでも痛みが激しく、とても歩けたものではない。これから東海道で最難所の箱根越えであり、この傷では到底、越えられるとは思えない。かといって、傷が癒えるまで小田原に滞在する旅費などない。

七兵衛が途方に暮れていると、眼前に老人が通りかかった。どうやら旅人らしい。

「どうした」

老人が慈愛の籠《こも》った眼差《まなざ》しを向けてきた。

「見ての通りです」

すると老人は、自分の葛籠を下ろして軟膏《なんこう》を取り出すと、「これはよく効く薬だ」と言って、七兵衛の爪先に塗ってくれた。

「なぜ、見知らぬ者に、こんな親切をしていただけるのですか」と問うと、老人は「旅人は皆、兄弟。互いに助け合いだ」と言って笑った。

「これでよし」

老人が立ち上がる。

「ありがとうございました」

「四、五日すればよくなる。それまでは小田原に逗留《とうりゅう》するがよい。無理して箱根を越えようとすれば、傷が悪化する。くれぐれも養生することだ。わしは先を急ぐので、これにて御免仕る」

そう言うと、老人は行ってしまった。

その後ろ姿に頭を下げながら、七兵衛は老人の言に従うことにした。

――傷が癒えるまでは何とかして食いつなぎ、金が貯《た》まったら、また旅を続けるか。

しばらく休んだ後、七兵衛が立ち上がると、道端に何かが落ちていた。

――紙入れ、か。

それを拾い上げると、ずしりと重い。

「あっ」と思って中を見ると、小判が十二枚も入っているではないか。

――たいへんだ。

先ほどの老人は「先を急ぐので」と言っていたが、何かの商用で使う金に違いない。

痛い足を引きずりつつ駆け出してみたものの、すでに小半刻は経っており、老人の姿は見つけられない。小田原の奉行所に届けようかと思ったが、そんなことをすれば、小役人に着服されるだけである。

やがて日も暮れてきた。小田原宿では飯盛り女が表に出て、さかんに客引きをしている。その白くて太い腕を振り払いつつ、七兵衛は老人を捜した。

小田原宿は箱根越えを控えているため宿泊客が多く、人を見つけるのは容易でない。

――きっと、どこかに泊まっているはずだ。

いかに先を急いでいるとはいえ、午後遅くに酒匂川を渡ったことから、老人は小田原に宿を取っているに違いない。

そう思った七兵衛は、雑踏の中を行き来し、時には飯盛り女や宿人《やどにん》に尋ねてみた。しかし皆、首を左右に振るばかりである。

七兵衛が途方に暮れていると、「ごめんよ」と言いつつ、体をぶつけてきた者がいる。七兵衛は直感的に巾着切り《きんちゃくき》だと思い、身をかわしたが、男は逆に何かを懐にねじ込んでいった。

「あっ」と思った七兵衛が、反射的にそれを取り出すと、男が振り向いた。

「やっ、この野郎、抜きやがったな」

「えっ」

七兵衛が手に持つのは、男の薄汚れた財布である。

「たいへんだ。巾着切りだ。抜きやがったぞ！」

「どうした」

「何かあったのか」

男の声に応じるように、近くにいた男たちが駆け寄ってくる。

「巾着切りだと。とんでもない奴だ」

「奉行所に突き出そう」

男たちが口をそろえる。どう見ても、グルとしか思えない。

「待って下さい。わいは何も――」

「うるさい。この巾着切りめ」

男の一人が七兵衛の胸倉を摑んで振り回した。その拍子に紙入れが落ち、中の小判が音を立てて散らばった。

「あっ」

男たちが一瞬、茫然とする。

「待って下さい。これは違うんです」

そう言いつつ、七兵衛が小判をかき集めていると、男の一人が問うた。

「これは抜かれた紙入れかい」

「あっ、そうだ。これは支払いに使う大事な金だ」

最初に体をぶつけてきた男が調子を合わせる。

すでに周囲には、人だかりができ始めている。

「その紙入れを返せば、黙っていてやる」

「待って下さい。これは違うんです」

「じゃ、お前のもんだって言うのか」

「それは――」

七兵衛が口ごもる。

「それ見ろ。そいつは、おれから抜いたもんだ」

男は七兵衛を足蹴にすると、その手から紙入れを奪い取った。

「どうか、それだけは――」

「何も奉行所に突き出すとは言ってない。これでよしとしてやる」

最後に七兵衛の腹を蹴り上げ、男たちがその場を去ろうとした時である。

「もし」

群衆の中から声がかかった。

「あっ」

昼間に出会った老人である。

「その金は、本当にあんたたちのものかい」

「何をほざいてやがる。このじじい」

一人があざ笑うと、その老人の胸を突こうとした。

その時である。

何かが動いたと思うと、次の瞬間、男の腕は背に回されていた。

「いて、いてて――」

老人は何の力も入れていないように見えるが、男の顔は苦痛に引きつっている。

「この野郎！」

残る三人が身構える。

「そうか。あんたらは『護摩《ごま》の灰』だな」

「何を！」

「何の役にも立たず、捨てたくても捨て場に困る。『護摩の灰』とは、よく言ったもんだ」

老人が笑う。

「この野郎、痛い目に遭いたいのか」

「痛い目だと。それはどっちの方かな」

「何だと」

男たちの顔に不安がよぎる。

「その紙入れの内側に書かれている字が読めるかい」

老人の言葉に、一味の一人が中を開いてみた。

「さきてぐみ――、どうしん――、だと」

「何だって」

男たちの顔が引きつる。

「おい、印判まで捺《お》してあるぜ」

男の一人が震える手で、その文字と印判を男たちに見せる。

「まさか――」

「ああ、わしは御先手組同心だ」

「ええっ！」

男たちが後ずさった。

御先手組同心とは、江戸の治安維持を担当する役人のことである。ただし江戸市中だけでなく、関東一円まで捜査の網を広げることもあり、小田原宿まで足を延ばしても不思議ではない。この老人のように、武士でありながら町人階級に変装していることもある。

「その男は、わしが雇った下役だ。その紙入れに入っているのは公金で、盗めば獄門になる」

獄門と聞いた群衆は一瞬、どよめくと、取り巻く輪を広げた。

「もうすぐ代官所の目明しが来る。そうなれば、わしも事を荒立てねばならなくなる。その前なら、見逃してやっても構わぬのだが――」

「ど、どうかお許しを」

男たちはその場に紙入れを置くと、一目散に走り去った。

それを確かめた老人は、紙入れを拾うと懐に入れ、七兵衛の耳元でささやいた。

「行こう」

「行こうって、どこにですか」

「どこでもいい。あの連中が、頭を冷やして戻ってくる前にな」

啞然とする七兵衛の腕を摑んで立ち上がらせると、老人は先に立って歩き出した。

十

「てえことは、御先手組同心というのは嘘で――」

小田原宿の外れの鄙びた旅籠《はたご》で、七兵衛と老人は一献、傾けていた。

「大きな声で言うな。これも旅人が身を守る術の一つだ」

老人は賊に遭った時や紙入れを落とした時のために、紙入れの裏に「御先手組同心」と書き、適当な朱印を捺していた。確かによく見ると、朱印の文字はよく見えない。

「最近は、道中にもああした『護摩の灰』と呼ばれる輩《やから》が増えてきた。野盗を働く勇気もないから、旅人に難癖を付けて金を奪おうとする。旅人が代官所に訴え出ないように、奴らは奴らで理屈を考えてるのさ」

確かに訴え出たところで、逆に「抜かれた」と言われてしまえば、めんどうなことになる。

――世の中には、こんな悪事にも頭を働かせる者がいるのだな。

七兵衛は妙なことに感心した。

「あんたに拾われて助かったよ」

老人が七兵衛の盃を満たす。

「とんでもない。あれほど親切にしていただいたのですから、これくらい当然です」

「そうか。やはり親切はしておくべきだな」

「それで、ご商売は何を」

「大したことはやってない」

老人は自分のことを、あまり話したがらない。表通りを堂々と歩けるような商売ではないのかもしれない。五郎八の店で商売の表も裏も見てきた七兵衛には、何となくそれが分かる。

「ところで、お前さん」

老人が盃を干しつつ問う。

「いくつになる」

「二十歳になります」

「そうか。二十歳ね」

老人は、七兵衛の顔をのぞき込むように言った。

「わしは人相見じゃないが、お前さんのような骨相《こっそう》の人には、会ったことがないよ」

骨相とは、人相だけでなく顔の骨組みまで含めた顔全体のことである。

七兵衛は意外だった。とりたてて好男子でもないが、顔についてはとくに特徴もなく、平々凡々たるものと思ってきたからだ。

「骨相というのはな、見た目だけじゃないんだ」

老人が言うには、目の光からその動き、また口端の気品やら歯の並びなど、それらを総合して見るものが骨相だという。

「あんたは万人に一人の骨相をしている。きっと他日、天下を驚かすようなことをするよ」

「それは真で」

これまで七兵衛は、商売を始めて何がしかの財を成せれば、それでよいと思ってきた。しかし老人が言うには、「己一個の欲心を捨て、万民に尽くす気持ちを持てば、天地の雲気がすべて味方し、六十六国の大名はもとより、将軍でさえ感謝する仕事ができる」と言うのだ。

「戯れ言はおやめ下さい」

「戯れ言ではない。お前さんの骨相は、天下の財が、こんこんと流れ込む渓谷のようなもんだ。ただし、それを己の遊興や奢侈《しゃし》に使ってはいけない。貯めこむのも駄目だ。そんなことをすれば、瞬く間に天地の雲気が逃げて、元の貧乏人に逆戻りする」

「そんなものですか」

「人の運とは、そんなものだよ」

老人が幾度もうなずく。それは七兵衛に語り聞かせるというよりも、己の人生を振り返っているように見える。

「人はな、お天道様《てんとうさま》の下を堂々と歩けるような仕事をしなければならない」

「仰せの通りです」

老人の仕事が何かは見当もつかないが、自慢できるようなものではないらしい。

「ところでお前さん、どこへ行く」

「大坂に行き、商いで身を立てようと思っています」

「大坂か――」

老人が、再び七兵衛の顔をのぞき込む。

「いけませんか」

「そうだな。大坂に行っても、そこそこの成功は収められる」

「それで十分です」

「いや、いけない」

酔いが回ったのか、老人は随分とおせっかいである。

「お前さんは江戸で事を成すべきだ」

「どうしてですか」

「そう骨相に書いてある」

ここ一番のところで、老人ははぐらかしてくる。しかし骨相と言われてしまえば、反論の余地はない。

「つまり、公のために尽くすには、江戸がよいと仰せですか」

「そういうことだ。大坂に転がっているのは、罌粟《けし》の実ほどの財だが、江戸には浜の真砂《まさご》のような黄金が眠っている」

「それほどにありますか」

「ああ、ある。しかしそれも、お前さん次第だがな」

そう言うと老人は、その場に横になって寝てしまった。

その痩せた体に蒲団《ふとん》を掛けてやると、七兵衛も寝床に入った。

――江戸か。

考えてみれば、足を怪我《けが》したのも「江戸に戻れ」という天の啓示なのかもしれない。いったん江戸を出ることで、厄落《やくお》としにもなった。江戸に戻って一から出直せば、何かが開けてくる気もする。その反面、昨日まで憧れていた大坂が、今日は色褪《いろあ》せて見える。

――戻ってみるか。

そう決意すると、何かが吹っ切れたのか、急に眠気が襲ってきた。


翌朝、目覚めてみると、老人の姿がない。

驚いて左右を見回すと、膳の上に置手紙があった。そこには「先を急ぐので、起こさずに行く。これは江戸までの旅費に使え」とだけ書かれ、小判が一枚、置かれていた。

名のところには、達筆で「人買い仁吉《にきち》」と書かれていた。

昨日、「護摩の灰」を相手に見せた手際といい、この字といい、あの老人が、高位の武士の教育を受けているのは明らかである。

――武士から人買いか。

ほんの些細《ささい》なことから、人生はいい方にも悪い方にも変転する。それを老人は、身をもって教えてくれたような気がした。

小判を押し頂いた七兵衛は、老人が向かった西の空に頭を下げた。

十一

それから二十一年後の明暦三年（一六五七）三月、遺骸の処理も一段落した七兵衛は、保科正之の招きに応じ、芝新銭座《しばしんせんざ》の会津藩中屋敷を訪れた。

会津藩中屋敷は火事で大半が焼けてしまったため、かつて広壮華麗と謳《うた》われたその姿は見る影もなかった。

焼け残った一棟の前庭で控えていると、保科正之が現れた。

「なぜ、そこにいる」

正之が怒声を張り上げる。

「はっ、いや――」

七兵衛は、案内をしてきた取次役の指示に従ったまでである。

「そなたを叱っておるのではない。そなたの値打ちも分からぬ、わが家臣に憤っているのだ」

「もったいない」

七兵衛が筵《むしろ》に額を擦り付ける。

「ちこう」

「へっ」

「こちらに来て、共に飲もう」

顔を上げると、盃を振っている正之の姿が見えた。

「そう仰せになられても——」

「構わぬ」

致し方なく広縁に上がったが、左右に控える家臣の鋭い視線を感じて、七兵衛はそれ以上、中に入れない。

「何を遠慮しておる。そうか——」

正之が、ようやく気づいた。

「そなたらは次の間に控えていよ」

正之が命じると、広縁にいた家臣たちが座を外した。

「これでよいな」

「は、はい」

七兵衛は額に冷や汗を浮かべながら、正之に相対する座まで膝行《しっこう》した。

「此度は苦労であった」

「ありがとうございます」

正之のその言葉だけで、あらゆる労苦が報われた気がする。

「しかし、あれだけの大仕事を、よくぞやり遂げたものだ」

明暦の大火の後始末で、最も困難な仕事が遺骸の処理だった。すでに遺骸は腐敗が始まり、蛆《うじ》が無数に湧いている。こうしたものに触れるのは、誰でも嫌である。それゆえ人を雇って仕事をやらせても、目を離せば怠けるのは明らかだった。だからと言って、それを見計らって大人数を雇えば、予算が足りなくなる。遺骸を運ぶ大八車の数も、そろえられるかどうか分からない。

そこで、江戸城下の札《ふだ》の辻に「牛島新田まで遺骸を運んできた者には、一体につき十文出す」という触書《ふれがき》を掲げたところ、人々は大八車に遺骸を積んで、次々にやってきた。

損傷が激しいものでも一体と認めたので、皆、遺骸を選ばずに運び込んできた。

海に浮かぶ遺骸も、漁師たちに集めさせた。それには一体につき二十文出したので、漁師たちも競うように集めてきた。

一方、焼き場の人足は、口入屋をやっていた頃の知識や眼力を生かし、屈強なだけでなく忍耐強そうな者を集めた。

七兵衛は必要なことを手控えに書き並べ、それに優先順位を付け、次々にこなしていった。それにより江戸市中に転がっていた遺骸が、瞬く間に片付けられていった。

結局、牛島新田に集められた遺骸は六万三千四百三十に上った。また水死体は四千六百五十四を数えた。これらを合わせると、犠牲者の総数は六万八千余に上った。

その無味乾燥な数字の中には、かけがえのない兵之助も入っている。それを思うと、悲しみが込み上げてくる。

——兵之助、そっちで皆に可愛《かわい》がってもらえよ。

こうして遺骸をひとまとめにして供養することで、冥途にもう一つの江戸ができるような気がした。死んでいった人々は、その中で幸せに暮らしていくに違いない。

それを思うと、七兵衛は幾分か気が楽になった。だが六万八千余という数字は、あまりに重い。死んでいった者たちにも、それぞれの人生があった。うれしいことがあれば笑い、腹が減れば飯を食らい、仕事や勉学に精を出して、それぞれに見合った幸せを手に入れようとしていた。

一人ひとりが誰かを愛し、誰かに愛され、たった一つの生を生きていた。それが突然、奪い去られたのだ。

——こんなこと、二度とあってはならない。

膝を握る手の甲に涙が落ちる。

「辛かったな」

「いえ、はい」

七兵衛の様子を見ていた正之が、ぽつりと言った。

ほかの武士たちと違い、正之だけは下々の苦しみを理解してくれる。

「それでもそなたは、辛い仕事をやり遂げた」

「わいのやったことなど、業火に焼かれて死んでいった者たちの苦しみに比べれば、大したことではありません」

「そんなことはない。きっと皆、喜んでおるぞ」

「そう仰せになっていただけると——」

遂に嗚咽が漏れた。正之の前で礼を欠いているとは思いつつ、どうしても堪えられなかったのだ。

「盃を取らせよう。ちこう寄れ」

「へっ」

「よいから。これへ参れ」

あまりのことに恐れ入る七兵衛だったが、正之の申し出を断るわけにもいかず、膝行して近づくと、その盃を受けた。

「こうして、そなたの顔を間近に見ると、どうも常の商人とは違う気がする」

「それはまた、どうしてで」

酒が回ったためか、七兵衛の緊張も解けてきた。

「常の商人は、欲で顔をぎらぎらさせている。しかしそなたには、欲を超越した大欲を感じる」

「大欲——、と仰せか」

「ああ。大欲者とは目先の利にこだわらず、巨大な利を求める者のことだ。例えば、平清盛や織田信長などは、その典型だろう」

正之によると、当初、清盛や信長も敵を斃《たお》して、その富を奪って自分の富を増やそうとした。しかし他人の富を奪うよりも、そこにはない富を生み出せばよいことに気づいたのだという。

「そこにはない富——」

「そうだ。人の富を奪ったところで高が知れている。それなら、より大きな富を作り出せばよい。それが清盛の日宋《にっそう》貿易であり、信長の南蛮貿易というわけだ」

「ははあ、なるほど」

「これまで骨相を見てもらったことはあるか」

「はい、一度だけあります」

「何と言われた」

「万人に一人の骨相、とか」

「そうだろうな。そうに違いない」

正之が相好《そうごう》を崩す。

「いや、わいは一介の商人です。ただ自分と妻子が幸せに暮らしていければ、それで十分です」

「一家は何人だ」

「五人、いや此度の大火で四人になりました」

「何だと。まさかそなた――」

七兵衛は兵之助の一件を語った。

「そうだったのか。それゆえ、死んでいった者たちのために懸命になれたのだな」

「へい」

「実はな、わしも此度の大火で息子を失った」

「はい。聞いております」

大火の最中、正之は将軍家綱とその妻子を守って江戸城西の丸を動かなかった。その頃、火の手は猛威を振るい、芝新銭座の会津藩中屋敷も危うくなってきた。家臣の一人がそれを告げに来ても、正之は「私邸や妻子を顧みる暇などない」と言って、その場から離れなかった。

この時の正之の妻子は、継室おまんの方、次男正頼、四男正経、五女石姫、五男正純である。

中でも次男正頼は屈強な若者に育ち、大火に見舞われた時、中屋敷の防火指揮を執っていた。しかし火の回りが早すぎて、手が付けられなくなり、消火をあきらめ、品川の東海寺に避難した。この時、正頼の体はずぶ濡れで、着替えもせぬまま寒風の中を芝から品川まで歩いたという。

そのためか、正頼は東海寺に着いてから咳が止まらなくなった。それでも無理して様々な後始末をしているうちに、遂に臥《ふ》せるようになり、二月一日、呆気《あっけ》なく死去した。享年は十八だった。

西の丸にいる正之にそのことが伝えられると、正之は、「大火後であり民心が安定していない。今は大事な時であり、わが子一人失ったとはいえ、それまでのことである」と言って仕事を続けた。

むろん周囲の手前、平然としていただけで、その本心は別である。

長男が夭折《ようせつ》し、次男正頼の成長を楽しみにしていた正之にとって、その死は無念の極みだった。しかし正之は、そんな様子をおくびにも出さず、江戸城内で大火後の指揮を執り続けた。

「そなたとわしは、この大火で共に息子を失ったのだな」

「はい。かけがえのない息子をなくしました」

「しかしな」

正之の声が上ずる。

「人は立ち止まっていては駄目だ。いかなる悲しみに遭おうと、前を向いて進んでいかねばならぬ」

「仰せの通りです」

「われらの手で、江戸の繁華を取り戻そうではないか」

正之が「われら」という言葉を使ったので、七兵衛は「もったいない」と言いつつ平伏した。

「人は身分に守られている。確かにそれで秩序は保たれる。だが実際の仕事は違う。仕事は才ある者が行うべきだ。そなたには日陰を歩いてもらうことになるやもしれぬが、それでもよいか」

「望むところです。この河村屋七兵衛、保科様のために身を粉にして働きます」

「よくぞ申した。盃を取らそう」

七兵衛の盃が再び満たされた。

これが終わりではなく出発であることを、二人の男は予感していた。

——どんな難事が襲ってこようとも、必ず打ち勝ってみせる。

正之と盃を重ねながら、七兵衛は心に誓った。

第二章　漕政一新《そうせいいっしん》

一

明暦三年（一六五七）一月十八日に江戸を襲った大火は、家康、秀忠、家光の徳川三代が築いた江戸の町の三分の二を焼き尽くした。

しかし自然発生的に誕生し、増殖するように広がってきた江戸の町を、原点に立ち返って造り直すという機会に恵まれたことも確かである。保科正之、松平信綱、阿部忠秋ら幕閣の中心は、この機に江戸の町の過密化を緩和し、防災性の高い都市に造りかえていくことにした。

また急速な江戸の人口増は、防災だけでなく流通という点においても不具合を来し始めていた。すなわち物資の絶対的不足から、食料や日用品の価格が高騰し、まっとうに働いても、食うに困る人々が出始めたのだ。

これまで、こうした問題にも対症療法的に対応せざるを得なかった幕閣は、大火を機に、江戸の町造りというものを根本から見直すことにした。

大火から七日後の一月二十七日、幕閣は江戸各地に要員を派遣して測量を行った。掘立小屋が多くなると測量できなくなるため、それらが建てられていくのと競争である。この大規模な測量は、日本橋はもとより本所、深川、浅草、本郷、下谷、赤坂、麻布、芝にまで及び、それぞれの市街地の再建計画が迅速に立てられていった。

まず幕閣が問題視したのは、江戸城の周囲に広大な敷地を構えている大名たちの屋敷である。

こうした何も生み出さないものは、郊外へと移転させるというのが、幕閣の方針である。

これまでの武家社会の成り立ちから見ると、これほど思い切った施策はなかった。江戸城を守る前衛陣地たるべき、大名・旗本屋敷を移転させることで、江戸城の防御力は著しく落ちる。だが時代は徳川幕府全盛期で、仮想敵など、どこにもいない。

それを見切った保科正之、松平信綱、阿部忠秋の三人は、反対意見を退け、大名屋敷の郊外への移転を決定した。

これまで城内にあった水戸・尾張・紀伊御三家はもとより、将軍家綱の弟である綱重と綱吉の屋敷までもが城外に移され、その跡地は馬場や菜園とされて、江戸城の防火帯を形成することになる。

結局、外堀内にあった六十九もの寺社や大小名の屋敷が、玉突きのように郊外に移転させられた。

こうした措置に批判や苦情もあったが、安全性と利便性を優先する幕閣の三人は、意に介さない。明暦の大火の後、江戸城の天守が上げられなかったのも、「そんな無駄なものは要らない」という三人の一致した見解からだった。

また防衛上、極端に制限されていた大川に架かる橋も多く造られた。これまでは、千住の大橋から下流には一つもなかった橋が四つも架けられ、人々の活動範囲は急速に広がった。

道路の拡幅も行われ、また火《ひ》除地《よけち》として各所に広小路《ひろこうじ》、橋詰広場（大きな橋の両側にある広場）、防火堤などが設けられた。

かくして、後に世界一の人口を誇ることとなる江戸の町の原型ができ上がった。

このような官民一体となった努力が実り、寛文《かんぶん》八年（一六六八）二月の「寛文の大火」の折は、十分な防火対策と秩序だった避難により、命を落としたのは火事場泥棒くらいだった。


「兵之助、そっちはどうや。大好きな深川めしも腹いっぱい食わしてもらっているか」

仏壇の鈴《りん》を鳴らした七兵衛は、お脇の炊いた深川めしを供えると、手を合わせた。

明暦の大火から一年が経《た》ち、一つの節目を感じた七兵衛は、兵之助の供養を執り行った。どこかで区切りをつけないことには、あきらめきれない気持ちがずっとくすぶり、前に進む気になれないからである。

一方、本業である木材の売買は軌道に乗り始めていた。誰よりも早く木曾谷に行き、木材を押さえたことで巨利を稼いだことよりも、それを使って粥施行《かゆせぎょう》を行い、多くの人々から感謝されたことが七兵衛の財産となった。しかも保科正之と昵懇《じっこん》になったことも知れ渡り、それが七兵衛の信頼につながり、仕事がひっきりなしに舞い込み始めたのだ。

むろん七兵衛は、正之の伝手《つて》を使って利権を得ようなどとは思わず、その呼び出しに応じて様々な知恵を貸したり、時には人手を集めたりし、陰に日向《ひなた》に正之を支えることに徹した。それがまた、正之に気に入られる要因となった。

つまり七兵衛は、保科正之の手足となって江戸再建を下支えしたことになる。

とくに江戸の市域を広げるための築地（埋め立て）作業に、七兵衛は大いに活躍し、これまで水田や湿地に過ぎなかった赤坂、牛込、小石川一帯の宅地化から、海岸地帯の埋め立てにも携わった。むろん、そこに建つ新たな屋敷や住居の木材は、七兵衛が独占的に供給し、大きな利益を生んだ。

いつしか七兵衛は、豪商となっていた。

それをやっかみ、陰口を叩《たた》く者もいたが、七兵衛は商人として後ろめたいことなど何一つやっていない。ただ必死になって働いただけである。

明暦の大火から十二年後の寛文九年（一六六九）三月、七兵衛は保科家の下屋敷に呼び出された。

「お久しぶりです」

桜の舞い散る広縁から七兵衛が挨拶すると、中から「入れ」という声が聞こえた。

障子を開けた七兵衛が顔を伏せたまま膝行《しっこう》すると、正之が誰かと対面している。後ろ姿しか見えないが、正之同様、高位の武士なのは間違いない。

「七兵衛、いくつになった」

「はっ、五十と二になりました」

「そうか。わしはもう五十九だ」

それを聞いた瞬間、この呼び出しが引き継ぎを目的としているものだと気づいた。

「時が経つのは早いものよ」

「さようで」

「わしの後半生は、大火の後始末に追いまくられただけだった」

正之が苦笑すると、向き合っていた武士が言った。

「そのおかげで、江戸の町は以前に増して繁華になりました」

「そうよの」と言いつつ、正之が感慨深そうに告げた。

「七兵衛、わしは家督を息子に譲り、隠居する」

「ははっ」

——やはり、その話だったか。

いまだ正之は壮健そのものに見えるが、後進のことも考え、道を譲ることにしたのだ。

「七兵衛、ここにおわすお方を知るまい」

「はい」

「老中の稲葉美濃守正則《いなばみののかみまさのり》殿だ」

「はっ、ははあ」

七兵衛が広縁に額を付けて平伏する。

「何だ、わしに対する時とは大違いだな」

正之の戯《ざ》れ言《ごと》に、正則も声を上げて笑った。その笑いは屈託なく、その温和な人柄を表しているように感じられる。

——よきお方のようだ。

七兵衛は胸を撫《な》で下ろした。

春日局《かすがのつぼね》の孫である稲葉正則は、元和九年（一六二三）生まれの四十七歳。小田原藩八万五千石の新参譜代・稲葉家の二代目当主として藩政改革に辣腕《らつわん》を振るい、明暦三年の大火後、老中に抜擢《ばってき》されて幕閣入りしていた。寛文元年（一六六一）には、嫡男の正通《まさみち》と保科正之の娘との婚姻を成立させ、同六年には、阿部忠秋の退任に伴い老中首座に昇進し、今では幕閣の中核を担っている。

「美濃守殿、河村屋を近くに呼んでもよろしいか」

「もちろんです」

「七兵衛、ちこう」

正之の手招きに応じ、「はっ」と言いつつ膝行した七兵衛は、二人の間の座で平伏した。

「七兵衛とやら、今、聞いた通り、保科殿はご隠居なされる。それゆえ向後は、わしから仕事を申し付けることになる」

「承りました」

「早速だが——」

「まずは、わしから話そう」

正之が話を引き取った。

「大火の後、江戸は各地から人が流入し、以前にも増して繁栄を謳歌《おうか》している。しかしながら広大な関東平野でさえも、その食を賄《まかな》うことは困難になってきた。これまでは西国から米穀や諸物資を運ばせてきたが、畿内とて京都、大坂、奈良などの大きな町場（都市）を抱え、その豊凶によっては、江戸まで米穀は回ってこない。ましてや畑物《はたもの》などは、江戸に着くまでに腐らせてしまうことも多々あった。そこでだ——」

正之は、一拍置くと話を転じた。

「陸奥《むつ》国の信夫《しのぶ》郡と伊達《だて》郡にまたがる十二万石と、出羽《でわ》国の屋代《やしろ》郷三万石が御料所（天領）になったのは知っておろう」

「はっ、聞いております」

寛文四年、米沢藩主の上杉綱勝《うえすぎつなかつ》が急死した。綱勝には嗣子《しし》がなく、上杉家は無嗣断絶の危機に立たされた。この時、綱勝の正室の父にあたる会津藩主の正之が、幕閣に働きかけたことで米沢藩は改易を免れ、綱勝の妹の子である綱憲《つなのり》を末期養子《まつご》にすることを許された。ただし法に厳格な正之は、「養子縁組願いの遅れ」を名目として、上杉家の知行を三十万石から十五万石に減らし、取り上げた十五万石を天領とした。

この頃、江戸の食糧危機を緩和すべく、幕閣は天領を増加させようとしていた。それゆえ正之は、上杉家に恩を売ると同時に、天領を増やすという一挙両得を成功させたことになる。

「ところが厄介事が一つある」

「それは何ですか」

「御料所が増えたはいいが、そこから米を運ぶのが容易でないのだ」

当初、正之は江戸の米商人である渡辺友以《わたなべともち》（友意）に、この運搬航路の開発を託した。

友以は、新たな天領となった地から収穫した米を、陸路で阿武隈川《あぶくまがわ》に面した福島、桑折《こおり》、梁川《やながわ》の三カ所に集め、そこから阿武隈川の川底の岩塊《がんかい》を砕き、その河口の荒浜《あらはま》まで運ぼうとした。

この時、激流の上、水深の浅い箇所が多い阿武隈川を安全に下るため、底が浅くて幅の広い米穀運搬専門の小鵜飼船《こうかいぶね》と呼ばれるものまで造った。

この時代、奥羽（陸奥国と出羽国）の物産を江戸に運ぶのは容易でない。陸路は、山道が多くて運ぶには膨大な月日がかかってしまうので、海路を取らざるを得ず、出羽国は北海から、陸奥国は東海から船で運んでいた。

ちなみに、太平洋は紀伊半島以北を東海、以西を南海、日本海は北海と慣習的に呼ばれていた。出羽国の産物は、最上川を使って酒田に運んだ後、北海回りで越前敦賀《つるが》に降ろし、そこから陸路を使って山中を七里（約二十八キロメートル）も運搬した上、塩津か海津から琵琶湖を渡り、大津に至る。そこから大坂まで淀川を下り、海路で紀伊半島を回って江戸に運ぶという迂遠《うえん》な経路が使われていた。

しかしこれでは手間と時間がかかりすぎる上、航海途中の危険も高くて割に合わない。ところが馬関海峡を通って瀬戸内海に出る経路も、それは同様である。それゆえ出羽国の産物は、畿内で消費するしかない。

一方、東海に面した陸奥国は、北上川を使って石巻に出るか、阿武隈川を使って荒浜に出た後、東海を南下すればよいと簡単に考えがちである。しかし東海には、犬吠埼沖《いぬぼうさきおき》と房総半島沖（館山《たてやま》沖）という海の難所がある。

後の話になるが、江戸末期の慶応《けいおう》四年（一八六八）八月、蒸気船と帆船の八隻で編制された榎本《えのもと》艦隊は、蝦夷地《えぞち》に向けて出帆したものの、房総沖で暴風雨に遭い、二隻を失い、残る船も大きな損傷をこうむった。台風の季節に房総沖に船出することは、西洋の科学技術が導入され始めていた幕末においても無謀なことだった。

「渡辺は、犬吠埼の沖は風波が荒い上、房総半島を回り込んで江戸湾に入るのは、あまりに危ういと言い、工夫を凝らした」

「工夫とは――」

「銚子《ちょうし》港で荷を川船に載せ替え、利根川をさかのぼり、関宿《せきやど》で江戸川に乗り換え、流山《ながれやま》、松戸《まつど》、市川を経て江戸に至るという経路を開発した」

すなわち、銚子から西北に三十二里余も離れている関宿まで行き、関宿で江戸川に乗り換え、進路を南に取り、十四里余下って、ようやく浅草の米蔵に米穀が納まるというのだ。

「なるほど。そいつは迂遠な経路ですな」

「考えても見ろ。これほど手間をかけて米穀を運べば、それだけ高くつく。それでも徳川家中で食べる分には仕方がない。だが、江戸で売りさばいて幕府の財源にしようとしても、高すぎて買い手がつかない」

「それだけではないのだ」

正則が話を引き取る。

「城米廻漕《じょうまいかいそう》は荒浜で入札《いれふだ》を行い、最も安い値で廻漕を請け負うという商人に仰せ付けている。しかし請け負った商人は、廻漕費をできるだけ安く上げて暴利をむさぼるべく、ぼろ船に米を満載した挙句、経験などなきに等しい水主《かこ》を乗せて運ぼうとする。こうした船は、天候を顧みず無理を押して運ぼうとするので、暴風に遭えば、すぐに遭難してしまう。それゆえ渡辺の開発した航路を使っても、実に二割五分近い米が損米《そんまい》となってしまうのだ」

——何と無駄なことか。

あまりのことに、七兵衛は啞然《あぜん》とした。

「そこでだ」

正之が扇子で膝を叩く。

「わしは隠退するので、もうこの件にはかかわれぬが、美濃守殿に力を貸してほしいのだ」

「力を貸せと仰せになられても、わいは一介の材木商人です。運搬航路の開発などできません。先ほどの渡辺という方のほうが、よほど知恵をお持ちだと思います」

正則が首を左右に振りつつ答えた。

「渡辺友以は昨年、死んだ」

「へっ、もうそんなお年だったんで」

「いや、三十代で頑健な体軀《たいく》の持ち主だった」

「では、またなんで――」

「陸奥の米を海路、江戸湾に搬入できないものか、試している最中、房総沖で嵐に遭ってな」

「というと――」

「船は座礁《ざしょう》したらしく残骸は拾えたが、渡辺友以を筆頭に、乗っていた船子（乗組員）の遺骸は一つも上がらなかった」

そう言うと、正則はため息をついた。

――こいつは一筋縄ではいかない仕事だぞ。

七兵衛の直感が警鐘を鳴らす。

「まさか、その仕事を、わいにやれと仰せではないですね」

「そなたしかおらぬのだ」

正之が言葉の穂を継ぐ。

「これは単なる海路の開発ではない。請負商人の管理から、いざという場合の救難体制まで、あらゆることを勘案し、実行に移さなければならぬ。わしが知っている町衆でそれができるのは、そなたを措《お》いてほかにおらぬ」

大恩ある正之の期待を裏切るわけにはいかないが、これぱかりは、できるかどうか分からない。

「どうしても、やれと——」

「うむ。幕閣へのわしの置き土産が、そなたなのだ」

そこまで言われてしまえば、答えは一つしかなかった。

以後、七兵衛は稲葉正則を手筋（窓口）として、この仕事に取り組むことになる。

二

時をさかのぼること、三十二年前の寛永十四年（一六三七）の夏、二十歳の七兵衛は、小田原で出会った「人買い仁吉」の勧めに従い、江戸に戻ることにした。

男子が志を立て江戸を出たにもかかわらず、箱根の険を越えずして引き返すという不甲斐《ふがい》なさに、七兵衛の意気は騰《あ》がらない。心機一転して大坂で一旗揚げようという気分も吹っ飛び、「また江戸か」という気持ちにもなる。

——こんなことなら、やはり大坂に行くべきだったな。

東海道を江戸に向かう道中も歩度は速まらず、ほかの旅人と目を合わせることさえ辛《つら》い。

しかも七兵衛には、戻ったところで何かが待っているわけではない。逆に、これまでの人間関係の中に戻れば、「もう帰ってきたのか」と笑い者にされた上、日々、辛い労働に明け暮れるだけである。

——あそこには戻れぬ。

少なくとも、それだけはしたくない。

しかし伝手も学識もない二十歳の若者にできることといえば、肉体を使った仕事だけである。

だが、そうした者は各地から流入し続けているので、賃金は驚くほど安い。このままなら、再び江戸で食うや食わずの日々を送ることになるのは、まず間違いない。

やがて品川宿の木戸が見えてきた。

木戸の出入りは自由だが、四つ（午後十時頃）に閉門し、夜明けとともに開門するので、公用の使者以外、夜間の出入りは禁じられている。

——とうとう江戸に戻ってきちまったな。

木戸の内に入った七兵衛は、どうすべきか分からなくなっていた。

——足の向くまま進んでみるか。

しかしそんなことをすれば、足は勝手に車力《しやりき》の寄場《よせば》に向くだけである。そこに行けば、少なくとも飯にはありつける。

——それでは、同じことの繰り返しではないか。

足を止めた七兵衛は、店と店の間の路地を入り、海に向かった。とくに何か目的があってのことではない。海を見ながら、これからのことを考えようとしたのだ。

やがて路地は、眼下の砂浜に下りていく石段となった。

石段の上からは海が見えた。

——ここが品川湊か。

品川沖には、五百石積みはある大型船が何隻も停泊し、平底船に荷を積み替えている。平底船は決まった水路を通り、品川湊の荷揚げ場に向かうので、あたかも行軍する軍勢のように、一列になって水路を進んでくる。

江戸湾の奥深くまで進めば進むほど、土砂の堆積《たいせき》によって水深が浅くなるため、西国からやってきた船は品川沖で荷を平底船に載せ替え、品川や江戸、また葛西《かさい》や市川方面に運んでいく。そのため品川沖が、菱垣廻船《ひがきかいせん》をはじめとした大型船の停泊場となっていた。

そこからは、品川湊の象徴である洲崎《すさき》の砂洲《さす》も見えた。砂洲は天狗《てんぐ》の鼻のように北に向かって長く延びているため、品川湊は風波の影響を受けにくく、湖水のように穏やかである。砂洲には、防風用の松が植えられ、それが微風を受けてそよいでいる。

品川湊では、多くの人々が働いていた。人々は日々の糧を得るため、他人のことなど考える暇もなく仕事に勤《いそ》しんでいる。それを見ていると強い疎外感に襲われる。

――やはり江戸には、わいの居場所はないのか。

皆、それぞれの居場所を見つけ、そこから糧を得ている。しかし七兵衛には、どこにも居場所はない。

――あの船に乗って、西国に行ってみたいな。

沖に停泊する菱垣廻船を漫然と眺めつつ、そんなことを思っても、七兵衛には乗せてもらえる伝手もなければ、金もない。だいいち西国に行ったところで、元手がなければ同じことの繰り返しである。

――元手か。

七兵衛のように商いで一旗揚げることを志した者が、最も苦労するのが元手を作ることである。何がしかの元手がないと、蕎麦屋《そばや》の屋台さえ出せないのが現実なのは言うまでもないことだが、その元手をすってしまえば、また初めからやり直しになる。むろん何の信用もない若者に、金を貸してくれる者などいない。

——商いというのは、実に難しいものだな。

だからといって車力に戻れば、人生はそれまでである。肉体労働に明け暮れ、疲労した体を休めることで精いっぱいとなり、商いのことを考えるゆとりなどなくなる。そのうち周囲に染まり始め、酒と女と喫煙だけが慰みとなっていくのだ。

——そんな人生は真っ平だ。

しかも車力や普請人足などの肉体労働者の場合、働けるのはせいぜい二十年ほどで、蓄えがないと、それ以降は食うにも困る状態になる。しかも十年以上、働ける者は少なく、それまでに大半は怪我《けが》や病で働けなくなる。そうなれば、物乞いにでもなるしかない。

昔の誼《よしみ》で普請現場や人足寄場に入れてもらい、物乞いをする者たちを、七兵衛は何人となく見てきていた。

——ああなるのは真っ平だ。

だからと言って、何かいい方策があるわけではない。

食べていくためには、仕事をして金を稼がねばならない。すぐに金をもらえる仕事は、肉体労働しかない。しかしそれは、己の目指す人生から、どんどん遠ざかっていくことになる。

いくら考えても、突破口は見出《みいだ》せない。

――いっそのこと身を投げるか。

死んでしまえばどれほど楽か、七兵衛は夢想した。

ちょうど日が沈み始め、品川湊を橙色《とうしょく》に染め始めていた。

夜の海に身投げすれば、酔狂な者に助けられることもなく人知れず死ねる。しかし漁村に生まれた七兵衛は、泳ぎが得意である。

――こいつは、死ねんな。

今度は、死に方に頭を悩ませていた時である。目黒川の上流から、何かが流れてきていることに気づいた。

「こいつはうまいな」

人足の一人が、「ぼりぼり」という力強い咀嚼音《そしゃくおん》をたてながら言った。

「それはよかった。じゃ、買ってくれますか」

すかさず七兵衛が勧める。

「おう、いいよ。いくらだい」

「十文です」

「そいつは安いな」

背負い籠から、笹《ささ》の葉にくるまれた漬物を一つ取り出すと、七兵衛は人足に渡した。

「はい、十文」

「ありがとうございます」

「おい、おれにもくれ」

「へい」

七兵衛の漬物は飛ぶように売れた。

――商いの種というのは、とんだところに落ちているものだな。

背負ってきたすべての漬物を売り切った七兵衛は、商いの不思議さに魅了されていた。

あの夏の日、身投げまで考えていた七兵衛の眼前に流れてきたのは、瓜《うり》や茄子《なす》といった野菜だった。ちょうど七月の盂蘭盆《うらぼん》の後で、精霊《しようりよう》棚に供えた瓜や茄子が捨てられ、流されてきたのだ。

――これだけ多くの瓜や茄子があるのに、どうして誰も拾わないのだ。

実際には、物乞いたちが拾って食べているのだが、それでも有り余るくらい、瓜や茄子は流されてくる。

この世の名残に焼き茄子が食べたくなった七兵衛は、砂浜まで行き、波に洗われている一つを拾った。

――こいつは胴が太くてうまそうだな。

腹が減っていることに気づいた七兵衛は、生のまま少しかじってみた。

「うわっ」

あまりの塩辛さに、腹の減っていることを忘れ、七兵衛は吐き出してしまった。

その茄子は何日か海につかっていたためか、塩味が染み込んでいたのだ。

――茄子にまで見放されたか。

そう自嘲した時である。

——これを元手に何かできないか。

ふと、そう思った。

——やはり、駄目だ。

それらを拾い集めて、そのまま売っても買う人はいない。どれも塩辛い上、馬や牛の形にするために小枝などを刺しており、傷ついているからである。

——漬物にしたらどうだろう。

漬物なら塩辛くても気にならないし、一口で食べられる大きさに刻むので、傷ついた箇所だけ捨てればよい。

——とにかく集めてみるか。

そう思った七兵衛は、近くに捨ててあった古桶《ふるおけ》を洗い、その中に瓜と茄子を放り込んでいった。それを漁師の浜小屋の陰に隠すと、品川宿に赴き、なけなしの金で塩と包丁を買った。

——せめて、自分が食べる分だけでも漬けてみるか。

七兵衛は古桶に放り込んだ瓜と茄子に、塩をまぶしてみた。これで桶一つ分の漬物ができたことになる。

何がしかの労働をしたことで、充実感に満たされた。古桶の傍らで横になると、眠気が襲ってきた。七兵衛はそれに逆らわず、深い眠りに落ちていった。

翌朝、目を覚ますと、腹が鳴るほど減っていることに気づいた。早速、傍らの古桶から茄子を取り出してかじってみた。

——こいつはいける。

七兵衛の直感が、それを教えた。こうした直感こそが商才であることを知るのは、ずっと後のことだが、この時は、なぜかそんな気がした。

再び宿に赴いた七兵衛は、古くなって使わなくなった桶を分けてもらった。その時、かつて母親が隠し味として、漬物に昆布《こんぶ》を入れていたことを思い出した。

――紀州漬けだ。

七兵衛は、浜に落ちている昆布も拾い集め、きれいに洗って古桶の中に入れてみた。

しかし七兵衛一人ができることは限られている。そこで七兵衛は、浜にいた物乞いたちを集めて、

「駄賃をやるので、流れてきた瓜と茄子を拾ってこい」と言い付けた。

その中に十三、四歳の少年がいた。話してみると、これが賢い。その寅吉《とらきち》という名の少年に物乞いの少年たちを集めさせ、瓜や茄子を拾わせてみた。

やる気のない大人の物乞いに比べ、少年たちは水を得た魚のように働いた。

少年たちは競うように汀《みぎわ》を駆け、川に入り、瓜と茄子を拾ってきた。瞬く間に瓜と茄子の山ができた。それを七兵衛は片っ端から漬けていく。

二日もすれば、漬物はでき上がる。それを切り刻んでから売りに行くのだが、七兵衛はふと思いついた。

――ただ宿を流すだけでは駄目だ。

宿には、必ず一軒くらいは漬物屋がある。漬物屋がない小さな宿、すなわち江戸郊外の宿は、それぞれが自宅で漬けているか、近隣の百姓が売りに来る。

――こうした連中と競い合っても利は薄い。それでは、漬物が食べたくても売りに来ないので食

べられず、人が多く集まる場所はどこか。

答えは一つである。

——普請作事の現場だ。

現場で作業する人足たちのいるところ、すなわち土工（普請人足）、鳶口《とびぐち》（材木運搬人）、背負（土砂運搬人）、軽籠持《かるこもち》（川舟の船荷運搬人）らが作業している場所には、漬物などを売りに来る者はいない。もちろん疲れ切っている彼らが、休憩時間に漬物屋まで買いに行くわけがない。

——しかも彼らは日々の苦役で疲れており、塩気を欲している。

七兵衛は寅吉に笹の葉を集めるように言い付けると、漬物を目分量で小分けにし、笹の葉でくるみ、紐《ひも》で結んだ。そうしたものをいくつも作ると、背負い籠の中に放り込んでいく。

瞬く間に漬物の山ができた。

——これでよし。

七兵衛は、自分がいない間も瓜と茄子を拾って漬けるよう寅吉に言い含めると、肉体労働者の多そうな場所に出かけた。

「おこうこ（御香々）、要らんかね。紀州のおこうこは要らんかね」

七兵衛は伊勢国の産だが、紀州の漬物の方が有名なので、その名で売ることにした。

独特の抑揚《よくよう》で歌うように呼びかけていると、人足たちが寄ってきた。七兵衛は「試し食い」として、寄ってきた者に一切れずつ与えたので、その味を確かめることができた人足たちは、安心して買ってくれた。

小分けにしたのも当たった。町にある漬物屋は、ある程度の量のものしか売らないので、一食分の漬物だけが必要な人足たちにとって、小分けは喜ばれる。

――そうか。商いとは人のしないことをし、人の望む物を望む形で供することなのだ。

七兵衛は、今橋の両替商の話を思い出した。母親は、「こぼれ米」を拾うという人のしないことをし、息子は、丈夫な銭差しという他愛ないものを作って売っただけで、莫大《ばくだい》な財を築いた。

――ただ瓜や茄子を集めて売るだけでは、人は金を払わない。そこに何らかの値打ちを付けるから金を払うのだ。

空になった背負い籠の軽さを楽しみながら、七兵衛は足取りも軽く品川に戻った。

浜小屋の軒下を寝床とした七兵衛は、日々、寅吉らと共に漬物を作った。

それでも盂蘭盆が終われば、もう瓜や茄子は流れてこない。七兵衛は寅吉とその仲間を郊外の畑まで走らせ、安い価格で野菜を仕入れさせた。

やがて白菜や人参も漬けるようになり、「七兵衛の紀州漬け」の名は、人足たちの間に広まっていった。

三

それから三十四年後の寛文十一年（一六七一）一月、幕府から正式に「奥州城米廻漕航路開拓」の命を受けた七兵衛は、計画の策定に入り、海が荒れることが少なくなった三月、陸奥国の荒浜に向かった。仙台藩領の荒浜は江戸から九十里余はある。

本業である材木業は、二十二歳になる次男の伝十郎に任せてきた。伝十郎は仕事熱心で、父の跡を継ぐに足るだけの立派な青年に成長していた。一方、十八歳になる四男の弥兵衛は、裕福な中で育ったためか放蕩《ほうとう》が止《や》まず、七兵衛の頭痛の種になっている。

今回は様々なことを実見せねばならないので、陸路と海路を織り交ぜて荒浜に行く計画を立てた。まず七兵衛は、江戸川をさかのぼって関宿まで行き、さらに利根川を下って銚子に出ることで、渡辺友以の立てた経路の有効性を確かめた。

おそらくこの経路は、友以も暫定《ざんてい》的に考えていたのだろう。その迂遠さもさることながら、川が増水してしまうと使えなくなるという致命的欠陥があった。

江戸川はまだしも、坂東太郎という異名を持つほど荒れることの多い利根川を使っての安定的な廻漕は、とても望めない。

――やはり海路しかない。

それが、この経路を使って分かった七兵衛の結論である。

銚子に着いた七兵衛は、まず立務所《りつむしよ》という番所を設置する段取りをつけた。

立務所とは天領から上がる城米廻漕専門の番所のことで、日常的には城米廻漕船の積み荷の安全性確認と船の点検修理を行い、難破などの緊急時には救難態勢を取ることが、主たる仕事となる。

銚子から陸路を使って北上した七兵衛は、那珂湊《なかみなと》と平潟《ひらかた》にも同様の立務所設置の段取りをつけ、平潟からは船に乗り、荒浜を目指した。

この仕事は大火の後始末と違い、うまくいったとしても、本業である材木業に貢献できるものではない。しかし七兵衛は、自分の損得だけを考える商人は、いつの日か必ず淘汰《とうた》されるという「理《ことわり》」を知っていた。

——世のため人のためにに働いてこそ、真《まこと》の商人だ。

普請作事の入札の際なども、七兵衛は常に適正な利益を上乗せした金額で入札し、無理して受注を取ろうとはしなかった。談合などという不正にも、一度として手を染めていない。

——それが、わいの生き方だ。

目先の利にこだわらないそうした姿勢が、結局、七兵衛の信望を築き上げ、商人仲間からも尊敬を集めるようになってきた。

七兵衛の成功を目の当たりにした若い商人たちは、こぞって七兵衛に倣ったので、江戸の商人世界は、武士以上に厳格な倫理観に支配されるようになっていた。

——兵之助に誇れないような生き方だけはできん。

七兵衛の行動の根源には、常にその一事がある。

舳《へさき》で風に吹かれながら物思いにふける七兵衛に、背後から声がかかった。

「旦那、そろそろ着くようですぜ」

振り向くと磯田《いそだ》三郎左衛門《さぶろうざえもん》、雲津《くもつ》六郎兵衛《ろくろべえ》、梅沢《うめざわ》四郎兵衛《しろべえ》、浜田《はまだ》久兵衛《きゅうべえ》の四人が、すでに旅支度を整え、胴の間（甲板）に出てきていた。

磯田三郎左衛門とは、かつて七兵衛が品川で雇った寅吉という少年のことである。三郎左衛門は七兵衛から譲られた漬物の流し売りを発展させ、深川で漬物問屋を営んでいたが、明暦の大火で焼け出され、今は七兵衛の店で働いている。

同じく甚八と呼ばれていた雲津六郎兵衛も品川で出会った一人で、七兵衛から譲られた壁土製造業を営んでいたが、こちらも明暦の大火ですべてを失い、七兵衛の許《もと》に転がり込んでいた。梅沢四郎兵衛と浜田久兵衛も、かつて品川で物乞いをしていた少年で、七兵衛の配下の中では、「品川組」と呼ばれる最古参の者たちである。

やがて大きな河口が見えてきた。その南側に荒浜の街がある。

船は河口に吸い込まれるようにして、荒浜に近づいていった。

荒浜に着いた七兵衛は、この地の顔役である武者惣右衛門《むしやそうえもん》の許を訪れた。

武者家は、陸奥国の諸港に拠点を持つ大手の舟運業者で、仙台藩の米や物資の廻漕を一手に引き受けている、いわば仙台藩御用達商人である。

まず驚いたのは、その豪奢《ごうしや》な屋敷である。延々と続く船板塀沿いを歩き、江戸では見られなくなった古い櫓門《やぐらもん》をくぐると、川の水を門内に流し込んだ川戸《かわど》と呼ばれる水屋があり、来客はまずそこで手を洗う。

玄関に続く長い石畳の左右には、手入れの行き届いた庭が広がり、大小の奇岩奇石や石灯籠《いしどうろう》が見える。そこには満々と水をたたえる池泉《ちせん》が広がり、その中には、金銀錦など色とりどりの鯉《こい》が泳いでいる。

屋敷は切妻瓦葺《きりづまかわらぶき》で、奥の方まで棟が連なり、どこまで続いているのか見当もつかない。

惣右衛門一家は総出で玄関前に居並び、七兵衛たちを迎えてくれた。すでに稲葉正則が仙台藩の重役を通じて手を回しているので、下にも置かない歓待ぶりである。

「渡辺友以殿の後任の河村屋七兵衛と申します」

「武者惣右衛門です」

惣右衛門は四十を少し過ぎたばかりの痩せぎすの男だが、顔の色つやはよく、いかにも海の商人然としている。

続いて七兵衛が、品川組ら同行してきた者たちを紹介した。

玄関前で一通りの挨拶を交わした後、一行は中に招き入れられた。

惣右衛門の先導で庭沿いの広縁を通った一行は、いくつもの角を曲がった末、三十二畳は優にある一間に通された。家の隅々まで青畳の清々《すがすが》しい香りが漂っているのは、七兵衛一行の来着に合わせて畳を替えたからに違いない。

その間には、狩野派の絵師が描いたらしき襖絵《ふすまえ》が飾られ、総檜《ひのき》造りの格《ごう》天井には紫檀《したん》、黒檀《こくたん》材を使った緻密な細工が施されている。

――こいつは凄《すご》い。

七兵衛は、地方の特権商人たちの優雅な暮らしに舌を巻いた。

桃山時代の様式を伝えていた江戸の大名・旗本屋敷の大半は、明暦の大火によって灰燼《かいじん》に帰したが、保科正之ら幕閣により、大火後に建て替える大名・旗本屋敷は、すべて簡素にするよう触れが出された。

これにより、江戸からは豪奢な建築物が一掃される。それに応じて江戸の商人たちも、表向き質素な生活をするようになった。

それに対して地方では、豪商屋敷というものが、いまだ多く残っている。

「聞いたところによると、渡辺殿は遭難されたとか」

惣右衛門が気の毒そうな顔をした。

「はい。わいも聞いた話ですが、房総沖で難破し、お亡くなりになられたということです」

「そうでしたか。やる気に溢《あふ》れた若者だったのですが、残念なことをしました」

七兵衛は運命の不思議さを思った。有能で覇気のある若者が不慮の事故で命を落とす反面、自分のように凡庸《ぼんよう》な男が、こうして生きている。しかし一寸先は闇であり、七兵衛の行く先に何が待ち受けているかは分からない。

――わいも、いつかは渡辺殿のようなことになるかもしれん。しかしその時は、それが運命《さだめ》と心得て成仏するしかない。

七兵衛は、幾度となく己にそう言い聞かせていた。

「武者殿、稲葉美濃守様から聞いたところによると、渡辺殿は阿武隈川の開削と運搬手順を整え、いよいよ城米運搬航路の開発を始めた矢先だったそうで」

「いや、阿武隈川の開削と言っても、あれでは、まだまだ不十分です」

惣右衛門が阿武隈川について説明してくれた。

那須《なす》連峰の一つである旭岳《あさひだけ》を水源とし、北流する阿武隈川の流路は約六十里。最上流の渓谷地帯は、城米廻漕には関係がないため除外できるが、天領から仙台藩領に入る中流域にも難所が多く、福島に集積した城米を川舟に載せたまま荒浜まで運ぶのは、至難の業だという。

武者家の仕事は、仙台藩領から上がってくる米を江戸の仙台藩邸に届けるだけなので問題はないが、天領から米を運ぶとなると、浅瀬を開削し、極端な曲折をやわらげ、さらに滝状になった段差を平坦にするという作業を施さねばならない。

「これまで御料所から米や畑物を運ぶ時は、どうしていたんですか」

「載せ替えをしていました。いったん陸揚げし、荷を馬に載せて難所をやり過ごし、また舟に戻すことの繰り返しです」

「そいつは、手間がかかりますな」

「仰せの通り。渡辺殿も、いくつかの浅瀬の開削に取り組んだだけで、河川の段差解消などは『やむなし』と言って、手を付けませんでした」

――こいつは、たいへんなことになりそうだな。

これが容易ならざる仕事であることを、七兵衛はあらためて覚った。


翌日、七兵衛一行は、惣右衛門を案内役にして阿武隈川上流に向かった。

仙台藩領と天領の境までは、荒浜から川をさかのぼれるという話だったが、流れが速い場所や傾斜が厳しい場所では、両岸に太縄を渡し、舟引き人足たちに引いてもらうことになる。

「あの者たちは、この仕事を専《もっぱ》らとしております」

屈強な男たちが掛け声と共に太縄を引くと、舟は流れに逆らって、どんどんさかのぼっていく。

小半刻《こはんとき》（約三十分）ほどそうしたことが続き、ようやく難所を過ぎると、太縄を外し、人足たちは手を振って来た道を戻っていった。

「こうしたことで食べている村が、仙台藩領だけで四つもあります」

「この仕事に従事している頭数は、どれほどで」

「そうですね」

惣右衛門は煙管《きせる》を取り出し、煙草《たばこ》を詰めながら言った。

「数えたことはありませんが、百は下らないでしょう」

惣右衛門は自分が吸う前に七兵衛に煙管を勧めてきたが、そんな気分になれない七兵衛は丁重に断った。

「これまで米沢藩は、江戸に廻米することはなかったんですか」

城米の供給地である信夫郡と伊達郡十二万石は、かつて米沢藩領だった。

「とても運べないので、自領で費やしていたはずです」

「そうか。御料所と違って役に立たない武士が、ごろごろしていますからね」

二人は蒼天《そうてん》に届けとばかりに笑った。

「では、江戸藩邸の武士たちの食い扶持《ぶち》は、どうしていたんですかね」

「そうしたものや余剰米は、舟運と陸運を組み合わせて何とかしていました。荒浜からは、われらも米沢藩の廻漕を手伝っていましたし」

——そういうことか。

米沢藩の場合、運ぶ米の量がさほどではないので、それで十分だった。

しばし穏やかな流れをさかのぼっていくと、艪頭《ろがしら》が舟を岸に寄せた。

「ここからは陸路を行き、また少し先で舟に乗ります」

一行は馬に乗り換え、さらに上流に進んだ。

しばらく行くと川の流れは急に激しくなり、明らかに浅瀬と思われるような箇所も散見された。

「三郎左衛門、流路図を描いてくれ」

「へい」

磯田三郎左衛門が巻物状にした手控えに、しきりに絵を描く。

「六郎兵衛たちは、水の深さを測ってこい」

雲津六郎兵衛、梅沢四郎兵衛、浜田久兵衛らが、川に下りて水深を測る。

浅瀬が終わり、舟に乗り換えてしばらく行くと、再び舟が岸に着けられた。そこから、またしても馬である。

——こいつはたいへんだな。

馬の背に揺られてしばらく行くと、段差のある場所に差し掛かった。

そこは人の背ほどの段差になっており、川水は滝のようになって、何カ所かから流れ落ちている。

「こんな場所は、どのくらいありますか」

「せいぜい三、四カ所です。高くても人の背くらいですが」

——それなら何とかなるかもしれない。

七兵衛は、できる限り載せ替えせずに荷を運ぶつもりでいた。そのためには段差を削り、水をためて水深を確保するという大普請が必要となる。川底を開削したり、岩を砕いたりするのと違い、段差の平坦化は難作業となる。

ここでも三郎左衛門ら手下が走り回り、測量を行った。

そんなことが繰り返され、この日は角田《かくだ》に泊まることになった。

翌日も同様の作業が行われた。とくに、この日に見た流路には障害が多く、頭の痛い問題が山積していた。ようやく宿営地である梁川に着いた時には、夜になっていた。

梁川は、渡辺友以が設けた集積地の一つである。

翌日、さらに南下を続けた一行は、第二の集積地の桑折を経て、最上流の集積地である福島に入った。ここで最終的な流路図を見せられた七兵衛は、愕然とした。

――普請が必要な場所は、大小取り混ぜ十七もあるのか。

「河村屋さん、見ていただいた通り、福島から荒浜まで、舟運だけに頼るのはとても無理です。浅瀬の開削は何とかなるにしても、丸森《まるもり》の大曲りと何カ所かの段差は、手を付けられないでしょう」

丸森の大曲りとは、阿武隈川が直角に近い状態で曲折している難所中の難所のことである。

「それでも、やらねばならんのです」

七兵衛の胸内には、すでに闘志の焰《ほむら》がともっていた。

「しかし河村屋さん、この地には、舟引きや荷運びで食べている者どもも多くいます。その仕事がなくなれば、かの者たちは路頭に迷います」

「分かっています。彼らが食いっぱぐれないようにすることだけは、肝に銘じています」

七兵衛とて本を正せば車力である。労働者の仕事を奪うようなことだけはしたくない。

翌朝、福島の集積所予定地を見て回った一行は、それを最後に帰途に就いた。

帰り道も、普請が必要な場所を再び入念に調べ、それにかかる人手や期間も弾《はじ》き出した。

また城米の抜き取りを防止するため、天領と仙台藩領の境目にある水沢と荒浜の二カ所に番所を設け、不正がないか点検することにした。さらに丸森、枝野《えだの》、江尻に舟懸所《ふなかけじょ》を設け、不慮の事故や舟の修繕に備えさせることにした。

七兵衛はあらゆる事態を想定し、準備を怠らなかった。七兵衛に人より秀でている点があるとすれば、「周到さ」に尽きると言ってもよい。

――細かいことをおろそかにする者に、大事は成せぬ。

それが、七兵衛の考え方の基本にある。

荒浜に戻った一行は、その後も一月《ひとつき》近く滞在し、様々な調査を行った。

荒浜での問題は米の集積地である。渡辺友以が指定した場所は低地で、阿武隈川の氾濫《はんらん》や高波による被害をこうむりやすい。

そこで七兵衛は、水害にも耐えられるほどの高さがあり、かつ海にも運びやすい地を念入りに探し、そこを集積地とした。

五月、いよいよ七兵衛一行は、海路を使って江戸に戻ることにした。

一年のうちで最も穏やかな季節とはいえ、海は油断ができない。

海岸線沿いに南下した一行は、平潟、那珂湊、銚子に再び寄った後、往路では立ち寄れなかった安房国の小湊《こみなと》にも寄り、こちらにも立務所設置の段取りをつけてから、江戸に向かった。


この時代の船は磁石を持っていないため、陸岸《おか》が見える海上を帆走するのだが、房総半島沖は、とくに潮の流れが強い上に複雑で、微風でも強風でも操船は困難を極める。

犬吠埼沖も同様の難所だが、いざとなれば近くに銚子港があるので避難できる。しかし房総沖は、小湊を出てしまうと内房の館山まで良港がない上、かなり沖合まで岩礁地帯が続くので、何かあっても陸岸に近づきにくい地形である。

船が遭難する場合、沖に流されてしまうことより、陸岸に近づきすぎて破船、すなわち岩礁に当たって座礁してしまうことの方が断然多い。とくに野島崎沖や洲崎沖には暗礁が多く、航行には細心の注意を要する。

この海をよく知る地元の水主たちは、天候と潮を確認しながら慎重に沖に出ると、南下を開始した。その真剣な顔付きを見ると、この海域が尋常なものではないと察せられる。

——やはり地元の船手衆が乗っていない限り、小湊から館山に至るまでの難所を越すことはできない。だが、一年を通じて船に乗っていない地元の船手衆は、この海をよく知っていても、熟練しているとは言えない。

彼らによると、房総半島沖を渡るのは三月から六月までの四カ月間に限られ、それ以外は、いくら金を積まれても引き受けないという。

しかし米の収穫時期からすると、晩秋や初冬の廻漕も必要となる。とにかく大量の米を運ばなければ、日に日に発展する江戸の食い扶持を賄えないのだ。

——いったい、どうしたらいいいんだ。

七兵衛は一人、考えに沈んでいった。


五月下旬、七兵衛一行は無事、江戸に帰り着いた。

早速、勘録《かんろく》（調査報告書）をまとめ、稲葉正則の住む小田原藩上屋敷を訪れた。

すでに季節は梅雨に入り、雨模様の日が続いていたので、正則の屋敷の庭に咲く紫陽花《あじさい》も満開になっている。

しばし座敷で待たされていると、正則が入ってきた。正則は七兵衛より五歳下の四十九歳だが、その精力的な顔付きだけ見れば三十代でも通用する。

「で、いかがであった」

「やはり、容易なことではありません」

七兵衛は勘録を示しながら、実見してきたことを報告した。

「そういうことか」

さすがの正則も腕を組んで唸《うな》っている。

むろん散用（支出）がいくらになるかによって、何をどこまでやれるかが決まってくる。

「阿武隈川の流路と廻漕航路のことが片付けば、すべてはうまくいくのか」

「必ずしも、そうとは限りません」

「では、何が厄介事として残る」

「堅牢《けんろう》な船と、読み詰んだ（熟練した）船手衆がおりません」

「そうであったな」と言いつつ、正則が顔をしかめる。

それが、この航路のもう一つの大きな弱点だった。

「むろんそなたのことだ。打開策は考えてきておるな」

「はい。廻漕は、堅牢な船と腕に覚えのある水主たちを所有する船主に、一手に任せるのがよいかと」

「つまり、入札をやめて、船も船手衆も随意に雇えと言うのか」

「仰せの通り」

「入札をしないとなると、高くつきそうだな」

「いえ、これまでの損失を勘案すると、この方が安くつきます」

七兵衛が、「大計を論ずる者は小費を惜しまず。速きを欲さずして自《おの》ずから速き者なり」と言ったので、正則は一本取られたとばかりに、扇子で膝を打って笑った。

すなわち「大きな計画を検討している者は、小さな損失を惜しんではならない。（そうした者ほど）速さを欲さなくても、自ずと速く事は成る」というのである。

七兵衛の考える問題とは、まず入札制度にあった。

入札を行う限り、入札者は安い価格で入札して落札しようとする。しかし落札したはいいが、損失が出てはたまらないので、廻漕にかかる散用を節約しようとする。

つまり古いぼろ船に城米を満載し、素人同然の水主を雇う。しかも仕事を早く済ませて賃金をもらいたいため、天候が少々悪くても、無理して船を出すことになる。こうした事が繰り返され、四分の一もの船が、満足に米を送り届けられない状況が生じているのだ。

「それで、堅牢な船と経験ある水主たちを所有する船主に心当たりはあるのか」

「へい。以前、懇意にしていた菱屋権六という廻漕業者に聞いたのですが、船の堅牢さと水主の経験深さは、熊野灘の者どもが日本一だとか」

熊野灘の者どもとは、紀伊・伊勢・志摩三国の者たちを指す。

「そうか。かの者どもは戦国の昔から船を操るに巧みで、今では、大坂と江戸の航路の主力を成している。その中でも、誰の差配する廻漕業者がよいのか」

「熊野船手の中でも、仕事の確かさでは、紀州の脇島屋《わきしまや》忠兵衛《ちゅうべえ》殿が一番とか」

「脇島屋忠兵衛とな」

「はい。今は鳥羽を拠点にしていますが、本を正せば新宮の出で、海のことで知らぬことはないほどだとか。しかし引く手あまたなので、すぐにこちらの仕事に就くのは無理だと聞きました」

「馬鹿を申すな。わしを誰だと思っている」

「あっ、そうでした」

二人の笑い声が稲葉邸の庭に響いた。


六月、脇島屋忠兵衛を呼び出した稲葉正則は、直々に「奥州城米廻漕取締」を命じた。

初めは固辞した忠兵衛だったが、正則の要請を断れる者はいない。

結局、忠兵衛は元請として仕事を請け負うことになる。

いまだ阿武隈川の改修や、米穀集積所や各地の立務所の設置も万全ではないが、江戸の人口は日に日に増えており、すべての準備が整うのを待つことはできない。

——やるだけのことだ。

七兵衛は心の中で腕まくりした。

四

その三十四年前の寛永十四年（一六三七）、二十歳の七兵衛は漬物の販売を軌道に乗せ、何人かの配下の食い扶持を確保するまでになった。

それでも何かに成功すると、すぐに追随する者が出てくる。半年もしないうちに同業者が増え、さすがの「七兵衛の紀州漬け」にも陰りが見えてきた。

——商いというのは難しいものだな。

質のいい野菜を買い付け、味付けを念入りにし、誰が食べても「これが一番」という漬物にしても、粗悪な漬物を安く売られると、買い手はそちらに吸い寄せられてしまう。

一文や二文の差であっても、安い方になびくのが人情である。

——なぜなんだ。

売れ残った漬物を寅吉たちと食べながら、七兵衛は頭を抱えていた。

しかし、もし自分が客の立場だったら、味や質を我慢しても安い方を取るに違いない。何と言っても、ぎりぎりで生活している者たちを相手にする商いなのだ。

——こちらも値段を下げるしかないのか。

そうなれば質のよい野菜を仕入れることはできず、「七兵衛の紀州漬け」はできない。

己の一部が「元々、流れ着いた瓜や茄子を使っていたのだ。それでもいいではないか」と囁《ささや》く。

しかし味や質を落とせば、最近になって付き始めた上客、すなわち、ある程度の稼ぎのある町人が逃げていくのは明らかである。

「兄貴、どうしやす」

寅吉が問うてきた。

「漬物のことはお前に任せた。質も値段も落とさず、作る量を減らして売れ残らないようにしろ」

「そいじゃ、兄貴は何をやるんです」

「もっと、うまい商いを考える」

「でも漬物と一緒で、すぐに誰かにまねされますぜ」

「分かっている。だがほかの者が、それに気づくまで荒稼ぎして、また次の商いに乗り換える」

七兵衛は、「商いとは人のしないことをし、人の望む物を望む形で供すること」だという鉄則を思い出した。

「寅よ、最近、町中で皆がほしがっているものは何だ」

七兵衛の箸だけが、先ほどから全く止まっている。

「さてね」

麦飯を頬《ほお》張《ば》りつつ、寅吉が首をかしげる。

「役者の錦絵かな」

「京でしか手に入らないような簪《かんざし》も人気ですぜ」

「上質の鉄で作った農耕具とか」

そこにいる少年たちも思い思いのことを言う。

「どれも元手がかかるか、技が要るものばかりだな。そうじゃなくて、わいらでもすぐに作れるものだ」

「そんなもんがあれば、もう誰かがやっていますよ」

寅吉は「うまい」と言いながら、自分で漬けた「紀州漬け」をかじっている。

「そいじゃ、この漬物は、どうしてうまくいった」

「たまたまでしょ」

甚八が口を挟む。

「では、もう、うまくいくようなものは落ちていないのかい」

それについては、皆、顔を見交わしながら咀嚼《そしやく》するだけである。

「お前らは今日の食い扶持だけを考えているから、いけないんだ。明日のことも考えないと、江戸では生きていけない」

七兵衛が自分に言い聞かせるように言う。

「つまり漬物を始めた時のように、どこでも手に入るので元手がかからず、加工する手間もさしたることはないものを探せってわけですね」

さすがに頭の回転の速い寅吉である。

「そうよ。そこでだ。皆が求めているのに、供する者がいないものに思い当たらないか」

「ああ、そういえば――」

甚八が洟《はな》を拭きながら言った。

「壁の下地に使う泥が足りない、と言っている人足頭がいましたよ」

「壁下地の泥か――」

この時代、粘り気のある泥は、江戸郊外から運ばれてくる。しかし米や畑物に比べて安いので、商人たちは扱いたがらない。

「でも兄貴、わいらが川越辺りに行って泥をすくってきたところで、二束三文で買い叩かれるだけですぜ」

寅吉が七兵衛の伊勢弁をまねて「わいら」と言ったので、皆が一斉に笑った。

「その通りだ。人と同じことをしていては駄目だ」

それこそは、七兵衛が肝に銘じていることである。

もちろん道具も運搬手段も持たない七兵衛たちが、この事業に参入したところで、利益は高が知れている。

――ではどうするか、だ。

「泥なら、海にあるよ」

甚八が麦飯をほおばりながら言う。

「海の泥は駄目だ」

すかさず寅吉が断じた。

「海水を吸いすぎているから、乾かしても養分が抜けており、さらさらになってしまう。砂浜を見れば分かるだろう」

関東平野には、赤褐色に風化した火山灰層が地下水を吸い、粘質性が高くなった土が広がっている。この土は加工が施しやすい上に崩れにくいため、戦国期の関東では、多くの土の城が造られた。

「そうだな。海の泥は粘り気がないから版築《はんちく》には使えん。だが、待てよ――」

七兵衛が顎に手を当てて、己の考えに沈んだ。

――海の泥を粘り気のあるものにできないものか。いや、そんなことは無理だ。だとすると――。

子供の頃、家の壁から藁《わら》が生えてきているのに気づいた七兵衛は、それを引っ張り、壁を崩してしまったことを思い出した。

――あの時は父上にこっぴどく叱《しか》られた。だが父上は、「貧乏人の家の壁土には、スサと呼ばれる藁屑《わらくず》を混ぜねばならん」と言っていた。

一見、汚らしく見えても、そうすることで壁土は崩れにくくなるというのだ。

西国の土は粘り気がなく崩れやすい。壁土に金をかけられない家では、質のよい土を使う代わりに、スサを混ぜて補強していたのだ。

——海の泥に藁屑を混ぜてみたらどうだろう。

「寅吉、藁屑を集められないか」

「集められないことはないですが、手間がかかりますぜ」

確かに、道を歩いて藁屑を拾っていたのでは、埒《らち》が明かない。

「大量の飼葉（干し草）を手に入れられるか」

「そりゃ、金次第でしょう。それより、いったい何がしたいんで」

七兵衛が皆にスサのことを語った。

「それは分かりましたが、町を歩いて藁屑を集めるくらいじゃ、とても足りませんぜ」

「どこかに、まとまって捨てられていないか」

「あっ」

甚八が膝を叩く。

「そうだ。寺や神社などで、月に一度くらい、古草鞋《ふるわらじ》を集めて燃やしているよ」

火の用心のため、古草鞋のような燃えやすい物は、一カ所に集められて燃やされることが多い。とくに幕閣が命じたことではないが、町人たちの間で、そうしたことが自発的に行われるようになっていた。

「それだ！」

七兵衛が立ち上がる。

「よし、お前らは寺や神社を回り、集められた古草鞋をもらってこい。水に浸して細かく打ち砕けばスサになる。わいと寅吉は、舟を出して泥をすくってくる。ここにいない者たちには、引き続き漬物を売りに行かせ、食い扶持を稼いでもらう」

瞬く間に手配りが決まった。

「まずは、試してみてからだ」

七兵衛の直感が、「これはうまくいく」と囁いた。

準備が整った数日後、海の泥にスサを混ぜ、版築まがいの壁を造ってみた。型枠に流し込んだ泥に藁屑を入れ、さらに小石も混ぜると、それらしいものができた。

その後、ある程度、乾くのを待ってから、叩き棒で突き固めた。この作業によって土の密度が高まり、強度が増す。

数日後、案に相違せず頑丈な壁ができた。

――これだ。

七兵衛は役割分担と手順を決め、左官屋が働く現場に売りに行かせた。

初めは嫌がられたが、その場で実験的に造って見せ、二、三日後に行ってみると、どの左官屋も「すぐに運んでこい」という。

全く元手がかからず、労力だけという考えられない商いを、またしても七兵衛は生み出した。

しかしこの商売も、半年後には多くの商人たちにまねられ、利幅が薄くなっていった。とくに、元手のある商人は人手がかけられるので、瞬く間に大量の泥を集められる。その上、神社仏閣も賢くなり、集められた古草鞋を、ただでは譲ってくれなくなった。

――商いというのは難しいものだな。

元手のない者がのし上がるのは容易でないと、七兵衛は思い知った。しかし、それであきらめていては元の木阿弥《もくあみ》である。

――つまり漬物を売ろうとするから駄目なのだ。大切なのは漬物そのものではなく、商いのやり方なのだ。

それに気づいた七兵衛は、漬物売りと壁土加工を応用して、様々な商いに手を広げていった。

すなわち七兵衛の商いは、何かを売りたい商人に売り子をまとめて貸したり、壁土を加工する職人を養成し、現場に派遣したりするものに変貌していった。

その行きつく先は、かつて小僧として学んだ口入屋だった。江戸に流入する人口が絶えない限り、口入屋の需要はある。しかしこれまでの口入屋は、特定の仕事に熟練していない者を派遣するだけだったので、肉体労働が関の山だった。

それを七兵衛は、物売りや職人などに養成してから売り物としたので、引く手あまたとなった。

とくに漆喰師《しっくいし》は、かつて腕がよかったという老人を雇い入れ、少年たちを集中的に鍛えてもらった。そのため壁土と漆喰師を合わせて売り込むという販売法を編み出し、壁土だけを売る以上の利益を稼ぎ出した。

七兵衛は、特定の事業に旨《うま》みが薄くなると、惜しげもなく後進に譲り渡した。

漬物は寅吉に、漆喰塗りは甚八に、といった具合である。商権を保持したまま暖簾《のれん》分けするという手もあるのだが、そこを七兵衛はすぱっと割り切り、権利ごと後進に譲るので、周囲の信望が高まっていった。七兵衛自身は、様々な商いを通じて知り合った伝手を生かし、口入屋と材木の仲買人を主業としていく。

これにより七兵衛を中心として、信望だけでつながる商人集団が形成されていった。

五

寛文十一年（一六七一）七月初め、いよいよ福島に向けて出発するという日の朝、七兵衛は妻のお脇、次男の伝十郎、四男の弥兵衛と水盃《みずさかずき》を交わした。

「わいに万が一のことがあったら、二人して母上を助けていくのだぞ」

「はい」

いつになく神妙な顔をしている二人の息子の盃を、七兵衛が水で満たす。

「あんた――」

お脇は、泣きはらした目をしばたたかせている。

「何で、そんな危険な仕事を請け負ったんだい。しかも船に乗るまでしなくてもいいじゃないか。あんたは、もう年なんだよ」

七兵衛はこの年、五十四歳になっていた。

五十四歳といえば、すでに隠居してもおかしくない年で、早い者は四十代で隠居し、のんびりと老後を過ごしている。子ができるのが遅かったとはいえ、次男の伝十郎は二十二歳になっており、家督を譲ってもいい年頃である。

「年を取ったからこそ、この身をお国のために捧げても、惜しくはないのさ」

「だからと言って、何でも自分でやっていたら、身が持たないよ」

「父上」

伝十郎が膝を進める。

「此度《こたび》のお役目、やらせていただけませんか」

「そいつは駄目だ。お前には店がある」

「しかし──」

「伝十郎、これを読め」

七兵衛が懐から書付を取り出した。それを押し頂くように受け取った伝十郎が、早速、その文字を目で追う。

「これは──」

「家督をお前に譲り、わいは隠居の身となる」

「父上、よろしいので」

「ああ、店の切り盛りには一切、口を挟まんつもりだ」

「ありがとうございます」

伝十郎が平伏する。

「お前はもう河村屋の主だ。堂々としていろ」

「はい」

「確か、想い女《おもびと》もいたな」

「えっ、ご存じなので」

「忙しさにかまけて、縁談一つ持ってこなかったわいが悪かった。その代わりに、お前が誰と夫婦《めおと》になろうと、文句は言わない」

「ありがとうございます」

伝十郎に少し年上の想い女がいるのを、七兵衛は知っていた。近所の裏店《うらだな》に住む三味線の師匠である。その女は吉原の出で、年季が明けて自由の身となり、三味線を教えて生計を立てていた。

それを知っていた七兵衛は、商人仲間から持ち込まれる縁談を断り続けていた。

「自分の人生は自分で決めろ。ただし責を負うのも自分だ」

「はい」

「弥兵衛よ」

「えっ」

他人事《ひとごと》のように俯《うつむ》いていた弥兵衛が、驚いたように顔を上げる。

「放蕩はもう飽きたか」

「ええ、まあ――」

弥兵衛が、照れくさそうに笑みを浮かべる。

「この子は家のお金を持ち出して、今でも遊んでいるんですよ」

お脇が非難がましく言う。

「これまでわいは、お前の放蕩には口を挟まなかった。だがな、お前ももう十八だ。これからは自分の人生ってもんを考えていかねばならない」

「は、はい」

「弥兵衛」と言いつつ、伝十郎が向き直る。

「これからは、家の金を勝手に持ち出すことは許さん。遊びたければ自分で稼げ」

「兄上だって、三味線の師匠の生活費を持ってやってるじゃないか」

「それは、自分で稼いだ金から捻出している」

二人が鋭い視線を絡ませる。

「弥兵衛、これからは、わいでなく伝十郎の言うことを聞くんだ。家業を手伝いたくないなら、この家を出ていってもらう」

「ふん」と言うや、弥兵衛が座を立つ。

「弥兵衛、戻れ」

伝十郎の言葉を聞かず、弥兵衛はどこかに出ていってしまった。それを追いかけようとする伝十郎を、七兵衛が押しとどめる。

「もういい。いつか分かる日が来る」

「しかし父上――」

「あれで奴は目端が利く。放蕩に飽きたら、きっといい商人になる。しかも存分に、この世の地獄を見てきているんだ。とくに口入屋の仕事は向いている」

この世の地獄とは、吉原の女郎たちや放蕩で身を持ち崩した者たちのことである。

「伝十郎、奴のことは任せたぞ」

でもらう」

「分かっています」

「店を弥兵衛や番頭らに任せられるようになったら、お前には、わいがやっている仕事を引き継いでもらう」

「あんた、それは――」

何か言おうとするお脇を、七兵衛が制した。

「お前は口を挟むな。ひとたび男と生まれたからには、世のため人のために役立つ仕事をせねばならない。それが、いかにもうからない仕事だろうと、人様の喜ぶ顔が見られれば疲れも吹っ飛ぶ。この喜びを、わいは伝十郎と分かち合いたいんだ」

「父上、やりましょう」

「割に合わない人生になるが、それでもいいんだな」

「もちろんです」

伝十郎が強くうなずく。

「よし、いつか親子二人で、でかい仕事をやってのけよう」

「はい。お願いします」

さすがの七兵衛も、いざ隠退となれば感慨深いものがある。一つ間違えば力仕事に明け暮れ、命をすり減らすようにして死んでいったに違いない人生である。それが、いっぱしの商人になるという思いを遂げられただけでなく、一代で財を成せたのは天運だったとしか思えない。

――これからは、この世に恩返しする。

それだけが七兵衛を支えていた。

六

寛文十一年(一六七一)の七月末、七兵衛は試験的な廻漕に乗り出すことにした。

川舟から下ろされた米俵が、次々と大船に載せ替えられていく。踏み板を渡り、褌《ふんどし》一丁で米俵を運ぶ男たちの背に汗が光る。

——いよいよ船出だな。

しばらくすると作業も終わり、男たちはそこかしこに座り込み、煙管をふかしている。

手控えを見ながら、物頭らしき男と話していた武者惣右衛門が、こちらに戻ってきた。

「米俵百十二俵、確かに積み込みました」

「それですべてですかい」

「はい。早稲《わせ》ですから、これくらいですね」

「それじゃ、本番の収穫が始まったら、どれくらいになりますか」

「一回あたり、三百俵は積み込まないと間に合わんでしょう」

「そいつは、積み込み過ぎですな」

「では、船の数を増やすしかありません」

「それが難しいんですよ」

収穫期に入れば、船の数が足りなくなるのは明らかだが、今年は新造船が間に合わないので、既存船で回していくしかない。

それでも、稲葉正則が脇島屋忠兵衛に無利子で金を貸し付け、新たに堅牢な船を造らせているので、それができあがる来年からは、かなりの頻度で米を運べるはずである。

――とにかく、一つひとつ厄介事を片付けていくしかない。

何か新しいことをやろうとすれば、問題が次々と出てくるのは当然である。それを地道に片付けていく根気があるかどうかが、成功者と失敗者を分けるのだ。

船の上では、米俵を船倉に入れる作業が続いていた。こちらは、忠兵衛が連れてきた水主たちの担当である。

「河村屋さん、この時期の房総沖は荒れる。くれぐれもご注意下さい」

惣右衛門が心配そうに言う。

「覚悟の上です」

米俵の収納が終わったらしく、船上で忠兵衛が手を振っている。

「では、行きます」

「ご武運をお祈りしています」

惣右衛門が、あえて「ご武運」という言葉を使ったのは、海との戦いを想定してのことである。

武者家の人々や使用人たちが見送る中、最初の船便が出航した。

空は晴れており、波は穏やかである。水平線辺りには、薄墨を刷《は》いたような濃淡のない空が広がり、海が荒れる気配はない。

「脇島屋さん、わざわざ出張っていただき、お礼の申しようもありません」

「なあに、河村屋さんに巻き込まれたついでに、最初くらいは陣頭指揮を執ろうと思いましてね」

「ありがとうございます」

いかにも海の棟梁《とうりよう》らしい半袖襦袢《じゆばん》に赤い褌を回した忠兵衛が、陽気に笑う。

艪頭《ろがしら》（船長）は、黒もしくは赤の木綿褌を二重回しにして固く締め込む。万が一、遭難して屍《ろくじ》となった時でも、一物《いちもつ》を衆目に晒《さら》さないためである。

忠兵衛は、長年にわたって海の仕事をしてきた者にふさわしい赤銅色《しやくどういろ》の肌と、若者のように筋張った体をしていた。

「惣右衛門さんが、あれほど恐れるのだ。覚悟を決めねばなりませんな」

「はい。そのつもりです」

二人が見つめる先には、何が待っているか分からない。今は仏のように穏やかに見える海も、ひとたび雲行きが変われば、人の命をのみ込む鬼と化すかもしれないのだ。

――それでも、やるだけだ。

懐手《ふところで》をしつつ、七兵衛は水平線の彼方《かなた》を見据えていた。


「込み潮（満潮）で、物言うてきましたな」

忠兵衛が舌打ちする。

「物言うてくる」とは、風波が激しくなってくることである。

空は晴れて太陽は照っているが、風が強まり、うねりが出てきた。

海雀《しゆうりき》や岩燕《はいろ》も、鋭い鳴き声を上げながら陸岸に向かっていく。

「こいつは、荒れてくるかもしれません」

忠兵衛が物憂げに呟《つぶや》く。

夏の海特有の海風が強くなってきた。最初の航海なので慎重に進むべく、どこかの湊で難を避けることも考えたが、大風《おおかぜ》（台風）でもないので、次第に収まると予想し、七兵衛は江戸湾突入を決断した。

惣右衛門の付けてくれた嚮導役《きょうどう》も、それに合意した。嚮導役によると、この季節は常に海風が吹くので、いつ江戸湾に向かっても、さして変わらないとのことだった。

帆布《はんぷ》いっぱいに風をはらませ、船は海上を疾走するが、次第にうねりが大きくなってきた。まるで山の頂から谷底に落とされるように、船の上下動が激しくなる。

巨大なうねりに乗っては下りてを繰り返しつつ船は進むが、そのたびに、海水が飛沫《しぶき》となって船上に降り注ぐ。そのため水主たちは、水浸しになった船倉から流れ作業で水を汲《く》み出し始めた。

――こいつは相当なものだな。

幼い頃から、船に乗り慣れている七兵衛も、これほど大きなうねりを経験したことはなく、すぐに立っていられなくなった。

船が頂から谷底に落ちると、めまいに襲われたかのように、胃の腑《ふ》の辺りから悪寒が突き上げてくる。小さい波なら、いくら荒れても我慢できるのだが、七兵衛は大きなうねりに慣れていない。

断続的に襲ってくる吐き気に耐えきれず、胃の中が空になるまでもどしたが、それでも吐き気はやまない。だがこの計画の責任者として、七兵衛は胴の間に立ち続けねばならなかった。

――これくらいで負けられるか！

遂《つい》にどうしても耐えられず、片膝をついた。

「お頭！」

磯田三郎左衛門や雲津六郎兵衛が、左右から支えようとする。

彼らも辛いはずだが、年齢的に七兵衛より若い分、まだ体力が残っているようだ。

「わいに構うな」

「しかし――」

「吐き気で死にはしない」

舳に立ち、水主たちに指示を出していた忠兵衛も駆け寄ってきた。

「河村屋さん、大丈夫か」

「心配かけてすまない」

「なあに、こればかりはしょうがないよ。しかしここの海は、ちと〝はっさい〟だな」

〝はっさい〟とは、紀州弁で「お転婆娘」の意である。

「〝はっさい〟でも乗りこなすのが、熊野灘の船子ってもんだ」

「ははは、その通りだな」

二人は風の音に負けじと笑い合った。

船は半里（約二キロメートル）ほど先に陸岸を捉えながら、野島崎沖を南西に向かっていた。しかし沖からの強風に押され気味となり、陸岸に押し付けられるように寄っていく。

「風《まぜ》が荒吹いてきた。下筋に流されとる。帆を六分に絞れ！」

下筋とは東北のことを言う。風が強くなると、帆が風を受ける面積を微妙に調整していく必要がある。それを担当するのは、手引《てびき》と呼ばれる帆の張り具合や傾きを指揮する者である。手引は口を閉じている暇がないほど、細かい指示を飛ばしている。

――それだけ危ういのだ。

この辺りは、陸が深く切れ込んでいるので水深はあるが、陸岸に近づけば暗礁も多くなるため、四半里（約一キロメートル）以内に近づくのを避けねばならない。だからと言って、陸岸から離れすぎた位置で帆柱が折れたり、舵《かじ》を失ったりすれば、黒潮に持っていかれる恐れがある。

風波がいっそう激しくなってきた。天を向いた船首が突然、下方に傾くと、逆落としに海面に叩き付けられる。

「陸岸に山立てい！」

ささやき筒（拡声器）を口に当てた忠兵衛が、「陸に舳を向けろ」という指示を飛ばすと、舵柄《かじづか》が軋《きし》む音がして舳が陸を向く。

「未申《ひつじさる》に〝間切り〟せい」

風上の南西に向かって小刻みに進むよう命じると、手引が何事か指示を飛ばす。

水主たちは船上を走り回り、様々な帆綱水縄《みなわ》に取り付く。それぞれの行為がどの帆を操っているのか、七兵衛には見当もつかないが、その調整によって、しばらくの間、船は安定して航行する。

「どんかいなぐらじょ！」

艫《とも》の方から、「どでかいうねりだ」という声が聞こえた。

振り向くと山のようなうねりが、左舷後方に盛り上がっている。

息をのんで見つめていると、船が大きく傾き、その波頭が、鞭《むち》のように胴の間に叩き付けられた。

砲弾が炸裂《さくれつ》したような音が轟《とどろ》くと、衝撃が襲ってきた。

「うわー」

七兵衛は思わず尻餅をついたが、舷側の立尺《たてじゃく》（波よけ板）を摑《つか》んでいたため、その場にとどまることができた。

しかし何も摑んでいなかったらしい雲津六郎兵衛は、胴の間を反対側の舷まで転がっていく。

「何かを摑め！」

七兵衛の言葉が聞こえたのか、六郎兵衛は垂れ下がっていた水縄を摑んだ。

「甚八、放すんじゃないぞ！」

「へ、へい――」

つい口をついて幼名が出た。

胴の間の上を白い泡と化した水が洗っていく。その水量は、六郎兵衛の全身を隠してしまうほどである。

「頭、一人落水した！」

艫の方から絶叫が聞こえる。

「見えるか！」

忠兵衛が怒鳴ると、しばらくして返答があった。

「見えません！」

「正信偈《しょうしんげ》を唱えてやれ！」

――つまり、助けられないということか。

それだけ言うと忠兵衛は、もうそのことに触れない。むろん救助に向かうそぶりさえない。

——これが海の男の厳しさなのだな。

水主たちの唱える正信偈が、風の音を縫って聞こえてきた。皆で正信偈を唱えることで、落水した者に「助けられなくてすまない」という謝罪をしているのだ。

「頭、荷の重みで吃水《きっすい》が下がっとる！」

水主の一人が、胴の間を転がるようにしてやってきた。

「よし、分かった」

忠兵衛は立ち上がると、舳垣立《おもてかきたつ》から身を乗り出すようにして舷側を見ている。

「こいつは刎《は》ね荷せにゃならんな」

「何だって」

七兵衛が忠兵衛に詰め寄る。

「脇島屋さん、戯れ言を言っては困る。なんで荷を放《ほか》すんだ」

「これ以上、吃水が下がると船が沈んじまう。此度は堪《こら》えてくんな」

「ちょっと待ってくれ。これはお上の城米なんだ。しかも初荷だ。何とかならないか」

七兵衛が忠兵衛の襟を摑む。

「放してくれ。わいは水主たちの命を預かっている。水主たちをおらう（殺す）わけにはいかないんだ」

「でも、それでは——」

「ここで、ごうたく（議論）している場合じゃない。この船を宰領しているのはわいだ。わいの指揮に口を挟まんでくれ！」

七兵衛の腕を振り解くと、忠兵衛は刎ね荷を命じた。

「刎ね荷だ！」

その命を待っていたかのように、水主たちは這いずるようにして船倉に向かうと、次々と米俵を運び出している。しかし水を吸った米俵は、一人では運び出せず、何人かで胴の間に引き上げると、そのまま舷側まで転がして海に捨てている。

米俵は海上に漂っていたかと思うと、瞬く間に波間に沈んでいく。

「ああ」

七兵衛はその場にひざまずき、その光景を見守るしかない。

「よし、洲崎をどし込め！」

忠兵衛が、北に転舵《てんだ》して洲崎沖を回り込むよう命じた。

ほとんどの米俵を捨てた船は、急に身軽になり、速度が増してきた。

水主たちに活気が戻る。

「三郎左衛門はいるか」

七兵衛が三郎左衛門を呼ぶと、「へい」と答えつつ、かつての寅吉が寄ってきた。

「この様を、よおく見ておくんだぞ。百姓たちが血の出る思いで作った米を、こうして無駄に流してしまうんだ。百姓たちに謝っても謝りきれない」

「分かっています。もうこんな思いはしたくありません」

二人は茫然《ぼうぜん》としながら、波間に消えていく米俵を眺めていた。

七

日暮れ時になり、ようやく風波が収まってきた。

身軽になった船は安定を取り戻し、橙色の海を疾走していた。

「洲崎を回るで」

船は洲崎の鼻の先を大きく回り込み、館山湾に入った。

「那古《なご》船形《ふなかた》に行こらいよ」

紀州弁で「那古船形に寄りましょう」と、忠兵衛が告げてきた。

館山湾内の那古船形港に停泊し、休息を取り、船の補修をしてから江戸湾に向かうつもりなのだ。

むろん七兵衛に否はない。多くの水主たちは疲れ切り、そこかしこに座り込んでいる。それを見れば、当然の判断である。

ほとんどの米俵を失った今、七兵衛も座り込みたい心境だった。

——だが、負けるわけにはいかない。

胴の間には、裂けた米俵からこぼれ落ちた米が散らばっていた。その一塊をすくった七兵衛は、それを握りしめた。

——人様の胃の腑に収まろうと懸命に育ったのに。すまなかったな。

自らの拳からこぼれる米粒を見つめつつ、こうしたことは二度とあってはならないと、七兵衛は心に誓った。

――やはり利根川を使って関宿まで行くべきか。いや、あれは無駄が多すぎる。では、どうすればいいんだ。

「河村屋さん」

忠兵衛が声をかけてきた。

「さっきはすまなかった」

「何を言ってる。脇島屋さんの判断が正しかったんだ。逆に大人げないことを言ってしまい、こちらこそ謝らねばならない」

七兵衛が頭《こうべ》を垂れる。

「やめてくれよ。河村屋さんの気持ちはよく分かる。ただ船子たちの命は、何よりも大切なんだ」

「その通りだ。これでよかったんだ」

「此度のことで、わいも大事な水主を一人、失った。わいの見通しが甘かったからだ」

「そんなことはない。それは、わいら皆が責を負うべきことだ。早速、戻ったら稲葉美濃守様に申し上げ、身内のために補償をしてもらおう」

「すまない」

忠兵衛も意気消沈している。

「河村屋さん、この海は、わいらでも手に負えない。大風でもないのに、これほど荒れるんでは、もう船子たちも行きたがらなくなる」

「やはり、房総沖は一筋縄ではいかないんだな」

館山湾の彼方に広がる外海を眺めつつ、七兵衛は別の方法を考えていた。

「脇島屋さん、この海は熊野灘と何が違う」

「おそらく海底の地形だな」

「海底の地形――」

「熊野灘の海は、那智山系が張り出しているとはいえ、なだらかに海に下っている。ところが、この辺りは多分、急崖《ぞれこみ》地形になっているはずだ。もしくは、海底《うみぞこ》に瘤《こぶ》が多く隆起しているのか」

忠兵衛は首をかしげつつ意見を述べた。むろん海底など誰も見たことがないので、海上の様子から見た推論に過ぎない。

「海底の瘤とは――」

「海の底にある山のことさ。そいつが多い上に黒潮の支流が入り乱れているから、すぐにお神楽《かぐら》（海が荒れること）になるんだ」

忠兵衛にも、明確な原因など分からないのだろう。しかし今、それを調べたところで何ができるということもない。とにかくこの状況下で、打開策を考えねばならない。

「この海、つまり野島崎や洲崎の近くを通らずに、江戸湾に入る方法はないんだろうか」

「もう少し、沖を通ることはできるかもしれない。だが、そうなると洲崎の鼻を回るのが厄介だ」

「えっ、それはどういうことだい」

「洲崎の鼻を大きく迂回するとなると、北に山を立てることになり、風波を左舷一方から受けることになる」

山を立てるとは、舳を向けることを意味する。

「それは、そんなに危険なのかい」

「船にとって最も危険なことだ。強風とうねりが一致すりゃ、船をこかされる（倒される）こともある」

——そうか。北に転舵する時に皆、やられるのだな。

七兵衛は、江戸湾口が難所である理由を、ようやく理解できた。

「つまり南西の方には、横腹を向けられないということか」

「此度は、お神楽が収まってから転舵できたからよかったものの、あのままだったら無理して転舵して覆《かや》されるか、転舵の時機を失い、下田付近まで行かざるを得なかっただろうな」

「ちょっと待ってくれ」

忠兵衛の言葉が、心のどこかに引っ掛かった。

「今、下田と言ったな」

「ああ」と言いつつ、忠兵衛が不思議そうな顔をしている。

下田とは、伊豆半島の先端近くにある大きな港町のことである。

「そのまま下田まで行くと、どうなる」

「下田で荷を下ろすか、下田から〝まぜ（南風）〟か〝にしまぜ（南西風）〟の追い手に乗り、江戸を目指すことになる」

追い手とは追い風のことである。

「その方が、房総半島の先端をかすめて江戸湾に向かうより、安全なのでは」

「いかにも、その通りだが——」

——待てよ。

七兵衛の頭が回転し始めた。

だが、忠兵衛は頭を左右に振った。

「だが河村屋さん、〝にしまぜ〟がきついと、間切りだけで風上の下田に向かわなければならない。そいつは、ちとたいへんだ」

「でも、できないことではない」

「まあな」

「船を壊されて、海の藻屑となるより、よっぽどましだ」

七兵衛の直感が、「この策はいける」と教えてくれた。

八

七兵衛と忠兵衛は、様々な要素を勘案しつつ航路についての話し合いを続けた。

結論として、洲崎の沖で北上せず、いったん伊豆半島の下田か伊東、状況がよければ三浦半島の三崎に向かい、そこで船掛かりし、風向きを見極めてから江戸湾に向かうという方法が最善だと分かった。これであれば航行距離は長くなるが、難破の危険は減る上、この地域に多い西風か南西風に乗ることで、より安全に江戸湾に入れる。

かつて七兵衛は、盂蘭盆の後に流されてきた瓜や茄子を単に拾って売るのではなく、漬物にして売った。しかも一口で食べられる大きさに切り刻み、人が多い人足寄場に売りに行き、さらに一人前に小分けして売るという方法を編み出した。最後には「漬物を売る」ということから脱却し、漬物を売るのに慣れた売り子を派遣し、その経験と知識を生かし、漬物ではない別のものを売るところまで行き着いた。

生きるために必死だったとはいえ、いかなる難題も知恵を絞れば解決できると確信したのは、その頃である。

——何かをやろうとする時、必ず頭をもたげるのは「そいつは無理だな」という思いだ。さしたる理由がなくても、人は「無理だ」と思い込むことが多い。

——それを取り払えば、自ずと答えは出てくる。

七兵衛はそれに気づくことで、またしても難題を一つ解決した。


その後も七兵衛は、安全確実に御城米を江戸に運ぶことを念頭に置いた施策を次々と実行に移していった。具体的には、立務所の整備、阿武隈川の開削、荒浜港の浚渫《しゅんせつ》などである。

御城米船は必ず立務所に立ち寄ることを義務付け、そこで違反の摘出に努めた。

これまで城米廻漕がうまくいかなかった原因の一つが、過積載によって安全性がなおざりにされることにあった。しかし、これを摘出するのは難しい。城米廻漕に使われる船の形状、大きさ、積載量が違うからである。船は石高という尺度で積載量が決まってくるが、一見しただけでは石高が分からず、自己申告に任せていた。しかしそれでは、それぞれの船ごとに安全な積載量を見積ることは難しい。

そこで七兵衛らは、画期的な方法を編み出した。

すなわち「下船梁《したふなばり》から水面までは六寸（約十八センチメートル）」という規定である。長竿《ながざお》を使い、船底の沈み具合を測ることで、過積載かどうかが即座に分かるようにしたのだ。船梁とは、船の両側の船縁《ふなべり》の間に横に渡した梁のことである。

立務所で、この規定に違反している船を見つけると、この値まで荷を下ろさせてから送り出した。また船によっては、緊急時に対応できないような装備のものも多くあった。これを防ぐべく、立務所では船の石高に見合った錨《いかり》、適正な高さの帆柱、適正な大きさの帆、さらに緊急時の備品（予備の太縄、配置薬や治療道具、脱出用の小舟など）が、規定通りに積載されているかを監督した。

さらに立務所に立ち寄り、監査を受けて「行ってよし」となった船は、立務所から次の立務所へと出発日、積み荷、装備などを記載した書類を飛脚によって届けることで、途次での抜け荷（城米《し》を勝手に売り払ってしまうこと）を防ぐこともできる上、万が一の場合にも、迅速に救援態勢が布けるようになった。

これにより立務所の仕事も明確になり、その重要性も増していった。

一方、阿武隈川の開削では、沈床《ちんしょう》を張り出すことで川水の流勢の調節をしたり、流路を付け替えることで浅瀬や段差を解消したりすることにより、格段に効率が上がった。馬への載せ替え作業が、すぐになくなるわけではないが、何年かかけて、なくせる目途《めど》も立った。

この頃、大坂にある京屋という〝からくり屋〟が、踏車《ふみぐるま》と呼ばれる人力揚水機を開発した。揚水機とは、低所の水を高所に汲み上げる機械のことである。七兵衛はこれを買い入れ、川床からわき上がる水を付け替えた流路に流し込むようにしたところ、作業は格段にはかどった。

こうした目に見える仕事はもちろんだが、七兵衛たちは、城米の運搬実績を元にした報奨制度や、遭難してしまった場合の身内への補償制度、同様に船が損傷を負った場合の損害賠償制度、逆に規定を犯した場合の罰則などを事細かに定めていった。

ここで言う罰則とは、過積載のような運航や運搬にかかわる規定から、船掟《おきて》に定められた博打《ばくち》、色事、喧嘩《けんか》、怠慢などの禁止事項に違反した際の罪科まで多岐にわたっていた。

このように厳しい規定を設ける一方、規定を順守して無事、城米を江戸に運んだ船には、所定の賃金のほかに、旨みを設けることにした。それが私糧販売許可である。

これは荒浜で荷を積む際に、船子たちに支給される食料米を規定より多めに積載し、無事に江戸に着いた場合、余った分を売ることを許したものである。これにより船子たちは、喜んで仕事に取り組むようになった。

人というのは厳しく締め付けるだけでは、前向きにはなれない。しかし些細《ささい》なことでも役得があれば懸命に働く。七兵衛は、そうした気持ちをよく心得ていた。

この噂《うわさ》を聞きつけた紀州の船乗りたちは、われもわれもと脇島屋に押し寄せたので、船子の質も、どんどん上がっていった。

七兵衛とその手下の者たちは、こうしたことを一年にも満たない間に成し遂げた。これにより、東海航路の安全が飛躍的に高まっていく。

寛文十二年（一六七二）正月末、江戸の梅が開花し始めた頃、七兵衛は小田原藩上屋敷を訪れ、稲葉正則に城米廻漕の報告を行った。

「盃を取らそう」

「もったいない」

恐縮する七兵衛に、稲葉正則は「ちこう寄れ」と言って、さかんに手招きする。

「それでは頂きます」

正則の目前まで膝行した七兵衛は、盃を頭上に頂くようにして酒を受けた。

「此度は見事な働きだった。そなたのおかげで、ほとんどの城米が無事に到着するようになり、江戸城中での食用はもとより、廉価で米を売れるようになった。これで下々まで飢えることがなくなる」

「ありがたきお言葉」

この一言で、これまでの苦労が報われ、積もり積もった疲れも吹き飛んだ気がする。

「まさにそなたのおかげで、漕政《そうせい》は一新されたのだ」

漕政一新とは、廻漕の仕組みや方法が一新されたという意味である。

「褒美を取らそう」

正則が手を叩くと、次の間から小姓たちが千両箱を運んできた。

「いや、そんな――」

七兵衛は、手下の給金や必要経費くらいもらいたいとは思っていたが、褒美などあてにしていなかった。

「此度の褒美として千両を下賜する」

「せ、千両も――」

七兵衛が絶句すると、正則が笑みを浮かべた。

「そなたは、まだ己の成し得たことの値打ちが分かっておらぬ」

「と、仰せになられますと」

「江戸市中に米が安定的に流入してくることにより、様々な効能の連鎖が生まれる。幕府は年間のかかり（予算）が策定でき、民は食べ物への心配が軽減され、安心して日々の仕事に打ち込める。さらに幕府の統制力が強化され、江戸の米価や物価の安定につながる」

「なるほど、そういう仕組みなのですね」

七兵衛は目先の仕事を懸命にこなしただけで、そうした波及効果にまでは、考えが及んでいなかった。

「そなたの成したことは、経世済民そのものなのだ」

経世済民とは、政治によって民を救うことである。

「もったいない」

七兵衛が畳に額を擦り付ける。

同時に、胸底から喜びが込み上げてきた。

——人の役に立つってことは、これほど気分のいいことなのか。

むろん七兵衛も人である。千両もの褒美をもらえたことは正直、うれしい。

——これだけの資金があれば、大きな貯木場も借り受けられる。いや、山をいくつか借り切れば、競りを経ずに良材が手に入る。

隠居したとはいえ、七兵衛は、もっと商売を広げたいと思っていた。本業は伝十郎に任せているので口を挟むつもりはないが、この資金を元手に、材木に関する様々な事業に取り組みたいという思いもある。

「そなたのことだ。もう千両の使い道を考えておろう」

「さすが美濃守様、すべてお見通しで」

「だがな、それを、ちと先に延ばしてもらいたいのだ」

唖然とする七兵衛を尻目に、正則がにやりとする。

「そなたには、別にやってもらいたいことがある」

「別に――、と仰せになられますと」

「知っての通り、江戸への人の流入が収まらぬ。このまま行くと、二、三年後には、陸奥国の米だけでは足りなくなる」

「ということは――」

「出羽国の城米も、江戸に廻漕してもらいたいのだ」

「何と――」

七兵衛が絶句した。東海に面した陸奥国の米なら分かるが、北海に面した出羽国の米を江戸まで廻漕するなど考えもつかない。

「御料所は奥羽筋（出羽・陸奥両国）だけで、四十八万五千石余になる」

正則によると、陸奥国の天領は、阿武隈川水運を使って荒浜に運ばれる信夫郡と伊達郡十二万石のほかに、塙《はなわ》代官所の管轄となる地域で十五万石、小名浜《おなはま》代官所の管轄になる地域で六万五千石になる。これで陸奥国の天領の石高は、つごう三十三万五千石となる。

ちなみに塙・小名浜両代官所管轄の米は、阿武隈川を使わないものの、東海を使って廻漕されることには変わりないので、七兵衛の策定した立務所の仕組みに則って廻漕されている。

一方、出羽国に散在している天領の米で、最上川を使い、酒田まで運ぶのは村山郡の延沢《のべさわ》と漆山《うるしやま》、庄内《しょうない》の大山郷のもので、こちらの合計は十五万石余だという。

その米を江戸に廻漕してほしいというのが、正則の要請である。

「最上川は、阿武隈川以上の暴れ川と聞いておりますが――」

「わしも、そう聞いておる」

「わいにできるでしょうか」

「そなたが、もう楽隠居してもおかしくない年だというのは分かっている。だがな、これだけの仕事を任せられる者は、ほかにいないのだ」

「そこまで、わいのことを――」

七兵衛は感激のあまり、ついほろりとした。

――見事、術中にはまったな。

むろん、それは気分の悪いものではない。

「急流が多い最上川だが、目立った浅瀬や段差もなく、牛馬への載せ替えをせずとも、河口の酒田まで荷を運べると聞く。ただし、急流で転覆する舟が多少はあるため、沈床《ちんしょう》を出して流勢を抑えるくらいはやらねばなるまい。頭が痛いのは海に出てからだ」

正則が眉間に皺《しわ》を寄せる。

「北海から津軽海峡を経て、東海に出られるのでは――」

酒田から江戸に至るとしたら、それが最短距離になる。

「わしも初めはそう思った。しかし詳しい者に聞くと、冬場に津軽海峡を通るなど狂気の沙汰だという」

　出羽国の米は収穫が遅く、晩秋に収穫された米を初冬から真冬に運ばねばならない。となれば、大荒れの津軽海峡は最大の難所になる。

「しかも、東海に出てから、宮古まで良港はない」

　正則が小姓に地図を持ってこさせた。確かに人伝《ひとづて》に聞いた話だが、陸奥国の東北部は人口も少なく、小さな漁村が点在しているだけだという。

「いかにも仰せの通り。それで、今はどうしているのですか」

「酒田を出た船は、越前の敦賀か若狭《わかさ》の小浜で荷揚げし、琵琶湖《びわこ》の北岸まで馬の背に載せて運び、敦賀からの荷は塩津か海津、小浜からの荷は今津で再び舟に載せ、琵琶湖を縦断して大津に至る。大津で再び陸路を使い、大半の米は大坂で売りさばく。一部は伊勢の桑名まで運び、三度《みたび》、船に載せ替え、江戸に送るという手順を踏んでいる。そこで大坂で売りさばいている分も、江戸まで運び込みたいのだ」

「今の経路では、とても追い付きませんね」

「そうだ。琵琶湖北方の峠が雪に閉ざされてしまう一月半ほどの間、運んでこられなくなる」

　陸路を使うといっても、敦賀から琵琶湖までは険しい山道が続くため、容易なことではない。

　――陸路は、無駄が多すぎる。

　七兵衛は腕組みして考え込んだ。

「それで考えたのだが――」

「馬関《ばかん》回りですね」

馬関とは、今で言う関門海峡のことである。

「そうだ。われらは思い込みで、赤間関《あかまがせき》（下関）を回ることが、あまりに遠回りだと思っていた。しかしそなたの方法を使えば、そんなこともない気がしてきた」

正則によると、すでに万治《まんじ》二年（一六五九）、江戸の商人・正木半左衛門《まさきはんざえもん》によって赤間関を回る航路が開発されたが、海路が長いため、途中で多くの問題が起こり、満足のいく結果が出なかったという。

「実はその時、損米の率は三割に上った」

「それでは、笊《ざる》で水を掬《すく》っているのと同じだ」

七兵衛があきれたように呟く。

「まず、冬の北海は荒れに荒れる。それにより破船遭難してしまう」

七兵衛も聞いた話だが、冬の北海の凄まじさは、東海の比ではないという。

「それゆえ危うい時は、いずれかの港に寄港させるのだが、その時に刎ね荷したと申告し、城米を売りさばいてしまう者が後を絶たないのだ。われらとて、証拠がないものをとやかく言うことはできぬ。何件かは挙げられたが、いずれも密告によるものだ」

「つまり、天候よりも人為的な厄介事が多いのですね」

「そういうことになる。それゆえ、そなたが東回りで成功した方法を西回りでもやれぬかと思ったのだ」

「うーん」と言って、七兵衛が首をかしげたので、正則の相好が崩れた。

「そなたなら、どのような知恵でも浮かぶはずだ」

「まあ、厄介な仕事ですが、やってやれないことはないでしょう」

「すまぬな」

「いいえ、これぞ商人の本望です」

正則が再び盃を満たしてくれた。

それを飲み干した七兵衛は、「どうやら、わいは畳の上では死ねないな」と思った。

九

正則に勧められるまま小田原藩邸で大いに飲み、夜になって自宅に戻ると、家の灯《あか》りはついたままで、何やら騒がしい。

「あんた、たいへんだよ。弥兵衛が――」

七兵衛が駕籠《かご》から降りかけたところで、お脇が家から飛び出してきた。ずっと泣いていたのか、お脇の瞳は真赤である。

「弥兵衛が、どうしたっていうんだ」

「捕まったんだよ」

「何だって――、順を追って話してみろ」

しかしお脇の話は、いっこうに要領を得ない。

そこに、伝十郎が戻ってきた。

「いったい、どうしたんだ」

「父上、心して聞いて下さい」

伝十郎によると、弥兵衛とその仲間が吉原の禿《かむろ》を逃がそうとして若衆に捕まり、大立ち回りを演じたのだという。

「下手をすると吉原の蔵に入れられ、百叩きに遭うところでした」

それが、遊女の足抜けを助けた者への吉原の私刑であり、奉行所も大目に見ていた。

「どうして助かった」

「弥兵衛と共に捕まった者が武士の子弟らしく、その家中の者が吉原に駆け付け、若衆に袖の下を摑ませて二人を請け出したらしいのです」

「そいつは、よかった」

「それで、どうしますか」

「今、弥兵衛はどこにいるんだ」

「その武士の家中、すなわち久留里《くるり》藩の下屋敷です」

久留里藩は、上総国の久留里にある二万石の譜代藩である。当主の土屋氏は、かつて甲州武田氏の家臣として滅亡時まで当主の勝頼に付き従った忠節を家康に認められ、幕臣に取り立てられた。

久留里藩の下屋敷は本所石原にある。

もらったばかりの千両箱から五十両を懐にねじ込んだ七兵衛は、伝十郎を従えて、駕籠で久留里藩邸に向かった。

突然の来訪だったが、久留里藩邸でも七兵衛が誰かを知っており、武士に準ずる待遇で迎えてくれた。しかも留守居助役が会ってくれるという。

留守居助役を待つ間、七兵衛が小声で問うた。

「さっき、禿と言ったな」

「はい。弥兵衛たちが足抜けさせようとしたのは、七歳の禿だそうです」

禿というのは、子供のうちに人買いに売られ、吉原に連れてこられた遊女見習いのことである。花魁《おいらん》の下に付き、身の回りの世話をしながら遊女の心得を学んでいく。

——何という馬鹿さ加減か。

好いた相手を足抜けさせようというのなら、まだ分かる。しかし弥兵衛とその仲間は、年端もいかない禿を助け出そうとしたのだ。

やがて藩邸の留守居助役が現れ、「若い者は困ったものですな」などと言って、しばし歓談した後、下役に座敷牢《ざしきろう》への案内を命じた。

むろん、助役を通じて留守居役には二十両、助役本人には十両の袖の下を入れた。

金銭というのは物事を円滑に進める。七兵衛は商人であり、それを否定するつもりはない。

下役の袖に一両入れると、下役はとたんに上機嫌になり、屋敷の北面にある座敷牢まで案内してくれた。

座敷牢には、弥兵衛とその仲間らしき者が入れられていた。

弥兵衛は神妙に正座していたが、もう一人は眠っているのか、壁に寄りかかって頭を垂れ、微動だにしない。

「父上ではありませんか」

弥兵衛が地獄で仏に会ったような顔をした。

「弥兵衛、とんでもないことをしてくれたな」

「いえ、はい――」

さすがの弥兵衛も、武士ばかりの藩邸で、肝を縮ませているようだ。

本来であれば、武士を入れる牢に町人を入れることはない。しかし七兵衛の名声を知る久留里藩では、弥兵衛を武士待遇としてくれたのだ。

「お前は、わいの顔に泥を塗った」

「申し訳ありません」

その時である。甲高い声が響き渡った。

「謝ることはない」

親子三人が呆気に取られる。

「弥兵衛よ、われらは正しきことをしたのだ。たとえ父上の前だとしても、堂々としておれ」

男が顔を上げげた。仲間というから、てっきり弥兵衛と同年代か年上だと思っていたが、二つか三つは年下である。

――ということは、まだ十六、七か。

この時、弥兵衛は十九歳である。

――またぞろ、世間知らずの武家の子弟か。

七兵衛は、ため息をつきつつ諭した。

「お武家様、お言葉ではありますがね。この世には法ってもんがあります。それを守ることで、わいらは生きていけるのです」

「何を言うか」

若者は立ち上がると、昂然《こうぜん》と胸を反らせた。

「まだ年端のゆかぬ幼女を、あのような場所に押し込め、知りたくもない男女の営みを教えるのが、この国の法だというのか。法というのは万民のためにある。下々の末端に至るまで、何の心配もなく生きられるようにするのが法の役目だ。だが吉原などという欲望のはけ口に女子供を落とし、その商売で食っている連中を守るための法を作るのが、今の幕府だ」

——これは一筋縄ではいかぬ。

その流れるような弁舌を聞けば、この若者が頭脳明晰《めいせき》なのは明らかである。

「とは仰せになられても、その吉原で、お武家様も遊んでおるのではありませんか」

「そうだ。せめて女たちが食うに困らぬよう、吉原で金を落としている」

「ははあ、こいつはまいりましたな」

——世の中には、様々な理屈があるもんだな。

七兵衛はおかしかったが、この若者は不思議と嫌な印象を抱かせない。

「ご無礼仕りました。弥兵衛の父親の河村屋七兵衛と申します。よろしければ御名を、お聞かせいただきたく——」

「わしの名を聞いてどうする。まさか、稲葉老中のような俗物に告げ口するのではあるまいな」

——この小僧は、美濃守様とわいの関係を知っておるのだな。

つまりこの若者が、世事に疎くはないということである。

いずれにせよ、吹けば飛ぶような小藩の若者が、幕政に不満を言っているなどと告げ口したところで、正則の失笑を買うだけである。

「この七兵衛、生まれてこの方、告げ口などということをしたことはありません」

「いや、告げ口してほしいのだ」

「はあ──」

「新井様、おやめ下さい」

「そなたは黙っていろ」と言って弥兵衛を制すると、若者が啖呵《たんか》を切った。

「稲葉老中と面談し、国政を正す機会が得られるのなら、この命、いつでもくれてやる！」

七兵衛と伝十郎が、啞然として顔を見合わせる。

「それが武士の本懐というものよ」

若さゆえの陶酔もあるのだろうが、そうした志を持つことこそ、今の時代は大切である。七兵衛は、それだけでこの若者が好きになった。

「わいのような町人が申すのも僭越《せんえつ》ながら、見事な心掛けです」

「当たり前だ」

「それでは、御名をお聞かせ下さい」

「わしの名は──」

若者は少し胸を反り返らせると言った。

「新井与五郎。実名は君美《きんみ》、号は白石《はくせき》と申す」

「号まで、もうお持ちで」

「悪いか」

「いいえ、立派なもので」

「大丈夫の心胆は若いうちから練っておかねばならぬ。与五郎などという漬物売りのような名では、勉学にも身が入らぬ。それゆえ、白石という年寄りじみた号を自ら付けた」

七兵衛が噴き出した。

さすがの白石も、七兵衛が漬物売りの元祖とは知らないはずだ。

「それで新井先生、何があったのですか」

「知りたいか」と言いつつ、白石は、さも自慢げに顚末《てんまつ》を話し始めた。

「てことは、売られてきた禿の話に同情し、二人で鎧櫃《よろいびつ》に入れて連れ出したのですな」

「そうだ。われらには、禿を請け出すほどの金がないからな。しかし、店に飾ってある古甲冑《かっちゅう》を買い取るくらいの金はある」

禿と古甲冑がどういう関係にあるのか、七兵衛にはとんと分からない。

「つまりだ。その古甲冑と鎧櫃を買い取り、古甲冑を屋根裏に隠し、その鎧櫃に禿を入れて吉原を逃れ出たわけだ」

白石によると、店の天秤棒《てんびんぼう》を借りて鎧櫃の紐に通し、前後で担いで遊郭を出たのだという。

「ははあ」

「しかし弥兵衛の肩が痛くなり、途中で休んでいるところを見咎《みとが》められたというわけだ」

「ちょっと待って下さい。肩が痛いと言い出したのは、新井様じゃありませんか」

弥兵衛が口をとがらせる。

「どっちでもよいことだ」

白石には、全く悪びれる様子はない。

「それで見つかり、日本堤の土手の上で大立ち回りを演じたわけですね」

「そういうことになる」

日本堤とは吉原の前を通る土手道で、道幅は優に八間はあり、餅屋、煮売り屋、寿司屋などの小店が左右に並んでいる。

「よく分かりました。では、弥兵衛を連れていってもよろしいでしょうか」

「ああ、構わぬ」

「新井先生はどうなされる」

「そのうち親父《おやじ》がやってくる。むろん大目玉を食らうがな」

白石が高笑いした。

「親父様は――」

「ああ、この藩で目付か何かをやっている俗物だ」

「なるほど」

白石の話に感心してばかりいても仕方がないので、七兵衛は、そろそろ弥兵衛を連れて帰ろうと思った。

「新井先生、今日はご高説を賜り、ありがとうございました。もっとお話を聞きたいのですが、あいにくもう遅いので、今日はこれでお暇《いとま》申し上げます」

「ああ、そうだな」

傍らに立っている小者に合図すると、小者が弥兵衛だけを牢の外に出した。

「ちょっと待て。あの禿はどうする」

「どうするったって、どうしてほしいので」

「請け出してくれぬか」

「どうしてわいが――」

「やはり駄目か。可哀想《かわいそう》にな。あれだけ最上《もがみ》に帰りたがっていたのにな」

「えっ」

――最上だと。

弥兵衛の背を押しかけていた七兵衛が振り向く。

「その禿は、出羽の産なので」

「うむ。御料所の出羽国村山郡西郷の出で、女衒《ぜげん》に売られて吉原に連れてこられたそうだ」

「村山郡と――」

「そこに何か縁でもあるのか」

白石が首をかしげる。

「その禿を請け出すのに、いくら要りますか」

「三十五両だが――」

「分かりました」

「えっ、身請けしてくれるのか」

白石の顔が明るくなる。

「お任せ下さい」

「そいつはすまぬな」

「父上、ありがとうございます」

弥兵衛も頭を下げた。

――これも何かの縁だ。しかし禿を身請けするなんざ、わいも、おかしな男たちの仲間入りだな。

七兵衛は内心、自嘲した。

この後、弥兵衛を連れて吉原に行った七兵衛は、迷惑を掛けた遊郭に謝罪し、禿を請け出してきた。七兵衛の名声を知る店の主人は、「ただで結構ですから、連れてって下さい」と言い張ったが、借りを作るのも嫌なので、三十五両に色を付けて置いてきた。

初音《はつね》という名のその禿は、近いうちに故郷に連れ帰ってやることにし、当面は家で面倒を見ることにした。

突然、現れた女の子にお脇は喜び、何くれとなく初音の世話を焼いた。

実はこの頃、伝十郎の妻も身ごもっており、ほどなくして女の子を授かることになる。

一方、放免された白石は、あらためて七兵衛の家まで礼を言いに来て、七兵衛と意気投合した。

初音を膝の上に載せ、「よかった。よかった」と繰り返す白石の目に涙が浮かぶのを、七兵衛は見逃さなかった。

――この若者は、どえらい男になる。

この時、七兵衛の直感がそれを教えた。

十

寛文十二年（一六七二）四月八日、七兵衛は陸路を使って酒田に着いた。

今回の実見旅行には、伝十郎と弥兵衛も伴ってきた。七兵衛も五十五歳になり、いつ何時、病に倒れることがあるかもしれないからである。

むろん七兵衛は、こうした大規模事業を家業として行おうとしていたわけではない。しかし物事を円滑に進めるためには、七兵衛の息子という立場は効果がある。そのため、伝十郎の顔を早めに売っておこうとも思ったのだ。

一方、弥兵衛の方は、初音の面倒を見させるために連れてきた。初音は、女衒に連れられて江戸まで歩かされた往路と違い、駕籠に乗って何不自由ない旅ができることに戸惑っていた。

酒田は北海に面した寂しい町だと思い込んでいたが、それが間違いだと気づくのに、さほどの時間はかからなかった。

出羽国の西部に位置する酒田は、最上川が北海に注ぐ河口に発達した町である。この頃の戸数は二千余を数え、出羽国最大の町となっていた。

酒田の廻船問屋は九十七もあり、そのほかにも酒屋（蔵元）二十、染屋十八、鍛冶屋五十八、油屋三十三を数え、その規模は北関東の水戸や栃木に匹敵する。

港には、立錐《りっすい》の余地もないほどの船が停泊していた。これらの船の大半は酒田と敦賀・小浜《おばま》などをつなぐ交易船で、北前船《きたまえぶね》と呼ばれていた。

北前船が扱う荷は、米、大豆、紅花《べにばな》、青苧《あおそ》、酒などだが、やはり米が圧倒的に多い。

酒田の宿の見附に着くと、商人たちが総出で迎えに来ていた。酒田三十六人衆と呼ばれる町年寄も兼ねた豪商たちである。

七兵衛が公儀御役人の格式で現れたため、豪商たちは緊張していたが、転がるように駕籠を降りた七兵衛が、腰を折るようにして挨拶したので、商人たちの顔に安堵《あんど》の色が広がった。

稲葉正則が酒田は自治都市も同然の町なので、最初だけでも幕府の威権を見せつけた方がよいと言うので、公儀御役人の格式を取らせてもらったが、結局、これまで以上に丁寧に頭を下げて回ることになった。

七兵衛のような立場の者は、幕府の威権を笠《かさ》に着ていることで傲慢に思われがちである。そこを、ことさら下手に出ることで、地元の人々から様々な助力が得られる。権威も大切だが、同じ商人として互いの利益を考え、腹を割って話すことが何よりだと七兵衛は思っていた。

挨拶と紹介が終わると、酒田最大の豪商である本間家と比肩《ひけん》する身代《しんだい》を誇る鐙屋《あぶみや》に案内された。鐙屋は廻船業を営んでおり、七兵衛の手筋（窓口）になってくれるという。

その途次、町役人が出迎えに現れ、さらに庄内藩主の酒井家からの贈り物を携えた藩士たちも挨拶にやってきた。彼らは武士であるにもかかわらず、七兵衛を賓客のように扱った。

——美濃守様にも困ったものだな。

七兵衛は苦笑した。おそらく正則が、「公儀御役人として扱ってほしい」といった要請を庄内藩に出しているのだ。

「今日は、お集まりいただきありがとうございます」

鐙屋の屋敷内の広壮な客間に通された七兵衛は、酒田の豪商たちに西回り廻船の計画を話し、様々な意見を述べてもらった。

まず最上川の水量が常に多いこともあり、村山郡からは、損米もほとんどなく酒田まで運んでこられることが分かった。

厄介な川の問題がほぼないと聞き、七兵衛は一安心した。

ただし皆一様に口にするのは、敦賀や小浜から琵琶湖に至る道が難路で、輸送経費が高くつくことである。それが出羽米の価格を高くし、いかに上質で美味でも、出羽米を大坂や京都で売りさばくのは一苦労だという。

冬の北海を通過し、岩礁の多い瀬戸内海を行くことになっても、陸路を使わず、すべて海路の方がいいのではないかというのが、彼らの一致した見解だった。

しかし酒田から江戸までは、赤間関回りだと六百里もあり、途中、何があるか分からない。これまでは様々な理由から損米が発生し、大損害をこうむることもあったという。しかも刎《は》ね荷したと言いつつ密売されていることもあり、それを防ぐ手立てが必要とのことだった。

酒田商人たちとの話は、なごやかな雰囲気で進んだ。夜は酒宴になり、大いに意気投合した。

翌朝は酒田の町を見て回った。むろん遊びではなく、城米置場を探すためである。

これまでは廻漕を請け負った商人が、上流から運ばれてきた米を、それぞれが懇意にしている商人の蔵に入れ、傭船《ようせん》が来るまで保管していたが、それでは火事や盗難の危険と常に隣り合わせであるため、どこかに城米専用の置場を造り、厳密な管理体制を布く必要があった。

しかも北海は荒れるので、船が出帆できないことも多く、最大で四万俵が置けるだけの空間が必要とされた。

何日か見て回った末、七兵衛は、酒田の中心部から三町（約三百二十七メートル）ほど西に離れた日和山《ひよりやま》西麓の高野浜《こやのはま》に決めた。

ここに東西百間（約百八十二メートル）、南北七十間（約百二十七メートル）の巨大な城米置場を造るのだ。用地の周囲には、土居、空堀、木柵をめぐらし、面積は東西七十八間（約百四十二メートル）、南北四十九間（約八十九メートル）とする。さらに役人詰所二棟や番所二棟などを築き、厳重に管理させることにした。

また酒田が強風の地であり、よく大火が起こると聞かされていたので、米俵は野積みにすることにした。すなわち地面の上に台木を敷いて米俵を積むと、その上に筵《むしろ》や薦《こも》を掛け、さらに荷崩れを防止するために苫《とま》で覆うという保管方法である。

これだと雨ざらしに近い状態になるものの、火事で米が駄目になる危険性は、格段に低下する。

この城米置場は、庄内藩酒井家が大名課役として行い、御普請惣御用掛には、酒田本間家の当主・四郎三郎光丘《みつおか》が任命された。

こうして普請作事がすぐに始められ、二月《ふたつき》ほどで、すべての施設が完成することになる。

城米置場の件を片付けると、七兵衛は最上川をさかのぼり、天領を実見することにした。

これには、初音を実家に帰してやるという目的もある。

松尾芭蕉が「五月雨をあつめて早し最上川」と、後の時代に詠んだほど最上川の流れは速い。

その急流の最上川を、七兵衛一行はさかのぼっていた。難所を実見すると同時に、積載拠点に新たな掟を定めようというのだ。

中流部では、「最上川三難所」と呼ばれる碁点《ごてん》・三ヶ瀬《みかのせ》・隼《はやぶさ》の辺りが、とくに流路が蛇行しており、極めて危険である。

ただしこれらの難所は、すでに最上義光《よしあき》が慶長年間に開削し、流れを緩やかにしていたので、多少の補修を施せば何とかなりそうだった。

中流部には積載拠点となる新庄盆地の清水、山形盆地の大石田と船町の三大河岸がある。

これらの河岸に乗り込んだ七兵衛は、幕府の権限で既存商人の持つ舟運《しゅううん》特権を廃止し、自由競争とした。さらに幕府の許可なく私的に取り立てていた関税なども、すべて撤廃させた。

こうした中で最も大きかったのが、これまで農民の負担となっていた酒田までの川下り作業である。これを農民から請け負った商人の負担としたので、農民たちに喜ばれた。つまり農民が自領で穫《と》れた年貢米を酒田まで運んだ場合、その労賃を請負商人に払わせることにしたのである。これにより農民が現金収入を得ることになり、酒田で嗜好品《しこうひん》や農耕具を買い入れて、自領に戻ることができるようになった。

酒田を出発した一行が、最上川最大の河岸である大石田に着いた時である。初音がはしゃぎだした。大石田から最上川を二里ほどさかのぼれば、西郷だからだ。

「あと少しだ」

七兵衛が声を掛けると、初音が愛くるしい笑みを浮かべた。

――この子一人を救えても、同じような境涯にいる子が、この世には多くいる。そうした子たちを救うには、根元から貧困を絶たねばならない。

徳川家の治世が安定を見始めたこの頃、飢饉《ききん》や災害によって生じる貧困を撲滅することが、幕政の大きな目標の一つになっていた。同じ思いを持つ者は財を成した商人たちにもおり、彼らは寺社を通して貧者を救い、橋を架けたり道路を整備したりする際に寄進して、社会基盤を整えることに貢献した。だが、そうしたことにも限りがあり、極貧に苦しむ小作農すべてを救うことは難しい。どんどん明るくなる初音の様子を見ながら、七兵衛は、あらゆる人々が安心して暮らせる世を作らねばならないと思った。

大石田に着くと、すぐに町年寄たちとの会合が持たれた。そこで小耳に挟んだ話だが、昨年から今年にかけて雨の日が多く、この辺りも凶作に陥っているという。

実は翌年から「延宝《えんぽう》の凶作」と呼ばれる飢饉が始まるのだが、その前年である寛文十二年（一六七二）から、その予兆が現れ始めていた。

とくに延宝三年（一六七五）の凶作は、江戸四大飢饉と呼ばれる寛永・享保・天明・天保の大飢饉に次ぐものとして、後々まで語り継がれていくことになる。

酒田や大石田でも、物乞いをしている人々がやけに多いことを七兵衛は思い出していた。彼らは一様にぼろきれのような衣服をまとい、疲れたように路傍に座っている。商人たちは自分の店の前に座り込まれない限り、彼らを追い払おうとしない。飢饉や凶作になれば、小作農たちが物乞いとなるのはどうしようもないことを、商人たちも知っているのだ。

七兵衛の故郷である伊勢であれば、凶作や飢饉になっても、農民たちは物乞いまで身を落とさない。魚介類が豊富なので、食べていくだけなら何とかなるからだ。

しかし出羽や陸奥の冬は厳しく、保存している雑穀が尽きると、冬場などは全く食べ物が手に入らなくなるという。それでどうにも食べていけなくなると、町に出て憐《あわ》れみを乞うのだ。

——こうした世の中を何とかしなければならない。

七兵衛は農学者ではないので、飢饉や凶作の抜本的な解決策を練ることはできない。しかし廻漕によって、豊作地の米を凶作地に送ることはできる。

——そうか。廻漕ってのは、この日本国に血の管《くだ》を張りめぐらせることなのだな。

この時代、西洋医学の知識は入ってきていないものの、人間の体には、血管が張りめぐらされていることくらいは知られていた。

同じように廻漕網を発達させていけば、飢饉や凶作を防げぬまでも、そのために死ななければならない人々を少しは救えることになる。

——こいつは、たいへんな事業だ。

七兵衛は奮い立った。

十一

大石田での仕事が一段落し、いよいよ初音を故郷に帰すことになった。

初音は喜び勇んで舟に乗り込み、見送りに出てきた大石田の人々に、力いっぱい手を振って応えていた。初音を請け出して故郷に帰すという話は酒田や大石田にも広まり、七兵衛の名を高めることになった。

大石田から二里ほど南にさかのぼると、右岸に西郷が見えてくる。西郷は最上川が大きく西に蛇行し、また東に戻るという三ヶ瀬の難所を抜けたところにあり、船着場が設けられていた。ここで舟の修理をしたり、崩れかかった荷を縛り直したりするのだ。

「ようし、着いたで」

ところが七兵衛が陽気に声をかけても、初音はきょとんとしている。

「どうした」

「違う」

「何が違う」

「ここには、もっと人がいた」

確かに上がってみると、船着場は閑散としている。

「今日は、たまたまいないだけだ。さあ、行こう」

皆を促し、西郷に向かって歩いていくと、そこかしこに廃屋があるのに気づいた。

「どうなってんだ」

「これも凶作によるものでしょうか」

伝十郎が首をかしげている。

「あれを見ろ」

路傍の荒れ地に烏《からす》の群れがたかっていた。近づいていくと、それが何か分かった。

馬の死骸である。

馬は内臓までも食い散らかされ、凄まじい悪臭を放っている。

馬が死ぬと、村で定められた特定の場所に埋葬されるのが常である。しかしその余裕もないのか、その死骸は路傍の荒れ地に打ち捨てられていた。

「弥兵衛、初音に見せるな」

「はい」と答えた弥兵衛は、初音を抱いて先に行った。

「父上」

伝十郎の声が震える。

「この馬は野垂れ死んだわけではないようです」

「どういうことだ」

「この切り口を見て下さい」

「人の仕業か」

「おそらく―」

馬の首に走る動脈が見事に断ち切られていた。おそらく野太刀か鎌を一閃《いっせん》させたのだろう。

「働けなくなった馬を処分したわけでもなさそうです」

その栗毛の鬣《たてがみ》は若々しく、蹄《ひづめ》もさほど摩耗していない。

「食べたということか」

伝十郎がうなずく。

一行は無言で、弥兵衛と初音の後を追った。

西郷は宿ではないので、とくに家屋が寄り集まっているわけではない。それでも中心部にあたる場所には、役人が来た時のための町会所らしきものがある。そこで中に向かって誰かいないか問うてみたが、いっこうに人の気配はない。

初音は、喜ぶというよりも驚いた顔をしている。

――どうしたっていうんだ。

磯田三郎左衛門や雲津六郎兵衛が走り回り、ようやく村年寄らしき老人を連れてきた。

「おい、この村はどうなっている」

「どうもこうもありません」

慌てて紋《もん》付き袴《はかま》に着替えてきたらしいその老人は、皺だらけの喉を鳴らすようにして言った。

老人によると、昨年から今年にかけて長雨が続いたおかげで、最上川の氾濫が相次ぎ、米も畑物もろくに実らず、西郷では欠落逃散《かけおちちょうさん》が続いているという。

船着場からここに来るまで荒れ地ばかりでおかしいと思っていたが、川に近い田畑では、とくに氾濫の被害が大きく、耕作が放棄されていたのだ。

「で、皆はどうしている」

「食えなくなった者から、田畑を捨ててどこかに行ってしまいました。凶作がさらに続けば、われわれも出ていくしかありません」

江戸への人口流入が激しいのは、凶作で農村が疲弊し、致し方なくという側面もある。江戸に出れば、物乞いに身を落としても何とか食べていけるからだ。

「一つお尋ねしたいのだが――」

七兵衛が初音の実家のことを聞くと、その老人は弱々しく頭《かぶり》を振った。

「どこに行ったのかも分からないのか」

「もはや、誰がどこに行こうが、気にかける者はおりません」

老人に案内を請うまでもなく、初音は弥兵衛の手を引っ張り、どんどん歩いていった。

荒れ地となった畑を越えて、地味《ちみ》の悪そうな北向きの地まで来ると、初音が走り出した。

皆がそれに続く。

小川を越えて藪《やぶ》を抜け、息を切らして追いつくと、廃屋の前で初音が泣いていた。

「かあちゃんはどこ」

初音は声を嗄《か》らして親兄弟の名を呼んでいるが、それに応える者はいない。

「書置きなどは残されていないようです」

家の中を見回ってきた伝十郎が報告する。

一家がどこに消えたのか、いっこうに分からない。近所に聞こうにも、そこにも人はいないのだ。

やがて埃《ほこり》だらけとなった縁に上がった初音は、落ちていたお手玉を見つけた。

「これはわたしの」

それは、あでやかな紅色の布を縫い合わせてできていた。初音はそれを胸に抱くと、かつて一家が集ったであろう囲炉裏端に腰掛け、しくしくと泣き出した。

家の中に家財道具などは何も残っていなかった。ここを出る時、一家が運び去ったのか、こうした時の常で、近くに住む者たちが持っていってしまったのかは分からない。

かつて初音の家だった廃屋に入った七兵衛に、言葉はなかった。

「旦那、ちょっとこちらへ」

家の中で茫然としていると、裏の丘を見に行ってきた梅沢四郎兵衛が戻ってきた。

「何があった」

初音に気づかれぬようにして四郎兵衛に付いていくと、土饅頭《どまんじゅう》の上に木製の墓標が三つ立っていた。近づいて墓標を見ると、三つとも女のものらしき名が書かれている。

「どうやら、母親と妹二人のようだな」

七兵衛が言うと、伝十郎が傾きかけた墓標を直しつつ答えた。

「三人の死を看取《みと》り、ここに埋葬した後、父親と長男は、どこかに行ってしまったのでしょう」

「やはり餓死《かつえじに》か」

「そうでしょうね」

「これを初音に見せるわけにはいかない」

「いや」

伝十郎が首を左右に振る。

「初音をこの地に置いていくわけにはいきません。それなら故郷への思いを断ち切らせるためにも、これを見せた方がよいと思います」

「そうだな」

この時、七兵衛は初めて、己の衰えと伝十郎の成長を知った。

——老いては子に従えか。

店を任せる時は多少の不安を抱いていたが、伝十郎は一人前の大人に成長していた。

やがて弥兵衛の背に乗せられ、初音が連れてこられた。

伝十郎がこの墓標の意味を教えると、初音は最初、何のことだか分からないといった顔をしていた。しかし母や妹が死んだと知ると、墓標に取りすがって泣き始めた。

「初音を連れ帰るか」

「それしかありません」

伝十郎が合意すると、もらい泣きしていた弥兵衛も「ぜひ、そうして下さい」と訴えた。

「うちに女の子はいない。養子にするか」

伝十郎と弥兵衛が力強くうなずいた。


やがて、西郷を後にする時が来た。墓標を見た時から時から、ずっと泣きじゃくっていた初音だが、ようやく泣くのをやめて唇を嚙《か》み締めている。子供なりに、肉親の死を受け入れたのだ。

家を後にしようという時、初音は何かを思い出したように縁側に戻り、その下から古びた袋を引っ張り出してきた。それを開くと、中から色とりどりの美しい石が現れた。

川などで遊んだ際に、きれいなものだけ拾っていたのか、瑪瑙《めのう》のようなものまである。

「これがとうちゃん、これがかあちゃん、これが——」

初音は石を一家に見立てて遊んでいたらしい。

その姿を見て、七兵衛も目頭が熱くなってきた。

「初音、楽しい思い出は胸にしまって、これからは、わいらと一緒に歩いていこう」

石を並べながら七兵衛の言葉を聞いていた初音は、石を袋にしまうと、家の中に向かって放り投げた。石が散らばる音が空しく響く。

「持っていかなくてもいいのか」

「うん」

初音が微笑《ほほえ》む。

――子供なりに過去を吹っ切ったのだ。

七兵衛はその潔さに感服した。


この後、大石田に戻った七兵衛らは、町年寄たちに今後の方針を伝えると、酒田に引き返した。

城米置場の普請作事も順調に進んでおり、七兵衛は胸を撫《な》で下ろした。

酒田には、差配役として浜田久兵衛を残すことにした。久兵衛は四十を過ぎたばかりで、品川組の中で最も若いこともあり、差配役としてうってつけである。

七兵衛ら一行には、これから米を積み込んで赤間関回りで江戸まで戻るという長大な旅が残っているが、弥兵衛と初音は、ここから陸路を使って江戸に帰ることになった。

五月十日、酒田から船出する七兵衛らを、弥兵衛と初音が見送ってくれた。

初音は懸命に手を振り、何か言っている。

その言葉が分かった時、図らずも七兵衛の頰に涙が伝った。

――「とうちゃん、元気でな」か。

一行は陽光きらめく北海に船出した。次の目的地は佐渡である。

十二

酒田を船出した一行は針路を南西に取った。佐渡までは三十五里余りの旅になる。

一年のうちで海が最も穏やかであるという初夏でも、北海の波は高い。それを切り裂くように北前船は進んでいく。

北前船は、弁財船《べざいせん》と呼ばれる瀬戸内海海運の主力を成した船の一種で、当初は商品を預かって廻漕するのではなく、船主が商品を買い取って廻漕する船を指していた。だが次第に北海を廻漕する弁財船すべてが、北前船と呼ばれるようになっていった。

「おい、伝十郎」

橙色に染まる海を眺めつつ、七兵衛が伝十郎を呼んだ。

「はい」と答えつつ、伝十郎が青い顔をしてやってきた。かつての七兵衛のように、伝十郎も船酔いにやられたらしく、すでにふらふらである。

「しっかりせい」

「そいつは分かっていますが、これればかりは――」

それでも若い分、かつての七兵衛よりは、ましのように見える。

「この船で、どれだけの米俵を載せられる」

「そうですね。この船は十九反帆《たんぼ》五百石積みなので――」

米一石は十斗（約百五十キログラム）の重さになり、これを俵に入れると二俵半になる。五百石積みだと、理論的には千二百五十俵を積める。実際には空間も必要になるので、千二百俵前後になる。最上川上流から運ばれてくる米は十五万石余なので、一年で三十七万五千俵となる。

「つまり冬の北海を通り、赤間関を回り、瀬戸内海から南海に出て、江戸に着くという航海を、三百十回以上、行うことになりますね」

「その通り。とてつもない回数だ」

「それぞれの船が一年に二回、航海できるとしたら、少なくとも五百石積の北前船が百五十五隻も要ります」

「そうだ。しかし集められる船の大きさはまちまちで、その数も百に満たない」

「しかも、すべての米が江戸に着くわけではありません」

かつて赤間関回りの航路を開発した正木半左衛門の調査によると、損米率は三割に達した。

「船の数が多ければ、それだけ損米の割合も増える」

「つまり――」

「でっかい船を造るのよ」

酒田を出てから最初の立務所を新潟ではなく、佐渡の小木にしたのには理由があった。小木から一里ほど西に行くと、宿根木《しゅくねぎ》という造船の町がある。そこで七兵衛は、大船造りを引き受けてもらえないか掛け合おうというのだ。

航海は順調だったものの、小木に着いたのは日没後だった。

前もって便船で到着を知らせていたので、役人や年寄たちが総出で一行を迎えてくれた。

この日はゆっくり休み、翌日から活動開始である。

最初の二日ほどは、町年寄の案内で立務所の予定地を見て回り、その運用態勢などを打ち合わせたが、三日目は、七兵衛の希望で宿根木に案内してもらうことになった。

宿根木は佐渡島の最南端にある町で、最西端にもほど近い。

小木の港から海岸沿いに曲がりくねった道を行くと、半刻もかからず宿根木に着いた。

防風柵に囲われた町に入ると、まず街路の狭さに驚かされた。すべてが路地となっており、その幅は一間もない。そこに百軒ほどの家屋が身を寄せ合うようにして建っている。

迷路のような路地を通り、海に近い一角に着くと、案内の町年寄が、「船大工　清九郎《せいくろう》」と書かれた表札の前で立ち止まった。

「これから船大工の棟梁の仕事場に案内しますが、棟梁の清九郎は気難しく、扱いにくい男ですから、無礼の段はどうかご容赦下さい」

「分かった。心配するな」

本業が材木仲卸の七兵衛は、気難しい職人の扱いには慣れている。

「ごめんよ」

町年寄は中に入ると、七兵衛一行を紹介した。

清九郎は鉋《かんな》を持つ手を休め、鉢巻を取って頭を下げたが、その顔を見れば、七兵衛らに少しも好意を持っていないのは明らかである。

清九郎の顔は潮焼けして赤黒いが、目だけは爛々《らんらん》と輝いている。

――いい顔をしている。

七兵衛は一瞬で、清九郎の仕事の腕と、その一本気な性格を見抜いた。

一通りの挨拶が済むと、何のためにここまで来たかも聞かずに、清九郎は仕事に戻った。

――こいつは一筋縄ではいかないな。

新井白石のことが脳裏をよぎる。

――世の中には、難しい野郎が多すぎる。

心中、ため息をつきつつ、七兵衛が大げさな声を上げた。

「棟梁、こいつは見事な船ですね」

清九郎の仕事場にある船台には、百五十石積み程度の小型の北前船が載っていた。その周囲で、清九郎の弟子たちが忙しげに働いている。

一瞬、仕事の手を休めた清九郎が顔を上げた。

「あんたに、なぜ分かる」

お世辞で言ったのなら、二度と口はきかないといった顔付きである。

「胴航《どうがわら》と根棚《ねだな》に、これほど良材を使った船は見たことがありません」

胴航は竜骨に相当し、根棚は船底部の板のことを言う。

「樹齢四百年の欅《けやき》だ。こんな木は、佐渡にはいくらでもある」

「しかもこの仕口《しくち》は凄い。全く隙間がない」

仕口を見れば、大工の腕のよし悪《あ》しが分かる。

「お前さんは船に詳しいのか」

「いえ、素人です」

「聞きかじった知識をひけらかすもんじゃない」

早くも強烈な一撃に見舞われた。しかし、それくらいでへこたれる七兵衛ではない。

「仰せの通り。素人が口出しすることではありません。ですが、これだけの船でも、冬の北海を行くのはたいへんなんでしょうね」

「何だと」

「冬の北海の荒れ方は凄まじく、一冬で何隻も破船してしまうと聞きました」

「それは、西国で造られたやわな船だ」

「えっ、そうなのですか」

「ああ、西国物はすぐ破《わ》れる」

七兵衛は、すかさず懐から絵を取り出した。

「それなら、こいつを頼むのも、こちらの方がよろしいですかね」

七兵衛の手から絵図を取り上げると、清九郎は黙って、それに見入っている。

「こいつは一千石積みの北前船の絵です。北海の荒波にも耐えられるよう、水押《みよし》(船首)と戸立《とだて》(船尾)の反り返りを強くし、航や下船梁など、下回りの材を太くしています」

への字に曲がった清九郎の口が、ようやく開いた。

「あんた素人じゃないな」

「素人です。ただ材木を取り扱っていますので、船造りに関しては、多少の心得があります」

清九郎が胴乱から煙管を取り出すと、走ってきた見習いの少年がそれを受け取り、煙草を詰め始めた。

「こいつは、お前さんが描いたのか」

「はい。拙い知識を駆使して描きました。でも造るのは難しいですよね」

「うーむ」

煙管を受け取った清九郎は、うまそうに一服すると、切り捨てるように言った。

「素人にしては、よく考えられているが、こいつを造るのは、ちと難しいな」

「どこが難しいんでしょう」

七兵衛が食い下がったが、清九郎は絵図を叩きながら、にべもなく言った。

「この船は胴が太すぎる。たくさん積みたいのは分かるが、これでは波の抵抗を受けすぎて前に進まない」

「逆に安定するのではないですか」

「それはそうだが、こいつが推進力を得るには、並大抵の大きさの帆じゃ無理だ」

「では、どのくらいなら」

「畳にして百五十畳といったところだな」

清九郎が、煙管で中空に大きな帆を描く。

「そんなに大きいのが要るんですかい」

「当たり前だ。海ってのは、いつも風が吹いているとは限らない。微風の時は、それを少しでもすくって力にしないと、でかい船は前に進まん」

「なるほど」

七兵衛は、うまく相槌《あいづち》を打ちながら次第に細部に入っていった。

清九郎のような頑固な職人を扱う場合、まず仕事を褒める。続いて競争意識を煽《あお》る。さらに「無理だとは思いますが」などと言いつつ、相手の意欲を引き出す。こうした交渉手順を、七兵衛は経験から学んでいた。

話は次第に白熱していった。

後で分かったことだが、清九郎も、こうした大型船を造りたいと思っていたという。しかし、そんな資金を融通してくれる商人はいない。皆、実績のある安全確実な船を注文したがるからだ。ところが七兵衛の背後には、幕府が付いている。すなわち資金には事欠かないのだ。

やがて夜になった。

「飯にするか」

「そうしましょう」

熱燗《あつかん》と握り飯を間にして、二人は議論を続けた。

議論を始めて一刻（約二時間）ほど経った頃、酔いが回った清九郎が、ようやく言った。

「やってやれない話ではないけどな」

「どうか、お願いします」

七兵衛が拝むように頭を下げる。

「わしも、もう年だ。このまま馬齢を重ねるだけかと思っていたが、とんだ楽しみができたな」

「ありがとうございます」

二人は意気投合し、朝まで飲み明かした。

清九郎たちの努力によって数年後、千石船が北海の荒波に漕ぎ出していくことになる。

翌朝、小木に戻った七兵衛は、役人や年寄たちと立務所の運営方法などを打ち合わせした後、梅沢四郎兵衛を残して、五月十九日、佐渡を後にした。

十三

五月二十日、能登の福浦に着いた一行は、立務所の設置や運営についての打ち合わせを行うと、同月二十五日、但馬《たじま》の柴山でも同様のことを行い、六月一日、石見《いわみ》の温泉津《ゆのつ》に入った。

石見国は海岸線が五十里余もあり、良港が多い。その中でも温泉津に立務所を設置すると決めたのは、港からすぐ入ったところに温泉がわき出しているからだ。厳しい北海の荒波に耐えた船子たちが体を休めるのに、温泉はもってこいである。

温泉津は石見銀山の積出港でもあり、役人も多いので、立務所の仕事を任せる役人には事欠かないという理由もあった。

町年寄の案内で温泉津の宿に入った七兵衛たちは、旅の疲れをゆっくりと癒した。さすがの七兵衛も寄る年波には勝てず、体の疲労が容易に回復しなかったので、ちょうどよい骨休めになった。

六月十日、温泉津を出た一行は、翌日、赤間関に着いた。

赤間関は関門海峡を挟んで西は北海、南は瀬戸内海に面する西日本最大の港である。陸路でも山陽道と山陰道が合流しており、その賑《にぎ》わいは大坂に匹敵する。

この地は、長州藩毛利家の支藩である長府《ちょうふ》藩領となっていたが、この時代の外様藩の常で、幕府に全く頭が上がらず、立務所の設置から幕府役人の常駐まで、すべての条件を受け入れてくれた。

赤間関の有力商人と言えば、竹崎の小倉屋《こくらや》である。

小倉屋には、ここまで運ばれてきた城米の一部を、長崎まで運ぶ仕事を請け負ってもらうことにした。というのも長崎には、江戸幕府の遠国《おんごく》奉行の一つである長崎奉行所が置かれており、幕臣やそれに準じる者たちが、常時一千人ほど働いていたからである。

早速、七兵衛一行の乗ってきた船から一部の米俵を積み替え、長崎奉行所まで運ぶことになっていた。

小倉屋の主の白石卯兵衛《しらいしうへえ》は、「それなら一緒に長崎まで行ってみませんか」と誘ってきた。卯兵衛によると、荷の積み下ろしだけなら四、五日で往復できるという。

せっかくの機会なので、七兵衛は伝十郎と二人で長崎まで行くことにした。その間、磯田三郎左衛門と雲津六郎兵衛の二人には、赤間関で立務所の設置と運営に関する折衝を行わせる。

白石家の二百石積み弁財船に乗り換えた七兵衛たちは、案内役の卯兵衛と共に長崎を目指した。

弁財船は、順風を受けて玄界灘を疾走していく。

今回、用があるのは長崎だけなので、一行の乗った船は博多や平戸といった北九州有数の港には寄港せず、一路、長崎を目指した。

長崎は日本の表玄関である。幕府は寛永十三年（一六三六）に出島を造り、初めはポルトガル人を、同十八年からは阿蘭陀《オランダ》人を出島に住まわせ、鎖国政策を実行しつつ貿易の利だけを得ようとした。

阿蘭陀船は毎年、七月から八月に来航し、主に生糸を運んでくる。当初は自由貿易だったので、生糸の価格が高騰した。幕府は糸割符《いとわっぷ》制度を導入して価格を統制しようとしたが、今度は日本から大量の金銀が流出していった。輸出するものがない日本は、生糸をはじめとした海外の品々を仕入れるために、金銀で支払いをするしかなかったのだ。そのため幕府は、寛文十二年から貨物市法《かもつしほう》と呼ばれる、より厳密な統制法を施行していた。

船が長崎港に近づくと、まず目に入ってくるのが出島である。その扇形の島には阿蘭陀国旗が翻り、船から見ても明らかに日本とは異なる雰囲気が漂っている。

出島を左手に見ながら舟居（船着場）に入ると、その前は船番所である。

御用米ということもあり、査察は極めて簡単で、すぐに陸揚げを許された。

長崎奉行所への搬入を役人たちに任せた卯兵衛は、七兵衛と伝十郎を引き連れ、阿蘭陀屋敷と呼ばれる出島に向かった。

出島は長崎湾内に造られた人工の島である。阿蘭陀人は許可なく外に出られないが、日本人は門鑑《もんかん》を持っていれば出入り自由なので、多くの人々が行き交っている。

制札所で許可をもらった三人は、石橋を渡って島に入った。大通りは短く、すぐに突き当たりとなり、横長の通りに出た。

卯兵衛の案内で、まず北側の居住区から見て回った。南蛮風の建物が並んでいるが、それは造りだけで、実際は日本の大工が建てたらしく、細部は和風である。材木を扱ってきた七兵衛には、そのあたりがすぐに分かる。

商館長の居宅はとりわけ大きく、その周囲に書記、医師、通詞《つうじ》の住宅や病院、会所、倉庫などが散在している。ここには常時、十五人ほどの阿蘭陀人がいるという。

たまたま通詞らしき若い阿蘭陀人が、会所の前で日本人商人と話しているのを見かけた。

その阿蘭陀人は、背が高く肌の色は透き通るほど白い。七兵衛も外国人を見るのは初めてだが、阿蘭陀人だけならさほどのこともない。驚かされたのは、その背後に付き従っている黒人である。色が黒いのはもちろんだが、異様に背が高く、足が長い。鼻は横に広くて平べったく、口も大きい。肌の色だけでなく、あらゆる特徴が日本人とは大きく異なっていた。

しかしそうした黒人の身体的特徴より、黒人たちが阿弗利加《アフリカ》という大陸で捕らえられ、日本に連れてこられたという事実に、七兵衛は驚かされた。しかも卯兵衛によると、黒人たちは何か罪を犯したわけではなく、ただ捕らえられて白人たちの下僕とされるというのだ。

「白人たちは、黒人を捕らえるために船を仕立てて阿弗利加という大陸まで行きます。いわば黒人は商品なのです」

それは黒人のみならず、あらゆる分野に及んでいるらしい。すなわち、交易が莫大な利益を生み出すと知った南蛮人たちは、大船を造って世界の海に漕ぎ出しているというのだ。

七兵衛は、人までも交易品にしてしまうという南蛮人たちの貪欲さを知ると同時に、交易の重要性を思い知った。

南蛮の造船技術は、日本のそれをはるかに凌駕《りようが》している。その知識を仕入れることはご法度だが、四囲を海に囲まれた日本としては、いつの日か、船造りの技術でも南蛮に追い付かねばならない。

——日本人が日本人の造った船で、南蛮を訪れる日が必ず来る。

その日のために、今できることをやっておかねばならない。

出島の南半面には、池のある庭園や家畜小屋などもあり、阿蘭陀人たちの憩いの場となっていた。

庭園をめぐりながら、七兵衛がぽつりと言った。

「世界というのは、とてつもなく広いもんですな」

卯兵衛が笑みを浮かべる。

「彼らを初めて見た方は、たいてい、そう仰せになります」

「あの者たちは、万里の波濤《はとう》を越えてきた。それを尻目に、われらはこの国の沿岸を回るのさえ、四苦八苦している」

「父上」

伝十郎が不安げに問う。

「かの者たちが軍船を仕立ててやってくれば、われらはひとたまりもありません」

「その通りだ。だが、まだあいつらも、そこまではできない」

「かの者たちとわれらの力には、大きな隔たりがあります。本来なら、彼らの技を習得せねばならぬのですが――」

やがて三人は島の南端に着いた。細長い長崎湾の口が大海に向けて開かれているのが見える。その時、雲の切れ目から無量光のような日が差し、海を照らした。

――あの海へ、いつか漕ぎ出したい。

七兵衛の世代では無理でも、次の世代には、そうなってほしいと七兵衛は思った。

「国が発展する礎は、やはり海にある。海にも街道を造れば、この国は西洋人に負けやしない」

「父上、仰せの通りです。われらに課せられた使命は、国内の廻漕を安全に行うことですが、いつの日か、誰かが、この国で造られた船で南蛮に渡ることもあるでしょう」

「そいつは、お前たちの仕事だ」

七兵衛が伝十郎の肩を叩く。

「われらの世代で、それができるのでしょうか」

「今は国禁だが、先のことは分からないからな」

幕府が鎖国政策を取った直接のきっかけは、寛永十四年（一六三七）の天草・島原の乱だった。その戦いを通じて、幕府はキリスト教徒たちの信仰心の恐ろしさを知った。だが、それからすでに三十五年も経っている。

「いつの日か、この国の若い者が南蛮に出向き、あちらの連中と四つに組んで取引する日が来るに違いない」

「さて、そろそろ行きましょう」

話題がきな臭くなってきたためか、卯兵衛が二人を促した。

出島を出た三人は長崎奉行所に向かった。

この時の長崎奉行は着任して間もないため、お目通りさせてもらい、誼《よしみ》を通じただけで終わった。

二日間の長崎滞在を経て、一行は再び赤間関に向かった。

十四

赤間関に戻った七兵衛らは、西回り航路で最も危険性が高い、温泉津から赤間関までの安全な航行をどうするかで議論した。

白石卯兵衛ら赤間関の町年寄たちによると、長門国の西側を回る際、西風の強い日などは沿岸に吹き寄せられてしまうことが度々で、座礁の危険性が高くなるという。とくに海士ヶ瀬《あませ》と角島《つのしま》の辺りは、潮流が複雑な上に浅瀬や暗礁が多いため、常に危険が伴う。それでも船子たちは先を急ぐあまり、海士ヶ瀬と角島の間を通りたがるという。そこで七兵衛は角島に監視所を置き、城米船が角島の沖を通らなかった場合、報告させることにした。

また城米船の夜間航行は禁じられているが、様々な事情によって、そうしなければならない場合もある。それゆえ七兵衛は、城米船が頻繁に通ることになる一月から二月にかけて、角島に焚火場《どやごば》を設けて陸地の位置を知らせ、船が陸岸に近づきすぎないようにした。

六月半ば、卯兵衛らに見送られ、赤間関を出発した七兵衛一行は瀬戸内海に入った。

瀬戸内海は日本の内海であり、航行にさほどの心配はないかと思われたが、潮流が複雑な上、暗礁が多い海域もあり、油断は禁物だという。そこで七兵衛は赤間関に水先案内船を配備し、城米船は、その先導で瀬戸内海を進ませることにした。

そうした措置を施してから、七兵衛一行は次の寄港地である大坂に向かった。ところが瀬戸内海が最も狭まる備讃《びさん》瀬戸に差し掛かろうとした時、激しい潮流の変化に見舞われた。

備讃瀬戸とは、本州側の備前国と四国側の讃岐国の間に位置する海峡のことで、潮の満干の差が大きい上に、潮流の変化が激しく、航行が難しい海域として知られている。また水深も十七間弱(三十メートルほど)しかない場所もあり、暗礁も点在している。大小の島々が多いので、島の間を潮流が縫っている間に複雑な動きを見せるようになり、潮流が激しくぶつかる場所などでは渦が起こったりする。

赤間関から出してもらった水先案内船の指示に従い、城米船は転舵を繰り返しながら、左右の島々との距離が最もありそうな海域を抜けていこうとするが、それでも風と潮に押されて、どちらかに近寄ってしまう。水先案内船と違って城米船は米を満載しているため、舵の利きが悪く、すぐには回頭できないからだ。

水先案内船も、すべての暗礁を把握しているわけではないので、船子たちを左右の舷側に張り付け、海面を監視させている。彼らが何かを見つけると、大声で船尾に知らせる。船尾にいる旗持ちは、それを手旗信号で七兵衛たちの乗る城米船に伝えてくる。

——こいつは厄介なことだ。

これでは城米船の積載率も加減しなければならない上、常に航行に危険が伴う。

風も強まり、潮流も激しくなってきた。

「取舵！」

船首にいる山立《やまだち》の指示に従い、舵を切るのだが、もどかしいほど遅い。

「海山だ」

船子たちが暗礁の接近を知らせる。

「面舵！」

城米船が傾き、大きく右に舵を切ろうとした時である。

「ガツン」という衝撃が船底から聞こえてきた。

「やったか」

「そのようです」

伝十郎が答える。

大したことはなさそうだが、浸水が始まっているようで、船子たちが一列になり、桶が回されていく。水をかき出しているのだ。

「船を停《と》めろ！」

帆を下ろして船を停止させた艪頭《ろがしら》は、錨《いかり》を下ろすよう命じた。

「これから急いで舟板を張って、水漏れをふさぎます」

艪頭が七兵衛に告げる。

「大丈夫か」

「ご心配には及びません。ただし陸岸に上げて、修繕することになるかもしれません」

そう言うと艪頭は、損害を確かめるべく船倉に走っていった。

ある程度の大きさの船になると、こうした場合でも、すぐに応急処置が施せるようになっているが、傷の大きさ次第では、どこかの港に入らねばならなくなる。

「これでは、損米が出るのも当然だ」

七兵衛の言葉に磯田三郎左衛門が答える。

「船が無事でも、米が水につかってしまうこともあるでしょうね」

米俵は船倉に直接、積まれているわけではなく、簀《す》の子のような台の上に積まれている。しかし船は揺れるので、水をすぐにかき出さないと、最下層の俵は駄目になってしまう。

船倉を見に行った艪頭が戻ってきた。

「差し当たり手は尽くしましたが、やはり港に寄ってきちんと修理しないと、長い航海は無理です」

「そいつは困ったな」

この辺りには島が点在しているが、人の住んでいそうな島はなく、港があるようには思えない。

ところがしばらくすると、島陰から何艘《そう》もの船が集まりだした。

「まさか、海賊か」

「金毘羅大権現《こんぴらだいごんげん》」と大書《たいしょ》された帆を張る小型の船団が、七兵衛らの城米船と水先案内船を取り囲み始めた。

その中から一艘が漕ぎ出してくると、こちらに向かって大声を張り上げた。

「手助けが要るなら、遠慮なく申されよ」

「そなたらは何者だ！」

艪頭が怒鳴り返す。

「塩飽《しわく》の者だ！」

塩飽諸島は瀬戸内海のほぼ中央部に位置し、大小二十八の島々から成っている。ちょうど紀伊水道と豊後《ぶんご》水道がぶつかり合う辺りになるため、島の間を流れる潮流が複雑に絡み合い、操船が極めて難しい海域として知られていた。あまりに激しい潮の流れから、「潮がわく」という言葉が訛《なま》って塩飽になったという説まである。

この辺りの船手衆は、戦国時代には塩飽水軍と呼ばれ、大名から独立した勢力として、金銭契約で人馬や兵糧を運んだり、時には敵水軍と戦ったりして生計を立てていた。

慶長五年（一六〇〇）、関ヶ原の戦いの時、塩飽水軍はいち早く徳川方となり、兵や兵糧の輸送に従事して勝利に貢献した。これにより公儀船方とされて千二百五十石を賜った。

その後も、徳川家の公儀御用として大坂城や江戸城の石材の運搬などを手伝い、天草・島原の乱では、島原半島まで迅速に兵や兵糧を送り、苦しい戦いを裏から支えた。これにより塩飽の島々は、代官の派遣のない完全自治となり、税も免除されるようになった。

舷側から身を乗り出した艪頭が大声で確かめる。

「助けてくれるのか！」

「助けるも助けないも、そっち次第だ」

「どういうことだ」

「おあしを出すか出さないかだよ」

日焼けした顔の男たちが、白い歯を見せてどっと沸く。

「どうしますか」

艪頭が七兵衛に問う。

「出すしかないだろう」

「分かりました」

艪頭が再び大声で返す。

「それでは、米俵をそちらの船に載せ替えてくれぬか。修理もしたいので、港まで案内してくれ」

「分かった。それでいくら出す」

「こちらは幕府の城米船だ。褒美はやるが、いくら払うとまでは約束できない」

「では、知ったことか」

塩飽衆は、その場からさっさと去ろうとした。

「待ってくれ」

七兵衛が声をかける。

「いくらならやる」

「五十両だな」

「吹っかけるな。二十両が相場だろう」

それを聞いた頭目らしき者たちは、船を寄せて話し合った末、怒鳴り返してきた。

「それなら三十両だ」

「よし、それでいい」

これで話はついた。七兵衛としては五十両払ってもいっこうに構わないのだが、なめられないために交渉したのだ。

船と船との間に渡し板が架けられ、米俵が次々と塩飽の船に載せ替えられていく。瞬く間に船が軽くなっていくのが分かる。

積み替えが終わり、塩飽衆の船が、こちらに来いとばかりに大きく手を振っている。その後を七兵衛たちの船が追う。

塩飽の船手衆は、海面下の暗礁をすべて把握しているかのように巧みに操船していく。その動きはきびきびしており、これまで見てきたどこの船手衆よりも優れている。

——これだ。

東回り廻漕に脇島屋という切り札を使ってしまったために、西回りの廻漕を仕切る船手衆をどこにするか、七兵衛は困っていた。

しかし偶然から、それは解決できそうである。

塩飽の船手衆は、彼らの本拠である本島《ほんじま》に七兵衛たちを案内した。

船はここで修理されることになるので、数日の間、本島に滞在することになる。そこで七兵衛は、塩飽諸島最大の廻船業者である丸尾家を紹介してもらえるよう頼み込んだ。

半刻ほど待っていると、丸尾家の手代が現れ、丸尾屋敷まで案内するという。

この時、七兵衛は一人で行くことにした。伝十郎に交渉の場を見せたかったが、身一つで行くことで、幕府の権威を振り払おうとしたのである。

寂しい漁村かと思いきや、本島は繁栄を極める漁港だった。たしかに土地は狭いが、それぞれの家の構えは立派で、その大半が蔵まで備えている。

そこかしこから木槌の音が聞こえてくる。塩飽衆は瀬戸内海を航行する弁財船を造っており、この時代、注文が引きも切らず、船大工たちは船大尽と呼ばれるくらい引く手あまただった。

今回は日程的に無理だと思っていたが、一度は塩飽を訪れるつもりでいたので、塩飽の船に助けられたことは、不幸中の幸いだった。

塩飽一の「船持ち」と謳われる丸尾家の当主は二代目丸尾五左衛門《ござえもん》重次《しげつぐ》といって、寛永二年（一六二五）の生まれなので、この年、四十八歳になる。

五左衛門はいかにも好々爺《こうこうや》然としており、とてもやり手の商人のようには見えない。

奥の間に室内され、一通りの挨拶が終わった後、七兵衛は早速、切り出した。

「此度は思いがけず、こちらに寄らせていただきましたが、わいの見込みに狂いはなかったと、つくづく思いました」

「ほほう、それはどういうことで」

五左衛門が膝を痛めているということで、会談は唐風の卓子を中に挟み、曲彔《きょくろく》に座って行われた。

五左衛門の持つ杖《つえ》は、珊瑚《さんご》で作られているらしく、七兵衛も見たことがないほど美しいものだった。そこからも丸尾家の財力がうかがい知れる。

「塩飽の船手は国内随一と聞いていましたが、先ほど、見事な帆さばきや舵さばきを見せていただき、その雑説《ぞうせつ》(噂)が間違っていないと確信しました」

「ほほう、そうですか」

五左衛門の下がり気味の目尻は、垂れた眉毛の奥に隠れ、いかにも眠そうである。笑った時に見えるその歯は、ところどころ欠けており、威厳というものにはほど遠い。しかし、こうした男ほど油断できないことを、七兵衛は知っていた。

——こいつは、きつい談合になるな。

商人は商人なりに相手の技量を見抜く。その点では、剣客どうしの立ち合いと何ら変わらない。

「分かりました。駆け引きはいたしません。ずばり申し上げましょう」

五左衛門の瞳が光る。これほど早く、七兵衛が談合の核心に迫ってくるとは思わなかったのだ。

「塩飽船手衆を、船ごと借り受けたいのです」

「これはまた、面白いことを仰せになられる」

「いや、これは戯れ言の類ではありません」

「では、われら塩飽船手衆三千七百余と、四百七十二艘の船すべてを、幕府の城米輸送に使いたいと仰せか」

七兵衛は幕府の権威によって強要するのではなく、あくまで商取引として納得してもらった上で、決断を委ねたいと思っていた。

「すべてとは申しませんが、その大半を回してはいただけないでしょうか」

「ははは」

五左衛門が高笑いしたので、七兵衛も仕方なく笑った。

「それは、お上の指図ですか」

「いいえ。あくまで商いとして、お考えいただきたい」

「それでは人を出すだけでなく、われらが元請でも構いませんか」

「もちろんです」

二人の視線が交錯する。まさに真剣勝負である。

しばしの沈黙の後、五左衛門が言った。

「つまり河村屋さんは、城米輸送の取引に入らずともよろしいのか」

こうした場合、幕府と癒着している商人が元請となり、働きがなくても上前をはねるのが常だが、七兵衛はこれまで同様、仲介役に徹するつもりでいた。

「わいは、あくまで廻漕の仕組みを築き上げるだけです。その手間賃は幕府からいただきます。それゆえ、商いの流れの中に割り込むことはいたしません。むろん幕府との橋渡しは、責任をもってやらせていただきます」

「それでよろしいので」

商人なら自らの権益を生かし、継続的に利益が得られる仕組みを築こうとする。ところが七兵衛は、話がまとまれば、その商権からさっさと手を引こうというのだ。

「もちろん、わいかて商人です。楽してもうかるんなら、それに越したことはありません。しかしそうしたものは、他人から恨みを買って長続きしません。ましてや自分で働かずして上前をはねるなんてことをすれば、お天道様《てんとうさま》の下を歩けなくなります」

七兵衛の言葉に、五左衛門は啞然としている。

「幕府の権威を借りて商いしたところで、何も面白くもありません。商いは己の腕一本でやるもんです」

しばらくの沈黙の後、五左衛門が言った。

「気に入った」

「ありがとうございます」

「あんたの料簡《りょうけん》はよく分かった。さすが江戸随一の商人と言われるだけのことはある」

「それほどの者ではありません」

七兵衛が照れ笑いを浮かべる。正直な話、瀬戸内海にまで己の名が広まっているとは、思いもしなかった。

「江戸の商人というのは、物だけでなく男も売るんだな」

「男、と仰せか」

「そうだ。わしは生涯、商いしかしてこなかった。海千山千の大坂商人にだまされたこともある。皆、目先の利にこだわり、商取引の相手を出し抜こうと必死になっていた。ところが、そうした関係は長く続かない」

「その通りです」

七兵衛には、「男を売る」などという考えはなかった。しかし結果的に、そういうことになっていたのだと気づいた。

──「男を売る」か。いい言葉だ。商人たるもの、常にそうあらねばならない。

「河村屋さん、あんたは途方もない商人になる」

「えっ、それはまたどうしてですか」

「商人なんてもんは、世のため人のためには働かない。皆、自分のために稼ぐだけだ。しかし、他人のために懸命に働くあんたは、歴史に名を残す商人となる」

「歴史に名を残す、と仰せか」

七兵衛は、そんなことを考えもしなかった。

「あんたは、新しい商人のあり方を作りつつあるのだ」

丸尾五左衛門の双眸《そうぼう》が光る。

「新しい商人とは、どういうものですか」

「目先の利にこだわらず、大局観を持ち、互いの利を考える。また己のためではなく、他人のために役立つ仕事をする。つまり──」

五左衛門が、その潮焼けした顔を近づけてきたので、七兵衛も耳を寄せた。

「まだ育っていない鮪《しび》は海に流す。これが漁師の掟だ。その鮪は、大きくなっても自分の手に入ることはない。海はこれほど広いからな。それでも漁師は小さな鮪は海に返す。だからこそ、海の恵みは絶えないんだ。同じように山になる柿の実も、熟していないうちは誰も取らない。それが熟した時、自分に回ってこなくても構わない。この国の者たちは皆、そうしてきた。しかし──」

五左衛門が、いかにも残念そうに唇を噛む。

「商人だけが目先の利にこだわり、『自分さえよければ、後は知るか』といった考えを持っている。それを、あんたは変えようとしている」

七兵衛にも、ようやく己のしていることが分かってきた。

「つまり目先の小利を追わず、わいは大利を狙っていると仰せか」

「その通り。わしも常々そうしたいと思ってきた。だが塩飽の利を守るのに懸命なあまり、そうした大局観に立つことを忘れてしまうこともあった。あんたが、そいつを思い出させてくれたんだ」

五左衛門が、しみじみと言った。

――そうか。小利を追えばそれだけだが、小利を育てれば大利になる。だが、それは己の手に入らないかもしれない。しかし誰かがそれでもうければ、天下の金は動き回り、それがめぐりめぐって己の懐も潤うということか。

後に七兵衛は、誰かが知恵を働かせて大もうけすると、自分のことのように喜び、その人を招いて宴を張った。常の人であれば他人の成功をやっかみ、祝福などしないが、七兵衛は心底から喜んだ。ある人がその理由を尋ねると、「人はもうかれば、その金を使う。ひいては、それが庶民にまで行きわたり、皆が潤う。同じように、幕府や大名家には埋もれた金が眠っている。これを天下に馳駆《ちく》させれば、天下万民が豊かになる」と答えた。つまり七兵衛は、経済の原理を体得しており、ある意味、皆に金を使わせるために、江戸の経済基盤を整えていったことになる。

「そのことは、わいも気づいていませんでした。丸尾様に今、教えられたんです」

「河村屋さん、もう言葉は要らない。飲もうや」

「はい。そうしましょう。新しい商人の門出を共に祝いましょう」

——わいはこれからも小利を追わず、大利を追う。そのために、物を売る前に「男を売る」のだ。

七兵衛は、商いの真髄にまた一歩、近づいた気がした。

二人は夜更けまで互いの盃に酒を注《つ》ぎ合い、大いに論じ合った。


五左衛門は、快く塩飽船手衆を城米輸送に回してくれた。むろん、すぐに大半の船や人員を回すことはできないが、徐々に城米輸送の仕事の比重を高め、五年後には大半の塩飽船手衆が、城米輸送に従事できるようにしてくれるという。

塩飽だけで足りない分は、同じように腕利きの水主たちを擁する備前の日比浦《ひびうら》にも、声をかけてもらえることになった。

この後、七兵衛は摂津の伝法《でんぼう》、川辺《かわべ》、脇浜の船手衆とも話をつけ、それを五左衛門がまとめ役となる塩飽商人衆と競わせることにより、西回り廻漕の体制を整えていくことになる。

十五

七兵衛による廻漕航路の整備は、江戸への城米廻漕率を高めただけでなく、商流においても一つの画期となった。

すなわち東回りにしろ西回りにしろ、幕府から直接、廻漕を請け負うのは廻船業者である。その間に河村屋は入らない。つまり河村屋と業者との癒着がなくなることで、七兵衛は客観的な立場に立てるようになる。

七兵衛の役割は、まず廻漕請負業者を探し、吟味して幕府に推薦する。業務が始まると、損米率などから評価を行い、業績がよい場合は輸送代金を上げてやり、逆に悪い場合は共によくする努力をし、それでも改まらない場合は請負業者から外す。

むろん七兵衛にも見返りはある。

七兵衛は「請負斡旋料《あっせんりょう》」として、幕府から米百石に対して銀五十匁《もんめ》を受け取ることになった。これは廻漕に成功した分だけなので、業者の損米率が高まれば、七兵衛の実入りも少なくなるという仕組みである。

その代わりとして、七兵衛は業者の上前をはねたり、業者から賄賂《わいろ》や音物《いんもつ》を受け取ったりしないことにした。

七兵衛と稲葉正則は、そうした汚職まがいの慣習を一掃することに努めた。それは前代の保科正之も同様である。正之にしろ、正則にしろ、本来なら蔵がいくつも建つほどの財が築けたにもかかわらず、自らが率先して悪しき慣習の排除に乗り出した。それにほだされた七兵衛も、商人の代表として清廉を貫いたのである。

それでも七兵衛には、十分な見返りがあった。

廻漕に成功した米百石に対してもらえる銀五十匁を換算すると、一両ほどになる。すべての米が無事に着くわけではないので、単純計算はできないが、東回りと西回りを合わせると、七兵衛の懐に年一千両近くの「請負斡旋料」が入ることになる。しかも、しっかりした業者に請け負わせれば、七兵衛の負担は皆無に近くなる。

七兵衛は「汚いことを一切せずにもうける」ことにかけて、天才的手腕を発揮した。

大坂にも立務所を設置した七兵衛一行は、舳を南に向けた。次の寄港地は紀伊国の大島である。紀伊大島は潮岬の東にあり、寄港するには絶好の位置にあった。それゆえ、ここに立務所を設置することにし、さらに郷里にほど近い伊勢国の方座浦《ほうざうら》にも立務所を置いた。次の立務所は、志摩国の畔乗《あのり》となるので、紀伊半島には、三カ所の立務所が設置されることになる。

七兵衛は、船で紀伊半島を回るこの機会に帰郷し、父母の墓参りをしようと思っていた。

七兵衛の故郷は伊勢国度会《わたらい》郡東宮村といい、熊野灘に面した小さな漁村である。その地に父母は眠っている。

音瀬の鼻を回ると、定《じょう》ノ鼻が見えてくる。そこを過ぎればすぐ奈屋浦である。

陸岸が近づくにつれ、見慣れた風景が広がってきた。

寛永七年（一六三〇）八月、七兵衛は期待と不安で胸をいっぱいにして、東宮村を旅立った。それ以来、一度として帰郷したことはない。七兵衛は人生を生き抜くことに精いっぱいで、過去を振り返ることなどできなかったからである。

かつて武士だったという誇りをよすがにし、仕事らしい仕事もせずに過ごしていた父のことが、今となっては懐かしく思い出される。また母が、どれだけ七兵衛のことを心配していたかを思うと、胸が張り裂けそうになる。

父母が死んだ時も、家を継いでいた弟の太兵衛《たへえ》政通《まさみち》が死んだ時も、七兵衛は知らせをもらっていたが、早飛脚で葬儀代を送っただけで帰らなかった。時間的にも経済的にも、そんな余裕はなかったからである。

――親不孝をお許し下さい。

そのたびに、西に向かって頭を垂れた七兵衛だったが、故郷に近づいたこの時も、東宮村の象徴である〝ふたつか山〟に対して許しを請うた。

やがて桟橋が見えてきた。そこには鈴なりの人だかりができていた。

「よう、お帰りなさった」

三十前後とおぼしき男が、皆を代表して迎えてくれた。家を継いでいる甥《おい》の太兵衛政春《まさはる》である。その傍らには、政春の母、すなわち政通の妻だったという中年の女もいる。

ほかの人々も次々と近寄ってきた。七兵衛が知る人は一人としていなかったが、それぞれ先代の息子や娘で、七兵衛がずっと忘れていた名まで思い出させてくれた。

皆に案内されて、七兵衛はかつての屋敷跡に行ってみた。しかし、そこにあった屋敷は跡形もなく、一面の畑になっていた。

政春によると、父の政通が病気がちとなったので、自分たちは別の場所に家を建てて住み、この場所には政通と母が住んでいた。しかし三年前の寛文九年（一六六九）に政通が亡くなり、一人となった母を引き取ったため、その折に古い家を取り壊して畑にしたという。

「ここで父上は生まれ育ったのですね」

伝十郎が感慨深そうに言う。

「ああ、ここですべてが始まったんだ」

七兵衛は「ここに炊事場があり、ここが父上の居室だった」などと言いながら、かつて家があった場所を歩き回った。

南側に面した辺りに広縁があった。そこで幼い七兵衛は、祖父や祖母から様々な話を聞いた。百姓仕事を嫌っていた父も、暇だったのか、そこでよく手習いや算盤《そろばん》を教えてくれた。そのため七兵衛は、読み書き算盤については習熟しており、それが立身にどれだけ役立ったか分からない。

父親が働き者だったら、七兵衛は人並みの知識しか身に付けられず、今でも車力の頭か何かをしていたかもしれない。

――「父母の恩徳は天よりも高く、海よりも深し」か。

七兵衛は、中江藤樹が『翁問答《おきなもんどう》』に書いていた言葉を思い出した。父母は、いかに苦労して子供を養育したかなど語ろうとしないが、その恵みなくして今の自分はないのだと、いつも心に記しておかねばならないという戒めである。

今となっては懐かしくても、当時は貧しい生活に耐えかねて本当に辛かった。しかし、そうした日々があったからこそ、今の七兵衛がある。それを忘れないでおこうと思った。

「それでは、大仙寺に参りましょう」

続いて一行は大仙寺に向かった。大仙寺は河村家の菩提寺《ぼだいじ》で、七兵衛も幼少の頃、ここに通い、住持から『庭訓往来《ていきんおうらい》』などを使った講義を受け、読み書きはもとより、世の中の仕組みというものを学んだ。

大仙寺の墓地には、「河村家先祖代々墓」と書かれた小さな墓石があった。

――こんな狭いところに、みんな納まっているのか。

あれだけ偉そうにしていた父が、こんなところに納まっているかと思うと、可笑《おか》しさが込み上げてくる。

「これで精いっぱいなのです」

政春が申し訳なさそうに言う。

「分かっている。墓があるだけ十分だ」

突然、明暦の大火のことが思い出された。誰が誰とも分からず、皆、回向院《えこういん》の大穴に放り投げられていった。その中には、兵之助の遺骸もあったかもしれない。

それを思えば、天寿を全《まっと》うし、こうして葬られた両親と弟は幸せである。

七兵衛は手を合わせながら、親不孝を詫びた。

見栄っ張りな父が生きていたら、今の七兵衛を見て、どれだけ得意になったか。東宮村のほとんどの人々を集めて大盤振る舞いし、「わいの目に狂いはなかった」と何度も言ったことだろう。母も涙を流して喜んでくれたはずだ。弟とは幼い頃に別れたため、さほど一緒に遊んだ記憶はないが、誇らしく思ってくれたに違いない。

――だが皆、逝ってしまった。

人の命は儚《はかな》いものである。だからこそ、今を精いっぱい生きねばならない。

――いつか、わいも死ぬ。その時に、「もっと、がんばればよかった」と思わないために、今できることに全力を尽くさねばならない。

おそらく七兵衛には、楽隠居などできる時間はないはずだ。体力の続く限り、この人生を最後まで駆け抜けることになるに違いない。しかし七兵衛は、それでもよいと思った。

――父上、母上、太兵衛、わいはやったる。見守っていてくれ。

七兵衛の脳裏に、再び『翁問答』の言葉がよみがえった。

「人間に生まれて徳を知り、道を行わざれば、人面獣心《じんめんじゅうしん》とて、形は人間なれども心は獣と同じこと」

――徳を知り、道を行う、か。それこそは人の生き方の根源なのだな。

人として道を行う、すなわち皆の役に立つことと、商人として大利を得るという一見、矛盾した目標を、七兵衛は己に課すことにした。

墓参りをした後、大仙寺の若い住持と会った七兵衛は、五十両をぽんと出し、父母と弟、三人の供養を行い、墓石を新しくしてもらえるよう依頼した。また江戸に帰った後、大般若経《だいはんにゃきょう》六百巻を寺に寄進した。

夜は、近隣の人々を集めて大宴会となった。皆、故郷に錦を飾った七兵衛を誇りに思い、心の底から喜んでくれた。

――ここには、嫉妬ややっかみはないのだな。

故郷の人々の純朴な心に触れ、七兵衛には感じるところがあった。

江戸では大小の商人たちがひしめき合い、互いに目をぎらつかせて競い合っている。誰かが成功を手にして頭角を現せば、必ず陰口を叩かれる。場合によっては、成功者の足を引っ張ろうとさえする。質《たち》が悪い者になると、成功者の些細な違反を奉行所に密告する。

そうした中で過ごしているうちに、七兵衛でさえ、それが当たり前に思えていた。しかしこうして諸国を回り、人々の純朴な心に触れることで、悪い澱《おり》が洗い流された気がする。

――人の成功を喜べる者に、商いの神は微笑む。

それこそは、七兵衛が長年の経験から会得した真理である。それを思い出させてくれた皆に、何か報いてやりたいと思った七兵衛は、東宮村の庄屋に、村のために役立ててもらえるよう百両を渡した。皆は唖然とした後、万雷の拍手で七兵衛をたたえた。

翌朝、奈屋浦を船出した七兵衛一行は、立務所を設置すべく志摩国の畔乗に寄港した。その先の鳥羽でもよかったのだが、鳥羽は船の出入りが激しいため、事故が起こる可能性を考慮し、その少し手前の的矢湾にある畔乗を選んだのだ。

畔乗の問題は、港の出入口付近に暗礁が多くあり、座礁率の高いことである。かといってこの辺りに立務所を置かないと、遠州灘や駿河湾を一気に突っ切り、下田に行くことができない。遠江《とおとうみ》・駿河両国は良港が少なく、また、それぞれの湾は北方に弓なりに深くなっているため、寄港地を設けるとなると、航路に無駄が生じる。そのため、どうしても鳥羽付近に立務所を設ける必要がある。

そこで七兵衛は知恵を絞り、鳥羽沖の菅島《すがしま》にある白崎山《しらさきやま》の中腹で毎夜、火を焚《た》かせ、航行の安全を期すことにした。船手衆は、この焚火を目印にして畔乗港に乗り入れることになる。

畔乗で立務所設置の段取りをつけた七兵衛は、一路、下田に向かった。

その途次、進行方向左手に富士山が見えてきた。富士は黒色に近い茶褐色の姿態を堂々と晒し、山頂から幾筋もの雪の糸を垂らしていた。その威風堂々とした姿こそ、この国の象徴にふさわしい。

――帰ってきたんだな。

なぜかこの時、七兵衛はそう思った。

七兵衛の故郷は伊勢国だが、長く江戸に住んでいるためか、いつの間にか江戸が故郷になっていたのだ。

——わいは、あの富士のように堂々と生きてやる。
七兵衛は誓いを新たにした。

第三章　治河興利《ちかこうり》

一

七兵衛の活躍によって漕政《そうせい》は一新された。これまで必要な物資を必要な場所に運ぶことが、どれほど大変だったかを思えば、七兵衛の成したことは偉業と呼ぶにふさわしかった。

物を運ぶというのは人から感謝されにくい。そこに物があり、人は対価を払ってそれを購入するだけである。つまり人は、それがどのような経路をたどり、そこにあるのかまでは考えない。しかし物が運べなければ、人々の生活は成り立たないのだ。

それを思えば、七兵衛の成したことは、江戸が繁栄を謳歌《おうか》するために必要な大事業だった。

七兵衛の漕政一新により、未曽有《みぞう》の大都市と化した江戸の町の胃袋を満たすことができるようになり、十八世紀初頭、江戸の人口は百万人を突破する。この数字は、同時期のロンドンやパリをも凌《しの》いでいた。

下田で最後の立務所設置の段取りをつけた七兵衛は、七月末、ようやく江戸に帰り着いた。

これにより立務所は、酒田を出てから佐渡の小木、能登の福浦、但馬の柴山、石見の温泉津、長門の赤間関（下関）、摂津の大坂、紀伊の大島、伊勢の方座浦、志摩の畔乗、伊豆の下田の十カ所になった。これは東回りの四カ所を大幅に上回る数であり、その航路の長さが思いやられた。

七兵衛が江戸に帰った後、西回りで廻漕《かいそう》された米が、次々と江戸に着き始めた。それらの船に乗っていた者たちは皆、立務所の設置をはじめとする様々な安全対策によって、不安のない航海ができたと喜んでいた。

七兵衛が首尾よく事が運んだことを稲葉正則に報告すると、正則は大いに喜び、手間賃と褒賞金を合わせて三千両も下賜した。これは、米百石に対して銀五十匁がもらえる「請負斡旋料《あつせんりよう》」とは別である。

八月、大仕事を終わらせた七兵衛は、世話になった人たちを招き、柳橋の料亭を借りきって祝宴を張った。

高級な鯛の刺身などを用意し、一流の芸者を招いて、七兵衛なりに奮発したが、来客からもらった祝いの品々で、逆に得をしてしまうほどだった。

「いただいた金品は、喜んで収めさせていただきますが、あらためて回向院に同額のお布施をさせていただきます」

七兵衛の言葉に来賓たちは喜び、その徳の高さを褒めたたえた。

次々と挨拶に来る人々によって注《つ》がれる酒を飲みつつ、七兵衛は、心の底から自分は幸せ者だと思った。

商人は利を上げるために商いをする。しかし七兵衛は、世のため人のために役立つ仕事をしていながら、巨万の富を築けたのだ。

――これほどの果報者はいない。

それを思うと、目頭が熱くなってくる。

その時である。

「ご無沙汰いたした」

表口から豪快な声がした。

皆の見守る中、声の主は中央を進むと、最上座にいる七兵衛の対面に座した。

「七兵衛殿、お疲れ様でしたな」

「新井先生、相変わらずですね」

この日、七兵衛は白石も招待していたのだが、姿を現さないので、てっきり来られないものと思っていた。それが宴もたけなわの頃、ようやく現れたのだ。

「それがしのような者にも、いろいろ所用がありましてな」

「それは、吉原の方の所用でしょう」

「まあ、そんなところです」

「父上」

白石の背後から弥兵衛が現れた。

「何だ、お前も一緒か」

「いや、私は新井殿を探しに吉原に行ったのです」

「そいつは、いい口実ができたものだな」

そこにいた者たちが声を上げて笑った。

客たちが帰った後、七兵衛、白石、伝十郎、弥兵衛の四人は、車座になって語り合った。

「これで七兵衛殿は、商人として確固たる地位を築いた。さしあたり柳営から下賜された金を、何に使うおつもりか」

「大半は新たな事業のために使うつもりです」

七兵衛は本業である材木商の業容拡大を目論んでいた。とくに自らの漕政一新により、東回り・西回り航路を使えば、奥羽の木材が安全に江戸に届けられる。むろん城米廻漕の立務所は、公設なので使うわけにはいかないが、同じような仕組みを木材流通の分野でも作り上げられれば、これまで以上に良質な材木を安価で供給できるに違いない。

七兵衛がその構想を三人に語ると、早速、白石が異議を申し立てた。

「それでは、経世済民のために使うつもりはないのか」

「回向院にお布施をしますが――」

「それでは坊主の懐を肥やすだけだ。そうではなく、江戸に流入してきている民を救わずともよいのか」

この頃、各地で飢饉《ききん》が始まり、これまで以上に、江戸に流入する人口が増え始めていた。しかし江戸に出てきても、物乞いになる者が多く、餓死する者も少なくなかった。

「それは為政者の仕事では――」

明暦の大火のような災害や天変地異の類が起こったのなら、七兵衛にも私財をなげうつ覚悟はある。しかし何の見込みもなく江戸に流れてきて、働き口がないために、「飢え死にしそうだから助けてくれ」と言われても困る。

「七兵衛殿の敬愛する中江藤樹先生も、『鑑草《かがみくさ》』の中で仰せになっておられるではないか」

白石が朗々たる声音で、『鑑草』の一節を暗誦した。

「夫《それ》財宝は天下の生民を養わんために、天地の生じたまうものなれば、かりそめにも貪り、私《わたくし》すべきものにあらず」

白石が挑むような眼差《まなざ》しを向ける。

「この言葉を、七兵衛殿はいかにお考えか」

「お待ち下さい」

――この御仁は何か勘違いしている。

七兵衛は白石に、商人とはどういうものかを教えねばならないと思った。

「新井先生。わいら商人は、何かを仕入れ、それに何かを付け加えて売ることで利を得ます。つまり何かを仕入れるには、元手がかかるということです」

かつて七兵衛は、元手をかけずに知恵だけでもうけたことがある。しかしそれは、極めてまれなことである。

「七兵衛殿、詭弁《きべん》を弄《ろう》するな。要は金が惜しいということだろう」

白石は、すでにかなり酔っている。

「それは違います。いただいた金は、次なる商いに投じるつもりです」

「その一部を困窮している者に回せばよいのだ」

「それは考え違いというものです。確かに商人の中には、利が出過ぎて遊興に走る者もおります。だがわいは違います。元金《もときん》が余れば新たな事業を興します。それによって新しく人を雇い、仕事がなくて食べていけない方々を食べさせていけます」

「では、今日にも飢え死にする者がおっても、貴殿は見捨てるというのか」

「見捨てます」

「何だと」

「今日明日、飢え死にする者を救うのは政治の仕事。来年、飢え死にする者を救うのが、商人の仕事です」

白石があきれたように言う。

「七兵衛殿は、藤樹先生の教えが分かっておられぬようだな」

「その言葉は、そのまま新井先生にお返ししましょう」

「何だと！」

「では先生が、本を求めに書物屋に行ったとしましょう。ところがその店先で、飢え死にしそうな老人がいたとします。先生は本を買うのをあきらめ、その老人にお金を恵みますか」

「ああ、恵む」

白石が言い切る。

「それでは先生は、偉大な人物になれません」

「なぜだ！」

「先生の学問は将来の大善を行うためのもの。小善は今の為政者の仕事です。一人の老人を救うために、先生は本来、身に付けたであろう教養や知識を捨てたのです。これこそ万民にとっての不幸ではありませんか」

「そんなことはない！」

二人がにらみ合う。

「まあ、お二人とも、まずは一献」

すかさず伝十郎が間に入る。

「新井先生も先ほどまで、父上のことを『当代随一の誉れ』とまで仰せになっていたではありませんか」

弥兵衛が非難がましく言ったので、白石は口をつぐんで横を向いてしまった。

「新井先生のお気持ちは、よく分かります。わいも若い頃は同じように思っていました。しかし分かったのです」

「何をだ」

「人には使命があります。わいは、その使命のために金を使わねばならないと」

「わしにも――」

白石が迷ったように問う。

「使命はあるのだろうか」

「あります。きっとあります。それゆえ今は伏竜となって深淵に身を置き、力を蓄えるのです」

「伏竜――、か」

白石の鬱屈が、七兵衛の成功に対する嫉妬から来ていることに、七兵衛もようやく気づいた。しかし七兵衛にしてみれば、自分の人生は収穫期に入っただけであり、白石にも必ず、そうした時期が訪れると信じていた。

機嫌を直した白石が盃を差し出してきた。それに酒をなみなみと注ぐと、白石も七兵衛の盃に酒を注いだ。二人は視線を絡ませると、一気に酒を流し込んだ。

「新井先生は、わいなど及びもつかない、どでかいことを成し遂げます」

「本当にそう思うか」

「この七兵衛、嘘《うそ》をついたことはありません。ただし、その見込みが当たるも外れるも、すべては先生の心構え一つに掛かっております」

七兵衛の言葉に、白石は力強くうなずいた。

二

十一月、保科正之の招きを受けた七兵衛は、三田の会津藩下屋敷を訪問した。

取次役に従って長い廊下を渡り、何人もの家臣が侍《はべ》る次の間に通された七兵衛は、そこで呼び出されるのを待った。

屋敷内は重苦しい空気に包まれ、咳《しわぶき》一つ聞こえない。というのもこの時、正之は重篤となっていたからである。

――あのお方が死の床に就いているとは、にわかには信じられぬ。

増上寺の門前で「そなたは何者か」と問いつつ、上書を受け取った正之の颯爽《さっそう》とした姿が、昨日のことのように思い出される。

「人は立ち止まっていては駄目だ。どのような悲しみに遭おうと、前を向いて進んでいかねばならぬ」

正之の言葉が脳裏によみがえる。

あの時、正之は己を叱咤《しった》するように、そう言った。正之も七兵衛同様、明暦の大火で息子を失っていた。その悲しみを一切、面《おもて》に出さず、正之は江戸の再建に力を尽くした。それを見た七兵衛が、どれだけ勇気付けられたか分からない。

――男は、何があっても前に進まねばならない。

それこそは、正之が教えてくれたことである。

やがて取次役が七兵衛の許《もと》まで来て、「ご老公が『苦しゅうないので入られよ』と仰せだ」と告げてきた。

「ご無礼 仕《つかまつ》ります」

礼式に則り、障子を少し開けた後、大きく開けて中に入った七兵衛は、正之の横たわる上座から五間（約九メートル）ほど離れた位置に控えた。

「七兵衛か」

「はっ、はい」

「ちこう」

二間ほどまで膝行《しっこう》して止まると、「もっとだ」という声が聞こえた。

蒲団《ふとん》の縁に膝が当たるほど近づいた七兵衛は、深く頭を下げた。

「七兵衛、久方ぶりだの」

「ご無沙汰しておりました」

目は閉じられたままだが、正之の声は意外にしっかりしている。

「顔色もよさそうで何よりだ」

「どうしてそれを――」

正之は白内障で失明しており、何も見えないはずである。

「心眼よ」

「さすがですな」

「そなたの声音から体調を察しただけだ。心眼などあってたまるか」

からからという笑い声が、豪奢《ごうしゃ》な黒檀《こくたん》の格天井《ごうてんじょう》に響く。

共に笑いながら七兵衛が言った。

「それだけお笑いになれるのですから、ご快復は目前かと」

「世辞もほどほどにせい。わしはもう駄目だ」

「何を仰せか」

正之は寛文三年（一六六三）の末頃から体調不良が続き、同九年に隠居願いを出して許された。会津に退隠した正之は、同十二年八月、自らの死期を覚《さと》って猪苗代湖《いなわしろ》近くに墓所を定めると、九月、最後の気力を振り絞って江戸に出府し、将軍家綱らに別れの挨拶をした。そして十一月、力尽きたかのように床に臥《ふ》せって動けなくなった。

「わしは死期を覚って江戸に来た。将軍家や恩義ある方々に別れの挨拶をしたかったのだ。そなたを呼んだのも、そなたがその中の一人だからだ」

「も、もったいない」

七兵衛が青畳に額を擦り付ける。

「それがしの方こそ、保科様から受けた御恩は、山よりも高く海よりも深いものと心得ております。あの時、保科様がそれがしを無礼討ちになさらず、逆に大きな仕事を与えて下さったからこそ、今日のそれがしがあるのです」

「芝の増上寺のことだな」

正之がにやりとする。

「はい。あの時、保科様は、それがしの命を取らなかっただけでなく――」

「無理な仕事を、そなたに次々と押し付けたというわけか」

「まあ、そういうことになりますね」

二人が再び声を上げて笑う。

「七兵衛よ、人の一生など短い。短すぎる。まさにあっという間だ。だからこそ、その時にできることを精いっぱいやらねばならぬ。さすれば――」

「塵《ちり》も積もれば山となる、というわけですね」

「そうだ。その時は些細《ささい》なことでも、そんなことが日々、積み上げられていけば、十年後には大きなものになる。そなたはそれを実践してきた。これからも世のため人のためを思い、黙々と仕事を続けることだ」

「そのお言葉、胸に刻ませていただきます」

——保科様の仰せの通りだ。人は難事に突き当たると、すぐに「もう駄目だ」「無理だ」と言って、途中で投げ出してしまう。だが、わいは愚直なまでにその場に踏みとどまり、立ちはだかる厄介事を次々と克服してきた。その末に、今のわいがある。

「七兵衛よ、江戸を、いやこの国を、万民が幸せに暮らせるものにしていってくれ。わしがそなたに言い残したかったのは、そのことだ。それができるのは、大欲者のそなたしかおらぬ」

「いかにも、それがしは大欲者でした」

かつて正之は、七兵衛のことを大欲者と呼んだ。

大欲者とは目先の利にこだわらず、巨大な利を求める者のことである。

「七兵衛——」

正之が首をねじって七兵衛の方に顔を向けた。

その瞳は雲が懸かったように白濁し、何も見えていないはずである。しかしその奥の黒目は、しっかりと七兵衛の顔を捉えていた。

「この国を頼む」

「しかと承りました」

七兵衛は平伏すると、その場から動けなくなった。気づくと涙で袴《はかま》の膝が濡《ぬ》れていた。

「わが命が続く限り、この国のために尽くします」

その言葉に、正之は満足そうにうなずいた。

十二月十八日の夜明け前、正之は穏やかに息を引き取った。

その死の前、正之は「将軍家に忠勤を尽くすことだけを考え、他藩を見て己の身の振り方を判断するな。もし二心を抱く藩主がいれば、それはわが子孫ではない。家臣たちは従うな」という家訓を残した。その言葉は、徳川家へ忠節を尽くすことこそが世の中の安定につながり、それが万民の幸せであるという考えに基づいていた。

江戸幕府を安定に導いた「天下一の名臣」は、死の床に就いた時、自らの美事（事績）をすべて将軍家綱の命によるものだと記録させ、自らの足跡を消し去った上で大往生を遂げた。

享年は六十二だった。

三

延宝二年（一六七四）の正月八日の夕方、幕府の正月行事が終わった頃を見計らい、七兵衛は稲葉正則の許に新年の挨拶に出向いた。

小田原藩上屋敷は松飾りも外され、正月気分は一掃されていた。いまだ酒の抜けない大名もいる中、正則の謹厳実直さが家中に浸透しているためか、小田原藩の武士たちは、きびきびした身ごなしで動き回っていた。

「待たせたな」

正則が七兵衛の待つ小書院に入ってきた。西回り航路の旅から帰ってきた後、報告のために正則の許に出向いて以来なので、約一年半ぶりである。

「今月は月番でな。正月の間にたまった願書に目を通すのに手間取ってしまったわ」

「そいつは大変でしたね」

老中は月番制となっており、毎月、一人の老中が願書や問題の受付窓口となる。小事であれば一人で処理するが、大事と呼ばれる重要問題は、常時四、五人いる老中が集まり、合議によって決定された。これが幕府の最高決定機関となる。

「あれから西回り廻漕も、つつがなくいっているようだな」

「はい。お陰様で遭難する船もなく、うまく回り始めました」

「またしても、そなたに助けられた。これで江戸の町が飢えることはなくなった。しかし厄介事は、それだけではない」

「と、仰せになられますと」

「実はな、柳営はもとより、諸家中の懐が日増しに苦しくなってきたのだ」

正則は、柳営こと幕府の財政事情から語り始めた。

幕府の財政は、家康が死去した元和二年（一六一六）頃には極めて豊かだった。各地の金・銀山の採掘も軌道に乗り、交易でも利益を上げていた。寛永九年（一六三二）に秀忠が亡くなった時、さらに資金は潤沢で、家光は大名や旗本に遺金分けするほどだった。ところが家光は、日光東照宮の造営や上洛などで金銀を湯水のように使った上、貿易の輸入超過によって金銀の流出が止まらず、鎖国政策を打たねばならなくなった。こうしたことにより、幕府の財政は下降線をたどり始める。

決定的だったのは家綱の時代の明暦の大火で、江戸城の御金蔵《ごきんぞう》に貯蔵されていた金銀が溶けてしまっただけでなく、大名から町人まで下付金《かふきん》を出したので、幕府の金蔵は空も同然となった。

「こんなことになるとは、思ってもみなかった」

正則が肩を落とす。

慰める言葉もない七兵衛だったが、会話の流れから、新たな仕事を課される覚悟をした。

「そこでだ」

――やはり来たか。

七兵衛は心中、苦笑いするしかない。

「そなたに手を貸してほしいことがある」

「と、仰せになられますと」

「実は、ある御仁に、ここまでご足労いただいておる」

「ある御仁――」

「呼んでもいいか」

「もちろんです」

七兵衛に断る理由はない。

正則は、次の間に控える取次役に「小栗美作《おぐりみまさか》殿をお連れしろ」と命じた。

――小栗殿とは。

この時代の紳士録である『武鑑《ぶかん》』などに関心のない七兵衛は、「小栗美作殿」が誰だか知る由もない。

「御免」と言いつつ、四十代後半とおぼしき男が入室してきた。男は熨斗目麻裃《のしめあさかみしも》に半袴姿なので、どこかの藩の家老職だと、すぐに分かる。

美作の顔からは、辺幅《へんぷく》を飾らない謹厳実直さが漂っている。七兵衛は直感的に、「この方となら、いい仕事ができる」と思った。

「こちらは越後高田藩の小栗美作殿だ」

「河村屋七兵衛です」

「小栗美作守正矩《まさのり》だ。今後、よしなにな」

武士が商人に挨拶する場合、厳めしい顔付きで顎を少し引く程度でいいが、美作は両手を膝に置き、はっきりと頭を下げた。その態度から、七兵衛への期待が大なのは明らかである。

「こちらこそ、よろしくお引き回しのほど、お願いいたします」

引き回すとは、世話をしたり指導したりすることである。話を聞く前に「引き回してくれ」などと言うのもおかしいが、身分的に目下の者が目上の者に対する場合、習慣的に使われている表現なので仕方がない。

「小栗殿は、越後高田藩の年寄（家老）をしておられるのだが、高田藩も苦しい懐事情でな。柳営に借金したいと申し入れてこられたのだ」

美作が正則から話を引き取った。

「実は、すでにわれらは、柳営から五万両を借りているのです」

美作によると、寛文五年（一六六五）の師走《しわす》、一丈四尺（約四・二メートル）も積もった大雪の中、越後国を大地震が襲い、高田城下は大きな損害をこうむった。本丸御殿も倒壊し、武士だけで百六十人余、町人も含めると千五百人近くの人々が死傷した。死者の中には、美作の父である高田藩筆頭家老の小栗正高もいた。

父の跡を継いで家老となった美作は、懸命に復旧に取り組んだものの、いかんせん復興資金が足らず、幕府に頼み込んで五万両を借り受けた。

正則が難しい顔をして言う。

「柳営の金蔵も寂しくなっておるゆえ、金を貸すにしても、返す目途の立たない金は貸せぬ」

「仰せの通りです」

美作が殊勝そうにうなずく。

「そこでわしが、何か妙手を考えられぬものかと言ったのだが――」

正則の話を美作が引き取る。

「越後国には、水利さえよくなれば美田になる土地が、いくらでもあります」

「お待ち下さい」

――まさか、新田開発ではないだろうな。

七兵衛は材木商であり、農業に関しては、ずぶの素人に等しい。

「それで、わたしに何をやれと仰せで」

「ははは、そなたも待ちきれぬ男だな」

正則が高笑いする。

「元来が気の早いもので」

七兵衛が頭の後ろに手をやって恐縮する。

「まあ、よい。それが河村屋七兵衛というものだ」

そう言うと正則は扇子を開き、それを平にすると、ゆっくり右から左へと回した。三河田楽などで、演者が広い土地を表現する時の仕草である。

「越後国には、水利が悪いため荒れ地と化している土地が多くある。それらを大用水路の構築によって、美田に変えてほしいのだ」

「ちょっと、お待ち下さい」

七兵衛は戸惑った。

「それがしは、新田開発どころか用水路開削などしたことはありません」

「そんなことは分かっている」

「それでは、なぜ――」

「よいか」

正則の眼差しが厳しさを帯びる。

「わしも最初は、そう思った。だがこうしたものは、かえって知識がない者の方が、うまくやれるのではないかと思い直したのだ」

「そう仰せになられましても、それがしには――」

「いかにもそなたには、そうしたものの知識がないだろう。しかし、そなたは多くの者どもを使い、大きな事業を推し進める方法を知っている。つまり、人を使う技を持っているはずだ」

――人を使う技、か。

確かに、用水路の開削は多大な労働力を必要とする。

「それだけではない」

正則の顔が引き締まる。

「水というのは様々な厄介事を生み出す」

「様々な厄介事――」

「水は百姓にとって生きるか死ぬかの重大事だ。水によって人は、仏にも鬼にもなれる」

「それはどういう謂《いい》で」

「そなたの徳があれば、鬼を仏にできるということだ」

「過分なお言葉、痛み入りますが、わいに、いや、それがしにできるでしょうか」

小栗美作が話の穂を継ぐ。

「これまで、わが藩の農学者や頸城《くびき》平野の大肝煎《おおきもいり》（大庄屋）たちが中小の用水路を造り、新田開発に取り組んできた。だが、さしたる効果は上がっていない。それなら、あえて知見のない者に差配させようという美濃守様のご意見に従うのも、手だと思ったのだ」

「いや、待って下さい」

「七兵衛、詳しい話を聞きに越後に行ってくれぬか。返事はかの地を見てからでいい」

――そこまですれば、わいが引き受けると、美濃守様は知っておるな。

正則のにこやかな顔付きからも、それが分かる。

「どうやら、断れぬお話のようですな」

七兵衛が大きなため息をついた。

「ははは、さすがに物分かりがいいな」

「よろしく頼む」

美作が再び頭を下げたので、七兵衛の方が恐縮した。

「わたしにやれることをやるだけです。それでよろしいですな」

「もちろんだ」

正則がうなずくと、美作が先を急ぐように言った。

「それではいつ頃、来ていただけるのか」

「やけに気の早い話ですな」

「美作殿も待ちきれぬ男なのだ」

正則の戯《ざ》れ言《ごと》に、三人は声を上げて笑った。

その後、七兵衛が戸惑うほど、話はとんとん拍子に進み、雪が解け始める三月初旬、七兵衛は越後高田の地に立つことになる。

四

越後と言えば上杉謙信である。その謙信の跡を継いだ景勝《かげかつ》は、慶長三年（一五九八）に会津へと移封され、その後に入った堀氏も二代で改易となり、その領地を、家康の六男である松平忠輝《ただてる》が引き継いで立藩されたのが、越後高田藩四十五万石である。しかし入封《にゅうほう》五年後の元和二年（一六一六）、忠輝は家康との間に疎隔《そかく》を生じ、所領を没収されて配流《はいる》の身となる。

酒井忠次《ただつぐ》の長男・家次《いえつぐ》、さらに結城秀康《ゆうきひでやす》の次男・松平忠昌《ただまさ》が、それぞれ短期間、藩主となった後の寛永元年（一六二四）、秀康の孫にあたる松平光長《みつなが》が、高田藩二十六万石の主となる。

七兵衛が越後に行った延宝二年（一六七四）は、いまだ光長の治世だったが、正月に光長の嫡子・綱賢《つなかた》が四十二歳で死去し、その後継をめぐって、藩内がざわつき始めた頃である。

風が頬に心地よい。いまだ北国の大地は雪に覆われているが、ところどころから顔を出す黒土が、春の息吹を感じさせる。

気分がよかったので、七兵衛は一人、散歩に出た。

――大地は末枯《うらが》れても、再びよみがえる。それが人や生き物と違うところだ。

全く生気が感じられない冬の大地でも、春の訪れと共に再び活気を取り戻す。ところが人は衰えればそれまでで、再び春がめぐってくることはない。

――人というのは哀れなものだ。

幼い頃から刻苦勉励し、膨大な知識を身に付けた学究の徒も、厳しい修行に耐え、人智も及ばぬ境地に達した高僧も、同様に老い、やがて現世という舞台から去っていく。それでも老人になるまで生きられるなら、まだましである。こうして天下泰平の世が続いても、大半の者が五十の声を聞かずに没していく。死は人を選ばず、高位の武士だろうが底辺に生きる民だろうが、平等に襲ってくる。

――だからこそ、今を精いっぱい、生きねばならぬ。

七兵衛は、自分だけが特別だと思ったことはない。それゆえ常に健康に気を配ってきた。それが幸いし、五十七という年齢に達しても、壮健な体で大事業に取り組むことができる。

――これだけ丈夫な体に産んでくれた両親には、どれほど感謝してよいか分からない。

越後の青い空を仰ぎ見つつ、七兵衛は心中、両親に感謝した。

「ここにおられたか」

「これは小栗様」

小栗美作が供を連れてやってきた。伝十郎と品川組も付き従っている。

「宿所を訪問したところ、早速、出かけたと聞き、ご子息の案内で参った次第」

「ははは、ただの散歩です」

「ただの散歩でも、やはり関川を見にきたのですな」

「何となく足が向きまして」

二人は笑いながら、関川の堰堤《えんてい》を歩いた。その背後から双方の供が続く。

関川とは妙高《みようこう》連峰の焼山《やけやま》を水源とし、野尻湖を経由して北海（日本海）まで達する総延長十六里（約六十四キロメートル）の中級河川である。

「関川の儀は当郡（頸城《くびき》郡）第一の大川にて（中略）、水元妙高山（には）夏中白雨《はくう》繁々《しげしげ》と降り、往古より何ほどの永照《えいしよう》（長い日照り）にも川水不足致し候儀御座なく候」（「斎藤文雄家文書」）と、地元の人々に謳われたほど水量は豊富である。

「関川の周辺一帯は、よき米が穫《と》れるのですが、少し離れると水が足らず、ろくに米は作れません」

美作によると、高低差の関係で関川の左岸は用水を引きやすいが、右岸の頸城平野（高田平野）の中心部には、用水が行き渡らず、荒蕪地《こうぶち》と化しているところが多いという。

それでも農民たちの要望により、大熊・小熊・別所・櫛池《くしいけ》・飯田などの関川支流や小河川から用水を引いたり、溜池を造ったりしてきたが、いずれも渇水《かつすい》してしまうことが多く、乾季でも水の絶えない大用水路の構築が切望されていた。

美作によると、関川の東側に広がる頸城平野の田は、一反あたり八斗の収穫があれば、大豊作だという。一反あたり一・五石の収穫が平均値と言われるこの時代、その値の約半分の八斗でも、頸城平野では豊作だというのだ。

「小栗様は、関川の水で潤っている地域に迷惑をかけず、水の足りない頸城平野中央部に広大な美田を開こうというのですね」

「そうだ。関川の上流から取水《しゅすい》し、関川と並行して走るような用水路を造りたいのだ」

「そいつは、途方もないものになりますぞ」

この時代の用水路は、河川から水を引くだけの簡素なもので、総延長が四半里にも満たない小規模なものが大半だった。

「しかし、それをやらねば、わが藩の財政は破綻《はたん》する」

「で、おおよそ、どのくらいの長さになるんで――」

「六里から七里だ」

七兵衛は絶句した。そこまでいくと用水路でなく、新たな川を一つ造るくらいの普請量である。

「ということは、新田の増分を、どれほど見込んでいるのですか」

「三万石だ」

「何と――、それは本気ですか」

「もちろんだ」

三万石の新田を一気に増やすなど、常識では考えられない。

「どうだ。無理だと思うか。実は――」

美作によると、頸城郡の大肝煎たちが資金を供出して開削を始めたものの、普請は難航を極め、全体の四分の一ほどまで開削したところで資金が底をつき、藩に助けを求めてきたという。

「そういうことでしたか。でもなぜ、そんなことに」

「かの者たちの目論見が甘かったのだ。しかも、その縮小を余儀なくされたので、江幅は一間半(約二・七メートル)で、江丸(堤防)も低く抑えたため、乾季は水が足らず、雨季は水が溢《あふ》れてしまい、物の役に立たぬ」

――当初の目論見を変えた場合、当初、見込んだ利は得られない。

それが計画というものの基本であると、七兵衛は経験から知っていた。それゆえ、事前の綿密な調査と実現可能な計画の策定こそ、何よりも重要なのだ。

「小栗様、まずは大肝煎たちの目論見を教えていただけませんか」

「分かった」

高田城に戻った一行は、大肝煎たちの勘録《かんろく》(計画書)を見せてもらった。

それによると、当初は江幅三間、江丸二間の用水路を築く予定でいたが、取水口の水が溢れるなどしたため、普請を何度かやり直したことで資金不足となり、計画の縮小を余儀なくされたらしい。

「それで藩に泣きついてきたのだ」

さらに美作によると、大肝煎たちは誰彼かまわず普請人足に採用したため、技術もやる気も千差万別で、働き者が損をするという空気が生まれてしまったという。

「皆はどう思う」

七兵衛の問いに雲津六郎兵衛が答える。

「ここまで聞いた話によると、厄介事は取水口の普請の難しさ、人足たちの採用と管理方法、追加資金調達方法にあったようですな」

磯田三郎左衛門が美作に問う。

「恐れながら、藩は勘録に認可を与えただけで、すべてを大肝煎たちに任せていたのですね」

「いかにも」

地震の後始末から凶作まで、藩には問題が山積されており、この計画に何の関与もできなかったという。

――為政者とは、そういうものだ。

目先の問題を片付けるのが為政者の仕事なのは、七兵衛にも分かっている。しかし計画が暗礁に乗り上げるまで、何も注意を払わなかった小栗たちに落ち度がなかったとは言いきれない。

「伝十郎、できたか」

「はい。おおよそ」

伝十郎と梅沢四郎兵衛が書類を運んできた。

西回り廻漕が軌道に乗ったので、四郎兵衛は佐渡から駆け付けてきていた。

「面積と田の広さを勘案すると、江幅四間（約七・二メートル）、江丸二間（約三・六メートル）の用水路を造らねばなりません。しかも、そこから支水路を張りめぐらさねばならないでしょう」

「取水口はどうだ」

四郎兵衛が答える。

「大肝煎たちが取水口にした新保《しんぼ》村と西条村の境の口から取り入れるつもりですが、現地を見てから決めても遅くはないかと」

「そうだな。久兵衛――」

「はっ」

勘録を見つめながら算盤《そろばん》を弾いていた浜田久兵衛が、顔を上げる。四郎兵衛同様、すでに久兵衛も酒田から戻ってきていた。

「すぐに必要な人足の頭数と、必要な道具類、また人足に相場で給金を払うと、どれほどの〝かかり（予算）〟になるか積算してくれ」

「合点《がってん》で」

「よし、伝十郎、三郎左衛門、六郎兵衛は、わいと現地視察だ。四郎兵衛と久兵衛は、ここで新しい勘録を作る作業に掛かってくれ」

「へい」と、皆が一斉に点頭する。

「小栗様、明日の日の出に出立できるよう、お取り計らい下さい」

「分かった」

「よろしゅう、おたの申します」

そう言うと七兵衛は表に出て、北国の新鮮な空気を吸った。

高田城の櫓《やぐら》の屋根には、雪がうっすらと降り積もり、白亜の城のような佇《たたず》まいを見せている。

「河村屋殿」

美作が横に並んだ。

「七兵衛で結構です」

「分かった。七兵衛殿、それにしても見事な手際だ。本当に水路の開削普請に携わったことがないのか」

「ありません」

「では、なぜ、これほど手際がよいのだ」

「何事も道は一つだからです」

「と言うと――」

美作が不思議そうな顔をした。

「状況を見極め、対策を立て、段取りを決める。最後にそれを実行に移せば、自ずと事は成ります」

「しかし――」

「それでもうまくいかないことがある、とお思いですね」

美作がうなずく。

「そういう時は、勘録を作った者の眼力に狂いがあったか、それとも当初の目論見に無理があったか、また何らかの理由によって、途中でそれに変更を加えたからでしょうな」

「そういうことか」

「何かがうまくいかない時は、必ずその大本（原因）を探るのです。そうすると必ずおかしな点が出てきます。それをつぶす作業を繰り返していけば、徐々に目論見の精度は上がっていくものです」

「いかさま、な」

美作が感心したように首を左右に振った。

「それでは、今日は休ませていただきます」

「そうしてくれ。明日の支度は、われらに任せるがよい」

「ありがとうございます」

宿館の方に引き取ろうとする七兵衛の背に、美作の声がかかった。

「ということは七兵衛殿、引き受けていただけるのだな」

「ははは、ここまで来て、嫌とは言えませんや」

二人の笑い声が越後の山々に響きわたった。

北国にとって最も過ごしやすい季節が、徐々に近づいてきていた。

五

翌日から仕事が始まった。

小栗美作の配慮により、用水路の構築に失敗した大肝煎たちの一人である今池《いまいけ》村の和田《わだ》七郎右衛《しちろうえ》門《もん》が、案内役として付けられた。大肝煎たちは用水路開削事業の競合者ではなく受益者なので、自分たちの失敗を何ら恥ずるところなく七兵衛に語り、今度こそは成功させてほしいと心から念じていた。

七郎右衛門は舟を仕立てて関川をさかのぼり、取水口である新保村と西条村の境まで七兵衛一行を連れていった。

ところが取水口の石堰《いしぜき》は、固く閉ざされている。

七郎右衛門によると、この取水口が決壊することで、用水路に水が溢れ出し、近隣の村々が被害をこうむったというのだ。そのため用水路は今、固く閉ざされているという。

渇水に悩むことのない関川に近い村々は、自前の小規模な用水路や、場合によっては樋《とい》を使って関川から取水しているため、大規模な用水路の必要を感じていない。つまり実際の受益者は、関川から遠いところにある村々なのだ。

それでも大肝煎たちは、関川周辺の村々を説き伏せ、開削を始めた。しかし雨が激しく降った折、取水口が壊れて用水路から水が溢れ出し、用水路に近い村々が水浸しになったという。

そのため、取水口を石積みで固めた上、増水時には開閉ができるような石堰を設けることで、二度と溢れ水が起こらないようにしたものの、大肝煎たちはそこで資金が枯渇し、藩に泣きついたというのだ。

「治水というのは、実に難しいものです」

七郎右衛門が、日向《ひなた》臭い顔に苦渋の色を浮かべた。

「つまり、関川に近い村と遠い村の利害を調整できたにもかかわらず、一つの事故で台無しになってしまったというのですね」

「そうなのです。われわれも疲れ果ててました」

七郎右衛門によると、事故の後、関川に近い村々は、増水時だけでなく干害が起こった際にも、石堰をふさぐなどして受益地域、いわゆる用水下流部への水の流れを停止するなどの措置を取ってもらえるよう、要求してきたという。

「関川に近い村々は、石堰に番人を置き、開閉を差配すると言い出したのです。そうなれば、もうご家中（藩）に委ねるしかありません」

つまり大用水路計画の挫折は、資金的な問題だけではなく、人の心の問題もあったのだ。

――こいつは、たいへんなところに来ちまったな。

百姓にとっては水こそが命であり、時には小さな合戦にまで発展することがある。

その時、稲葉正則の言葉が思い起こされた。

「水は百姓にとって生きるか死ぬかの重大事だ。水によって人は、仏にも鬼にもなれる」

――つまり美濃守様は、単に用水路の開削をわいに託したのではなく、人の心に巣食う利己心などの鬼を退治しろと言うのだな。

それが、この世で最も難しい問題であることを、七兵衛はよく知っていた。

――火中の栗、か。

火中の栗は、誰かが拾わなければ、そのまま燃え尽き、誰も食べられなくなる。それゆえ焚火《たきび》を囲んでいる者の一人が、勇を鼓して焚火に手を入れねばならない。

――熱い思いをして取り出しても、詰まるところ、皆で食らうことになるのだがな。

七兵衛は心中、自嘲した。

「父上、何が可笑《おか》しいので」

伝十郎が背後から声をかけてきた。

「伝十郎、これだけは、よく覚えておけ。人の損得を調整するのは難しい。それは江戸城や大坂城を造ることよりも手間の掛かることだ」

「仰せになっていることが、よく分かりませんが」

「これから、わいのやることをよく見ていろ。もちろんできるかどうかは分からない。だがな、この難事を片付けるまでは、ここから逃げるつもりはない」

「分かりました」

不得要領ながらも、伝十郎が首肯した。

「七郎右衛門さん、この辺りの村の肝煎を集めてもらえませんかね」

「それは構いませんが——」

七郎右衛門が口ごもる。

「また用水路を開削するなどと言い出せば、たいへんな騒ぎになると言いたいのでしょう」

「仰せの通りで」

「ご心配なく。この河村屋七兵衛、それで腰を抜かして逃げ出すような男じゃありません」

「分かりました。数日後に集まるよう触れを出します」

この後、舟を返した七兵衛一行は、城内に設けられた普請小屋で、計画の詳細を練り始めた。

数日後、新保村と西条村の近くにある正福寺《しょうふくじ》の本堂で、寄合が開かれることになった。

事前に、小栗美作はもとより高田藩関係者は誰一人、参加しないと告げていたためか、関川に近い村々の代表たちは、鼻息荒く集まってきた。

七兵衛が単身、本堂に入ると、ざわめきは収まり、皆、険しい顔で、七兵衛が何を言い出すか注目している。どう見ても、妥協する気など毛頭なく、断固拒否の構えである。

七兵衛が本尊に手を合わせてから皆の方に向き直ると、一斉に憎悪の籠った眼差しが注がれた。

――こいつは参ったな。

こうした場合に取るべき道は二つしかない。居丈高に出るか、平身低頭するかである。

高田藩の権威を借りて居丈高に出れば、肝煎たちは納得せざるを得ない。よほどのことがない限り、百姓たちは支配者や権力者に逆らえないからである。しかしそうした場合、表面的には従う姿勢を示しながらも、百姓たちは最低限のことしかしない。場合によっては、陰に陽に邪魔してくることさえある。

一方、平身低頭すればなめられる。有無を言わさぬ話ではないと知ると、強気に出てくることもある。そうなると結論は、いつまで経っても出ない。その反面、いったん納得してもらえれば、堅固な関係が築ける。

七兵衛の取る道は、いつも一つである。

「此度《こたび》は、ご参集いただき真《まこと》にかたじけない」

七兵衛が深々と頭を下げると、百姓たちは拍子抜けしたように顔を見合わせた。

「すでに知っての通り、ご家中（高田藩）は存亡の淵にあります。このままでは国替えを申し出るか、最悪の場合、所領返上ということも考えられます」

七兵衛は、まず藩の危機を訴えるところから入った。こうした場合に各論から入ると、極めて厳しい反対意見に晒《さら》される。それゆえ七兵衛は、高所から自分たちの置かれた状況を俯瞰《ふかん》してもらい、百姓たちに、藩とは運命共同体であることを思い出してもらおうとしたのだ。

「国替えや所領返上になれば、どうなるか分かりますね。この地は天領となり、事情の分からぬ代官がやってきて、無理にでも年貢を取り立てようとするでしょう」

ざわめきが激しくなる。まず親藩の高田藩松平家が、国替えといった思いきったことをするはずがないと思っているのだ。

「知っての通り――」

七兵衛が声を高める。

「地震や凶作により、高田家中は存亡の危機にあります。柳営から借りた五万両をも返せぬまま、新たに借金せねばならない仕儀に立ち至っているのです。しかし幕閣は、『返すあてのない金は貸せぬ』と仰せです」

村々の代表は皆、ぽかんとした顔で七兵衛を見ている。

――こうした高所から、物事を考えたことがないのだ。

七兵衛は、百姓たちに高田藩とは一心同体であると印象付けようとしていた。

「そこで小栗様から相談を受け、この河村屋七兵衛がやってきました」

この場では稲葉正則を登場させない方がよい、と七兵衛は判断した。幕閣は権威の象徴であり、それだけで反発を招くからである。

「つまりわいらは、力を合わせて金を生み出す方法を考えねばならぬのです」

「待ってくれ」

早速、手が挙がった。もちろん、そろそろ反論されるのは覚悟の内である。

その恰幅《かっぷく》のいい五十絡みの肝煎は、いかにも気の強そうな顔をしている。

「われらは日々の食い扶持《ぶち》を稼ぐのに精いっぱいだ。お上やご家中のことなど知ったことではない」

　お上とは幕府、家中とは藩のことである。

「そうだ、そうだ」

「われらには、かかわりのないことだ」

「わしらは、きちんと年貢を納めておる」

　次々と声が上がると、割れんばかりの拍手が起こる。

「分かりました」

　七兵衛が威儀を正す。

「無念ながら、用水路の開削は『近隣の村々の反対により取りやめ』と、小栗様に報告します」

　あっさりと座を払った七兵衛の背に、声がかかる。

「お待ちあれ」

　振り向くと、長老格の肝煎が心配そうな顔をしている。

「何もそう急ぐこともありますまい。まずは、お話をお聞かせ下さい」

「真にもってありがたきお申し出。しかしながら、決まった話を今更、蒸し返しても無駄ではないですか」

「いや、そういうことではなく――」

「ということは、話によっては、ご勘案の余地があると仰せか」

　堂内が静まり返る。

　交渉事にかけては、百姓たちより二枚も三枚も上手の七兵衛である。百姓たちを手玉に取ることくらい朝飯前である。

「まずは、話をお伺いし、それから、どうするか決めてもよいのではないかと思いまして」

「分かりました。それならお話ししましょう」

その老人は「勘案の余地がある」とは言っていないが、七兵衛がそう取り、それに反論する者がいないことで、結局、そういうことになってしまった。

「おい、入ってこい!」

堂の横に続いている渡り廊下に声をかけると、伝十郎と品川組が入ってきた。

まず正面に衣紋《えもん》掛けが立て掛けられた。肝煎たちは何が行われようとしているのか分からず、顔を見合わせている。

続いて、そこに半紙をつなぎ合わせた大用水路の絵図面が掲げられた。

堂内がどよめきに包まれる。

「さて、それでは、この勘録を申し聞かせます」

七兵衛の長広舌が始まった。

百姓たちは唖然《あぜん》として話を聞いている。

「この用水路ができ上がったあかつきには、関川流域に住む方々にも、多大な恩恵があります」

そう言った瞬間、肝煎たちは一切の私語をやめ、七兵衛を注視した。

——ここが勝負どころだ。

七兵衛はわざと間を置き、生唾をのみ込んだ。その条件が、いかに素晴らしいものかを訴えるための芝居である。

「関川周辺十二カ村は客水区として、今後一年間、年貢も賦役《ふえき》もなし。五年間、年貢と賦役は半免されます」

堂内は、水を打ったような静けさに包まれた。

小栗美作を説得し、無理を言って勝ち取った条件である。

「われらのことを、それほどお考えいただけたか」

長老格の肝煎が感じ入ったように言う。

「皆さんのことを親身に考えているのは、わいではありません。小栗様であり、殿様なのです」

七兵衛は高田藩を立てることを忘れなかった。恩義は、いつかはいなくなる七兵衛ではなく、藩に対して感じてもらわねばならない。

「ああ、ありがたや」

長老格の肝煎が高田城の方を向いて拝礼した。すかさず七兵衛もそれに倣う。それを見ていた肝煎たちも、従わざるを得ない。

これで話は決まった。

後は伝十郎たちが、細部を説明するだけである。

間髪《かんぱつ》入れず、伝十郎の説明が始まる。

七兵衛は皆に一礼し、あたかも小用を足したら戻ってくるかのように、渡り廊下の奥に消えた。

七兵衛が、ここで退席するのには理由があった。責任者の七兵衛が姿を消すことにより、議論が蒸し返されることを避けたのである。

奥に引っ込んだ七兵衛は、場所を貸してくれた住持に礼を言い、五両の礼金を渡すと、いち早く寺を後にした。

——これでよし。

百姓たちを手玉に取った格好になったが、この場は致し方ない。

むろん七兵衛は、関川流域の村々の人々を敵だとも思っていないし、だまそうとも思っていない。そのために十分な見返りを用意してきたのだ。

これにより、皆が満足する形で計画が発足できることになった。

待たせていた駕籠《かご》に乗ると、七兵衛は宿への道を急いだ。

すでに日はとっぷりと暮れ、空には水で洗ったような明るい星が瞬いている。

七兵衛は心地よい充実感に包まれていた。

六

駕籠を降りて駕籠かきに駄賃を払い、宿に入ろうとした時である。脇の路地に何者かが立っているのが、視界の端に捉えられた。それが殺意を持っているのを、七兵衛の直感が教えてきた。

次の瞬間、七兵衛は走り出した。案に相違せず、何者かも追ってきた。

——しまった。

ところが駕籠かきが去ったのと反対方向に走ったので、人気のない方に来てしまった。地理不案内がたたったのだ。

肩越しに振り返ると、追跡者は短刀を手にしている。七兵衛は息が切れ始めており、到底、逃げきれるとは思えない。背後から刺されれば致命傷を負うかもしれない。それならば相対した方が活路を見出《みいだ》せる。

——一か八かだ。

立ち止まって身を翻すと、何者かはすぐ背後まで迫ってきていた。

「死ね！」

何者かは間髪入れず短刀を突いてきたが、第一撃はかわせた。明らかに素人だが、油断はならない。

「わいに何の恨みがある」

「うるさい！」

暗がりなので顔はよく見えないが、その声は意外に若い。

腹の正面に短刀を構えたその若者は、再び突きを入れてきた。

七兵衛が、すんでのところでかわす。

突きがかわされると覚った若者は、めったやたらと短刀を振り回してきた。

「こんなことをして何になる。刃物を捨てろ！」

一喝しても、相手は必死になっているので効き目はない。

短刀を奪おうとした七兵衛だったが、相手の動きが速く、左腕に裂傷を負ってしまった。

鮮血が噴き出す。

——こんなところで死ねるか。

何とか若者の手首を摑《つか》んだ七兵衛だったが、もみ合いになり、たまらず転倒した。

眼前に白刃が躍る。

——もう駄目だ。

そう思った瞬間、若者の手から短刀が落ち、その体がのしかかってきた。

「旦那、大丈夫ですかい」

駕籠かきたちが七兵衛の顔をのぞき込んでいる。騒ぎを知り、追いかけてきたのだ。

「すまない。手傷を負った」

「分かりました。すぐに駕籠を回します」

二人の駕籠かきは、昏倒《こんとう》したらしい若者を横にどけて、七兵衛を抱え起こした。

「下手人はどうした。殺したのか」

「いいえ。背後から、この駕籠かき棒で殴り倒してやりました」

「そうか」

七兵衛がその顔をのぞき込む。

「おい、まだ童子《わっぱ》じゃないか」

「本当だ」

駕籠かき二人も、驚いて顔を見合わせている。

その頃になると、宿の人々も集まってきていた。

手回しよく止血道具を持ってきた者がおり、七兵衛はその場で治療を受け、回されてきた駕籠に乗って宿屋に戻った。

下手人は高手小手《たかてこて》に縛り上げられ、役人が来るまで宿の土間につながれることになった。

「父上、とんだ災難でしたね」

急を聞いて宿に戻ってきた伝十郎は、さかんに憤っていた。

「こんな仕事をしているんだ。不用心だったわいにも責がある」

そうは言ってみたものの、襲撃されれば防ぎようがないのも事実である。

「河村屋さん」

宿の主人が現れた。

「役人の到着は明日になるそうです。これから下手人を番小屋に移します」

「ちょっと待ってくれ」

そう言うや七兵衛は、手足を縛られ、土間の片隅に転がされた少年に近づいていった。

「父上、お待ちを」

「心配するな」

少年の傍らにしゃがむと、敵意をあらわにした視線が七兵衛に向けられた。

「坊主、わいが憎いか」

「憎いに決まっている」

その声がしゃがれていることに気づいた七兵衛は、宿の主人に「水を与えてやれ」と命じた。

「いいんですかい」

「まだ年端の行かぬ童子だ。水くらい飲ましてやれ」

主人が柄杓《ひしゃく》を口に持っていくと、少年は獣のように喉を鳴らして飲んだ。

「いい飲みっぷりだ」

苦笑いしつつ七兵衛が問う。

「なぜ、わいを殺そうとした」

「用水路を造らせないためだ」

「何やら訳ありのようだな。話してみろ」

途切れ途切れの話をつなぎ合わせ、ようやく分かったのは、少年の一家は大百姓の小作農として働いていた。ところが用水路が溢れ、大百姓の耕作地が水浸しになったことで、暇を言い渡された。

むろん、追い出されたところで食うあてのない小作農である。しかも溢れ水は付近一帯に広がっており、近隣で雇ってくれるところなどない。そこで父と母は少年の姉を女衒《ぜげん》に売り、少年をこの宿に置き去りにすると、どこへともなく消えたという。

「何と酷《むご》いことを――」

この地方の小作農たちが置かれている生活環境は、仕事を失うと子供を捨てねばならぬほど逼迫《ひっぱく》していた。しかし地主階級である大百姓とて、日照りや水害が続けば生活は破綻する。

――こうした状況を何とかせねばならない。

その解決策の一つが用水路であり、この事業に成功するか否かは、百姓たちの生活の安定に直結していた。

「それで、わいが新たな用水路を築こうとしていると聞き付け、殺しに来たわけか」

少年がうなずく。

「お前さんのやろうとしたことは間違っている。どんな場合でも、他人を殺《あや》めるのは駄目だ。だがそれ以外に、この悲惨な有様を訴える手がなかったのも確かだ」

少年が不思議そうな顔をした。大人たちに、その気持ちを理解されたことがないのだ。

「いいか。決して人を殺めてはならない。だが、お前が人を殺そうとした理由が、この世の仕組みにあるのも間違いない」

「では、どうすればよかったんだ」

少年が七兵衛に問う。七兵衛が話の分かる大人だと気づいたのだ。

「この世の仕組みは、そう簡単には変えられない。だとしたら、皆がもっと幸せになれるようなことを考えねばならない」

「それが用水路だと――」

「そうだ。用水路が完成すれば、大百姓も小作農も皆、幸せになれる」

「用水路が、わしの一家を離散させたんだ。そんなことがあってたまるか！」

「それは分かっている。だがな、用水路に罪はない。罪は人にあるんだ。ここを使って――」

七兵衛が少年の頭の横をつつく。

「どんな時でも溢れ水など起こらず、しかも遠い地まで水を運べる用水路を造ればいいんだ」

「そんなことができるのか」

「できる。必ずやってみせる。どうだ、お前も手伝わないか」

「わしが手伝う――」

「そうだ。これから多くの人足を雇うことになる。手当も弾む。そこで一緒に働かないか」

「わしは、あんたを殺そうとしたんだぞ」

「それがどうした。仕事があれば食うには困らん。そうすれば、人を殺すこともないはずだ」

しばし考えた末、少年が小さな声で言った。

「ええよ」

「よし、これで話はついた。だがな――」

七兵衛は少年の肩に手を置くと、その瞳をのぞき込んだ。

「用水路が成功するも失敗するも、お前ら次第だ。死ぬ気になって働いてくれるか」

驚いたように七兵衛の顔を見ていた少年が、大きくうなずく。

「わしは死ぬ気で働くよ」

「よし、縄を解いて飯をたらふく食わせてやんな」

「いいんですかい」

宿の主人が驚いた顔で、七兵衛と少年を見比べている。

「もう案ずることはない。役人には明日、わいから謝っておく」

「分かりました」

「坊主、まだ名を聞いていなかったな」

「わしの名は坊主ではない。仙太郎《せんたろう》という名だ」

縄を解かれた少年は、とたんに元気になった。

「そいつは悪かったな。それでは仙太郎、飯をたらふく食わせてもらえ」

「うん」

仙太郎がうなずく。腹が減って我慢ができないのだ。

「おい、こっちに来い」

宿の主人に促された少年は、七兵衛に一礼すると、台所の方に向かった。

「おい」

その背に向かって七兵衛が声をかけた。

「一緒に用水路を造ろうな」

「うん。造るよ」

初めて笑みを浮かべると、少年は弾むように台所の方に去っていった。

「父上、あの小僧は、もう大丈夫ですかね」

それでも伝十郎は心配そうである。

「ああ。誰も語らう相手がなく、思い詰めていただけだ。もう案ずることはない。よく面倒を見てやれ」

「分かりました」

腕の傷も大したことはなく、七兵衛は疲れていることに気づいた。

「そうだ。聞き忘れていたが、わいがいなくなった後の寄合はどうだった」

「ご心配なく。首尾よくいきました」

「よかった。それじゃ寝るぜ」

七兵衛は安心して寝所に向かった。

七

それから数日後、七兵衛たちは小栗美作に勘録を提出した。

この勘録が承認されれば、江幅四間（約七・二メートル）、江丸片側二間（約三・六メートル）の、合わせて八間（約十四・五メートル）にも及ぶ幅を持つ用水路が、六里半の長さで構築されることになる。

この用水路は頸城平野の中央部を縦断することから、中江用水と命名された。

ただし配慮せねばならないことは、いろいろある。まず、関川の運ぶ土砂である。このままでは用水路に水を取られた関川の水量が減り、その流出力が弱まることで、湾口付近に土砂が堆積してしまう。それを防ぐべく、中江用水を関川の東を並行するように北流させ、北海に注ぐ寸前で保倉川に流れ込むようにした。保倉川とは、越後南西部を流れる中級河川のことである。さらに保倉川を付け替えて、直江津の直前で関川に流れ込むようにした。

こうした措置により、湾口の土砂堆積という難問は解決できる。

これらすべての工事期間は四年で、予算は二万両。受益地域は百二十二カ村で、石高にして二万五千六百十九石が増える計算になる。ただし用水路さえできてしまえば、そこから支水路を引くことも可能なので、最終的には三万石を優に上回ることが見込まれた。

期間が四年もかかるのは、雪が深いので、晩秋から初春にかけて作業ができないからである。また冬季であっても、人足には手当や食料を支給せねばならないので、その経費も膨大なものとなる。

七兵衛らの勘録を受け取った美作は、上段から「吟味した上、追って沙汰する」と申し渡した。

しかし七兵衛たちが宿に戻っていると、すぐに使者がやってきて、勘録は通ったも同じなので、すぐに人足や資材を集めるようにという美作の言葉を伝えてきた。

七兵衛は伝十郎と品川組に仕事を割り振り、準備に入らせた。

延宝二年（一六七四）の暮れには、藩から正規の許可が下り、翌年の春から開削事業を始めることになった。

七兵衛は、冬の四カ月を人足の募集にあてた。開削を進めるには、各地から人足を集めねばならない。ところが越後や北信濃周辺は、人口が少ない上に農耕に携わっている者が大半なので、安易に集めるわけにはいかない。

そこで七兵衛は、江戸で米を下ろして空船となった西回り廻漕《かいそう》の船に、江戸にいる人足を乗せて越後に運ぶことを思いついた。

江戸に戻った七兵衛は稲葉正則に事情を訴え、廻米船での人足運搬の許可を取った。

同時に、あぶれ者ではない質のいい人足を集めるために給金を相場の倍とし、怪我《けが》や病気になった際の補償なども厳密に規定を設けた。言うまでもなくきつい仕事なので、年齢は三十五歳までとし、最低でも二年間二期は、足抜けできないことにした。

雇用人員は江戸で五百人余、越後で三百人余という大規模なものである。

七兵衛は、かつて東回り廻漕の仕組みを構築する際、阿武隈川の整備を行ったため、舟引き人足の仕事をなくしてしまったことを気に病んでいた。そのため武者惣右衛門に連絡を取り、仕事にあぶれている者がいたら、江戸に送ってほしいと伝えた。

延宝三年（一六七五）三月、荒浜から四十人余の元舟引き人足がやってきた。七兵衛は彼らをすぐに雇用し、西回り船で越後国に送り込んだ。

四月、開削工事が始まった。

まずは、大肝煎たちが造った用水路の拡幅工事からである。この年は天候もよく、工事は順調に進んだ。計画の遂行は伝十郎と品川組に任せ、七兵衛は江戸と越後を往復しながら、問題が発生すれば、すぐに対応できるようにした。

伝十郎の下役とされた仙太郎も、伝十郎に付いて回り、生き生きと働いていた。

一方、江戸では、四男の弥兵衛が本業の材木問屋を切り盛りできるようになり、七兵衛と伝十郎の不在を感じさせないほどになっていた。


翌延宝四年も、用水路の開削は順調に進んでいた。問題らしい問題と言えば、人足の労務管理だけである。いかに厳選した者だけを送り込んでも、賭け事や飯盛女の取り合いといった揉《も》め事は絶えない。七兵衛が越後にいる間は収まっていても、不在となると、すぐに風紀が乱れる。

なぜ自分がいるだけで、仕事の効率は上がり、ぴたりと揉め事がなくなるのか、七兵衛には不思議で仕方がなかった。それを美作に語ると、美作は笑いながら、「それは武田信玄や上杉謙信といった武将にも通じる、選ばれた者だけが持つ徳なのだ」と答えた。

――徳か。

七兵衛は、かつて人買い仁吉や保科正之から言われたことを思い出した。彼らは、人を扱うことに関する七兵衛の特異な才能を直感的に見出していたのかもしれない。

――だが、わいは凡人だ。

七兵衛は常々、己にそう言い聞かせていた。七兵衛は天賦の才などというものに溺《おぼ》れることなく、自分を「持たざる者」と規定することで、これまでも幾多の難事を乗り切ってきたからである。


延宝四年の暮れから五年の初頭にかけて、越後国は豪雪に見舞われた。

四月、七兵衛は越後に戻ったが、雪解け水がそこかしこに小川を作り、完成間近の中江用水にも流れ込んできていた。

――こいつは参った。

七兵衛は陣頭に立って人足たちを励まし、用水に流れ込む小川をせき止めさせたり、たまった水をかき出させたりしながら、梅雨入り前には、保倉川との合流が果たせる寸前まで普請を進めた。

ところが、あとわずかというところで、これまでにないほどの豪雨となった。雨は何日も降り続き、ただでさえ水量豊富な関川が、堰堤《えんてい》ぎりぎりまで増水し始めた。

関川が氾濫すれば、かつて大肝煎たちの造りかけていた用水路から水が溢れた時の比ではないほどの、大被害がもたらされる。

七兵衛たちは雨のやむのを祈ったが、いっこうにその気配はない。

美作と話し合った七兵衛は、大急ぎで用水路を保倉川まで通し、関川の石堰を開門して用水路に水を流すことにした。

豪雨の中、作業が再開された。この普請は江幅などに構わず、とにかく中江用水を保倉川までつなげることだけが念頭に置かれた。

「急げ、急げ！」

七兵衛が声を嗄《か》らして人足たちを鼓舞すれば、雨合羽姿で現場まで出張ってきた美作も、「褒美は思いのままぞ。励め、励め！」と人足たちを叱咤激励する。筆頭家老自ら現場に赴き、陣頭指揮を執るのを見た人足たちは、ずぶ濡れになるのも厭《いと》わず、土を掘り、それを積み上げて江丸にしていった。

それでも雨は強くなる一方である。天水《てんすい》が溢れたかと思われるほどの際限ない雨が、瞬く間に大地を湿地にしていく。その雨が小川をいくつも作り、用水路にも流れ込むので、かき出してもかき出してもきりがなく、人足たちは腰まで水につかりながら、作業に従事するしかない。

すでに日は陰り始めていたが、徹夜をしてでも保倉川まで掘り進めないと、関川周辺地帯は水浸しとなり、今年の収穫が見込めなくなる。

七兵衛と美作が沈痛な顔で人足たちの作業を見守っていると、和田七郎右衛門が上流から馬を駆けさせてきた。

「七兵衛殿、いよいよ関川が溢れそうですぞ！」

「あと、どれくらい持つ」

「もって半刻から一刻です」

——何ということだ。

七兵衛は愕然《がくぜん》とした。

「こちらはどうです」

「残すところ四半里もない。そっちは何とかならぬのか」

「無理です。溢れそうな箇所に土嚢《どのう》を積んでいるのですが、これ以上は抑えきれません」

――どうする。

七兵衛が空を見上げた。しかし空からは、無情な雨が降り続くだけである。

「七兵衛、どうした」

「あっ、小栗様」

美作に状況を説明すると、美作も空を仰いで呟《つぶや》いた。

「天は、われらを見放したか」

「小栗様、まだ勝負はついていません。天が勝つか、われらが勝つか、ここは我慢比べです」

「そうは言っても、もう間に合わんだろう」

「いや、最後の最後まであきらめてはなりません」

七兵衛は、これから自分が新保村と西条村の境の石堰まで行くので、保倉川まで用水路が開通したら、継ぎ鉄砲で教えてほしいと依頼した。継ぎ鉄砲とは戦国時代、敵の襲来を本城に知らせたい時に使われた特殊な伝達方法のことである。

「こうなっては狼煙《のろし》も使えず、馬を走らせている暇もありません。だとしたら半里に一人ずつ鉄砲足軽を配置し、それを順繰りに撃たせて、石堰にいるわいに開通を知らせて下さい」

「知らせてどうする」

「わいがこの手で石堰を開けます」

「そんなことをすれば死ぬぞ」

「小栗様」

七兵衛がにやりとした。

「わいは命の使い方を心得ています」

それを聞いた美作は、呆《あき》れたように首を左右に振ると言った。

「分かった」

「それでは、火縄を濡らさんようにお願いします」

「心配するな。それはこっちの商売だ」

二人は笑い合うと、視線を絡ませた。

「伝十郎、行くぞ！」と言って背後を振り返ると、伝十郎は「はい」と言って、馬を連れに行った。

「七兵衛殿、お気をつけて」

七郎右衛門が心配そうに言う。

「案ずることはない。それよりも、ここを頼む」

「分かりました」

「江幅は、人が一人通れるだけで十分だ。とにかく保倉川まで掘り進めてくれ」

「承知しました」

――伝十郎は何をやっている。

豪雨に馬が怯《おび》えているのか、伝十郎はなかなかやってこない。

「七郎右衛門さん、馬を借りる」

「ああ、構いません」

そう言って七郎右衛門が乗ってきた馬にまたがろうとしたが、足場が悪くてうまく上がれない。

――わいも、もう年だ。でも、それならそれで命など惜しくはない。

七郎右衛門に尻を押してもらい、ようやく馬に乗った七兵衛は、豪雨の降りしきる中、雨合羽を翻して石堰を目指した。


――何ということだ。

石堰周辺の有様を見た時、七兵衛は愕然とした。

すでに関川は決壊寸前で、各所から水が溢れ始めている。周辺の農民たちは、すでに土嚢を積むことをあきらめ、小丘《しょうきゅう》の上で、成す術もなく自然の猛威を見守るだけである。

「なんまいだぶ、なんまいだぶ」

誰かが唱え始めた称名に皆が和す。豪雨を縫うように、その声が耳朶《じだ》を震わせる。

しばらくすると、近隣の肝煎たちがやってきた。その中には、あの長老もいる。

「河村屋さん、どうなさる気だ」

「へい。実は――」

七兵衛が状況を説明し、石堰を開門するつもりだと言ったとたんに、怒号がわき上がった。

「そんなことをすれば、この辺りは水浸しになる」

「いや、ご心配には及びません。前は開削途中だったので、用水路の水が溢れたのです。此度は、保倉川まで掘り進めたのを確かめてから開門します」

「駄目だ。そんなことはさせんぞ！」

肝煎たちが七兵衛に詰め寄る。

「このまま何もしない方が、損害は甚大になります」

「そんなことはない。前回のようなことになれば、わざわざ損害を広げることになる」

「それは違います」

七兵衛が懸命に説いても、肝煎たちは聞き入れない。

「父上、ちょっとこちらへ」

遅れて着いた伝十郎が、七兵衛を肝煎たちから離した。その背後には下役の仙太郎もいる。

「百姓たちがそう言うなら、それに従うしかないのでは。ここで無理して石堰を開こうとしても、力ずくで押しとどめられるだけです。あれを見て下さい」

「あっ、何ということだ」

遂に土嚢の一部が決壊した。そこから溢れた水が見る間に広がっていく。このままでは、全面的に決壊するのは時間の問題である。しかも、石堰まで続く堤《つつみ》も波に洗われており、波にさらわれずに石堰にたどり着くのは、至難の業である。

——よほど俊敏な者でなければ、あそこまではたどり着けない。しかも轆轤《ろくろ》を回して開門した後に戻ってくるのは、さらに困難だ。

その時である。暮れかかった空に筒音が轟《とどろ》いた。

「あの音は——、用水路がつながったのか」

再び筒音が轟く。

「どうやらそのようです」

「伝十郎、わいが石堰まで走って開門する。それまで皆を抑えていてくれ」

「何を仰せです。それならわたしが走ります」

その間も筒音は近づいてくる。

「馬鹿を言うな。お前はまだ若い。だが、わいは十分に生きた。命は惜しくない」

その時である。伝十郎の背後から駆け出した者がいる。

「おい、どこへ行く！」

「待て、仙太郎！」

二人が慌てて追いかけようとしたが、仙太郎のすばしこさには敵わない。仙太郎は小丘を下り、脱兎《だっと》のごとく石堰に続く堤に向かっている。

「何だ。何をやっておる」

「まさか――、石堰を開けるつもりだな。誰かあいつを止めろ！」

肝煎たちが騒ぎ出した。

――仕方ない。

「お待ち下さい。ご心配には及びません。すでに用水路は保倉川までつながっています。あの筒音が、つながったという合図です」

「嘘だ。実際は関川の氾濫が下流にまで及ばぬよう、われらの土地を水浸しにするつもりだろう」

「そうだ、そうだ！」

七兵衛は両手を広げ、懸命に肝煎たちを押しとどめようとしたが、誰も聞く耳を持たない。

「あいつを捕まえろ！」

怒号が渦巻く中、肝煎の手代や使用人たちが仙太郎を追っていった。

――仙太郎、走れ！

七兵衛と伝十郎は、もはや仙太郎を見守るしかない。

石堰に至るまでの堤は、すでに大波に洗われており、とても近づけない。用水路側もすでに水がたまってきており、足を滑らせれば助かる見込みはない。

肝煎の手代たちは、堤が始まる辺りで進めなくなっている。しかし仙太郎は、堤を跳ぶように駆け抜けて石堰に近づいていく。

「あと少しだ。走れ！」

「負けるな、仙太郎！」

七兵衛父子が声を嗄らして応援する。

「ああっ！」

遂《つい》に大波を食らい、仙太郎が足を滑らせた。しかし堤に手を掛け、何とか這《は》い上った仙太郎は、再び走り始めると、ようやく石堰にたどり着いた。

「仙太郎――」

茫然《ぼうぜん》と見守る二人の横で、肝煎たちは「よせ！」「やめろ！」と叫び続けている。

遂に仙太郎が、石堰の上に付けられた轆轤に取り付いた。しかしその大型の轆轤は、少年一人の力で回せるものではない。

仙太郎は全体重をかけ、轆轤を回そうとしていた。凄《すさ》まじい水音に混じり、その若い雄叫《おたけ》びが、かすかに聞こえてくる。

――仙太郎、もういい。お前はよくやった。

七兵衛があきらめかけた時、石堰が動いた。次の瞬間、石堰が半開きとなり、そこから水が溢れ始めた。轆轤が回るに従い、石堰は徐々に開かれていき、遂に全開となった。

溢れ出た水が、何かに追われるように用水路を走っていく。

「父上、やりましたぞ！」

「仙太郎、よくやった！」

父子が手を取り合うようにして喜ぶ。

しかし轆轤を回し切った仙太郎は、それで力尽きたのか、轆轤に身をもたせ掛けたまま動かない。

「仙太郎、戻ってこい！」

仙太郎の背を大波が洗う。

「立ち上がれ。最後まであきらめるな！」

二人が声を嗄らすが、仙太郎は動かない。体力も気力も限界に達したのだ。

仙太郎は轆轤に手を掛け、鉄砲水のような大波を背に受け続けるしかなかった。轆轤から手を放してしまえば、用水路に落ちるだけである。

皆が成す術もなく見守る中、遂に仙太郎は力尽きた。

大波が仙太郎に襲い掛かり、仙太郎を包むようにして用水路の中に突き落とした。

「仙太郎！」

用水路の中で一瞬、もがく姿が見えたが、瞬く間に水面から頭が消え、二度と仙太郎は浮き上がってこなかった。

「何ということだ」

七兵衛はその場にひざまずき、若い命が散るのを茫然と見送るしかなかった。

仙太郎の勇気ある行動によって、関川の水は用水路を伝って保倉川に流れ込み、関川の周辺地域が水浸しになることはなかった。

数日後、仙太郎の遺骸が直江津沖で上がった。

小栗美作は仙太郎の勇気ある行動を称揚し、墓の銘文を起草してくれた。

七兵衛も自腹を切って、大百姓並みの墓石を造ってやった。

それが、七兵衛が仙太郎にしてやれるすべてだった。

八

延宝五年（一六七七）八月、中江用水が完成し、小栗美作が慰労会を開いてくれた。

美作は上機嫌で盃を傾け、七兵衛たちの労をねぎらった。

「噂に聞く通り、見事な手際であった」

「いやいや、そうでもありません。此度は冷や汗のかき通しでした」

「わしも、あの時は駄目かと思ったが、何事もあきらめずにやり抜こうとすれば、光明が見えてくるものだな」

「仰せの通り。あきらめなければ何事も成就します。ただ残念なのは仙太郎のことです」

「その通りだ」

美作も、仙太郎の死には心を痛めていた。

「かような若者が草莽《そうもう》にもいるのだな」

――いや、草莽にこそ、仙太郎のような男はいるのです。

そう言いかけて、七兵衛は言葉をのみ込んだ。

「そなたらの奮闘によって、おおよそ三万石の増分が打ち出せる。さすれば、幕府も金を貸してくれる」

後のことだが越後高田藩は小栗美作の施政下、新田開発によって十万石も増やし、実高三十六万石となる。その増分のすべてに七兵衛はかかわっていたわけではないが、大規模事業の進め方を、七兵衛たちが伝授したからこその成果なのは言うまでもない。

「わいからも幕閣に進言しておきます」

「おう、頼むぞ」

美作が懐から書付を取り出す。

「礼金として三千両を用意した」

「も、もったいない」

「言いにくいことだが、わが藩も困窮しておる。それゆえ一千両ずつ三年払いでも構わぬか」

「もちろん構いません」

七兵衛とて高田藩の苦しい事情は知っている。

「して、これは相談なのだが――」

美作が指を一本、立てた。

「もう一年、当藩のために働いてくれぬか」

「と、仰せになられますと」

美作によると、これまでは直江津に運ばれてくる荷は、いったんそこで下ろし、小舟に載せ替え、川をさかのぼって高田城下まで運んでいた。その逆に高田城下に集められた領内の米は、小舟で直江津まで運ばれ、そこで大船に載せ替えていたという。これがたいへんな手間で、経費もばかにならないという。

「すなわち、直江津から高田まで三里余にわたって関川の川底を浚渫《しゅんせつ》し、直江津から直接、大船が高田城下の板倉町《いたくらちょう》田井《たい》の河岸《かし》まで着けられるようにしてほしいのだ」

「ははあ、なるほど」

「せっかく人足も集めたのだ。この機会を逃さず、川ざらいをやってくれぬか」

「少し考えさせて下さい」

「父上、やりましょう」

七兵衛は皆と語り合ってから結論を出そうと思っていたが、伝十郎はやる気十分である。

——まあ、それならよいか。

七兵衛は公儀や諸藩からの請け負い仕事についても、少しずつ伝十郎に権限を委譲しようと思っていた。

「分かりました。息子もこう言っているんで、お引き受けいたします」

「よかった。本当に助かる」

美作は喜び、新田開発や架橋など今後の計画を熱心に語った。おそらく七兵衛にかかわってほしいということなのだろうが、七兵衛としては話を聞くにとどめた。

「そうだ。もう一つだけ、そなたたちに手伝ってもらいたいことがある」

「小栗様、もう、われらも手いっぱいですよ」

「話だけでも聞いてくれぬか」

「分かりました」

「実はな、わが領内に銀山があるのだ」

「銀山と仰せか」

七兵衛にとって、またしても経験や実績のない分野の話である。さすがの七兵衛も今更、鉱山開発に携わる気など、さらさらなかった。というのも、鉱山開発ほど事故の危険性が高いものはなく、さらに人足たちの管理を厳密にせねばならないので、現場には、常に殺伐《さつばつ》とした雰囲気が漂うからである。

「銀山開発には大きな元手が必要だ。しかしご覧の通り、わが藩は物入りが続き、なかなか本格的な開発ができない」

美作によると、高田藩領内の銀山は、上田銀山と呼ばれ、魚沼郡の赤川（現只見川）流域にあるという。

寛永十八年（一六四一）七月、湯之谷郷折立村《ゆのだにごうおりたて》の百姓源蔵が、赤川流域の高ハジという場所で、鱒《ます》を釣っていたところ、川底に白く光る石を見つけた。源蔵はこれを持ち帰り、鍛冶に吹き分けてもらったところ、銀だと判明したというのが、上田銀山の始まりである。

高田藩では早速、幕府の承認をもらい、銀山開発に乗り出した。ところが、この銀山の鉱床が会津藩領に掛かることから、会津藩が所有を主張してきた。結局、双方は譲らず、幕府に裁決を仰ぐことになった。

正保三年（一六四六）、幕府は諸事情を吟味の上、上田銀山の採掘権を高田藩に下した。ただし赤川の中央を境として東の採掘権は、会津藩のものとされた。これにより会津藩領の銀山は、後に白峯《しらぶ》銀山と呼ばれるようになる。

鉱山開発というのは、坑道を掘ればいいというものではない。採掘した鉱石や食料などを運搬する道路の普請、人足たちの宿泊施設、寄選場《よせせりば》（製錬・精錬所）などの設備まで考えねばならない。

これまでは鉱脈が発見されると、探鉱・開坑・採掘を一括して請け負う山師と呼ばれる専門業者に委託するのが常だったが、山師は前受金をもらわないと仕事を請け負わない。財政難の高田藩としては、それが払えず、そこから先に進めなくなっていた。

「それゆえ七兵衛殿に、わが藩と山師の間に入ってもらい、七兵衛が山師に前受金を払い、後に鉱山で上がる利益から、それを差し引いていったらどうかと思うのだが」

「そいつは、いくらなんでも無理な話です。取り戻す目途の立たないものへ金を出すなど、商人にはできません」

七兵衛としては当然である。

「では、折半ではどうだ」

「折半とは、どういうことです」

「採掘された銀を、藩と貴殿で平等に分け合うということだ」

あまりの好条件に七兵衛は絶句した。

「本当によろしいんで」

「構わぬ。後払いでは誰も請け負わぬ仕事だ。このままでは、銀山があっても何も生み出さぬ。それなら折半の方がましというものだ」

「お待ち下さい」

七兵衛は考えた。

――その上田銀山とやらが、うまく採掘できない鉱脈ということも考えられる。そうなれば出した金は戻ってこない。しかも高田藩が移封ということにでもなれば、約束は反故《ほご》にされる。

「どうだ。やってくれぬか」

「小栗様、この七兵衛、民百姓の役に立つことなら進んで引き受けます。ただ此度の場合、ちと事情が違います。それゆえ、別の方をお探しいただけませんか」

「やはり、駄目か。せめて見に行ってくれぬか」

美作が残念そうに言う。

「申し訳ありません。どうかご勘弁を」

「お待ち下さい」

その時である。背後から伝十郎が進み出た。

「父上、これはまたとない話です。江戸から腕のいい山師を呼び出し、鉱脈を見極めてから、受ける受けないを決めてもよいのではありませんか」

「お前は黙っていろ。小栗様は、この河村屋七兵衛にご依頼だ」

先ほどの気持ちとは裏腹に、つい七兵衛は伝十郎を叱ってしまった。

「しかし父上は、『商人たる者、常に商機に気を配り、ここぞと思えば、全力で当たれ』と仰せになられていたではありませんか」

七兵衛としては、こういう形で公儀や諸藩の仕事を請け負うつもりはなかった。そんなことをすれば、身代をつぶすことにもなりかねない。

「よいか伝十郎、欲を出せば本業にまで影響する。本業で稼いだ金は、本業のために使うのだ」

「つまり父上は、こうした仕事を本業とは切り離しておけと仰せですか」

「そうだ。小栗様の前で申し訳ないが、此度の件を引き受ければ、われらの本業にも影響が出ないとは言えぬ。それだけは避けねばならない」

「分かりました」

伝十郎が不承不承うなずく。

「七兵衛殿、そう頭から決め付けず、ここは一つ、ご子息の顔を立ててやってもよいのではあるまいか」

「そう仰せになられましても――」

「何事も経験だ。ここで山を見立てる（鉱脈を見極める）のも、後々、役に立つやもしれん」

「――」

「父上、山師を連れて実見するだけです」

――致し方ないな。

美作の口添えに逆らっては、美作の顔をつぶしてしまう。

「分かりました。ただし伝十郎――」

七兵衛が伝十郎に向き直った。

「山を見立てるだけだぞ」

「もちろんです。父上、ありがとうございます」

美作と伝十郎に押し切られる形で、七兵衛は上田銀山の実見を許した。致し方ないこととはいえ、いつまでも自分の時代ではないのも確かである。七兵衛が完全に隠退するか死ねば、どのみち河村屋の差配は、伝十郎に託すことになるのだ。

——まあ、その時、身代をつぶしても、わいの知ったことではない。

七兵衛は、己の築いたものを孫子の代まで伝えていきたいとは思わない。

この後、七兵衛は関川の浚渫作業の陣頭指揮を執り、伝十郎は上田銀山の調査に入った。

七兵衛は六十歳に、伝十郎は二十八歳になっていた。

九

延宝六年（一六七八）六月、越後の仕事に一区切りつけた七兵衛は、約半年ぶりに江戸に戻った。

そこで、新井白石が浪人したと聞いた。

どうやら、主家のお家騒動に父の正済《まさなり》が巻き込まれたらしい。だが連絡を取ろうにも、白石がどこに住んでいるのかさえ分からない。

伝手を頼り、ようやく居住先を捜し出したが、それが浅草大工町と聞いて驚いた。そこは名の通り、主に大工たちが集住している町だが、大工でも最下層の人々が大半で、とても武士が住むようなところではない。

使いを送り、訪問したい旨の連絡を入れた七兵衛は、供一人を連れて浅草大工町に向かった。人に道を聞きながら、ようやく白石の住んでいるという裏長屋を見つけた七兵衛は、木戸の表札の中にあるはずの白石の名を探した。

裏長屋の入口にあたる木戸の上には、その長屋に住む人たちの名と職業が記されている。

――桶《おけ》大工の長次郎、木挽《こびき》の五郎作、籠作りの佐平次か。

ずっと見ていくと、「浪人　新井君美《きんみ》」と書かれた表札が、端の方にあった。

木戸をくぐり、路地に入った七兵衛は、童子に一文銭を与えて、道案内を請うた。

木戸の内には、間口九尺（約二・七メートル）程度の家屋が、びっしりと建ち並び、見つけるのは至って難しい。それぞれの棟には、表札が掛かっていないからだ。

白石の容姿について説明すると、童子はうなずいて歩き出した。その後を付いていくと、水場に面した長屋の一棟を指差した。厠《かわや》に近い悪臭漂う一角である。

――こんなところに住んでいるのか。

その陋屋《ろうおく》は、七兵衛が「伏竜」とにらんだ人物のものとしては、あまりにみすぼらしい。

「新井先生、七兵衛が参りました」

「おう、待っていたぞ」

中から元気そうな声がすると、建てつけの悪い腰高障子が開けられた。

「先生、お久しぶりです」

「よく来てくれた。さあ、入ってくれ」

白石は、開き直ったかのように明るく振る舞っていた。

小者を外で待たせた七兵衛は、白石に勧められるまま中に入った。

「かような陋屋に、よくぞお越しいただいた」

「何を仰せか」

白石が無理をしているのは、その自嘲的な口調から明らかである。

「まあ、座ってくれ」

白石が薄い座布団を差し出す。

「ご無礼仕ります」

四畳半の居間に対座して周囲を見回したが、その狭さはもとより、家財道具の少なさに驚かされた。とくに書物は五、六冊積んであるだけである。

「ここには寝に帰るだけなんでね。何も置いていない。何と言っても、家賃が月に五百文だからな」

七兵衛の視線に気づいたのか、白石が言い訳がましく言う。

「父は浅草田原町の報恩寺内の僧坊を借りて住んでおるのだが、書物はそこに置いてある。先頃、母が死んだので、父の面倒を見る者がおらず、昼の間は、わしがそちらに行っている」

この年の五月、白石の母は六十三歳で病死していた。七十八歳になる父親は僧侶になるべく寺に入り、修行を積んでいるという。そのため俗世で生きる白石とは、住処を別にしているらしい。

「そうでしたか。わいはてっきり——」

「書物をすべて売り払ったと思ったか」

「へい」

七兵衛は白石の蔵書が売り払われたのだと思い込み、もっと早く来て経済的援助をしてやればよかったと悔やんだ。

「心配は要らん。命の次に大切なものが書物だ。家財道具はいざ知らず、書物だけは手放さん」

――つまり、ほかのものは大半、売り払ったということか。

この部屋を見渡せば、一目瞭然である。

「いったい何があったのです」

「ああ、そのことか」

豪放に笑うと白石は顚末《てんまつ》を話し始めた。

白石の父の正済は、かつて久留里藩土屋家二代目の利直《としなお》に召し抱えられ、能吏として重用されていた。延宝三年（一六七五）に利直が死去し、その子の頼直《よりなお》が跡を継いだが、そこから風向きが変わる。粗暴な頼直の家督継承に反対する者たちが結束し、お家騒動となったのだ。すでに正済は隠居していたが、お家の一大事とばかりに間に入って調停を試みた。しかしうまくまとまらず、逆に頼直に表裏を疑われ、禁錮の後、追放に処されたという。全くの濡れ衣だったが、何の弁明も聞いてもらえず、一方的に沙汰を下され、即座に藩邸から追い出されたという。

「何と理不尽な」

「それが世の中というものだ」

白石の腸《はらわた》は煮えくり返っているはずだが、泰然としているのは、他人に弱ったところを見せたくないからだろう。

白石が吐き捨てるように言う。

「しかも殿、いやかの男は、わしを『奉公構《ほうこうがまえ》』にしおったわ」

「何と――」

七兵衛は絶句した。

新井白石が主君の土屋頼直に科せられた「奉公構」という罰は、旧主から諸大名・諸旗本に対して、その者を召し抱えないように勧告することである。これにより、奉公構となった者の再仕官の道は断たれ、生涯を浪人として過ごすか、商人や農民となって糧を得るしかなくなる。

「それでは今、どうやって食べているのですか」

七兵衛が問うと白石がにやりとした。

「恥ずかしながら義兄《あに》を頼っている」

白石は、父の正済が五十七歳、母が四十二歳の時にできた子で、父母はそれ以前に養子をもらっていた。それが義兄の郡司《ぐんじ》正信《まさのぶ》である。かつて正信は、主君の土屋利直の次男が陸奥相馬《そうま》家を継ぐことになった時、請われて相馬家家臣となった。それゆえ新井家とは縁が切れていたが、かつての恩義を忘れず、父の正済に仕送りを続けているという。

「わしは、そのお裾分けをいただいているというわけだ」

「それなら一安心ですな」

「いや、それが安心ではないのだ」

「と言うと――」

「義兄上も子を抱え、決して生活は楽ではない。父が僧侶になるまでは、仕送りを続けてくれるというが、その後は、自分で何とかせいと仰せだ」

「お父上は、いつ頃、出家得度させてもらえるのですか」

「半年もかからぬだろうな」

白石の父は現在、寺男のような雑用をこなしながら僧となる修行をしており、間もなく報恩寺に迎え入れられるという。そうなれば、仕送りを断たれても食べるには困らない身となる。

考えてみれば、正信の言うことも当然である。正信に仕送りを続けるだけの資力があるにしても、期限を切らない限り、白石がそれを頼って無為に日々を送ることも考えられる。義兄としては、白石のことを思えばこそ仕送りを断ち、自立の道を歩んでもらいたいのだ。

「仕送りが途絶えれば、ここで傘でも張って食っていくか」

自ら戯れ言を言って笑うと、白石は横たわり、手枕で天井を見た。

「ここの暮らしも、さほど悪くはないぞ」

「何を仰せです。新井先生をこんなところで、くすぶらせておくわけにはまいりません」

「そうは申しても、運命は誰にも変えられぬ」

「変えられます」

「何だと」

決然と言う七兵衛に、白石が起き上がった。

「まずはご本人のお気持ち次第。いつか『奉公構』が解ける日も来ます」

「馬鹿を申すな。土屋家が改易にでもならない限り、わしの『奉公構』は解けぬわ」

「奉公構」には、その罰を科した旧主が改易になると効力を失うという不文律《ふぶんりつ》があった。

「わしを叱咤激励してくれるのはありがたいが、建前だけで物を言ってもらっては困る。誰にも、この状況は変えられぬ」

「いいえ、変えられます。わいが先生を後見します」

「どういうことだ」

「私塾を開設する金を出します」

「私塾だと」

白石が意外な顔をした。

「再仕官できる日まで、私塾を開き、若者に儒学を教えることで糧を得るのです」

「この白石、いまだ学を修める身だ。人に教えることなどできぬ」

――いかにも、先生はまだ若い。

旗本御家人の子弟を対象とした儒学の塾を、無名の白石が開いたところで、生徒が集まらないのは目に見えている。

「それでは医術を学び、医家の道を歩んだらいかがでしょう」

「己の感情も御せられぬわしに、人を治すことなどできぬ」

さすがの七兵衛も噴き出した。

「困ったお方ですな。では何をなさりたいので」

「わしにも分からぬ」

そう言うと、白石は腕組みして目を閉じた。

――この御仁は、本当にどうしてよいか分からぬのだ。

「それでは、商いをしてみてはいかがでしょう」

「商いか――」

「そうです。物を仕入れて売る。口入屋の場合、それが人になりますが」

「そいつは面白い」

白石の顔に笑みが広がる。

「と、言いたいところだが、商人になるつもりはない」

「暖簾《のれん》分けさせていただくと申しても」

「何だと」

「先生のために三千両、用意しましょう。それで何でも好きな商いをなさいませ。その金は、出世払いで返していただければ結構です」

「店をつぶせば返せなくなる」

「覚悟の上です」

「商人というのは、様々なことを考えるものだな」

さも感心したかのように「うーむ」とうなりつつ、白石が再び手枕で横になった。

「今、考えられることは、それくらいです。どれも嫌なら、向後、どうやって糧を得ていくつもりですか」

「分からぬ」

白石が寝返りを打ち、七兵衛に背を向けると言った。

「わしは今、伏竜となって深淵に身を置き、力を蓄える時なのではないかと思っている」

「ははは。それは以前、わいが言った言葉ですな。これは一本、取られました」

ひとしきり笑った後、七兵衛が言った。

「先生はまだ若い。焦ることはありません。身の振り方は、じっくりとお考えなさい」

「ああ、そうさせてもらう。それも仕送りがなくなるまでの間だがな」

生活費の問題がある限り、白石は、ゆっくりと前途を考えるわけにはいかない。

「では、こうしたらいかがでしょう」

七兵衛が威儀を正した。

「うちの初音を、妻にもらっていただけませんか」

「初音を――」

白石が驚いて起き上がる。

むろん初音の意向を確かめねばならないが、これまでの様子から、初音が白石を憎からず思っているのは明らかである。

「初音の出自が卑しいのは重々、承知しています。しかし七歳で引き取ってから、初音は河村家の子女として分け隔てなく育ててきました。たとえ血がつながっていなくても、わいの大事な娘です。身分が釣り合わないのは分かっていますが、何卒《なにとぞ》、この老人の願いを聞いていただけませんか」

「待たれよ。わしは見ての通りのしがない浪人だ。夫婦となっても生活の目途は立たぬ」

「そこは、この七兵衛にお任せを」

「七兵衛殿」

白石が「やれやれ」という顔をした。

「この白石、こうして身を持ち崩しても武士をやめるつもりはない。確かに初音殿は、今のわが身にとって過分な嫁だ。しかし持参金付きでは、わしの男が立たぬ」

「それでは、持参金抜きではどうでしょう。初音は、どのような苦労もできる娘です。初音が働いて金を稼ぎ、その間に先生が身の振り方を決めれば、よいではありませんか」

七兵衛は初音を河村屋で働かせ、少し余分に給金を払ってやればよいと思っていた。そうすれば白石も初音も、何の気兼ねもなく生活していける。

「それでも、世間の口に戸は立てられぬ。人は、わしが金目当てで七兵衛殿の養女を嫁にもらったと噂《うわさ》するだろう」

「そんなことはありません」

「いや、こちらが何らやましいことはないと思っていても、世間の目というのは厳しいものだ。わしはな——」

白石の瞳に真摯《しんし》な光が宿る。

「今はかように零落しているが、いつの日か、何らかの形で天下の政道にかかわりたいという大志を抱いておる」

本来なら、貧乏長屋に住む浪人がそんなことを言っても、大言壮語にしか聞こえない。しかし白石の口からその言葉が出ると、それが当然のことのように思えてくる。

——随分と立派になられた。

七兵衛の目に、白石が眩《まぶ》しく映る。

七兵衛としては初音を白石に嫁がせることで、白石の生活を立て直してやりたいという思いがあった。しかし白石は、七兵衛が想像しているよりも、はるかに高い場所にいた。

――伏竜は、天下を狙っていたか。

むろん天下と言っても、武力で徳川家に成り代わろうというのではない。知力によって立身し、世のため人のための政道を行おうというのである。

「そこまで仰せなら仕方ありません」

落胆する七兵衛に、白石は言った。

「七兵衛殿は『霊山の大蛇』の話を知っておるか」

「いいえ、知りません」

「その昔、唐国《からくに》の霊山という山に大蛇が住んでいた。その大蛇が若い頃、些細な理由で仲間と喧嘩《けんか》し、小さな傷を負った。その傷はすぐに癒えたが、跡は残った。そして日が経ち、全身が一丈（約三メートル）余になると、その傷も一尺余になった。そこで大蛇は、『若い頃の過ちは決して消えない』と覚ったというのだ」

――つまり将来、事を成すつもりの男は、少しでも己の経歴に傷を付けてはならないと言いたいのだな。

「恐れ入りました」

七兵衛は、白石に心の底から感服した。

「真にもって相済まぬ。この縁談が、わしにとって申し分のないものなのは分かる。だが大志を抱く者としては、どうしても受けられぬ話なのだ」

白石が威儀を正すと頭を下げた。

「仰せの通りです。この七兵衛、娘可愛《かわい》さから、とんでもない親馬鹿を申し上げてしまいました」

「いや、そうではない。逆に、わしのわがままを許してくれ」

白石の瞳には誠意が溢れていた。

七兵衛は自らの浅はかさを恥じると同時に、この男を何としても表舞台に立たせねばならないと思った。


この夜、七兵衛は白石を誘って料亭に赴き、うまい料理を腹いっぱい食べさせた。

白石が白米を懸命に咀嚼《そしやく》する姿を見ながら、七兵衛は「これでよかったのだ」と思った。

――この大器に、二万石は小さすぎた。

大名と言っても、二万石にすぎない土屋家では舞台が小さい。逆に土屋家と縁が切れたことで、白石の進路を阻む大石が取り除かれたような気がする。

七兵衛は、己の眼力に狂いはないと確信していた。

翌延宝七年（一六七九）、お家騒動がこじれて土屋家は改易となり、再仕官が可能となった白石の前に大きな道が開けることになる。

十

延宝七年四月、七兵衛は伝十郎に強く請われ、上田銀山にやってきた。

「こんな奥まったところなのか」

「そうなんです。これでもましな方で、十一月から三月までは、積雪が人の背丈を超えるほどになり、行き来は全くできないと聞いています」

「で、鉱床はどのあたりになる」

伝十郎が懐から絵図面を取り出した。

「この地域を流れる赤川（只見川）は、最後阿賀野川となって北海（日本海）に流れ込みますが、途中、多くの支流が合流してきます。その中の大津《おおつ》岐川《またがわ》と恋《こい》ノ岐川《またがわ》が合流する辺りまでが、主要な鉱床となります」

伝十郎が得意げに説明する。

しばらく山道を歩いていくと、眺めのよい場所に出た。眼下に広がる渓谷は生き生きとした緑に包まれ、夏が近いことを教えている。

「あちらが会津藩領です」

伝十郎が赤川の対岸を指差す。

「会津藩領にも鉱山は掛かっているのです」

正保三年（一六四六）の幕府の裁決により、赤川西岸は上田銀山として高田藩に、東岸は会津藩に採掘権が下されたが、その時、会津藩は「高田藩領の鉱床は、こちらの山から延びているのと同じ鉱床」と言い張り、赤川西岸の高田藩領の採掘権の取得を主張した。結局、それは却下されたが、上田銀山の規模が、会津藩領の銀山を上回っていることを知っての訴えだった。

――さすがは保科様だな。

正保三年と言えば、会津藩は保科正之が当主である。将軍や幕閣にも通じる正之なら、そこまでやりかねない。しかし高田藩は御三家に次ぐ格式を持つ親藩である。さすがの正之も、高田藩領の採掘権まで奪うことはできなかった。

「ここから取れる銀は『花降銀《はなふりぎん》』と呼ばれ、表面に花を散らしたような文様が見られる極めて珍しいものです」

伝十郎によると、灰吹銀《はいふきぎん》の中でも最も純度の高い銀が、「花降銀」だという。

「銀の産出量といい、その純度といい、この山には、相当の見込みがあるという見立てだな」

「そうなんです」

伝十郎が、背後から付いてきた山師に声をかけた。

「粂八《くめはち》さん、この山の見立てを話して下さい」

「へい」と答えつつ、眼光の鋭い中年男が、二人のすぐ背後まで追い付いてきた。

「此度、ご同道いただいた味方《みかた》粂八さんです」

「よろしゅうお見知りおきを」

粂八は、佐渡金山の探査・開坑・採掘に携わった山師・味方但馬《たじま》の流れに連なる者だという。

何せ狭い山道である。二人が並んで歩くのが精いっぱいなので、粂八は二人の間から顔を出す格好で話をした。

「粂八さんとやら、どうして、この山に見込みがあると分かるんだ」

「われわれの間では、『金有る山、無き山は、大方外より見ゆる物也《なり》』という格言があります。最初にこの山を見た時、その山容から『有る山』だと見立てました」

「それは何を根拠に――」

「ええ、まあ」

粂八が苦笑いする。

「父上、そのあたりは秘伝となっています」

伝十郎が口を挟む。確かにこうした知識は、秘伝として身内や弟子たちだけに伝えられていく。

「それは構わぬが、根拠が分からないことには、こっちも金は出せん」

「当然です。ご説明しましょう」

粂八によると、鉱床の見込みは、鉱石の質と量の二面から可能性を検討せねばならないという。

質については、「花降銀」が多く産出していることから、極めて良好だと思われるが、念のため、「椀掛け」という作業を行ってみた。これは「掛蓋《かけかさ》」という特殊な道具を使って比重選鉱し、銀の純度を計測する方法である。

粂八によると、河原や沢筋に出ている露頭で採取した銀の鉱石を、いくつも「椀掛け」してみたところ、そのすべてが良好な結果を示したという。

「それで質に関しては申し分ないとなりましたが、厄介なのは量です」

「その通りだ。たくさん掘り出せなくては意味がない」

鉱山は採掘する現場だけでなく、道や諸施設などを設けねばならないため、膨大な先行投資が必要となる。そのためには、それに見合った産出量を確保せねばならない。

「当たりを付けて少し問い掘りしてみたんですが、この山の立合《たてあい》は、すこぶるよいと思います」

問い掘りとは、鉱床を探すための坑道を掘ることで、立合とは鉱脈のことである。

「さらに十人以上の人を使い、周辺を歩かせました。そこで、いくつかの銀を採取しました。問い掘りしたものと採取したものの成分を『椀掛け』で調べたところ、すべて同一の鉱床だと分かったのです」

鉱床とは、鉱物が地中に集中しているところのことで、鉱脈とは、岩盤や岩石の間などにできた板状の鉱床のことである。つまり鉱床とは、鉱石の出る地域全体を指し、鉱脈とは、その中に点在する地点を意味する。

「父上、その範囲が、先ほど申し上げた大津岐川と恋ノ岐川が合流する辺りなのです」

伝十郎が口添えする。

「その広さは南北半里、東西四半里に及びます。これだけ広い範囲に分布している鉱床は、なかなかありません。さらに探査すれば、もっとよく分かるのですが――」

粂八が言葉を濁した。

――つまり高田藩の出した探査のための作業賃が、もう尽きたというわけか。

ここから先は、河村屋の資金でまかなわねばならない。

赤川の河畔まで下りた一行は、粂八の配下が見つけたという露頭鉱床を前にした。

それは、ほかの石とは明らかに異なる光を発している。

「露頭がこれだけ厚いと、この鉱脈だけでも、かなり大きいはずです」

粂八が、いかにも愛《いと》おしそうに露頭を撫《な》でた。

その後も七兵衛一行は、粂八らが見つけたという露頭を何カ所か確認して回った。

一休みとなったところで、七兵衛の前に片膝をついた伝十郎が必死の面持ちで言う。

「父上、これだけの鉱山は、ほかにありません。何とかやらせていただけませんか」

「――」

「この鉱山の採掘が軌道に乗れば、われわれのみならず高田藩も潤います。さすれば飢饉の際など、この銀を使って藩は救済策が立てられます。つまりこの山を開発することが、経世済民につながるのです」

――経世済民、か。

確かに鉱山開発は、広い意味で高田藩の経世済民策の一助となる。直接的にも、飢饉や凶作にあえぐ百姓たちに、日銭を稼ぐ場を作ることにつながる。

――だが、こいつは大勝負だ。

勝負を懸けても勝てるかどうかを確かめるために、山師による見立てを行わせ、その結果は「行ける」と出たわけである。山師が嘘を言うわけはないし、もしも見込み違いなら、その噂はすぐに広まり、条八の組は食べていけないことになる。

あらゆる要素を勘案しても、投資に見合った回収どころか、大きな利益が出ることは間違いない。

――どの道、わいは死んでいてもおかしくない年だ。

もう七兵衛も六十二歳である。この時代の平均寿命は四十歳前後であり、それを考えれば十分に生きたことになる。普通の商家の主なら、すでに楽隠居している年齢であり、後継ぎの采配に口を挟むのは慎まねばならない。

「そうだな――」

七兵衛が思いきるように問うた。

「五千両でできるかい」

七兵衛が粂八に問う。

材木業の経営に必要な資金を除けば、河村屋には五千両ほどの余剰資金ができていた。

「そうですね」

しばし考えた末、粂八が言った。

「十分とは言えませんが、できない話ではありません」

「父上、やらせて下さい」

伝十郎がその場に手をつく。

「よせ。いかに親に対してだろうと、河村屋の主は手をつくな」

「はっ、申し訳ありません」

七兵衛は、借金を頼みに来る商人たちを幾度となく見てきた。むろん返せる見込みがありそうな者には金を貸し、見立て通りに大半は回収できた。しかし返せる見込みがない者ほど、手をついて懸命に借金を頼んできた。それでも若い頃は、情にほだされて貸したこともある。だが、その大半は返済されなかった。

それから七兵衛は、手をついて何かを頼む商人の姿を見るのが嫌になった。

「伝十郎――」

七兵衛が膝を叩くと立ち上がった。

「やってみろ。ただし五千両を使い切るまでだ。それだけ出して何も得るものがなければ、すっぱり手を引く。それでいいな」

「ありがとうございます」

「それからもう一つ――」

七兵衛の声音が厳しくなる。

「お前は山方役だ。決して危険な真似をするんじゃないぞ」

山方役とは、鉱山経営者兼採掘責任者のことである。

「もちろんです」

「お前には妻子もいる。それを忘れるな」

「はい」と答えつつ、伝十郎が唇を嚙んで嗚咽を堪えた。

――よほど、うれしいんだな。

それは欲に駆られてというより、自らが責任者として一つの事業を行うという喜びに違いない。

「それから前もって言っておくが、この件に、わいはかかわらない。その方が、お前もやりやすいだろう」

「それはもちろん」

父子の笑い声が、初夏の山々にこだました。

十一

延宝七年（一六七九）十月、その知らせを受けた時、七兵衛は何のことだか分からなかった。

「よせやい」

それは小栗美作の直筆書状だった。

七兵衛が書状を捨てたところに、初音が入ってきた。

「おとっつぁん、どうかしたの」

何気なく書状を手にし、目を走らせた初音の顔色がみるみる変わる。

「初音、そこに書いてあることは何かの間違いだ。いや、誰かの悪戯《いたずら》さ」

「おとっつぁん、これは――」

すでに初音は蒼白《そうはく》である。

「伝十郎は山方役だ。坑道なんかに入るわけがない」

「だけど、ここには――」

「そんなもん、捨てちまいな」

七兵衛は、今読んだことを忘れようとした。

初音はその書状を手にすると、店の方に駆けていった。

――何かの間違いだ。このまま人生は、順風満帆に続いていくだけだ。

そう自分に言い聞かせ、見かけていた帳簿を手に取ったが、もはやそれは、文字や数字の羅列にすぎない。

「父上！」

そこに弥兵衛が駆け付けてきた。

「これは大変なことですぞ！」

妻のお脇も奥から姿を現した。

「いったい、何があったんだい」

「父上、母上、これは高田藩からの正式な書状です。落盤事故があり、兄上が坑道の中にいるらしいと書いてあります」

「ええっ――」

お脇がくずおれる。

しばしの間、七兵衛は何も考えられなくなっていた。いや何も考えたくなかったのだ。

「いかにも、この書状だけで詳しいことは分かりません。高田藩の江戸藩邸に問い合わせてみても、埒《らち》が明かないでしょう」

ぼんやりする七兵衛に、弥兵衛が告げた。

「父上、越後に行きましょう。いやわたしが行きます」

「そうか。そうだな」

七兵衛は今、ここで起こっていることが、自分とはかかわり合いないことのように思えてきた。

「父上、しっかりして下さい」

気づくと、眼前で弥兵衛が目を剝《む》いている。しかし、七兵衛がぼんやりしたままだと気づくと、背後にいる者たちに指示を飛ばし始めた。

「初音、兄上の家まで駕籠を走らせ、義姉上《あねうえ》に、このことを知らせてくれ」

「えっ、わたしが――」

「そうだ。四の五の言わずに行ってこい。ただし『死んだ』なんて言うんじゃないぞ。『安否が見極められないので、弥兵衛が越後に向かう』と伝えるんだ」

「分かりました」

初音が駆け去った。

「母上、まだはっきりしたことは分かりません。落ち着いて下さい」

「嫌な胸騒ぎがしていたんだよ」

お脇の泣き声が高まる。

その時、何事かと番頭や女中がやってきた。彼らにお脇を託すと、弥兵衛が七兵衛の腕を取った。

「父上、これからわたしは越後に行きます。父上は、ここで待っていて下さい」

「いや――」

ようやく七兵衛の頭が回転し始めた。

「わいも行く」

「大丈夫ですか」

「心配するな。もう案ずることはない」

そうは行ってみたものの、内心はぐらぐらと揺らいでいる。

――伝十郎が死ぬもんか。わいは皆のために尽くしてきた。天が息子を三人も奪うはずがない。

若くして亡くなる者が多い時代とはいえ、七兵衛はすでに二人の息子を失っていた。長男の万太郎は生まれてすぐに亡くなり、三男の兵之助は明暦の大火で行方不明になった。

――伝十郎、お前を死なせるわけにはいかない。

七兵衛の胸底に、若い頃のような闘志がわいてきた。

――伝十郎、待っていろよ。おとはんが必ず助け出してやる。

七兵衛は心に誓った。

陸路を使った七兵衛一行は十日後、越後に到着した。

この頃、小栗美作はお家騒動が勃発して多忙を極め、銀山どころではなかったが、配下の武士を直江津まで迎えに寄越し、状況を説明してくれた。

それを聞いた七兵衛は、くずおれそうになった。

伝十郎は陣頭指揮を執るべく坑内に入ったらしく、その最中に落盤事故があったというのだ。

しかし情報は何日か前のもので、現地に行ってみないことには、定かなことは分からないという。

その武士も詳しいことまで知らず、「とにかく行ってくれ」の一点張りである。

直江津から信濃川口まで船を回し、そこで川舟に乗り換えた一行は上流までさかのぼり、須原口から徒歩で採掘場を目指した。

初雪が降るまで多少の間があり、それだけが救いだったが、さすがに七兵衛も、六十の坂を越えてから足腰が弱くなってきた。七兵衛は弥兵衛たちを先に行かせ、品川組と一緒に遅れていくことにした。気持ちは急《せ》くのだが、どうしても足が動かないのだ。すでに高齢になった品川組も同様らしく、皆、一様に疲労の色を漂わせている。

弥兵衛たちに遅れて山を登っていると、採掘口からやってきた人足たちに出会った。里まで食料を取りに行くという。七兵衛は矢継ぎ早に問いかけたが、口止めされているらしく要領を得ない。ようやく分かったことは、中に閉じ込められている者は、いまだ一人も出てきていないということだけである。

――伝十郎、待っていろよ。

七兵衛は己の命に代えても、伝十郎を救うつもりでいた。

山中の小屋で一泊した後、重い足を引きずりながら山道を歩き、ようやく一行は、採掘口までたどり着いた。

採掘口の付近では人々が右往左往し、大変な騒ぎとなっていた。

――弥兵衛はどこにいる。

先に行かせた弥兵衛が坑内に入っているのではないかと心配した七兵衛だったが、弥兵衛は大工《だいく》建場《たてば》と呼ばれる休憩所で、図面を見ながら陣頭指揮を執っていた。その傍らには条八がいる。

「父上――」

七兵衛の姿を認めた弥兵衛の顔が、悲しげに歪《ゆが》む。

――やはり、駄目か。

それを見て一気に疲れが出た七兵衛は、その場に片膝をついてしまった。

「しっかりして下さい」

背後にいた品川組に助け起こされたが、足に力が入らない。それでも介添えを得て、何とか床几《しょうぎ》のあるところまで進んだ。

「父上、兄上は――」

弥兵衛の顔を見れば、その先の言葉は想像できる。

「中にいるんだな」

「はい。ただ条八さんによると、中で生きていることもあり得るので、あきらめてはいけないと」

「条八さん」

床几に座らされた七兵衛が問う。

「いったい、どうしてこうなったんだ」

「へい、それが――」

粂八が訥々《とつとつ》とした口調で語り始めた。

五千両の資金を得た伝十郎は、勇躍して作業に掛かった。粂八が問い掘りと開坑を、伝十郎が道普請、物資や道具の搬送、小屋掛けなどを担当することになった。

そこまでは順調に行ったが、間歩《まぶ》（坑道）を開く段になり、最初の問題が発生する。

粂八は定石に従い、河川から遠く離れ、鉱石の搬出が便利な場所に最初の間歩を開くべきだと提言した。しかし伝十郎は、「すぐに成果を上げなければ資金が枯渇する」と言い張り、鉱脈の露頭が見えている沢筋に間歩を開くと言って譲らない。

議論の末、粂八が押し切られる形で、鉱脈の見えている場所に最初の間歩を開くことになった。

「沢筋は、水の処理が大変なので無理だと申し上げたのですが、どうしてもと仰せで――」

粂八が言葉を濁した。

そこには、様々なやりとりがあったと想像できる。

初めは至って順調だったが、川に近いので坑道内に溢れる水量が多く、下に掘り進めれば進めるほど湧水が多くなり、掘削できる状態ではなくなってきた。

坑道内にたまった水は、一般には「手繰《たぐ》り」と呼ばれる桶の中継によって外に出される。しかし、それでは至って効率が悪いので、桶の水を滑車で釣瓶《つるべ》のように汲《く》み取る「車引き」という方法も開発されていた。それでも釣瓶の下まで桶を運ぶ手間は変わらず、釣瓶に載せた桶水がこぼれやすいので、現場では嫌がられていた。

そこで伝十郎は、「水上輪(みずあげわ)」と呼ばれる螺旋(らせん)式の揚水機を導入し、それで効率よく水を汲み取ろうとした。しかし複雑なからくりなので、内部にいる水替人足が、うまく操作できない。そこで指導のため中に入ったところ、別の地点で穿子が地下水脈を掘り抜いてしまい、坑道に水が溢れたというのだ。

「その水で坑道の一部が崩れ、中にいた者たちは――」

「逃げられなかったと言うのか」

「は、はい」

「あんたはどうしていた」

「たまたま、外に出ていました」

「そいで助かったのか」

粂八が申し訳なさそうに頭を下げる。

「つまり、中は水浸しなんだな」

粂八は俯《うつむ》いて答えない。

「正直に教えてくれ。間歩の中はどうなっている」

「おそらく、かなり水が入ってきているかと――」

――ああ。

七兵衛が肩を落とす。

「父上、あきらめるのは、まだ早いと思います。これだけ人を連れてきたんです。何とかやってみましょう。粂八さん、すぐに手伝わせてくれ」

「お気持ちは分かりますが、間歩の中で作業できる頭数は限られています。今は懸命に水貫《みずぬき》を掘り進めていますので、お待ち下さい」

「水貫とは——」

「排水のための坑道のことです。これを掘っておかないことには、穿子や手子《てこ》も中に入りたがりません」

手子とは、坑道の掘削以外のことを行う補助要員のことである。

「つまり今は、崩れた間歩を掘り返しているわけではないのか」

弥兵衛の問いに、粂八が申し訳なさそうにうなずく。

「何とかならないのか」

「お気持ちは分かりますが、穿子や手子も人です。水貫を掘らずに崩れた間歩を掘れば、どうなるかは明らかです」

「われらが連れてきた者たちで、崩れた間歩を掘らせる」

「そんなことをしたら、死者が増えるだけです」

「つまり、崩れた間歩を掘り返せば、間違いなく水は溢れてくると言うのか」

粂八が黙ってうなずく。

「ああ、兄上——」

弥兵衛が天を仰ぐ。

「水貫とやらを掘るのに何日かかる」

ようやく落ち着きを取り戻した七兵衛が問う。

「台通掘りで半町ほど掘り進むことになりますので、あと三日か四日はかかります」

台通掘りとは、下向きに掘り進むことである。

七兵衛が大きく息を吸うと言った。

「分かった。あんたに任せるんで、よろしく頼む」

――ここで素人が無理を言っても仕方がない。伝十郎、勘弁してくれよ。

七兵衛には、中にいる伝十郎の無事を祈るしかなかった。

それから三日後、排水のための坑道が完成し、崩れた間歩の掘削が始まった。そして翌日、ようやく間歩が開通した。しかし水の勢いは予想以上に強く、到底、中に入ることはできない。それから二日、別の箇所に水貫を切るなどして、何とか坑道から水を抜くことに成功した。

中に入った者によると、遺骸の多くは一カ所に寄り集まっていたという。中に閉じ込められた者たちは、少しでも高い場所に避難すべく、まず人がいられる空間を掘り、そこを足場にして外に出るべく、冠掘り（上向きに掘り進むこと）を行ったらしい。しかし最後は空気がなくなり、万事休したというのだ。

その中には、伝十郎の遺骸もあった。

それは水につかっておらず、空気のない場所にいたこともあり、今まさに目を開くかと思えるほど生き生きとしていた。

七兵衛は心中の辛さを堪え、事後処理の陣頭指揮を執った。むろん、この間歩の閉鎖を決定し、働いてきた者たちには過分の報酬を払い、帰ってもらうことにした。

粂八は「こんなことになってしまい、申し訳ありません」と言って頭を下げた。これまでの経緯から粂八に罪はないと思った七兵衛は、粂八に手厚い礼金を渡し、その労をねぎらった。

坑道の閉鎖作業も終わり、七兵衛は伝十郎の遺骸と共に山を下った。さすがに遺骸の傷みもあるので、山麓の寺で荼毘《だび》に付し、遺骨だけを江戸に持ち帰ることにした。

伝十郎の遺骸を焼く炎を見つめながら、七兵衛は、自分の人生が終幕に近づいていると感じた。

延宝七年（一六七九）、七兵衛は六十二歳になっていた。

第四章　河患掃滅《かかんそうめつ》

一

延宝八年（一六八〇）十月、伝十郎の一周忌となるこの日、河村家の菩提寺《ぼだいじ》である浅草高原町の東陽寺には、多くの人々が詰めかけていた。

多忙を極める稲葉正則も来てくれることになり、七兵衛一家は親類縁者や使用人総出で、正則を迎えることになった。

現役の老中が一介の商人の一周忌法要にやってくるなど異例中の異例であり、いかに七兵衛が、幕閣から重用されているかの証《あかし》となった。

一周忌の法要が終わり、紅葉の舞い散る中、供を引き連れた正則が、東陽寺の裏手にある墓までやってきた。

墓の前では七兵衛を筆頭に、一族郎党が正座して待っていた。

「七兵衛、かような石の上に座していては冷えるぞ」

「お心づかい、痛み入ります」

七兵衛が額を擦り付けて平伏する。

「まあ、よい。しばし待て」

伝十郎の墓碑の前で、僧侶が誦経《ずきょう》する中、正則も手を合わせ、線香を上げてくれた。

墓に一礼した正則が七兵衛の方に向き直ると、七兵衛が身を硬くして這《は》いつくばる。

「そなた同様、伝十郎は皆のために身を粉にして働いた。これからの世の人の範となる生き方を示したのだ」

「ああ、何とありがたいお言葉か」

七兵衛の瞳から熱いものがこぼれる。

「人の世は真に儚《はかな》いものだ。天は、まだまだこの世のために生きねばならぬ者でも、情け容赦なく連れていく。だがな――」

正則が力を籠《こ》める。

「その与えられた時間の中で、精いっぱい生きることができれば、その者は天寿を全うしたことになる。伝十郎は、そなたを支えて世のために尽くした。何の悔いるところもあるまい」

「仰せの通りにございます。志半ばにして伝十郎は、仏に召されてしまいました。わいと志を同じくし、やれるだけのことはしました。悔いることなき生涯だったと思います」

「そうだ。人とはそうあらねばならぬ。だが七兵衛――」

正則が七兵衛の前にしゃがんだ。

「も、もったいない」

「これからはゆっくり休め。そなたは、もう十分に働いてくれた」

「ああ、何とお礼を申し上げてぃいか」

正則が、七兵衛の背後にいる弥兵衛に目を止めた。

「そこにいるのが弥兵衛だな」

「はっ、ははあ」

弥兵衛が体を震わせて平伏する。

「七兵衛、よく仕込んでおくのだぞ」

「はい。もちろんです」

「それでは、そろそろ行く。また会おうな」

立ち上がった正則は、その場を後にしようとした。

「お待ち下さい」

その背に七兵衛が声をかける。

「美濃守様のお情けにすがりたいことがあります」

「何なりと申せ」

「わいの最後の心残りは、ここにいるお方のことです」

七兵衛の背後には、弥兵衛と並んで白石がいた。

「新井先生、どうぞ前へ」

「かたじけない」

「見たところ、浪人か」

「ははっ」と言いつつ白石が頭を下げる。

「このお方は、新井君美《きんみ》様と申します」

七兵衛が白石の経歴を紹介すると、それを聞いていた正則が、感心したように言った。

「その若さで、唐国《からくに》の古典籍の大半に通じているとは驚きだ」

「はっ、勉学に関しては、人に後れを取ったことがありません」

初め恐縮していた白石だが、持ち前の自信家ぶりを発揮し始めた。

――さすが新井先生だ。勝負どころをわきまえておる。

こうした場合、大半の者が気後れし、自分を売り込むことなどできない。しかし白石は、ここが人生の勝負どころと心得ていた。

「どうやら有為の材のようだが、仕官したいのだな」

「はっ、わが才を天下国家の経世済民にお使いいただければ、これほどの喜びはありませぬ」

白石は、かつての主君である土屋家から奉公構《ほうこうがまえ》とされていたが、延宝七年に土屋家が改易となったため、すでに再仕官の道が開けていた。

「して七兵衛、そなたは、この者を見込んでおるというわけか」

「仰せの通りにございます。これほどの御仁は百年に一人かと」

「百年に一人か。そいつは大きく出たな」

正則の笑いが、乾いた空気を震わせる。

「そなたが見込んでおるのなら間違いはない」

「ありがたきお言葉」

七兵衛と白石が頭を下げる。

「そうだな」

しばし考えた後、正則が言った。

「まずは、わが屋敷に参るがよい。そなたの力のほどを確かめた後、再仕官先を探すとしよう」

「ははっ、ありがとうございます」

白石が肩を震わせて平伏した。

白石のように学問を売りにして仕官を望む者の場合、その力量を確かめられた後、いずこかの良家の子弟の教育係として採用されることが多い。この時、あいにく稲葉家には教育を受けるべき年頃の子弟がいなかったため、白石は一年半後の天和《てんな》二年(一六八二)三月、大老の堀田《ほった》正俊《まさとし》に紹介され、次男の俊晋《としひろ》の教育係として召し抱えられることになる。

——これで、わいの仕事は終わった。

去りゆく正則の背を見つめつつ、七兵衛は最後の仕事を成し遂げた満足感に浸っていた。

「七兵衛殿」

袴《はかま》の埃《ほこり》を払いつつ、白石が立ち上がる。

「お礼の言葉もない」

「何を仰せか。これは、新井先生のためではありません」

「では誰のためだ」

「この国のためです」

「この国のためと申すか」

白石が驚いたように目を見開く。

「そうです。新井先生を世に出すことは、この国のためなのです」

「そうか。そこまで、わしのことを――」

さすがの白石も言葉に詰まる。

「先ほど申し上げた通り、先生は百年に一人の逸材です。その天分を己一身のためでなく、国のために使って下さい」

「分かった。存分に使わせてもらう」

白石の顔に笑みが広がる。

――このお方を世に出すことは、わいの使命だ。

人の命はいつか尽きる。それゆえ、この世に生まれて恵まれた人生を送った者の使命として、次の世代の担い手を世に出さねばならない。

白石は、必ずやその期待に応えてくれるに違いない。

今年最初の北風が、幾重にも重なった墓所の落ち葉を吹き払っていった。それを見ながら七兵衛は、己の人生にも末枯《うらが》れが訪れていることを実感した。


それからの七兵衛は、河村屋の仕事からも全面的に手を引き、淡々と日々を過ごした。人に勧められて囲碁や小唄にも手を出してみたが、仕事のようにのめり込むことはできなかった。唯一、俳諧だけは多少の興味を持てたが、それとて気まぐれな趣味にとどまった。

しかも翌年、伝十郎の娘が病死することで、七兵衛の気持ちはさらに落ち込んだ。その上の娘も生まれてすぐに亡くしているので、これで伝十郎の血脈は絶えたことになる。

伝十郎の女房は故郷に帰って尼になるというので、せめてもの気持ちとして、寺一つ開山できるくらいの財産を分けてやった。

こうした悲劇の連続に、妻のお脇は体調を崩し、寝たり起きたりを繰り返すようになった。

唯一の救いは、家業である材木の仲買と口入屋の仕事を弥兵衛が引き継ぎ、うまく切り回していることである。弥兵衛には商才があり、家業を順調に発展させていた。

かつての放蕩《ほうとう》息子は、孝行息子に変貌を遂げたのだ。

延宝八年に商人仲間の娘を娶《めと》った弥兵衛は、天和二年（一六八二）末、長男の又一郎《またいちろう》（後の義《よし》篤《あつ》）を授かることになる。

普通なら七兵衛は、何年かの隠居生活を送った後、寂しくこの世を去ることになるのだろうが、いまだ天は七兵衛を必要としていた。

二

七兵衛は時を持て余していた。

常人なら、六十も半ばを過ぎれば体の一つも悪くなるはずだが、七兵衛に限ってはそんなこともなく、多少の体力の衰えを感じる程度だった。

天和三年（一六八三）の二月初旬、七兵衛が六十六歳の時のことである。

――さて、下手な句の一つもひねってくるか。

七兵衛が商人仲間の句会に出かける支度をしていると、初音が飛び込んできた。

「おとっつぁん、大変だ。外に――」

「えっ、火事でもあったのか」

「そうじゃないんだよ」

慌てて外に出てみると、豪奢《ごうしゃ》な駕籠《かご》が待っていた。

「どこかの貴人が来られたのか」

初音に問うても、首を左右に振るばかりである。

「そなたが河村屋七兵衛か」

馬に乗っていた武士が、騎乗のまま問うてきた。

「へい。わいが――、いや、それがしが河村屋でございます」

「すぐに登城してもらう」

「登城ってどちらに」

「江戸城に決まっておろう」

さすがに、これは愚問だった。

「いかなる御用で――」

「わしにも分からん。とにかく連れてこいという稲葉美濃守様の命だ」

「分かりました。支度をしますので、しばしお待ちを」

「いや、『支度などよいから、身一つで参れ』と仰せだ」

小者に手を取られるようにして駕籠に乗せられた七兵衛は、肩衣《かたぎぬ》に着替える暇《いとま》もなく、そのまま江戸城に運ばれていった。

江戸城に着くと、あらかじめ用意されていた肩衣に着替えさせられ、江戸城本丸御殿の中の間に通された。

ここは御用部屋と呼ばれ、大老、老中、若年寄が会議をする場所である。そこには、すでに何人もの要人たちが居並んでいた。

背を押されるようにして中に入れられた七兵衛は、背後の襖《ふすま》に足先が接するほど下座で平伏した。

「七兵衛、突然のことですまぬな」

「滅相もございません」

しばらくぶりに見る稲葉正則は、やけに白髪が多くなっていた。

「呼び出したのはほかでもない。ここにおられる方々が、そなたの意見を聞きたいと仰せでな」

「へっ、ありがたきお言葉に候」

七兵衛には、そう答えるしかない。

「こちらが大老の堀田筑前守《ちくぜんのかみ》殿だ」

正則が、中央に座す眼光鋭い男を紹介した。

七兵衛が青畳に額を擦り付ける。

さすがの七兵衛も、幕府政治の最高責任者である大老と面談したことはない。

下総古河《しもうさこが》藩十三万石の藩主である堀田筑前守正俊は、寛永十一年（一六三四）生まれの五十歳。四代将軍家綱の時代に権勢を振るった大老の酒井忠清が、京都から宮将軍を迎えようとするのに敢然と反対し、綱吉を将軍に据えることに成功、綱吉から絶大な信頼を得ていた。天和元年（一六八一）には大老職に任じられ、以後、幕政に辣腕を振るっていた。

「こちらが、若年寄の稲葉石見守《いわみのかみ》殿だ」

正則が、正俊を中央に挟んで己と対面する形になる男を指し示した。

美濃青野藩一万二千石の藩主である稲葉石見守正休《まさやす》は、寛永十七年生まれの四十四歳。堀田正俊と稲葉正則の双方と親類関係にある。昨年、若年寄に就任し、その際に七千石から一万二千石に加増されていた。

さらに大目付と勘定奉行を紹介すると、正則が笑みを浮かべた。

「七兵衛は相変わらず元気そうだな」

「はあ、お陰様で」

「実は、相談があってな」

正則が、以前と同じような悪戯《いたずら》っぽい笑みを浮かべる。

「仕事ですね」

「ああ、隠居したと聞いたが、受けてくれるか」

「ちょうど退屈していたところです」

「それはよかった。実は、この件はわしの管掌ではないので、堀田殿からお話しいただく。堀田殿、よろしいな」

「もとより」と言いつつ、正俊が扇子を膝の上で回転させた。

「そなたの知恵を借りたいのは、治水の件だ」

「治水と仰せですか」

「そうだ。そなたは、高田藩で治水の経験があると聞いたが――」

七兵衛は思わず正則を見たが、正則は笑みを浮かべて首を左右に振った。

「それを告げたのは、わしではないぞ」

「実は、そなたから紹介してもらった学生《がくしょう》から聞いたのだ」

「まさかそれは――」

「新井という儒生だ。今は、わが次男を教授してもらっておるが、すこぶる有能とのことで、わしも会ってみた。なるほど、打てば響くように才気煥発《かんぱつ》だ。その者と雑談していたところ、そなたの話が出たというわけだ」

――そういうことか。

七兵衛は、ここに呼ばれた理由がようやく理解できた。

「今、ここに呼んでおる」

正俊が目で合図すると、襖《ふすま》の際《きわ》に座していた取次役が次の間に行き、白石を呼んできた。

「お久しゅうございます」

「こちらこそ――、ご立派になられた」

月代《さかやき》が剃《そ》り上げられた凛々《りり》しい白石の姿を見て、七兵衛には感慨深いものがあった。

「その節は、お世話になりました」

「いやいや、当然のことをしたまで」

二人が旧交を温める暇もなく、正俊が続けた。

「治水してほしいのは、淀川《よどがわ》と大和川《やまとがわ》だ」

「ええっ」

突然の話の展開に七兵衛は愕然《がくぜん》とした。

「まさか、あの淀川と大和川で――」

「そうだ。そなたに河内平野の河患《かかん》を掃滅してもらいたいのだ」

正俊によると、以前から淀川と大和川周辺の村々は、ひどい水害に悩まされていたという。

河内平野を北西に流れる大和川は、いくつもの支流に分かれ、また逆に小河川をのみ込みつつ、大坂城の東で淀川に合流している。その支流の多さは河内平野全体を覆うほどで、長雨になると、河内平野は水浸しになってしまう。しかも大和川流域の地質は風化花崗岩《かこうがん》なので、極めて崩れやすく、泥砂《でいさ》が下流域まで流されていくため、各所で土砂の堆積が起こっていた。

そのため大和川全域で水流が緩慢になり、川床が周辺の平地よりも高くなってしまう天井川という現象まで起こっていた。それは淀川下流域にも影響を及ぼし、畿内全域の収穫を極めて不安定なものにしていた。

それでも農民たちは何とか対処してきたが、天和元年（一六八一）の大水害によって、河内平野全域が四尺（約百二十一センチメートル）から七尺もの水につかり、ほとんどの収穫物が駄目になるに及び、遂に幕府に泣き付いてきた。

農民たちの訴えにより、ようやく重い腰を上げた幕府は現地調査を行い、大和川を淀川に合流させず、直接、大坂湾に流れ込むよう、「川違《かわたが》え」、すなわち流路の付け替えを決定した。

その経路案はいくつかあり、舟橋村で大和川を西に付け替え、瓜破野《うりわりの》を東から西に横切って堺と住吉の間辺りを河口とする案と、阿部川に合流させる案などが挙げられたが、それでは新たな川筋になる村々はたまらない。今度は、そちらの村々から請願運動が起こり、計画は止まっていた。

正俊が眉間に皺《しわ》を寄せて言う。

「まず必要なことは、流路の付け替えで、どれだけの効果があるかの算定だ。さらに代替え案があれば、それも聞きたい」

正則が補足する。

「だが幕閣には、これほど大規模な『川違え』を差配した者はおらず、伊奈流の治水技術を有する関東郡代・伊奈半十郎の家人たちも、この『川違え』に腰が引けているというのだ」

「お待ち下さい」

七兵衛が顔の前で手を振る。

「わいは一介の商人です。治水に携わったことがあるとはいえ、本格的な普請を行ったのは、阿武隈川と最上川、そして関川くらいのものです。それだけの経験しかない者が、河内平野の治水など到底、できるものではありません」

「いかにも、それはそうかもしれぬが、そなたの流儀で勘録を作成してもらえれば、それを参考にし、よき方策も浮かんでくるというものだ」

いつものことだが、正則も容易には引かない。

「本当に勘録だけでよろしいんで」

「ああ、当面はな」

ため息を一つつくと、七兵衛は答えた。

「分かりました。やらせていただきます」

一同が、ほっとしたようにうなずき合うと、正俊が断じた。

「引き受けてくれてありがたい。以後、当件は稲葉石見守殿の差配に従ってくれ。石見守殿、よろしいな」

「はい」と言いつつ、正休が膝をにじる。

正休は簡潔に問題点を述べ、その対応策をいくつか挙げると、実地検分の旅に出るので、七兵衛にも同行してほしいと告げてきた。むろん現地を視察するのは望むところである。

正休の説明を聞きながら、七兵衛は一抹の危惧を抱いていた。

――このお方は生真面目に過ぎるな。

かつて七兵衛は、人買いの老人から「万人に一人の骨相をしている」と言われたことで、骨相に興味を持ち、骨相読みなどから話を聞いたことがある。その中に、頬骨とえら骨が張っている人は、生真面目で思い詰める傾向が強いという話があった。

――この御仁は、その通りの骨相をしている。

しかも正休は、若年寄に抜擢《ばってき》されたことで張り切っている上、この仕事がうまくいけば、老中への道も開けてくる。

――そういう御仁ほど、注意を払わねばならぬ。

生真面目な人間は、何かを思い込むと過度に執着することが多い。ほかに道があっても見えなくなり、小さな挫折でも、すべてを失ったかのように絶望する。

正休の話を聞きながら、七兵衛はそんなことを考えていた。

「ということで、三月には奉行や河村屋を引き連れ、畿内全域を検分してまいります」

正休の話が終わった。

「分かった。とにかく早急に実見を済ませ、対応策を吟味し、それを勘録として提出してくれ」

正俊が断じると、正休が「承知いたしました」と返した。

――もしや、この二人は、うまくいっていないのではないか。

七兵衛の直感がそれを教えた。

正俊の紋切り型の命令口調と、正休が正俊に対した時の鋭い目つきから、それを察したのだ。

常であれば、いかに下役の若年寄に対してでも、「苦労を掛けるが」とか「大儀だが」といった労をねぎらう言葉を使うはずである。ところが正俊は、上役然とした言い方しかしない。それに対して正休は、対抗心をあらわにするような視線で応じた。

――まあ、どうでもよい。幕閣の人間関係など、わいにはかかわりのないことだ。

七兵衛は、それについて考えないことにした。

「七兵衛よ」

正則が、あらたまるような口調で切り出した。

「実は、わしもそろそろ公務から退こうと思うておる」

「隠退なさると仰せか」

七兵衛は唖然とした。正則は、まだまだ若いという印象が強かったからだ。

「わしも、今年で六十一になった」

「もうそんなになりますか」

「体の調子も思わしくないのだ」

「それは真で――」

稲葉正則の白髪が多くなったのは、病が原因だったのだ。

「向後は、稲葉石見守殿を手筋としてもらう」

「分かりました」

実は、そこに微妙な理由があることを七兵衛は知っていた。正則はかつて大老だった酒井忠清に近い立場にあり、忠清の失脚後、老中を辞し、大政参与という後見的立場に就いてはいたが、その職からもすでに退き、その実権はないに等しいものになっていたからだ。

――つまり大老の堀田様とは、さほど近い関係にはないのだ。

幕府と仕事をするには、こうした人間関係の機微にも通じていなければならない。

「七兵衛、この仕事が終わったら、月でも眺めながら、一献傾けようではないか」

「もったいない」

七兵衛が恐れ入ったように平伏する。

――これも時の流れなのか。

七兵衛は自分を置き去りにして、同世代の人々が、どんどん去っていくような気がした。

天和三年（一六八三）閏《うるう》五月、正則は家督を長男の正通《まさみち》（後の正往《まさゆき》）に譲り、政務から完全に身を引いた。

三

天和三年三月、稲葉石見守正休に率いられた視察団一行が、京都伏見に入った。

案内役は、河内郡今米村《かわちぐんいまごめむら》の庄屋を務める中甚兵衛《なかじんべえ》である。甚兵衛は大和川の付け替えに執念を燃やし、これまで四度にわたって計画が中止されたことから、今度こそという意気込みを抱いていた。

伏見に至る道すがら、まず淀川の水源である琵琶湖の南端・大津から宇治まで下ってみた。その間《かん》、淀川は山間《やまあい》を蛇行して走っており、両岸は断崖となっているので、この辺りには手を付ける必要がないと分かった。

問題は宇治から下流で、ここから流路は平地に出るので、水勢が衰えて徐々に土砂が堆積していく。しかも大和川・木津川・賀茂川・桂川などの河川が土砂を伴って合流してくるため、その水圧に抗しきれなくなり、淀川の堤防が決壊し、周囲を水浸しにするのだ。

まず一行は淀川に合流する河川を実見することにし、賀茂川、桂川、木津川、大和川の順に回った。まず賀茂川とその上流の白川を巡検し、そこから桂川の上流へ回ろうとした。ところが思いのほか山道が険しく、致し方なく老ノ坂峠を越えて丹波国の亀山方面に入り、保津川を下って鳥羽から淀川を下り、大和川と木津川の流域を検分した。続いて淀川に戻り、大坂湾口から住吉や堺まで足を延ばした末、最後には船を仕立てて大坂湾岸をくまなく見て回った。

さほど効率を考えなかったためか、結局、淀川を往復すること四度に及んだ。

この実見行を経て、七兵衛は淀川河口の土砂に最大の問題があるとの結論に至った。淀川河口には、土砂によってできた九条島《くじょうじま》と呼ばれる砂洲が出現し、これが河口の水勢の妨げとなり、その影響によって中流域での水勢が衰えているというのが、七兵衛の見立てである。

対する中甚兵衛は、従来からの持論である大和川の付け替えに固執していた。

会議は数度にわたって行われたが、議論は平行線をたどった。その結果、両案を大老の堀田正俊に諮《はか》ることになった。

この時、稲葉正休は、中甚兵衛の主張する「大和川を付け替えないことには、大本の決着にはならない」という意見に傾斜していた。

言うまでもなく河川の付け替えには、多大な労力と資金が必要となる。それゆえ七兵衛は、それだけの経費と労力をかけた大普請を行ったとしても、どれほど効果があるか分からないので、まずは民の困苦を和らげるべく、直接的な問題の解決を優先すべきだと主張した。

閏五月、江戸城本丸御殿の中の間で、実地検分の報告会が開かれた。

まず、付け替え案を推す正休が発言する。

「淀川に合流する河川は、大小取り混ぜ数限りなくありますが、とくに下流で合流してくる大和川の影響は大きく、しかも鋭角的に淀川にぶつかるため、そこで流れが逆行するなどして滞留が生じ、土砂が堆積しています。これが水害の大本の理由です。それゆえ河内平野南東端の舟橋村で大和川を西遷させ、堺付近に河口を開くべきと思います」

「さすれば、どうなる」

正俊は、いつも正休に対しては詰問口調になる。

「河内平野に流れ込んでいる久宝寺川《きゅうほうじ》や玉櫛川《たまくし》、また河内平野が水浸しになる元凶とも言える深野池と新開池が消滅します」

「分かった。して、散用（予算）はどれほどになる」

「はっ、東照大権現様の利根川東遷事業以来の大規模な治水事業となりますので、十万両から十五万両はかかるかと」

費用の話になると、とたんに正休の歯切れが悪くなる。そのため東照大権現、すなわち家康を持ち出し、それ以来の大事業と謳《うた》うことで、正俊の功名心をくすぐろうというのだ。

利根川東遷とは、天正十八年（一五九〇）に家康が江戸に入部した折、湿地を耕作地に変えるべく、江戸湾に注ぎ込んでいた利根川を、遠く銚子に付け替えたことで、江戸周辺が豊かな耕作地に変貌したという大治水事業のことである。しかし、この事業にかかった経費は途方もなく、当時の徳川家の身代が傾くほどだと言われた。

「十五万両と申すか」

正俊が扇子で膝を打った。乾いた音が静かな城内に響く。

「向こう一両年に及ぶ大普請であり、付け替えを行う起点になる舟橋村から堺までは、三里半（約十四キロメートル）から四里。これだけの距離に堤を築くとなると――」

正休が言葉を濁す。察してくれと言いたいのだ。

「待たれよ。今のわれらにとって、十五万両がどれほどの負担になるか、貴殿はお分かりか」

正俊は大老になって以来、後に「天和の治」と呼ばれることになる財政再建策に取り組んでいた。

「分かっております。しかし、そこから生み出される利は大きく――」

「それでは、十五万両の散用を何年で取り戻せる」

「――」

正休が口をつぐんだ。

元々、大和川を付け替えても、淀川の水害が治まり、河内平野全域が耕作地に転じるという確証はなく、どのくらいの耕地面積が生まれるかなど、計算のしようがないのだ。

というのも河内平野には、大和川以外にも平野川、東除川《ひがしよけがわ》、西除川《にしよけがわ》などの中小河川があり、大和川を付け替えたところで、水害が根絶するとは限らない。

「石見守殿、散用というのは回収の見込みがあってのものだ。それが読めぬでは、出しようがない。しかもそれ以上、かかるかもしれぬのだろう」

正俊の指摘は的を射ている。

――いつかは、大和川の付け替えも行わねばなるまい。しかし、まずは当面の難事を片付けることだ。

七兵衛は、必ずしも大和川の付け替えに反対ではない。しかし成否の読めない大事業に莫大《ばくだい》な予算を注ぎ込めば、その効果がさほどでもなかった時、正休はもとより正俊も失脚せざるを得ないことになる。

「河村屋、そなたの意見を聞かせろ」

正俊が七兵衛に水を向けた。

「石見守様の仰せになられたことは、ご尤《もっと》もだと思います。しかしながら民の辛苦を和らげることが、まずは肝心ではないかと、思います。それからでも『川違え』は遅くないかと」

「では、いかにして民の辛苦を和らげるというのか」

正俊の問いかけに、「得たり」とばかりに七兵衛が絵図面を広げる。

「厄介事には、片付けるのに手間が掛かるものもあれば、手間が掛からぬものもあります。この順序を違えては、民の辛苦も和らげられず、結句、民の力添えも得られません。まずは手間を掛けずに喫緊の厄介事を決着し、その効き目のほどを知ってもらい、まだ厄介事が残っていれば、手間を掛けても片付けていくという方法を取るべきです」

「待て。それでは大本の決着にはならぬではないか」

正休が指摘する。

「仰せの通り。しかし大和川の付け替えが、真の決着につながるものかどうかは、今のところ分かりません。ただし、それがしの唱える手順に従えば、大和川付け替えの効果がどれほどのものかも、次第に見えてくるはずです」

確かに大和川の付け替えが真の解決策になるというのは、ある種の思い込みで、付け替えた後に淀川の溢れ水の問題が解決されなければ、その効果は、現在の大和川流域が耕作地になるということに限定される。それだけでは、十五万両前後の散用に見合うものにならない。

「そなたの言うことは分かった。では、いかなる順序でそれを行う」

正俊が詰問口調で問う。

――どうもやりにくいな。

正俊は大老という重職にあり、商人にすぎない七兵衛に対して当然の態度なのだが、これまで仕えてきた保科正之や稲葉正則が、同じ人間として七兵衛に接してくれたことと比べると違和感があった。それでも引き受けたからには、七兵衛の方で合わせていくしかない。

「目に見える効果を考えた時、糸口は下流にあると思います」

「下流と申すか」

「はい。まず水害に陥る理由は、淀川の水が滞って進まず、結句、それが流路の途中で溢れ水になっていることです。それを解消するには――」

七兵衛が淀川河口を指し示した。

「ここにある九条島を取り除くことです」

「島を取り除く、だと」

「はい。厳密には島を二つに割り、その間に用水路のようなものを通します」

「用水路か――」

正俊が絵図面に見入る。

「それだけでも十分に効果はあるはずですが、用水路の普請の後、河口から順次、川浚《かわざら》えを行います。それが終わったら、伐採で禿山《はげやま》となった流域の山地に、黒松や姫夜叉五倍子《ひめやしやぶし》を植樹します」

「植樹で山崩れを防ぐのだな」

「はい。土砂の堆積は、山が崩れ、その土砂が運ばれることに理由があります。これは、人々が河畔の山々の樹木を伐採するからです。いくら伐採を禁止しても、民は『少しくらい、いいだろう』と思うものです。しかも、こうした伐採は切りやすい低地の樹木から始めるため、山は下から禿げていきます。そうすると、少しの雨でも山が崩落し、その土砂が川に流れ込み、川の流れを堰《せ》き止めます。それゆえ、こうした伐採を厳禁とし、逆に植樹した地域の村に、褒美を取らせるのです」

「いかさま、な」

正俊が扇子で膝を打つ。

七兵衛の解決策は、最も即効性のある九条島の開削、続いて川浚え、そして植樹という短・中・長の三段階で成り立っていた。

「して、そなたの見立てでは、どれほどの期間と散用がかかる」

「それはこちらに――」

勘録に書かれた該当箇所を指差しつつ、七兵衛が言った。

「植樹は別にして、九条島の開削と淀川河口付近の浚渫《しゅんせつ》だけで、期間は三月から半年、散用は、およそ二万両となります」

「それだけで二万両か」

「はい。散用というのは、見立てより多めに取っておかねばなりません。人が集まらなければ人足の賃金は上がり、その時の相場によって、土留めのための木材費なども変動します。そうしたことを勘案せず、散用の見立てを行えば、その多くは超過となります」

「その通りだ」

正俊は、こうした普請に慣れた七兵衛の言に感じ入ったようである。

「石見守殿、河村屋の申すことは尤もに思えるが、それでも、そなたは『川違え』に固執するのか」

「――」

正休は口惜《くや》しげに宙を見つめ、黙ってしまった。

――これはまずい。

「堀田様、それがしは、付け替えが不要とは申しておりませぬ。先々は、付け替えが必要になるやもしれません。ただし、目に見える効き目を先に示すことで、われらがやっていることを周辺地域の民に分かってもらい、付け替え普請の際に、大きな力添えを得られるよう仕向けるのです」

七兵衛は付け替えの必要性も認めたつもりだが、正休は面目をつぶされたと思っているのか、肩を震わせている。

――これは斬られるかな。

武士は面目がすべてである。七兵衛は武士と仕事をする時、そのことに最も配慮してきた。しかし最善の策を提示するのが、仕事を引き受けた者の義務でもある。

「石見守殿、黙っていては分からぬ。お考えをお聞かせいただきたい」

正俊が、詰問口調から非難するような口調になった。罪人の取り調べのような雰囲気が漂う。

――厄介なことだ。

こうした事業を推進していく上で、最もめんどうなのは人間関係である。

「石見守様、わいは、いや、それがしは己の考えを率直に述べただけです。それでも付け替えると仰せなら、その仕事に全力を注ぎます」

「そなたは黙っておれ」

正休が肩越しに七兵衛をにらみ付ける。

「石見守殿」

不快をあらわにしながら、正俊がたしなめる。

「当初から二つの策を献言するということになっていたではないか。己の策に利がないからといって、河村屋を責めるのはお門違いというものだぞ」

「分かっております」

「それならよい」

正俊が威儀を正した。

「いかにも大和川の付け替え策は、大本の決着につながるやもしれぬ。だが、われらの懐も潤沢ではない。それゆえ河村屋の申す手順で進め、その効能のほどを示し、大坂の大商人や分限者から寄付を取り付けた上で、付け替えを行おうではないか」

「ははっ」

そこにいる一同が平伏した。

――これでよかったのか。

結果的に正休の顔をつぶしてしまったが、七兵衛も己の考えを曲げるわけにはいかない。

これからの人間関係に一抹の不安を抱きつつも、七兵衛は、この巨大な計画に邁進することを決意した。

四

天和四年（一六八四）一月、七兵衛と品川組は、淀川河口に立ちはだかる九条島を望んでいた。

――こいつと勝負するんだな。

それは「やれるもんならやってみろ」と言わんばかりに、大坂湾口に横たわっていた。

「測量の結果、九条島の開削距離は二十七町（約三キロメートル）になります。おおよそ川幅は四十間（約七十三メートル）、両岸の堤防を入れて五十間（約九十一メートル）ほど取れば、水は流れていくと思います。難しいのは深さですが、三間（約五・五メートル）ほどで十分かと」

計算に強い浜田久兵衛が報告する。

こうした場合、距離は測るだけで分かることだが、幅や深さをどうするのかが難しい。

「何とかなりそうだな」

「何とかするしかありません」

久兵衛がにやりとする。その口端に深い皺が寄った。品川組最年少の久兵衛でさえ、すでに五十の声を聞いてから久しい。

――わいらも、いよいよ手じまいの頃合いか。

若い頃から七兵衛の手足となってきた品川組にも、変化は訪れていた。

すでに磯田三郎左衛門は鬼籍に入り、雲津六郎兵衛は体が弱って参加できず、大坂まで一緒に来たのは、梅沢四郎兵衛と浜田久兵衛だけだった。

「肝心なことは、二月までに人が集まるかどうかだ」

「仰せの通り」

人集めを担当している梅沢四郎兵衛が、苦い顔で報告する。

「人集めは大坂の口入屋を通して行っていますが、この時期は、多くの人足が郷里に帰ってしまうんで難しいとか」

冬の間、人足として働いていた百姓たちは、農事が始まるこの季節、郷里に戻る。そのため江戸も大坂も、夏まで人手不足が続く。

「そいつは弱ったな」

七兵衛が舌打ちする。

だがそれは、事前に七兵衛も危惧していたことだった。しかし梅雨による増水が始まる前に、何としても九条島の開削だけでも終わらせておくつもりでいたので、無理を押して、この時期に着工することにしたのだ。

九条島の開削は、海の上の島を二つに断ち切る大普請である。大量の湧水が出るのを覚悟せねばならない。つまり掘り進む人足と同数か、それ以上の排水人足が必要となる。

「七兵衛殿」

その時、背後から明るい声が聞こえた。

「これは新井先生ではないですか。いったいどうしたんで」

「驚いたか」

「もちろんです。お仕事の方はよろしいんですか」

「実は当面、これが仕事になった」

白石が得意げに言う。

「と、仰せになられますと」

「こちらの仕事を手伝うよう、堀田様から申し付けられたのだ」

「それは本当ですか」

「ああ、ちと策を弄《ろう》してな」

「さすが新井先生だ」

七兵衛が呆《あき》れたように笑う。

「まずは、これを見てくれ」

早速、白石が分厚い書き付けを七兵衛に渡した。

それをぱらぱらとめくった七兵衛は愕然とした。

——こいつは、すごい。

それが、「策を弄する」類のものでないのは明らかである。

「これは、明国の治水書を訳したものですね」

「ああ、暇つぶしにやっておいた」

そこには、明で開発された様々な治水技術が日本語に翻訳されていた。

「まあ、わしも治水は素人だからな。至らない点はある。それは、おいおい学んでいくとして、まずは手伝わせてくれぬか」

「もちろんです。ぜひ、お願いします」

「それでは、しばらく厄介になる」

荷物を下ろした白石は、九条島を見下ろしつつ大きな伸びをした。


その夜のことである。

七兵衛が宿舎としている住吉の豪農屋敷に、一人の男が訪ねてきた。

「そろそろ、おいでになられると思っていました」

七兵衛が頭を下げても、男は口をへの字に結び、七兵衛をにらみ付けている。

——いいだろう。腰を据えて話を聞いてやる。

この男とは、いつかやり合うことになると思っていた。

「甚兵衛殿、いつぞやは河内平野から摂海（大坂湾）まで案内《あない》いただき、ありがとうございました」

男の名は中甚兵衛。昨年三月の実地検分の折、案内役となった庄屋である。

甚兵衛は、やおら懐に手を入れると短刀を取り出した。

──刺しに来たのか。

この年になれば、命の一つや二つ惜しくもない。しかしここで七兵衛が殺されれば、甚兵衛は死罪となり、災厄は妻や子はもとより親類縁者にまで及ぶ。そのために、七兵衛は殺されてはならないと思った。

「それがしを殺すおつもりで、来られましたか」

七兵衛の問いに答えず、短刀を抜いた甚兵衛は、それを膝の前の畳に刺した。

「いえ、わしは百姓ですから人は殺しません。ただ、ご返答によっては死ぬ覚悟で来ました」

意外に冷静な声音である。

「甚兵衛殿、見事なお心がけです。ただし、この河村屋七兵衛も男です。甚兵衛殿が白刃を腹に突き立てようが、わいを刺そうが、考えは変わりません」

「多分、そうだろうと思っていました」

「ではなぜ、そんなものをお持ちになられた」

七兵衛は、根っから武器というものが嫌いである。武士が両刀を差すのは慣習として仕方がないとしても、それだけで、武士というものの値打ちを下げているとも思っていた。

──男は知恵と度胸だけで勝負するもんだ。それでも我慢ならない時は、拳に訴えればよい。

それが、生涯を通じた七兵衛の考え方である。

「この短刀は、わしの覚悟を示したものです」

甚兵衛は嘆願のために江戸に滞在した期間も長く、流暢《りゅうちょう》な江戸弁を話す。

「覚悟というのは、胸に秘めておくものです」

「それでは、わしの覚悟をご存じですか」

「もちろん知っています」

この時、甚兵衛は四十六歳。明暦三年（一六五七）、十九歳の時、河内平野の農民代表として江戸に向かい、幕府に大和川の付け替えを願い出て以来、二十七年にわたり、大和川の付け替えに命を張ってきた男である。

「河内平野に生きる民のために、甚兵衛殿がその一身を捧げてきたことは、十分に存じ上げております。この河村屋七兵衛も、微力ながら甚兵衛殿と志を同じくする者。それゆえ、かように物騒なものは懐にお戻し下さい」

「その言葉に偽りはありませんな」

「これまでのわいの仕事をご存じですか」

七兵衛の志は、その成してきた仕事が物語っている。

「分かりました」

甚兵衛が素直に短刀をしまった。

「それではお聞きするが、河村屋さんのやり方で、河内平野の水害がなくせるとお思いか」

「よろしいか」

白刃を見せられたことで、七兵衛も肝が据わってきた。

「幕府から金を出させるのは、容易なことではありません。甚兵衛さんが、これまで三十年近くにわたって苦労してきたにもかかわらず、幕府が大和川の付け替えを実行しなかったのを見れば、それは明らかでしょう」

「お待ち下さい。これまで四度にわたり、付け替え普請の寸前まで行ったにもかかわらず沙汰やみになったのは、それぞれ理由があったからです」

万治三年（一六六〇）、甚兵衛の嘆願が実り、初めて幕府役人による実地検分が行われた。以後、寛文五年（一六六五）、同十一年、延宝四年（一六七六）にも検分が実施されるが、計画は実行に移されなかった。というのも、新たな大和川の川筋にあたる農民たちの反対や、幕府の財源不足などにより、最終的な決定権者だった当時の大老の酒井忠清が、断を下せなかったのだ。

「つまり此度こそは、と思っていらしたのですね」

「そうです。いかにも大和川の付け替えは、大普請になります。だが、それをやり遂げない限り、水害はやまず、われらは明日をも知れぬ中で生きていかねばならぬのです」

それは、決して大げさなことではなかった。人は明日に不安がないからこそ、どんな苦労にも耐えられる。しかし甚兵衛たちは明日、雨が降ってしまえば、それまでの苦労が無駄になってしまうのだ。そうした中で生きる心細さは想像を絶する。

「河村屋さんは、この地の事情に疎いのです。いかに淀川河口に細工をしても、その効果のほどは知れています」

「はい。仰せの通りでしょう」

「えっ」

七兵衛があっさりと認めたので、甚兵衛の方が面食らった。

「甚兵衛さん、厄介事というのは根本が正せれば、枝葉末節などは自然になくなります。だが、大和川の付け替え策が、大本の決着につながらなかったらどうされる」

「いや、わしは長年、この地に住んでいます。大和川を付け替えることで、淀川の厄介事も決着がつけられると確信しています」

「いかにも、そうかもしれません。だが、それを皆に納得させるだけの根拠をお持ちですか」

「それは――」

甚兵衛が言葉に詰まる。

「河内平野は広い。大和川の付け替えで溢れ水を防げるのは南部だけ。北部の方はそのままです。それゆえ人口の多い北部を先に片付けることで、目に見える効果を上げた後、大和川の付け替えを行わせるのです」

「お待ち下さい。それでは、南部の民はいつまでも水害に苦しめられます」

甚兵衛の今米村は河内平野の南部にある。

「まずは淀川の溢れ水を緩和し、その効果を幕閣に示せば、大和川の付け替えも時ならずして実現するでしょう」

二人の議論は深夜まで及んだが、いったん大老の堀田正俊が決めたことを覆すわけにはいかない。それは甚兵衛も心得ている。それゆえ話の流れで甚兵衛が折れる形になったため、逆に七兵衛は、頭を下げて甚兵衛に協力を請うた。

こうした場合、己の考えを相手にのませられなかった方は、鬱屈を抱えることになる。それを見越した七兵衛は、頭を下げて協力を仰ぐことで、甚兵衛の誇りを守った。

甚兵衛とて、その目的は己の考えを押し通すことではなく、少しでも河内平野全体の水害を緩和することである。冷静になれば、七兵衛に協力することが得策だと分かる。

二人は肚《はら》を割って話し合い、鶏鳴が聞こえる頃、力を合わせて取り組んでいくことを誓い合った。


翌日から、七兵衛と白石の二人三脚の戦いが始まった。

最初の数日は実行計画の策定である。二人は品川組と共に九条島を歩き回り、普請の手順を練った。もちろん細部まで検討した上で、白石が訳してきた明国の普請方法を採用することにした。となれば白石も勇躍する。

まず「前細工」と呼ばれる準備段階から始まる。土留め用の材木を大量に手配し、それで数万枚の木板と大量の梯子《はしご》を作る。並行して、「翻車《ほんしゃ》」と呼ばれる水の汲《く》み上げ装置を何基も製作する。

「翻車」とは、桶を使わずに低地から高地へと水を送るための排水装置の一種で、川床に段差を設けて「翻車」を設置し、人足が二人で踏み板を踏んで水を高い場所に送り込んでいく方法を取る。

この装置は複雑な機構をしているので、製作は白石に任された。

その間に、梅沢四郎兵衛が中心となって人足を集めようとしたのだが、予想に違《たが》わず、うまく行かない。無理に集めようとすると、相場の二倍の労賃が掛かるという。これでは二万両という予算内に収まらない。七兵衛が頭を抱えているところに、驚くべきことが起こった。

『畿内治河記』における白石の表現を借りれば、「ひとたび官家《かんか》工《こう》を興して河を治め、民の疾苦《しっく》を救うを聞き、地の遠近を論せず四方より馳《は》せ来って募《もとめ》に応ずる者、日に万をもって数えた」となる。

七兵衛たちが、九条島から船で大坂津に戻ると、港は人でごった返していた。初めは祭礼か何かだと思っていたが、本方《ほんかた》（本部）にしている商人の蔵屋敷に戻り、話を聞いて驚いた。

何と甚兵衛が河内平野の諸村に回状を送り、有志を募ってくれたのだ。これに応えた農民たちは、農事が繁忙期に差し掛かろうとしているにもかかわらず、駆け付けてきたという。

道に溢れるようにたむろする人々を見て、七兵衛は涙を堪《こら》え切れなかった。

——よし、やったる！

こうした人々の期待に応えるためにも、失敗は許されない。七兵衛は決意を新たにした。


まず七兵衛は、木工の心得のある者を選抜し、木板や梯子《はしご》の製作を行わせるかたわら、大坂から集めてきた本物の大工に手伝わせて「翻車」を作ってみた。最初は試行錯誤の連続だったが、白石は改善点を瞬く間に見つけ、十日ほどで実用段階に漕《こ》ぎ着けた。

二月になり、いよいよ九条島の普請が開始された。

最初に九条島の水抜きからである。九条島は土砂が堆積し、大坂湾口にできた巨大な砂洲である。すなわち土砂は十分に水を吸っている。まず、この水を汲み出すことから始めねばならない。

明国の治水書によると、島に何条もの溝を入れ、そこに染み出す水を「翻車」で汲《く》み取り、海に流していけば、やがて島の水分は減り、普請は円滑に進むという。

七兵衛と白石は九条島の中央付近に五条の溝を切った。もちろん中央を深くし、そこから段差を設けて、「翻車」で水を汲み上げ、東西の海に流し込むのである。

案の定、大量の水が染み出してきた。白石は「翻車」を回転させて水を汲み上げる。同時に五条すべてで、この作業を行ったので、三日ほどで作業ができる状態になった。

普請開始から四日目、いよいよ本掘りが始まった。すでに付けた五条の溝を結合させせ、中央付近から東西に向かって掘り始める。

七兵衛は掘り進むにつれて、壁面に木製の梯子をどんどん並べていった。これは土留めの用もなす上、何かの事故で鉄砲水が起こった時でも、人足たちは手近の梯子を登って退避できる。

また掘り出した大量の土砂は、川道の左右に堤防として盛っていった。作業区域には、地面が見えないほどの木板が並べられ、人足たちが足を取られることで、作業が停滞するのを防ぐようにした。

明国の治水書に書かれていたことに、独自の工夫を加えた普請法により、作業は計画通りどころか、計画を上回る速度で進んでいった。幸いなことにこの間、雨は降らず、水に悩まされて作業が滞るということもなかった。

九条島の中を抉《えぐ》ったように川道ができた。川道の側面には、篠竹《しのだけ》でできた楗《けん》と呼ばれる土留めを張りめぐらせた。これは用水路の側面が崩落するのを防ぐのが目的で、最終的には百八十丈（約五百四十メートル）に及んだ。すなわち土留めによって、同じような砂洲が九条島の西にできることを防ぐのだ。

これと並行して、西側に長さ二百丈（約六百メートル）の巨大な防波堤を、川道と垂直に築いた。海が荒れた日でも、波濤《はとう》による川の逆流を防ぐためである。

この堤防は、海側から低い山嶺《さんれい》のように見えるため、七兵衛の死後、瑞賢山《ずいけんやま》と呼ばれるようになる。瑞賢とは、七兵衛が死の一年前に自ら付けた法号である。

普請は着手から二十日ほどで終わり、三月初め、いよいよ開通の儀を行うことになった。

五

開通は最も危険の伴う作業である。そのため七兵衛は綿密に明国の治水書を検討し、その手順を確認した。すなわち両端の仕切り土留めを徐々に削っていき、最後は水勢によって自然に決壊させるという方法である。一つ間違えば溺死者《できししゃ》も出かねないが、そのために両岸に無数の梯子を掛けておいた。

三月初旬の穏やかな日、いよいよ開通の儀が挙行された。

まず仕切り土留めを崩していき、ある程度、上端から海水が浸入してくるようになった段階で、人足たちは両側に盛り上げられた堤防の上に避難する。ところが、これがなかなかうまくいかない。人足たちを再び下ろし、さらに仕切り土留めの中央部に大穴を開けるなどして、ようやく淀川河口側、すなわち東側の仕切り土留めを崩すことに成功した。

となると次は西側の仕切り土留めである。これが崩れないと、川水は九条島に溢れてしまう。

七兵衛は狼煙を上げて合図し、人足を避難させると、後は水勢に任せることにした。

案に相違せず、こちらは凄《すさ》まじいばかりの奔流によって仕切り土留めは決壊し、遂に新川が開通した。

「やりましたな」

「ああ、うまくいった」

自分たちの造った新たな川の流れを眺めつつ、七兵衛は白石と喜びを分かち合った。

これにより幅一町弱（約百メートル）、長さ四分の三里（約三キロメートル）の新川が開通した。

この新川は、後に「安けく治める川であれかし」という願いが込められ、安治川《あじがわ》と名付けられる。

しかしそれだけでは、問題が解決されたことにはならない。七兵衛は、すぐに淀川河口の浚渫《しゅんせつ》にも取り組むことにした。

浚渫とは水底の土砂を浚《さら》い、船舶が安全に航行できるようにすることだが、この場合、淀川河口の水勢を衰えさせずに新川につなぐことが目的になる。

新川の存在意義をさらに高めるためにも、淀川河口から大和川の合流地点までの五町ほどの浚渫は必須である。

この時代の浚渫は、多くの小舟を出し、長い竹竿《たけざお》の先に葦《あし》の茎で編まれた箕《み》の付いた鋤簾《じょれん》を使い、土をすくって小舟に載せていくという作業になる。独特の道具を使うので、習熟すると長時間の作業にも耐えられるが、慣れていないと半刻（約一時間）ほどで疲れ切ってしまう。

七兵衛は人足や農民をいくつもの隊に分け、土を満載した小舟が岸に着くと、すぐに交代できるような態勢を取った。さらに熟練者と初心者を組ませることで、効率の低下を防いだ。

この時代、浚渫作業一つ取っても、誰しもが効率的と思われる仕組みを取り入れることは難しかった。というのもこうした場合、小舟の所有者（親方）を集め、それぞれの裁量に任せて作業させていたからである。

これまでは、すべて役人が差配してきたため、仕事はすべて親方連中に丸投げで、効率的な方法を追求するということがなかった。だが、こうした仕事に精通している七兵衛は、すべての小舟を借り上げ、ひとまとめにして管理するという方法を取った。これにより効率は見違えるほど上がった。

幕府肝煎《きもいり》事業ということで、その威光を借りて何事も進められるとはいえ、七兵衛の採用する方法は、すべてに斬新で画期的だった。

——これも経験の賜物だ。

武士たちは、こうした作業に従事した経験がない。人足たちの疲労度合いなども測り難いため、闇雲に「励め、励め」と喚《わめ》くだけである。しかし七兵衛は、人間の体力の限界や人情の機微にまで通じているため、働きやすい仕組みや環境を整えることができる。それにより人々は前向きに働くようになり、結局、最高の効率が導き出せるのだ。

——人に「働け」と命じても、人は働かない。心地よく働ける仕組みや状況を作ってやれば、人は自ずと働く。

それが七兵衛の管理哲学である。

四月、浚渫作業が軌道に乗り始めたので、その現場を甚兵衛に任せた七兵衛は、白石を伴って淀川上流の視察に出かけた。

淀川の構造は複雑である。淀川の下流には、中之島という東西四分の三里にも及ぶ巨大な中洲がある。この中之島によって、淀川は北側の堂島川と南側の土佐堀川に分かれる。堂島川からは、さらに曽根崎川が分岐し、この三つの川が再び合流して淀川河口となり、海に注ぐという形状になっている。

この三つの川に均等に水が流れていれば問題はないのだが、高低差や地形の関係で、土佐堀川には多くの水が流れるものの、堂島川と曽根崎川には流れにくい。すなわち土佐堀川の水は溢れやすく、逆に堂島川と曽根崎川には、土砂が堆積しやすくなる。とくに堂島川に堆積した土砂は広大な河川敷を作り、そこに貧民が集まり、集落を形成しているほどである。

二人は、さらに上流に向かった。

この途次に二人が行ったのは、農村への聞き取り調査である。川水の勢いというものは、見た目では分からない。ところが農家が使う水車を見れば、これが明らかになる。中之島の西にある農家は、どこも異口同音に「水車の勢いが増した」と言っていた。しかし中之島の東の農家は、どこも「以前と変わりない」と言う。おそらく河口付近の改修の効果は、中之島辺りまでに限られ、その上流には大した恩恵がないのだ。つまり水害の危険性が、さほど緩和されていないことになる。

さらに聞き取りを続けながら上流に向かったが、この仮説が正しいことが、はっきりしてきた。

——つまり淀川の水勢を衰えさせる理由が、どこかにあるのだ。

淀川が中津川と分岐する長柄《ながら》まで来たところで、七兵衛と白石には、その理由が分かった。

「水の大半は、中津川に流れていたのか」

分岐を見つめながら、白石が呟《つぶや》く。

「双方の高低差と地形によって、淀川に水が行かず、中津川に流れ込んでしまっているわけか」

「しかし淀川に水が多く流れ込めば、それだけ溢れ水が起こることになるのではないか」

「いえいえ、土砂というものは水勢によって押し流されるので、溢れ水を防ぐには、逆に水量が必要なのです」

「いかさま、な」

白石は技術には詳しいが、自然の原理についてては、まだ十分に把握し切れていない。七兵衛は、それを伝えていかねばならないと思ったが、白石ほどの知能を持ってすれば、一を聞いて十を知るのは容易である。

「つまり水量が多くて水勢が鈍い川ほど、水は溢れるのです」

「そうか。中津川に流れ込む水を淀川に流れるようにし、淀川の水勢を強くすればよいのだな」

「ご明察」

二人は、いかにすれば中津川の流れを淀川に向けさせられるかを、あれやこれや話し合った。

その結果、またしても明国の治水書に書かれている方法を試してみることにした。

すなわち、石を詰めた万余の竹籠を中津川の川底に沈め、少しでも川水を淀川に向けさせるのだ。

その場に一月《ひとつき》ほど滞在し、試行錯誤を繰り返した末、成功を確信した二人は七月、淀川河口付近に戻り、浚渫作業を視察した後、「堂島川の川浚え」と「長柄の川底普請」を主とした第二期普請の勘録をまとめ、いったん江戸に戻ることにした。


八月二十八日、七兵衛と白石を乗せた船が大坂津を後にした。

進行風に吹かれながら、船尾に佇《たたず》み、二つに分断された九条島を見つめていると、約半年で、よくぞここまできたと思う。九条島の分断に至っては、計画、排水、実行の三段階で二月半ほどしか要さなかった。しかも実行段階だけに限ってみれば、わずか二十日余である。

——それもこれも、この地の民のおかげだ。

おそらく日雇の人足では、これほど早くはできなかったに違いない。一人ひとりが河内平野の水害をなくしたいと心の底から願っているからこそ、これほど迅速に事が運んだのだ。

――だが、まだ道半ばだ。

治水事業に終わりはない。常に何らかの手を加えていかない限り、自然は元の形に戻ろうとする。河内平野の治水について道筋を付けたとはいえ、それは淀川流域に限られ、大和川流域に関しては、いまだ手が付けられていない。しかし淀川の水勢を強めることで、大和川の流れもよくなるはずで、それを見極めた後、どうすべきかを考えればよいのだ。

「七兵衛殿、何を考えていた」

いつの間にか白石が横に来ていた。

「わいの考えることは仕事だけです」

「まあ、そうだろうな」

白石がにやりとする。

「七兵衛殿のように皆が仕事に邁進《まいしん》すれば、この世はどれだけよくなるか」

「わいには、ほかのことはできません」

「囲碁、小唄、俳諧のどれも駄目か」

「へい。どれもいっこうに上達しません」

白石が、手を叩《たた》かんばかりに笑う。

仕事には目標がある。それを成し遂げることで、何かがよくなり誰かが喜ぶことになる。しかし習い事や趣味には、そうしたことがない。

――そこが、仕事との違いだ。

七兵衛は今、「当代随一の普請巧者（事業推進者）」と呼ばれるまでになったが、突き詰めて考えれば、「仕事が好きだ」という一点に行き着く。

「わしも、そろそろ仕事に本腰を入れるか」

遠ざかる九条島を眺めつつ、白石が呟いた。

「酒も女も飽きましたか」

「ああ、もうたくさんだ」

二人は声を合わせて笑った。

船は住吉から堺の辺りまで来ていた。戦国時代には隆盛を誇った堺津も、七十年ほど前の大坂の陣で焼かれてから、往時の勢いはなくなり、その繁華は大坂津に奪われた。

――あらゆるものに盛衰はある。それは人の一生と同じだ。

七兵衛は肉体的にも精神的にも、今後、これ以上の大事業に携わることはないと思っていた。

――だからこそ、この事業を河村屋七兵衛の集大成とするのだ。

七兵衛は死を恐れるものではないが、もう少し長生きし、淀川治水事業の行く末だけは見届けたいと思っていた。

「わしも、七兵衛殿のようになれるだろうか」

「わいのように、ですか」

「そうだ。何か目標を見つけ、それを達成すべく邁進できるような生涯を送れるだろうか」

天下の英才も、己の将来がいかに開けていくか不安なのだ。

「それでは新井先生は、どのような生涯を歩みたいのですか」

「突然、大きな問いを突き付けてきたな。だが、わしは一介の書生だ。このまま武家の子弟を教えるだけで、生涯を終わらせることになるやもしれぬ」

この時代の寿命を考えれば、伏竜が伏竜のまま終わることも十分に考えられる。しかし七兵衛は、白石が才を開花させずに生涯を終えるとは思えなかった。

「世の中が新井先生を必要とする時が、必ず来ます。その時こそ、己が蓄えてきたすべてを吐き出して下さい」

そうは言ってみたものの、七兵衛がそれを見届けるのは無理かもしれない。

――寿命との戦い、か。

それでも七兵衛は、その時が来たら、従容《しょうよう》として天命を受け入れるつもりでいた。

「七兵衛殿の申す通りだ。わしの才と知識を、この国のために捧げてみせる」

「その意気です。ひとたびこの世に生を受けたら、人はこの世に、その恩を返さねばなりません。それができれば、生涯に何の悔いもありません」

「どうやら考えが一致したようだな。尤も、わしは貴殿の生き方に倣っただけだが」

「よして下さい。わいなんて学のない一介の商人です」

「何を言う。貴殿には経験から得た知見がある。しかも、余人にはない徳望がある」

「徳望と――」

七兵衛は、かつて小田原宿で出会った人買いの老人の言葉を思い出していた。

あの時、老人はこう言った。

「己一個の欲心を捨て、万民に尽くす気持ちを持てば、天地の雲気がすべて味方し、六十六国の大名はもとより、将軍でさえ感謝する仕事ができる」

――その言葉を常に忘れずにいたことが、「徳望」なるものを生んだのか。

七兵衛には、そうとしか思えなかった。

「わしも、貴殿のように『徳望』のある男になりたい」

白石がぽつりと言った。

「もったいない。新井先生なら、わいなどよりもっと大きな『徳望』を得られます」

「まあ、高い山を目指さなければ、その麓までも到達せぬと言うからな」

「仰せの通り。若い方は、どんどん老人を乗り越えていくべきです」

「よし、やってやる！」

九条島へと続く澪《みお》を眺めつつ、白石が心に誓うように言った。

――伏竜は翼を得たのだ。後は飛び立つだけだ。

そして自分は、残された時間をすべて使っても、河内平野の治水事業を成功へと導くだけである。

ところがこの頃、江戸で信じ難い事件が起こっていた。

六

七兵衛たちの乗る船は、夕日差す品川湊に近づいていった。

かつて七兵衛が立身のきっかけを摑《つか》んだのは、この湊である。あれから幾度となく、ここで船を乗り降りしているので、もはや特別な感情はないが、自らの出発点となったこの湊には、特別の思いがある。

　船が湾内に入ると、品川宿の茶店で遊興する人々の喧騒《けんそう》が聞こえてきた。

　――あんたらは遊ぶがいい。わいは仕事をする。

　七兵衛自身、仕事に追いまくられる因果な人生だとは思う。しかし気晴らしに酒を飲み、遊女を抱いたところで、何一つ満たされるものはないと知っていた。

　――人が天から与えられた時間には、限りがある。その使い方は、酒を飲もうと遊女を抱こうと、それぞれの勝手だ。だがわいは、わいの時間を世のため人のために使う。

　七兵衛の信念は揺るぎない。

「ようやく着いたな」

　白石が声をかけてきた。

「風がよかったので、大坂からたった九日で着きましたね」

「これも七兵衛殿の漕政一新のおかげだ」

　二人が談笑していると、石造りの桟橋が見えてきた。

「やけに人が多いような気がしますが、何かあったんですかね」

　桟橋の上には、奉行所の提灯《ちょうちん》らしきものが行き来し、物々しい雰囲気が漂っている。

「さてな」

　白石も不安顔である。

　やがて船が桟橋に着けられると、船客が降りる前に、与力や同心らしき者たちが乗り込んできた。

与力は羅紗《らしゃ》の火事羽織に陣笠《じんがさ》、同心は鎖帷子《かたびら》に鎖鉢巻姿である。

――捕り物でも始めるのか。

当初、七兵衛は、積み荷のことで何か問題が生じたのだと思っていた。

「河村屋はおるか！」

胴の間に仁王立ちし、周囲を見回しつつ与力が喚いた。

「へい、わいですが」

何のことやら分からず名乗りを上げると、近づいてきた同心二人に左右の腕を取られた。

「神妙にしろ」

「神妙にしろったって、わいが何をしたというんです」

「辰ノ口まで来てもらう。話はそこで聞く」

辰ノ口と言えば、評定所のある場所のことである。そこでは、幕府の重要事項にかかわる審問や裁判が行われる。

「ちょっと待って下さい。わいには何のことだか――」

「抵抗するなら、縄掛けする！」

「わいは河村屋七兵衛と申す商人で――」

「問答無用！」

鳴り物入りで迎えてくれとは言わないが、この扱いには、さすがに温和な七兵衛も鼻白んだ。

「しばし待たれよ」

白石が与力の前に立った。

「それがしは堀田筑前守様の用人、新井勘解由《かげゆ》と申す」

白石は厳密には用人ではないが、堀田家中のことなので、どう名乗ろうが勝手である。

「ここにおる河村屋は、淀川治水の件で大坂に下向しており、こうした扱いを受けるようなことは何もしておらぬ。何かの間違いではないか」

「間違いかどうかを、これから吟味する」

「しかし評定所と言えば穏やかではない。それがしが堀田様と話した上――」

「それはできぬ」

「どうしてだ。それがしは堀田家中ぞ」

「それが、もうできぬのだ」

「えっ、それはどういうことだ」

白石が唖然《あぜん》とする。

「それがしは河村屋を連れてくるよう、上から命じられたにすぎん」

与力が、「立場を察してくれ」と言わんばかりの顔をする。

――致し方ない。

ここで抵抗しても埒《らち》が明かないと、七兵衛は覚った。

「分かりました。神妙にお縄につきます」

事情は皆目、分からないが、これ以上、ここで揉《も》めていても仕方がないので、七兵衛は評定所に行くことにした。

「こんな理不尽なことがあろうか」

「新井先生、この場は、とにかく大人しくしていましょう」

「分かった。後で会いに行く」

「そなたも一緒に来てもらう」

「何だと、わしもか」

白石が驚いて目を剝く。

「河村屋の連れも全員、連れてくるよう命じられておる」

梅沢四郎兵衛や浜田久兵衛ら品川組は大坂に置いてきているので、七兵衛が連れているのは、手控えを取らせている手代や身の回りの世話をする小僧、三、四名だけである。役人は、彼らまでも引っ立てるというのだ。

「無礼ではないか。どういうことだ！」

白石が同心の手を振り払う。

堀田家中の白石は与力など恐れていない。

「新井先生、ここは堪えて下さい！」

七兵衛が白石の袖を押さえた。こんなことで、白石の経歴に傷を付けたくないからである。

「よし、引っ立てろ！」

さすがに武士の白石と幕府の覚えめでたい七兵衛なので、縄掛けされることはなかったが、浜番屋で水を一杯飲ませてもらっただけで、その前に止めてあった駕籠に乗せられた。罪人用の唐丸駕籠ではないものの、それに準じた色の褪《あ》せた垂れ駕籠である。

駕籠に乗る際、七兵衛はもう一度、与力に理由を問うたが、与力は一切、口をきかず、追い立てるように七兵衛を駕籠内に押し込んだ。手代や小僧は歩かされるようだ。

駕籠の乗り心地は極めて悪く、すぐに気分が悪くなった。考えてみると、垂れ駕籠などに乗った記憶はない。

やがて駕籠が評定所に着くと、四畳半の間に通され、そこで待つように告げられた。

その間の四方は障子で、外の様子は分からない。むろん茶も出ないし、座布団もない。白石は別室に連れていかれたらしく、あの威勢のいい声も聞こえてこない。

ようやく気持ちが落ち着き、何があったのか推測する余裕ができた。

――待てよ。よく考えるんだ。

先ほどの与力の言葉の中に、一つだけ手掛かりがあった。白石が堀田大老と話をすると言った時、与力は「それが、もうできぬのだ」と答えた。

――つまり失脚したのか。

堀田正俊は、綱吉を将軍の座に就けた恩人とは言うものの、何かと小うるさいことを言い、綱吉から煙たがられていると聞いたことがある。将軍に非があれば意見するのは、大老として当然なのだが、綱吉は自信家の上に短気なので、もしかすると失脚させられた可能性がある。だが、たとえそうだとしても、現場の実務を担当する七兵衛にまで、その余波が及ぶとは思えない。

そんなことを考えていると、外から声がかかった。

「出ろ」

七兵衛が障子の外に出ると、二人の下役らしき者を従えた案内役が現れた。

「付いてこい」

案内役が先に立って歩き出した。下役は七兵衛の背後に付く。白石の姿は見えず、供の者らの姿もない。

案内役に白石のことを聞こうと思ったが、どうせ答えてくれないと思い直して口をつぐんだ。

「早く行け」

下役に背をつつかれ、致し方なく七兵衛は歩き出した。

――どこに連れていく。

冷たい長廊をしばらく歩かされると、いったん外に出て別の履物を履かされ、内庭にある別棟に向かった。

――穿鑿所《せんさくじょ》か。

本来、罪が確定的なら、牢《ろう》屋敷に連れていかれ、取り調べは町奉行所の白洲で行われる。しかし、いまだ罪が確定していない者の場合、穿鑿所で取り調べを受けることになる。

取り調べを受けても自白しない場合、牢問《ろうもん》か拷問が行われる。牢問は笞《むち》打ちと十露盤《そろばん》責め（石抱き）、海老《えび》責め、拷問は釣責めである。尤も拷問は、殺人、放火、盗賊、関所破りにだけ適用されるので、七兵衛が受けることはない。

七兵衛の場合、名の通った名士であるため、さすがに、そうした扱いにはならないはずである。しかも穿鑿所に連れてこられたということは、罪は確定していないのだ。

――だが、過酷な取り調べを受けることは間違いない。

七兵衛は覚悟を決めた。

背を押されるようにして中に入ると、吟味方与力とおぼしき武士が、一段高い中央上座にいた。

「河村屋か」

「はっ」

「そこへ座れ」

与力は早口で名乗ると、「吟味を始める」と言い渡した。

気づくと数人の同心が、左右の壁際に張り付くように取り巻いている。

「河村屋七兵衛儀、此度《こたび》の畿内治水について不正の疑いあり」

「えっ」と言いつつ七兵衛が反論しようとすると、「控えろ！」と叱責された。致し方なく口をつぐんでいると、吟味方与力は続けた。

「よって、この場で罪を認めれば、お上のおぼしめしにより罪一等を減じるが、認めないとなると――」

いったん言葉を切ると、与力が言った。

「自白するまで牢問に処す」

――それは困る。

七兵衛の年齢を考えれば、それは死罪の宣告に等しい。

「罪を認めるか」

いわゆる罪状認否である。

ここで罪を認めれば、牢問に処されることはないだろうが、過酷な取り調べの後、疑いを晴らさない限り、やってもいない濡れ衣を着せられ、獄死することになる。

しかし認めないとなると、牢問に処される。つまり、後に無実であると証明できても、死ぬか寝たきりになる可能性が高い。

——どっちに行っても地獄ってわけか。

その時、顔を上げると、与力の目が、いかにも自信なげに中空をさまよっているのに気づいた。

——鎌を掛けているのか。

七兵衛の直感が、それを教える。

——きっと、何の手札（証拠）もないんだ。

七兵衛は確信した。

「罪を認めるのか否か問うておる！」

七兵衛は大きく息を吸うと言った。

「認めません」

「公金を懐に入れておらぬと申すのだな」

——不正というのは、公金着服のことか。

七兵衛が公金横領の罪に問われることと、堀田大老の失脚とが、どう結び付いているのか、七兵衛には見えてこない。

「全く身に覚えのないことです」

「それでは牢問に処す」

「お待ち下さい。牢問に処す場合、証人の証言か証拠が必要かと思います」

こうした場合、明文化されていないものの、証言や証拠の提出が慣習化されていた。

「問答無用だ。牢問に処すまでの間、小伝馬の大牢に入れる」

そう言い捨てると、与力は立ち上がった。

さらに反論しようとした七兵衛だったが、状況が分からないので差し控えた。おそらく牢問となる前に、外部の誰かが手を打ってくれるに違いないと思ったのだ。

その場から去りかけた与力の耳元に、補佐役らしき若い与力が何か囁《ささや》いた。不快そうに座に戻った与力は、「すでに小伝馬の大牢は閉まっておるので、今夜はここの仮牢に入れ、明日、小伝馬に移す」と言い捨てるや座を払った。

小伝馬の大牢は、門を閉めた後は翌朝の開門まで何人たりとも出入りができないことになっている。あくまで原則だが、特例を申請する手続きが面倒なのだ。

七兵衛は平伏し、与力を見送った。

大牢に入れられれば、牢名主などがいて何かと厄介である。それを考えれば、今夜一夜だけでも、評定所の仮牢に入れられるのは幸いである。

——しかし明日は、どうなるか分からない。

将軍の命で堀田大老が失脚したとなれば、大牢入りや牢問も現実としてあり得ることだ。

——もう、どうとでもなれ！

七兵衛は肚を決めた。

七

その夜のことである。仮牢の中で蓆《むしろ》にくるまっていると、突然、叩き起こされて牢から出された。

小伝馬の大牢へ連れていかれるのかと思っていると、別室に案内された。そこには新井白石がいた。そのにこやかな顔つきを見れば、嫌疑が晴れたことは明らかである。

「七兵衛殿、無事でなにより」

「へい。まだ牢問には間がありましたんで」

戯《ざ》れ言《ごと》を言いながら七兵衛が座に着くと、茶が出された。

「飯はここを出てから食おう。飯も出すと言われたが、『こんなところの飯が食えるか』と言ってやったわ」

「出していただけるんで」

「飯か」

「いや、わいの身で」

七兵衛の戯れ言に、白石が噴き出す。

「もちろんだ。堂々と出ていける」

「そいつはありがたいことですが、わいの嫌疑は晴れたので」

「ああ、わしも随分と鎌を掛けられたが、知らぬものは知らぬからな」

――やはり、そうだったか。

鎌を掛けて自白させようとするのは、奉行所の常套《じょうとう》手段である。

「まずは、われらが波間に揺られている間に、何が起こったのかを知りたいだろう」

「それはもう」

「実はな――」

白石の話は、七兵衛を驚かせるに十分なものだった。

その日、すなわち七兵衛と白石を乗せた船が大坂を後にした八月二十八日のことである。いつものように夜明け前に起き出した大老の堀田正俊は、五つ（午前八時頃）、江戸城大手門前の屋敷を出た。

この日は、「月次《つきなみ》」と呼ばれる登城日で、諸大名が将軍に拝謁《はいえつ》する行事がある。毎月、一日、十五日、二十八日に行われる「月次」は、「諸大名を登城させた上で、将軍に挨拶させる」ことで、将軍の威権を諸大名に浸透させるための儀式である。

諸大名が登城してくる前に本丸に入った正俊は、御座の間に向かった。

御座の間とは将軍が執務する部屋のことで、襖によって一の間から三の間に仕切られている。三の間は「御用部屋」と呼ばれ、老中や若年寄が詰めていた。将軍から何かの用で呼び出された際、すぐに将軍のいる一の間に駆け付けるためである。

この日も、三の間で老中や若年寄が様々なことを語り合っていると、稲葉正休が堀田正俊の許《もと》に膝行し、「御意えたき事があり候（ご意見を伺いたいことがあります）」と言った。

正休の様子から、ほかの者に聞かれたくない話だと察した正俊は、正休を促して廊下に出た。

その直後である。三の間の中にいた老中や若年寄らは、「石見、物に狂うたか。殿中なるぞよ！」という正俊の声を聞いた。

驚いた老中や若年寄らが廊下に出てみると、正俊は倒れ、その傍らには血刀を提げた正休が立っていた。

最初に駆け付けた老中の大久保忠朝《おおくぼただとも》が、脇差を抜いて正休に打ち掛かる。それを見たほかの者たちも、「なますをたたき候様に」正休に斬り付けた。この時、正休は無抵抗で斬られるに任せていたという。

目撃者の一人である老中の戸田忠昌《とだただまさ》の後日談によると、「振りかえりみて、にっこと笑い、手向うけしき（気色）もなかりし」といった有様だったという。また「公儀（将軍）に対し忠節なり」、つまり「将軍への忠節のために行った」と言ったともされる。

城内は大混乱となった。

加害者の正休はその場で絶命したが、被害者の正俊には、まだ息があった。そのため御用部屋に運び込み、駕籠が来るまで老中や若年寄らは介抱に当たった。

傷は右の脇腹から左の肩にまで達する刺し傷である。傷口は狭いが、流れ出す血が止まらない。かなりの深手だと誰の目にも分かる。正休は正俊を確実に殺すために、斬らずに突いたのだ。

四つ（午前十時頃）になり、正俊を乗せた駕籠は自邸に戻ったが、傷は「以《もっ》ての外《ほか》重き」状態で、正俊は意識もなく、弱々しい息をするだけだった。

九つ（正午頃）、正俊は息絶えた。享年は五十一だった。

こうした凄惨な事件が将軍の近くで起こったことで、城内には厳戒態勢が布《し》かれ、この日の「月次」は中止となった。だが、加害者の正休も殺されたため、いかなる理由で、これだけの凶事を起こしたのか、誰にも分からない。

「月次」でたまたま登城していた水戸光圀《みとみつくに》は、その場にいた老中や若年寄たちが、正休を捕らえずに殺したことを「卒忽《そっこつ》（粗忽）の挙動」と言って批判した。

結局、正休の動機は分からずじまいになりそうだったが、誰かが、畿内治水のことで不正ないしは誤りがあり、それを正俊に知られ、内々に注意された正休が刺殺に及んだのではないかと言い出した。刺殺の経緯からすれば全く不合理なのだが、ほかに原因は見当たらず、「きっとそうだ」という雰囲気になった。

そこから手繰り寄せられたのが七兵衛である。すなわち正休は、七兵衛と結託して公金を横領しようとしていたというのだ。

――ふざけるな！

そんなことをすれば、ばれるのは明らかであり、ばれれば死罪どころか「縁坐《えんざ》」と呼ばれる連帯責任によって、一族までもが磔刑《たっけい》に処される。そんな危険なことを、若年寄の正休や大商人の七兵衛がするはずがない。

その日のうちに正休の屋敷が捜索され、その後も証拠探しが行われたが、結局、何も見つからず、最後に七兵衛に鎌を掛けてみたが、それも失敗し、この線での追及は沙汰やみになったという。

「そういうことでしたか。それにしてもなぜ――」

七兵衛にとって、武士という生き物は謎に満ちている。しかしそれでも、ようやく荒々しい戦国の気風が収まってきて、武士とも話が通じるようになったと思っていた矢先である。

「何とも無念の極みだ」

白石が落胆をあらわにする。

「少なくとも、当代にこれなき人を失ったのは事実だ」

白石は、堀田正俊のことを大恩人として慕っていた。

「しかし、どうして石見守様は、これほど大それたことをしたのでしょう」

殿中で白刃を抜けば、誰を傷つけずとも、切腹と改易は免れ得ない。大老を刺殺したとなれば、累は一族や縁者にまで及ぶ。すでに息子たちもいる正休が、どうしてこんなことをしでかしたのか、七兵衛には考えもつかなかった。

「考えられることとしては――」

白石が首を左右に振る。

「乱心しかない」

――いかにも、石見守様は思い詰めていた。

武士というのは幼い頃から厳しい教育を受ける。その中には、武士としての己の存在意義に関するものもある。正休は優秀で生真面目だった。厳しく教育されることに慣れてはいても、己の存在を否定するようなことを言われたことなどなかったに違いない。ところが初めて、上役である堀田正俊から幾度となく咎められた。それを己の存在そのものの否定と受け取ったに違いない。

――しかし、それは誤解だ。

七兵衛が同席した限りにおいては、正俊は感情の赴くままに正休を叱責したのではなく、仕事の進め方などを伝授するために厳しく接していたにすぎない。

とくに堀田家と稲葉家は、戦国時代末期に金吾《きんご》中納言こと小早川秀秋《こばやかわひであき》家中の両職（対等な主席家老）を務めて以来、それぞれ婿や嫁のやりとりを繰り返す縁戚関係にある。しかも正休が若年寄になれたのは、正俊の口利きによるものだった。つまり正俊は、正休を将来の幕閣の中心にすべく鍛えていたのだ。

しかし人は、厳しく接する者に敵意を持つ。生真面目で思い詰める傾向の強い正休にとって、自らを否定されることは耐え難かったに違いない。

しかも正俊は、将軍綱吉にも手厳しいことで有名だった。おそらく正休のいる場でも、綱吉に苦言を呈していたのだろう。それを見るにつけ、「自らの恨みを晴らすことが将軍家への忠節につながる」という思い込みが生まれ、それが、こうした凶行に結び付いたに違いない。

むろん畿内治水に関して、正俊が正休の勧める「大和川付け替え案」を否定し、七兵衛の案を採用したことが、正休を追い詰める一因になったのも事実である。

――わいにも落ち度があるのか。いや、わいは最もよかれと思う案を勧めたまでだ。

七兵衛には、人間関係を重んじて自らの意見を封じるなどということはできない。

――しかし何があろうと、治水をやめさせてはならない。

事件の顚末《てんまつ》を知ったところで、七兵衛に何ができるものではない。時間は戻せないのだ。七兵衛にできることは、河内平野の治水事業を止めさせないことである。

「わいには武士の皆様のことは皆目、分かりません。ただ、こんなことで河内平野の治水が頓挫《とんざ》することだけは、何を措いても避けねばなりません」

「それは難しいな」

白石が首を左右に振る。

「幕府というのは、かような凶事があると、その理由を問わず、とたんに及び腰になる」

白石の言う通りである。たとえ七兵衛の嫌疑が晴れたとしても、こうしたことがあると、「川のる者もいる。

「神の祟《たた》りだ」と言い出す者がいるかもしれない。それを言い出さないまでも、心の奥底で思ってい

――そんなものは迷信だ。

七兵衛は人一倍、神仏を重んじる。神仏の加護があったからこそ、ここまで来られたのだと思う。

しかし神仏の真意を勝手に解釈し、「祟り」などを捏造《ねつぞう》する輩《やから》は論外である。

――河内平野の民の困窮を、わいに救えと、神仏は仰せになっておられるのだ。

七兵衛はそれを信じた。

「新井先生、わいは引きませんよ」

「何を言っている。幕閣が取りやめと言えば、われらには何もできぬではないか」

「そんなことはありません。わいは商人に過ぎませんが、幕閣を動かして見せます」

白石の目の色が変わる。

「やるのか」

「新井先生にご迷惑を掛けるわけにはいきません。幕閣のお叱りを受けるのは、この七兵衛だけで十分」

「いかにも堀田家は混乱の極みにあり、わしがこの件にかかわることは、もうできぬやもしれぬ。つまり、わしの主君の仇討《あだうち》を七兵衛殿にしてもらうことになる」

「仇討と――」

「そうだ。石見が死した今、仇討の相手はおらぬ。だがな、そなたの方法で畿内治水を成功させることで、堀田様の判断は正しかったことになる」

「そうか。いや、その通りです」

七兵衛が膝を叩く。

「七兵衛殿、明国の治水書に、黄河の治水普請を行った潘季馴《はんきじゅん》の言葉として、こんなことが書かれている」

白石は目をつぶると、あらたまった声で言った。

「水によって土砂を攻め、水によって水を治める」

「なるほど」

――つまり水の力で土砂を押し流し、水の力を利用して、別の水を制御するということか。

「治水というものは、水と戦っては駄目なのだ。水の力をいかにうまく利用するかだ」

「さすが新井先生だ。物事の核心をずばりと摑んでおいでだ」

その言葉には、治水の真髄があった。

それを体得した白石と別れるのは辛いが、これも致し方なきことである。

「七兵衛殿、もっと一緒にやりたかったが、今は家中の動揺を収めねばならぬ。すまぬが一人でやってくれるか」

「新井先生――」

図らずも涙が出た。どうも年を取ると、涙腺が弱くなる。

「分かりました。この七兵衛、新井様に成り代わって、御主君の仇討に出向きます」

七兵衛が決然として言った。

八

幕閣の混乱は当面、収まりそうにないため、自由の身となった七兵衛は十一月、再び大坂に向かった。第一次工事の完了状況を見て回り、新たに出てきた問題の排除に努めるのが目的である。

現時点では予算も残っており、誰からも計画の中止を命じられていないので、七兵衛は粛々と仕事を進めようとしていた。中甚兵衛を筆頭とした河内平野に住む人々も協力を惜しまなかったので、作業は順調に進んだ。

貞享二年（一六八五）正月、江戸に戻った七兵衛は、隠居している稲葉正則に、第二次治水計画の認可と予算の計上の口利きを頼んだ。

正則は「隠居の身としては難しい」と言いながらも、伝手を使って、幕閣に掛け合ってくれた。

この時の老中は、大久保忠朝、戸田忠昌、阿部正武《まさたけ》、若年寄は秋元喬知《あきもとたかとも》らである。

稲葉正則は普請作事に詳しいという秋元喬知に七兵衛の嘆願を伝えていたが、幕閣は体制の立て直しに躍起になっており、なかなか聞き届けられなかった。

この時代の政治というのは、簡単に誰かを大老に昇進させれば、すべてが元通りになるというわけではない。酒井《さかい》忠清《ただきよ》にしても堀田正俊にしても、大老という地位に見合った権力構造や人間関係を築いており、それによって政治を動かせたのである。

正俊の突然の死により、後継者不在となってしまった幕閣は当面、集団合議制のような政治体制を取らざるを得なくなった。

それでも七兵衛は足繁《あししげ》く正則の許に通い、嘆願を繰り返した。

その結果、同年十月、ようやく秋元喬知から正則に、認可が下りたことが伝えられた。しかし幕府から、人と金は出せないという。すなわち幕閣から奉行の派遣はできないので、大坂城代になったばかりの内藤重頼と相談しながら進めるようにという指示である。

それでも七兵衛は勇躍した。

実はこの間、私的にもめでたいことがあった。

七兵衛の養女である初音が嫁ぐことになった。嫁ぎ先は、林羅山《はやしらざん》の弟子だった儒者の黒川道祐《くろかわどうゆう》の息子・武田信郷《たけだのぶさと》である。黒川家は広島藩浅野《あさの》家の侍医を務める由緒ある家柄だが、黒川姓でなく武田姓なのは、母親が甲州武田家の縁者の出で、河窪武田《かわくぼたけだ》家の名跡を継いだためである。

七兵衛の家には、白石のほかにも多くの学者たちが出入りしていた。七兵衛は自分が学問を修められなかったので、貧しくても優秀な若者に経済的支援をしていた。道祐は、父の代から家禄四百石の広島藩士なので貧しくはなかったが、七兵衛と意気投合し、その養女を息子の妻にもらい受けたのだ。

初音の祝言も終わり、一安心した七兵衛は十一月、大坂に向かった。


早速、大坂で内藤重頼に拝謁した七兵衛は協力を要請した。もとより重頼に否はない。実は大坂城代に就任した折、重頼は摂津《せっつ》・河内《かわち》国内に二万石を加増されたので、河内平野の安定は、家中の死活問題でもあったのだ。つまりこれで、大坂城代と河内平野に住む人々の利害が一致したことになる。

些少ながら重頼の裁量で予算を取ってくれた上、鴻池《こうのいけ》、菱屋、天王寺屋、河内屋などの有力な大坂商人からも資金を募ってくれることになった。これにより、七兵衛だけの持ち出しで普請を行うことはなくなった。

重頼のお墨付きを得た七兵衛は、早速、仕事に取り掛かることにした。第二期普請の中心は、「堂島川の川浚え」と「長柄の川底普請」である。

まずは「堂島川の川浚え」から始めることにした。

堂島川の下流には何カ所にもわたって中洲ができており、それらを取り除くことが、当面の課題である。気の遠くなるような作業だが、こうしたことは徹底して行わないと、すぐに土砂が堆積するようになる。中洲というのは少しでも基礎部分が残っていると、それをきっかけにして、すぐに堆積が始まる。

また、流速が上がったら上がったで、川の側面の土砂が削り取られるという問題が発生する。理想を言えば、全面にわたって石垣を張りめぐらせたいところだが、まずは、土砂が削り取られやすい場所から始めることにした。

川筋が微妙に蛇行している曾根崎から福島辺りは、すでに土砂が削り取られ始めており、すぐにでも石垣造りに取り掛かる必要がある。

七兵衛は大量の石を手配させると、危険な地点から積み始めた。

しかし、こうした工夫も最初に行うだけでは意味がない。治水というのは何年かに一回、大規模な補修を行わないと、元の姿に戻ってしまう。むろんそれは、幕府も住民たちも分かってはいるのだが、なかなか補修が行き届かないのが現実である。

そこで七兵衛は、淀川の流れに沿って道を造り、各所に橋を架けることにした。これにより淀川筋の利便性は高まり、行き来する人も多くなる。となれば、必要に駆られて補修を怠らないようになると考えたのである。

もちろんこうした道や橋の築造は、江戸幕府が最も嫌がる軍事的問題につながる。すなわち、大坂に上陸した仮想敵（西国雄藩）が容易に上洛し、京都を制圧してしまうという危険性が出てくるのだ。

そのため七兵衛は、内藤重頼に利点を懸命に説いて納得してもらい、幕閣に申請してもらった。これに対して幕閣は、幕藩体制が安定してきたこともあるためか容易に承認してくれた。

この時、七兵衛は「何事もやってみるものだ」と、つくづく思った。

人は何か厄介事が生じると、「無理だ、駄目だ」と思ってあきらめてしまう。そうした固定観念の壁を設ける方が、何かするより楽だからだ。しかし、「断じて無理だ」というのは思い込みにすぎず、やってみると意外に容易なことも、世の中には多々ある。

これまでも七兵衛は、固定観念を打ち破ることで頭角を現してきた。それは若い頃、盂蘭盆《うらぼん》の後に流れてきた瓜《うり》や茄子《なす》を漬物にして売ったことに始まる。その時、「何事もやってみるものだ」と学んだことが、今でもどれだけ役立っているか分からない。

「堂島川の川浚え」に付随する様々な補強作業と並行して、七兵衛は「長柄の川底普請」にも取り組んだ。

これは石を詰めた竹籠を中津川の川底に沈め、大半の川水を淀川に向けさせるという難作業である。事前に編ませてあった竹籠に石を詰めて川底に下ろすのだが、想定していた三千個の竹籠では、とても水の向きを変えさせることはできない。結局、一万個ほどの竹籠を川底に沈めることで、ようやく淀川の水量を増やすことができた。

しかし向後、長雨による洪水などがあると、元の木阿弥になりかねない。そのため二千個ほど予備の竹籠を作り、いざという時に、すぐに補修できるようにしておいた。

こうした努力により、第二期普請も無事に終了した。

しかし七兵衛に休みはない。

九

大和川というのは読んで字のごとく、大和国の水を集めた川と言ってよく、奈良盆地を西に向かって流れながら、多くの中小河川を集めて一本の大河となる。

生駒《いこま》・金剛両山地の間を流れてきた大和川は、河内平野南東端の柏原で石川と合流した後、北流を始める。しかし、すぐに平野川が分岐し、続いて玉櫛川と久宝寺川に分かれていく。主流となる玉櫛川の下流には、新開池と深野池ができ、その辺りは、川の流れも滞りがちな上に天井川となってしまい、毎年のように溢れ水が起こる。

これらの河川は、離合集散を繰り返しながら再び森河内で合流し、大和川となり、さらに大坂城のある上町台地の北で、平野川や淀川と合流している。

「河村屋さん」

柏原から大和川の流れを眺めつつ、中甚兵衛が声を掛けてきた。

「やはり大和川は、付け替えた方がいいのではないでしょうか」

雨の後なので、茶色く濁った激しい流れが逆巻く波濤を作っている。

「それも一考の余地はありますが――」

大和川付け替えには、様々な問題が絡み合っていた。確かに、付け替えで問題が一気に解決する可能性は高い。しかし、その前に解決せねばならないことも山積している。

「まず、大和川をここから西遷《せいせん》させるとなると、多くの耕作地が失われます。とくに瓜破野の辺りは、依網池《よさみ》を中心にした安定的な用水が行われ、実り豊かな農地となっています。この大半がなくなるのは、そこに住む百姓たちにとって大きな痛手となります」

「それは分かっています。しかし河内平野全体が沃野となれば、かれらが下賜される代替地は、これまで以上の収穫が望めるはずです」

この時代、この地域は先進的な水田地帯として知られ、富農も多かった。いくら替地を用意すると言っても、それが同等の収穫をもたらしてくれるとは限らない。しかも新田となる地域は、砂地が多く水田になりにくいという指摘もあった。

――すなわち瓜破野の百姓たちにとって、新大和川の開削は災厄《さいやく》以外の何物でもないのだ。

「甚兵衛さん、こうして実地検分すると、付け替えは難しいということになる」

「いや、それは早計というものです。付け替えによって河内平野全域が沃野になるのです。それを考えれば、小を捨てて大を取るべきではないでしょうか」

甚兵衛は、七兵衛には見えない何かを見ていた。

「甚兵衛さん、その保証はどこにもありませんよ」

「どうしてですか。必ずや付け替えで皆が幸せになります」

甚兵衛の顔は確信に満ちていた。

──思い切って付け替えをしてみるか。

いまだ七兵衛には確信が持てなかったが、甚兵衛の熱意にほだされ、打診だけでもしてみようという気になってきた。

「分かりました。一緒に内藤様の許に出向き、それぞれの案を提案してみましょう」

「ありがたい」

甚兵衛の顔が一気に明るんだ。

「その代わり──」

七兵衛の顔が引き締まる。

「もしも付け替えということになれば、わいは全身全霊を込めて付け替え普請を指揮しますが、その逆にわいの案が通ったら、甚兵衛さんとお仲間も、わいに合力を惜しまないと約束していただけますか」

「もとより」

甚兵衛が強くうなずいた。

大和川の実地検分を終えた二人は、大坂城の内藤重頼の許に伺候した。伺候したと言っても、七兵衛は広縁で、甚兵衛は庭に敷かれた筵《むしろ》の上で重頼に拝謁し、状況を報告する形である。

この座で七兵衛は「付け替えの効果は、いまだはっきりとは見えませんが、それも一つの方法だと思います」と自らの見解を述べた後、そこから生まれる負の部分について、まず言及した。

七兵衛は、瓜破野周辺約三万石のうち一万五千石は消失すること、人工河川である西除川を垂直に横切る形になるため、西除川が用水路としての用をなさなくなり、上町台地南東部が渇水に悩む可能性があること、新大和川が増水して堤防が決壊すると、その南側の地が水浸しになること、新たに耕作地となる河内平野東部から北東部にかけては、砂地が多く水田化が難しいことなどを列挙した。

すなわち、これらの対策費や農民たちの替地などを考えると、付け替えは現実的ではないと結論付けざるを得ないのだ。

七兵衛は、大和川の中洲の浚渫と川幅の拡張を主眼とした勘録を提出し、裁可を仰いだ。

これに対して甚兵衛は付け替えを主張したが、現地踏査によって新たな知見が得られたわけではなく、ほぼ旧来案の踏襲となった。唯一、新たな提案としては、新大和川の南側の溢れ水を防ぐべく、人工の用水路を造っておき、洪水時には、そこに水を引き入れるというものがあった。この川は普段、水が流れていないので、砂の堆積もなく、いざという時に大量の川水を引き入れ、それを依網池まで流すというのだ。

予算面でも、付け替えは最後までやり通さなければ意味のない普請なので、十万両から十五万両という費えは以前と全く変わらない。一方の七兵衛の案は、出せる分だけ浚渫作業を行うということなので、極めて柔軟性の高いものだった。

結局、大坂城代の判断できる予算内ということで、すんなり七兵衛の案で決まった。

重頼は甚兵衛の労を謝し、七兵衛に協力することを要請する。むろん、七兵衛との約束がある甚兵衛に否はない。

これにより大和川の付け替えは行われず、浚渫と川幅拡張で対応することになった。

その日の夜、宿舎となった旅籠で、梅沢四郎兵衛や浜田久兵衛らと計画手順などを見直していると、甚兵衛がやってきた。

「甚兵衛さん」

怒鳴り込まれるのかと思っていると、甚兵衛は外に控えていた家人らしき男たちに合図し、樽酒を運び込ませた。

「河村屋さん、あんたには負けたよ」

「よして下さい。これは勝ち負けじゃありません」

「分かっている。しかしわしも男だ。あんたの方法でやるとなったら、合力を惜しむつもりはない。これまでのことを水に、いや酒に流して、明日から仕事に打ち込もうじゃないか」

「甚兵衛さん」

七兵衛の目頭が熱くなる。

人には、意地や誇りといった下らないものがある。それらを抑え、あえて勝者を祝福して協力できる人間は少ない。

――しかも付け替えは、甚兵衛さんの父上の代からの念願だったのだ。

様々な思いを振り捨てて、歩み寄る甚兵衛の人間としての大きさに、七兵衛は打たれた。

「やりましょう。甚兵衛さん」

二人は鏡割りを行い、普請事業の成功を祈った。

貞享《じょうきょう》三年（一六八六）三月、七兵衛たちの戦いが始まった。

大和川は柏原で石川と合流してから北流を始めるが、その合流地点から玉櫛川と久宝寺川へと分岐する二俣村までの間に、巨大な中洲ができていた。まず、これを取り除く作業から始めねばならない。

数十艘もの小舟を出し、交代しながら浚渫を行うのだが、中洲の左右の流れが激しく、作業は思うようにはかどらない。この時代の浚渫というのは、舟の上に土砂をかき上げる形で行うが、小舟の錨くらいだと流れに負けて走錨状態になってしまう。中には転覆するものも出てくる。とくに上流側の浚渫は遅々として進まない。

そこで七兵衛は頭をひねり、数十艘の船を留綱で結び付け、上流側から半円を描くように中洲に取り付かせた。これはうまく行き、浚渫の効率も上がった。

七兵衛は小舟を何組にも分け、次から次へと繰り出す格好で、中洲を取り除いていった。ある程度、目途が立ったので、この作業を甚兵衛に任せて北上した七兵衛は、二つの川が再び合流する森河内に向かった。ここでの問題は、玉櫛川と久宝寺川がぶつかり合うことによって双方の流れが滞り、それが上流にも影響を及ぼし、溢れ水が起こりやすくなることである。

七兵衛は川幅の拡張を行うことによって、水流の勢いを弱めずに淀川まで流し込むことにした。大和川は、上町台地北端と天満の間辺りで淀川と合流して終わるが、ここでも双方の水の力によって滞留が起こり、それが溢れ水の原因となっていた。

七兵衛は中洲の除去、浚渫、川幅拡張の三段構えで大和川治水普請を開始した。主な作業現場は、舟橋村、二俣、森河内の三カ所である。

七兵衛は三カ所の現場を巡検し、それぞれの状況や経過を見ながら、様々な対策を立てていった。後の世では当たり前のことでも、何事も硬直化したこの時代には、七兵衛の取る方法は画期的だった。幕府肝煎の普請事業などでは、素人の武士たちが形ばかりに指揮を執り、現場の親方連中も唯々諾々《いいだくだく》とそれに従うだけになる。親方連中には時間に応じて賃金が支払われるので、作業効率などあまり考えない。要は、いくらでもごまかしが利くのだ。

しかし、こうした現場をよく知る七兵衛が指揮を執ることで、ごまかしができなくなり、仕事が円滑に進むようになった。

とくに七兵衛は、人心を操ることに長《た》けている。実績を挙げた者を皆の前でほめあげ、それに見合った褒賞金を与えることで、各自のやる気を引き出した。こうしたことは簡単なようで難しい。七兵衛は人の本性である「目標達成意欲」を利用し、日々、小さな目標を設定し、それを達成するように仕向けることも忘れなかった。

溢れ水の災害をなくすという一点では皆、目標を共有している。しかし人とは、目先の労働の辛さに囚われると、つい大目標を忘れてしまう。つまり、どうしても手抜きをしたくなるのだ。

そこで日々、小さな目標を設け、それに向けて皆を導くことで、小さな峠をいくつも越えるようにして、最後の大山も乗り越えられるようにしたのだ。

陣頭指揮を執っているのが商人の七兵衛で、しかも自腹まで切っていると聞いた大坂商人たちは、「それでは商都大坂の名がすたる」とばかりに資金援助を申し出てくれたので、そちらの心配もなくなった。

七兵衛が言ったとされる「金を吉原で蕩尽するなら、淀川や大和川に投げ入れる」という言葉が大坂商人たちの間に広まり、「川に金捨てる河村屋、代わりに川の泥すくう」という戯れ歌にまでなった。

七兵衛は、駕籠に揺られて幾度となく大和川を往復し、逐次、現場に新たな指示を与え、働く者たちを鼓舞していった。

齢《よわい》六十九に達した七兵衛の戦いは、いよいよ佳境を迎えていた。

十

この年は、五月になった頃から雨の多い日が続いた。七兵衛は中甚兵衛たちと河内平野を飛び回り、決壊の危険性がある箇所の補修作業に従事していた。

甚兵衛は「今年も雨が多くなりそうだ」と嘆いていたが、まさに雨は、河内平野の生殺与奪権を握っていると言ってもよく、農民にとってお上よりも恐ろしいものだった。

二人が決壊を防ごうとしている間も雨は降り続き、淀川と大和川の水位は上昇を続けていた。

――このまま雨の日が続けば、たいへんなことになる。

案の定、六月の声を聞く頃になると、川が増水して浚渫作業が続けられなくなった。

「こいつはまずい」

甚兵衛が沈みがちに言う。

大坂城のある上町台地の北端から、七兵衛たちは茶色く濁り始めた川水を眺めていた。

「このままだと、どうなりますか」

「これほど降ると、戻り水が起こるかもしれません」

「戻り水とは――」

「合流地点で力負けした川の水が滞り、逆流や滞留を起こし、それで水位がいっそう上がり、堤防の決壊を招くのです。河内平野の場合、大和川が淀川に力負けし、ここで滞留を起こし――」

甚兵衛が眼下を指差す。

「それが結句、大和川を溢れさせるのです」

「なるほど、大和川の水が戻されるというわけですね」

「はい。すぐに手を打たねばなりません」

甚兵衛の顔は、すでに蒼白である。

「つまり淀川の水量を減らせばよいと」

「そういうことです」

――どうする。

七兵衛の頭が目まぐるしく回転する。

「中津川に水を流すというのは、どうでしょう」

「ということは、長柄からですね」

長柄とは、淀川と中津川の分岐点の地名である。

「長柄の竹籠を運び出せるかどうかが、勝負どころです」

「それは無理です」

甚兵衛の言う通り、濁流の中を漕ぎ出し、川底から竹籠を引き上げるなど不可能に近い上、そんな難作業を引き受ける者はいない。

「甚兵衛さん、それでは神仏に祈るしかないのか」

「残念ながら、これまではそうしてきました」

――わいは嫌だ！

人は神仏にすがろうとした瞬間、すべての思考を停止させてしまう。そうなれば、目前に解決策が転がっていても気づかない。甚兵衛でさえも付け替えという解決策に囚われ、ほかのことが見えなくなっている。

――考えろ。考えるのだ。

何事も考えに考え、解決策をひねり出す。それが七兵衛の生き方である。

すでに甚兵衛はひざまずいて手を合わせ、正信偈《しょうしんげ》らしきものを唱えている。

――待てよ。溢れ水を防ごうとするからいけないのだ。溢れ水を防ごうとせず、溢れさせる。そうだ！

「甚兵衛さん、水を溢れさせよう」

「何だって」

七兵衛が懐から絵図面を取り出した。雨がすぐに絵図面を濡らす。

「確か、河内平野の北東部は低地で水が溢れやすく、田畑も少ないと言っていましたね」

「はい。深野池や新開池の辺りは泥湿地で、田畑はあまりありません」

「そこに水を溢れさせるのです」

「どういうことです」

「ここで川留をしましょう」

七兵衛の指す一点を甚兵衛がのぞく。

「森河内、と」

「そうです。ここで大和川水系の久宝寺川と、玉櫛川の分流の菱江川が合流します。東側の菱江川を川留すれば、久宝寺川の水量は半減し、淀川への影響も限られたものになります」

「なるほど、確かに——」

甚兵衛が絵図面を見入る。

「河内平野の北東部にわざと水を溢れさせることで、中心部を救うのです」

「そうか。われわれは今まで、そういう考え方をしたことがなかった」

「小を捨てて大を取るのです」

「分かりました。やりましょう」

七兵衛と甚兵衛は、人足たちを引き連れて森河内へと向かった。


川留というのは川をふさぐことである。ただし完璧にふさぐ必要はないので、ある程度、水量を制限できればよい。

七兵衛は陣頭指揮を執りつつ、合流地点近くに盛ってあった土を菱江川に入れ始めた。

「七兵衛さん！」

雨の中、甚兵衛が走ってきた。

「障《さわ》りがありそうな地域の民百姓には、退避するよう促してきました。幸いにして足弱《あしよわ》（老人と女子供）は、すでに高台に逃がしたというので、残っている者はいないはずです」

「分かりました。だが万が一ということもあります。わいが馬で見回ってきます」

七兵衛は、己の責任の重さをひしひしと感じていた。水を溢れさせることで、人を殺すわけにはいかない。

「しかし溢れ水というのは、突然、やってきます。堤防道を行くのは危うすぎます」

「そいつは承知の上です。十分に気を付けるので、ご心配なく」

七兵衛の命に応じ、小者が馬を引いてきた時である。

「旦那！」

梅沢四郎兵衛と浜田久兵衛が駆け込んできた。

「どこに行くんですか！」

「逃げ遅れている者がいないか、見て回るんだ。そこをどけ！」

「そいつは、われわれがやります」

「いや、わいがやる。もういつ死んでも惜しくない命だ」

「旦那、やめて下さい！」

二人の制止を振り切り、七兵衛は馬に鞭をくれた。

七兵衛は菱江川の周囲を見て回りながら、稲葉村まで行くつもりでいた。深野池や新開池の辺りは、ほとんど人が住んでいないので、注意すべきは稲葉村の辺りである。

稲葉村は菱江川と吉田川の分流地点であり、そこから北方半里に新開池があるため、常に溢れ水と隣り合わせの危険な地域である。

叩き付けるように降る雨をものともせず、七兵衛は馬を走らせた。菱江川は荒れ狂う濁流と化し、下流へ下流へと水を押し流していく。森河内での川留の影響が出始めているのか、水位もぎりぎりまで上がってきている。

やがて稲葉村が見えてきた。

堤防道を下りた七兵衛は村に入った。その時、地面の高さから川の方を見ると、濁流が波濤《はとう》と化し、水が弾《はじ》け飛んでいるのが見えた。

——もう小半刻も持たないな。

村は一軒、一軒が離れている。そのため七兵衛は、馬を飛ばして家の庭に入り、「誰かおらぬか！　おればすぐに逃げよ！」と大声で叫びながら回った。

——やはり皆、逃げおおせたようだな。

二十軒余の家を回り、誰もいないことに安堵した七兵衛が、高台に向かおうとした時である。一軒の家が目に入った。

——これが最後だ。

七兵衛がその百姓家の庭に飛び込むと、誰かの泣き声が聞こえた気がした。

「誰かおるのか！」

七兵衛が怒鳴ると、家の中から五歳ばかりの女児が飛び出してきた。

「あっ、まだおったか」

馬を下りた七兵衛は、手綱を近くの木に引っ掛け、女児に駆け寄った。

「何をしていた。家の者はどうした」

「とうちゃんとかあちゃんがおらへん。にいちゃんたちもおらへん」

女児は、泣きながら七兵衛の胸に飛び込んできた。

「もう大丈夫だ。一緒に行こう」

七兵衛が女児を抱きしめて、馬のところに戻ろうとした時である。馬は何かに驚いたように引っ掛けていた手綱を外すと、どこへともなく走り出した。

「おい、待て！」

女児を抱いたまま農道に出て、馬を追いかけた七兵衛だが、追い付けるはずもない。

その時、どこからか、地鳴りが近づいてきた。

――これは何だ。

音のする方向を見た七兵衛は愕然とした。

――溢れ水だ。

山裾の間から顔を出した水は、凄まじい勢いでこちらに迫ってくる。

――もう駄目だ。

このまま農道を走っても、すぐに追い付かれる。女児もそれに気づいたのか、七兵衛にかじりついたまま泣き声も上げられない。

「堪忍な」

七兵衛にとって自分の命などどうでもよかった。しかし、せっかく見つけた女児を救えなかったことだけが悔やまれる。

そのままそこに立ち尽くし、溢れ水の中に身を任せようとした時である。

突然、右手の方から別の水が溢れ出し、正面から来た水にぶつかった。

「あっ」

別の方角から来た水の力は強く、二つの水は、くんずほぐれつしながら流路を変えた。

――まさか。天は、わいにまだ生きろと言うのか。

七兵衛と女児の目の前で、一つになった水は左手の方角に押し流されていく。

――「水によって土砂を攻め、水によって水を治める」か。つまり「水によって水を制する」ということか。

白石の言葉が脳裏に去来する。

――早く逃げねば。

七兵衛が走り出すと、二人を見つけたかのように、分流した溢れ水が追ってきた。

しばらく走ると、神社の石段が見えてきた。七兵衛は息せき切って石段を上る。

肩越しに背後を振り向くと、溢れ水も石段の下まで迫っている。

――何とか、この子だけでも。

ところが必死に走ったためか、七兵衛の息が切れてきた。足が石のように重い。

水は、石段を駆け上るように迫ってきている。

あとわずかで足元をすくわれそうになった時、七兵衛は神社の境内にたどり着いた。水はそこまでは達せず、中段くらいから口惜しげに引き揚げていく。

――助かったのか。

女児を下ろした七兵衛は、その場にへたり込んだ。

意識が遠のいたと思った時、女児に肩を叩かれた。はっとして目を開けると、女児が柄杓《ひしやく》に水を入れて持ってきていた。

「これ飲んでや」

「あ、ありがたい」

水を飲むと生き返った気がした。

――わいは生きているのか。

もっと水を飲みたくなった七兵衛は、神社の手水舎《ちようずや》まで這《は》いずっていき、水をがぶ飲みした。地下水までは汚れておらず、七兵衛は人心地つくことができた。

その時である。

「お糸、お糸かい！」

女の声がすると、少女の身内らしき人影が神社の背後の森から現れた。

「かあちゃん！」

糸と呼ばれた少女が母親の胸に飛び込むと、父親や兄弟らしき者が次々と現れ、少女を囲んで泣き出した。

「いったいどこにいたんだい。探しても探してもいないから、かあちゃんは――」

母親が糸を強く抱き締める。

「裏の森に遊びに行ってたんや。そしたら凄い音がして地面が揺れたから、怖くて家に戻ったら誰もいなかったんよ。そしたらこの――」

糸が七兵衛を指差す。

「このじいちゃんがやってきて、あたいを抱いて、ここまで逃げてきてくれたんや」

皆の視線が七兵衛に注がれる。

「とにかく無事でよかった」

父親らしき男が七兵衛の許に歩み寄ってきた。

「ご老人、何とお礼を申し上げてよいか分かりません」

「いや、いいんだ」

七兵衛は、会話もできないほど疲れ切っていた。

「この御恩は一生、忘れません。われわれはこうして家を失い、何のお礼もできない百姓ですが、せめてお名前だけでも、お聞かせ下さい」

「わいの名は――」

七兵衛は、名乗ろうとして思いとどまった。誰かに恩を売るのが嫌だったからである。

「商用でここらを通り掛かっただけの者です。名乗るほどのこともありません」

「旅の商人《あきゅうど》の方ですか」

「ええ。旅商人の七兵衛と言います」

その後、糸の一家は何くれとなく七兵衛の世話を焼いてくれた。

翌日は晴天になり、翌々日には水が引いていった。

二日間、糸の一家と共に神社の社で寝起きした七兵衛は、水が引いたのを確かめた後、たまたま見つけた自らの馬に乗って帰ることにした。

動物は本能的にどこに逃げればいいかを知っているので、この辺で唯一の高台であるこの神社に逃れてきていたのだ。

馬の鬣《たてがみ》を撫《な》でつつ、「よかったな」と声をかけると、七兵衛は馬を引き、石段を下りていった。

糸とその一家は、神社のある高台から、七兵衛の姿が見えなくなるまで手を振ってくれた。

――いつまでも幸せにな。

七兵衛も手を振って一家に応えると、馬にまたがって帰途に就いた。


七兵衛の予測した通り、溢れ水は限定的な範囲にとどまり、河内平野の大半は救われた。もちろん死人も出なかった。河内平野の北東部にわざと水を溢れさせることで、中心部を救うという苦肉の策が実ったのだ。

その後、すぐに雨季も終わり、溢れ水の心配はなくなったが、被害をこうむった人々を救済せねばならない。七兵衛は大坂の大商人に働きかけ、救済資金を集めると、被災者たちの生活再建に使ってもらえるよう、内藤重頼に託した。

秋から冬にかけては暑くもなく寒くもなく、また雨量も少ないので、最も仕事がはかどる季節である。このままだと来年も溢れ水の危険があるので、七兵衛は川浚えや中洲の除去といった作業を急がせた。

貞享四年（一六八七）四月、淀川の第二期普請に続き、大和川の普請も終わった。これにより畿内治水事業は完了した。九条島の開削を開始してから、すでに三年の歳月が流れていた。

七兵衛は感無量だった。中甚兵衛ら地元の農民たちも、その労苦に感謝し、盛大な送別の宴を張ってくれた。

ただし治水というのは、補修が大切である。七兵衛は今後十年余にわたる補修計画を書き上げ、内藤重頼に提出することを忘れなかった。しかし以後、補修が行われたのは数年だけだったため、再び溢れ水の被害が出始めた。そのため幕閣は元禄十六年（一七〇三）、遂に大和川の付け替えを決断することになる。


貞享四年五月、七兵衛は江戸に戻り、老中や若年寄を前にして、畿内治水全般についての報告を行った。

老中たちは七兵衛の話に感心し、その労をねぎらい、酒肴でもてなしてくれた。

――わいの仕事は、これで終わったのか。

人生最後と思われる仕事をやり終えた七兵衛は、大きな達成感に包まれていた。しかし体力が多少は落ちたとはいえ、七十歳になった今も壮健な七兵衛は、何里でも歩ける上、馬に乗ることもできる。

人間の平均寿命が五十歳に満たないこの時代、七兵衛だけは、気力も体力もいまだ充実していた。

第五章　天下泰平《てんかたいへい》

一

七兵衛は再び隠居生活に戻った。

本業は弥兵衛に任せておけば心配はない。弥兵衛は、遊んでばかりいた若い頃が嘘《うそ》のように仕事熱心になっていた。

病がちだった妻のお脇も逆に老境に入ってからは矍鑠《かくしゃく》とし、七兵衛の身の回りの世話を、こまめに焼くようになった。

嫁にやった初音も幸せそうで、しばしば実家を訪ねてきては、お脇と話し込んでいった。

穏やかな日々が続いた。体はいまだ頑健だったが体力の衰えは明らかで、さすがの七兵衛も、このままゆっくりと人生の幕を閉じていくつもりになっていた。

七兵衛の唯一の趣味は鉢植え、すなわち盆栽だった。ちょうどこの頃から小鉢立てが流行《はや》り始め、様々な草木を育てる方法も確立されてきた。

七兵衛も知り合いから教えられ、見よう見まねでやってみたが、これがなかなか面白い。

「どうだい、見事な枝ぶりだろう」

「そうですね。力強くて拳のよう」

鉢植えの剪定《せんてい》をする七兵衛の言葉に、縁側に腰掛けたお脇が答える。

「こういうのはな、いろんな木を見ていないとできないんだ」

「そういうものですか」

「ああ、わいは、いろんな地のいろんな木を見てきたからな」

七兵衛は日本各地を回ってきたが、仕事柄、木に目を留めることが多くあった。

「この鉢植えというのは、何と言うか、育てる喜びがあるんだ」

「旦那さんは何かをやっていないと落ち着かない方ですから、少しでも熱心になれるものがあって、本当によかったですね」

「そうだな。こうしたもんがなければ、また仕事の虫が騒ぐからな」

七兵衛が高笑いした時である。

表から走り込んできた手代が、「ご隠居様、お城から使いが参っております」と告げてきた。

元禄二年（一六八九）二月、久しぶりに登城した七兵衛は、接見の間で若年寄の秋元喬知と対面した。

喬知は四十一歳の働き盛りの上、将軍綱吉の覚えもめでたく、将来の出頭は確実だった。後のことだが老中に就任し、新井白石の正徳の治を支える一人になる。

「畿内治水の折は苦労を掛けた。そなたの指導よろしきを得て、昨年は溢《あふ》れ水もなかったと聞いている」

　前年の梅雨は平年並みの雨量だったこともあり、河内平野が水浸しになることはなかった。

「ありがたきお言葉。しかしながら治水に油断は禁物です。少しでも補修の手を緩めれば、すぐに溢れ水が起こります」

「分かっておる。それは内藤殿からも強く申し付けられた」

　内藤重頼は、畿内治水が終わるとほぼ同時に大坂城代を退き、京都所司代に転出していた。しかし病がちとなって元禄三年（一六九〇）、六十三歳で死去することになる。その後を継いで大坂城代になったのは松平信興《のぶおき》で、その次は土岐頼殷《ときよりたか》だが、両人とも治水に関心がなく、補修は次第になおざりにされていく。

「七兵衛、体の方は衰えておらぬようだな」

「はい。お陰様で病気一つせず、日々、健《すこ》やかに過ごしております」

「それはよかった」

「と、仰せになられますと――」

「今日、呼び出したのはほかでもない」

　秋元喬知が威儀を正したので、七兵衛も深く平伏した。

「七兵衛、これはそなた次第ゆえ、やりたくなければやりたくないと言ってくれ」

「は、はい」

「もう一度、越後に行ってくれぬか」

「えっ、越後に――」

予想もしない喬知の申し入れに、七兵衛は戸惑った。

「越後に行き、再び山に入ってもらえぬか」

「山、と仰せか」

「ああ、上田銀山を再興してほしいのだ」

――何と。

愕然《がくぜん》とする七兵衛を尻目に、喬知が続ける。

「そなたは知らぬだろうが、越後中将家（高田藩）が改易となったのには、深い理由がある」

――やはり、何かあったのだな。

この時代、大名が改易となっても、庶民にまで、その真相は伝えられない。そのため七兵衛は、高田藩のお家騒動が深刻化していると風の噂《うわさ》で聞き、気を揉《も》んでいた程度で、さしたることはないと思っていた。だが小栗美作が自害したと聞いた時には、強い衝撃を受けた。

七兵衛を支えて越後治水を成功させ、表高二十六万石から実質収入三十六万石にまで引き上げた立役者の美作が、切腹させられるなど考えもしなかった。それだけならまだしも、美作の切腹からさほど経ずして、高田藩越後中将家の改易も伝えられた。

しかし、いかに事態が深刻だろうと、商人の七兵衛に何ができるわけでもない。

詳しい事情は知るべくもないが、最後の酒宴で七兵衛の労を笑顔で謝しながらも、どことなく美作の表情には翳《かげ》りがあった。

「いったい、何があったんで」

「やはり、経緯《いきさつ》を知らないのだな」

「へい。わいらには何も伝わってきませんので」

「分かった。教えてやろう」

喬知は一つ咳払《せきばら》いすると、経緯を語り始めた。

延宝七年（一六七九）に上田銀山の落盤事故で次男伝十郎を失い、江戸に帰った七兵衛だったが、その頃、高田藩は揺れに揺れていた。

越後中将家こと高田藩は、家康の六男の松平忠輝によって立藩された。この時の石高は四十五万石である。しかし入封五年後の元和二年（一六一六）、忠輝は改易となり、松平忠昌が二十五万石で入封する。しかし、ほどなくして福井藩に移ったため、寛永元年（一六二四）、忠昌の兄にあたる忠直の長男・光長が二十六万石で入封した。

光長は名君の誉れが高いわけではなかったが、小栗正重《まさしげ》と荻田《おぎた》隼人《はやと》という二人の有能な家老に藩政を託し、高田藩では善政が布《し》かれていた。ところが寛文《かんぶん》五年（一六六五）、上越地方を大地震が襲い、大きな被害をもたらした。高田大地震である。これにより城内にいた二人の家老は圧死した。

家老職を継いだのは、圧死した二人の息子である小栗美作と荻田主馬《しゅめ》だった。ところが、美作は父に劣らず優秀だったのに比べ、主馬はあらゆる点で美作に劣り、その結果として、美作の独裁体制が確立される。

ところが延宝二年（一六七四）、光長の嫡子綱賢が病死することで、光長の直系が途絶えた。そこで美作は、光長の弟で、すでに物故している永見長頼の子の万徳丸（後の綱国《つなくに》）を光長の養子に据えた。これに異議を唱えたのが、光長と長頼の弟の永見大蔵《おおくら》（長良《ながよし》）である。

大蔵は同じく反美作派の主馬と結託し、武装して美作邸を囲むなどして大騒動に発展させるが、光長が美作を支持したため、すんでのところで武力衝突は避けられた。それでも、あきらめられない二人は、光長の妹を室に迎えていた美作が、二人の間にできた掃部《かもん》を後継に据えようと画策していると幕府に訴え出た。

延宝七年（一六七九）十月、この訴えを取り上げた大老の酒井忠清は、吟味の末、美作にはお咎《とが》めなし、主馬らは他家預かりとした。

「これにて一件落着かと思ったが、それで終わりではなかったのだ」

喬知は苦々しい顔で続ける。

延宝八年五月、将軍家綱が没して綱吉が将軍職に就くと、大老の酒井忠清が失脚し、その後釜に、綱吉の将軍就任を強く支持してきた堀田正俊が就いた。これを好機と見た大蔵は再審を請求する。

延宝九年六月、この審議は前例のない将軍親裁となり、綱吉自ら双方の言い分を聞いた上で裁決を下した。その結果、美作・掃部父子は切腹、大蔵と主馬は八丈島に流刑、光長は監督不行き届きを理由に改易を申し渡された。

その背景には、綱吉の将軍就任に光長が反対し、酒井忠清と共に、京都から有栖川宮幸仁《ありすがわのみやゆきひと》親王を将軍に迎えようとしていたという経緯《いきさつ》があった。

この一連の騒動を越後騒動といい、この親裁は、たがが緩み始めていた幕藩体制を引き締め直すために、綱吉が「御代始めの仕置」として行ったとされる。以後、将軍の「上意示達《したつ》」が最終決定とされ、それには何人たりとも逆らえなくなる。

「それは大変なことでしたね」

「まあ、喧嘩《けんか》両成敗ということだな」

「それで、高田藩領は御料所になったのですね」

延宝九年七月、高田藩領はすべて天領となった。天領には在番大名が入り、一年交代で統治に当たっていた。

「そうだ。その後、稲葉家が入り、今に至る」

貞享二年(一六八五)からは、稲葉正則の息子の正往が十万石で入封し、高田藩は再興される。

「そこでだ」

喬知が、いよいよ本題に入った。

「越後高田藩領の鉱山は、すべて御直山《おじきやま》としたのだが——」

「つまり鉱山の採掘権は、幕府にあるということですね」

「そうだ。それで上田銀山の採掘を江戸の山師に託したのだが、うまくいかなかったのだ」

貞享元年、幕府は高田出身で江戸に住む山師の須浜屋《すはまや》又兵衛《またべえ》に、上田銀山の再興を託すが、思うように成果が上がらなかったため、再び山を閉じた。しかし喬知はあきらめきれず、七兵衛に声をかけたというのだ。

——おそらく水だな。

成果が上がらなかった理由は定かでないが、おそらく水の問題を処理できなかったのだと推測はつく。

——わいの手には余りそうだな。

七兵衛は、晩節を汚すような安請け合いだけはしたくなかった。

「山師が掘り出せないものを、わいが掘り出せるわけがありません」

「それは分かっている」

「では、何をしろと――」

「向後、長きにわたって掘り出していける体制や仕組みを作ってほしいのだ」

「仕組みと――」

喬知によると、山師は鉱脈を見つけ、どこに間歩を取ったらいいかなどの知識を身に着けている。だが総じて体制や仕組み作りは不得手で、それが原因で、安定的に鉱石を掘り出せなくなっているという。

「幕府の懐も逼迫《ひっぱく》している折だ。そなたに採鉱の基盤を作ってもらいたいのだ」

この時期、いまだ元禄の好景気は訪れておらず、幕閣は、脆弱《ぜいじゃく》な財政基盤をいかに強化するかに頭を悩ませていた。

――やるとしたら、越後に骨を埋める覚悟をせねばならない。

七十二歳の七兵衛にとって、この仕事を引き受けることは、畳の上で死ねないことを意味する。これまで妻のお脇に迷惑を掛けてきた償いとして、せめて晩年くらいは、共に穏やかな日々を過ごしたいという思いもある。

――ここは思案のしどころだ。

七兵衛の性分からすれば、引き受けたいという気持ちは強くある。しかし無責任に引き受け、途中で体を壊すなどして、仕事を投げ出すようなことだけはしたくない。

「そなたは、あそこで子を亡くしていたな」

喬知が、しんみりとした口調で言う。

「そなたが、それを気にしているなら仕方がない。子が死んだ場所に行き、その時の悲しみを思い出す辛《つら》さは、わしとて分からぬでもない」

「そう言えば、秋元様も――」

「ああ、そなたと同じく、子を亡くした身だ」

喬知には武朝《たけとも》という長男がいたが、十代で病死していた。

――あそこに行けば、あの時の辛さが思い出されるだろう。

日本国中を走り回ってきた七兵衛だが、伝十郎が命を絶たれたあの場所にだけは行きたくない。

――だが、それでいいのか。

これまでの生涯で、七兵衛は立ちはだかる難題から逃げたことはない。いかに年を取ったとはいえ、これまでの生き方を裏切るようなことだけはしたくない。

「やはり、この話はなかったことにしてくれ」

喬知が悔恨をあらわにする。

気づくと、七兵衛は拳を固めて歯を食いしばっていた。

――これくらいのことで引いたら、わいは河村屋七兵衛ではなくなる。わいは、生涯を河村屋七兵衛として全うするんだ。

「いいえ」

威儀を正して平伏した七兵衛が、肺腑《はいふ》を抉《えぐ》るような声で言った。

「お引き受けさせていただきます」

「よいのか」

「はい」と言いつつ、七兵衛が顔を上げる。

「これは伝十郎の弔い合戦です。上田銀山の採鉱を軌道に乗せることが、伝十郎の無念を晴らすことになります。そのためなら、この一命を捧げても構いません」

「行けば辛いことになるぞ」

「分かっています。ですが、坑内に閉じ込められて死を待っていた伝十郎のことを思えば、何ほどのこともありません」

「本当によいのだな」

「男に二言はありません」

「そうか。見事な心掛けだ」

喬知が軽く一礼した。

ほんの少し顎を引いただけだが、それでもこの時代、武士が商人に頭を下げるなど異例中の異例である。

「もったいない」

「いや、これは、わしの心がさせたものだ。男と男に身分などない」

得体の知れない何かが、胸奥《きようおう》からわき上がってきた。

「秋元様、わいのような老人でも、お国の役に立てることを皆に知ってもらうためにも、この仕事、全うさせていただきます」

「頼むぞ」

「はい」

二人は強く視線を絡ませた。

たぎるような熱の塊が込み上げてきた。その熱さは、若い頃と何ら変わらない。

——伝十郎、見ていろ。おとはんが仇《かたき》を取ってやる。

七兵衛の意気は、天を衝《つ》くばかりになっていた。

二

帰宅した七兵衛は、お脇に平身低頭し、「最後の道楽」の許しを請うた。お脇も七兵衛の「病気」が分かっており、「あんたは、あてもなく走る飛脚のような人だね」と言って許してくれた。

——いかにも、その通りだ。このまま生涯を走り切ることになりそうだな。

しょせん七兵衛には、立ち止まることなどできないのだ。

出発は、越後の雪が解ける四月と決まった。

七兵衛は遺書を書いたが、同行することになった品川組の二人、梅沢四郎兵衛と浜田久兵衛にも遺書を書かせた。二人もすでに五十代である。

また、山師の粂八《くめはち》にも参加を促した。粂八は佐渡におり、佐渡金山の仕事に携わっているというが、喬知の口利きもあって、了承してもらった。粂八の返書には、必要な人員や資材が入念に書かれていた。

請負方法は「請山《うけやま》」となった。鉱山経営の形態は「直山」と「請山」の二つに大別される。幕府や大名が経営から採鉱までを仕切る形になる直山よりも、山師（この場合は七兵衛）に丸投げして好きにやらせる「請山」の方が効率的だと、幕閣も判断したのである。

「請山」とは一定期間、山師が鉱山経営を請け負い、出来高（掘出分）の何割かを運上として納める形態を言う。

今回の場合、期間は三年で運上は半分と決まった。七兵衛の取り分は一見、大きく見えるが、開坑の苦労を考えれば、決して有利な契約ではない。しかも幕府は三年後、採鉱が軌道に乗っていれば、「直山」として経営するのは明らかである。

採鉱体制も整い、いよいよ七兵衛が越後に旅立とうとする直前の三月二十日、突然、新井白石が訪ねてきた。

「新井先生、立派になられた」

早速、白石を書院に招き入れた七兵衛は感無量だった。

「もはや先生に、今生《こんじょう》でお会いできるとは思いませんでした」

「何を大げさな」

白石が大笑いする。

「お元気そうで、何よりです」

「元気でも出さねば、やっていられないからな」

「いつから江戸にいらしたのですか」

「少し前に、藩主の参勤で江戸に上ってきたのだ」

「そうでしたか。お会いできて本当によかった」

七兵衛の目が潤む。最近は、涙もろくなって仕方がない。

「風の噂で聞いておりますが、先生も、あれから大変でしたね」

「まあな」

白石が苦笑い交じりに語り始めた。

貞享元年八月の堀田正俊刺殺事件の後、堀田家と白石の運命も変転した。

正俊の古河藩十三万石は、その死後、幕府の命により嫡男正仲に十万石が残され、三万石は弟たちに分与された。ところが正仲は、なぜか将軍綱吉から疎まれ、正俊の江戸城大手門前屋敷や正仲自身の屋敷を接収され、翌貞享二年（一六八五）六月には、出羽山形へと転封を命じられた。

大老や老中を輩出する家が古河に入るのは、幕府の慣例となっていたが、そこを立ち退《の》かされたということは、正仲やその弟たちが、幕府の要職に就けないことを意味する。

さらに約一年後の同三年七月、今度は陸奥福島に転封となる。こうした際の移動費用は自前なので、堀田家の財政は悪化の一途をたどった。

むろんこうした転封にも、白石は付き従った。

「世の中は矛盾に満ちている」

白石は語る。

「武士の世界の不条理な仕来りの一つは、加害者だけでなく、被害者にも懲罰が下されることだ。全く落ち度がなくても、『殺される』ないしは『傷つけられる』ことが士道に悖《もと》る行為だと見なされ、懲罰的措置が取られる。その典型が此度《こたび》の件だ」

白石は怒りをたぎらせていた。

「新井先生、お静かに」

七兵衛がたしなめるが、白石は動じる風もない。

「同じ十万石と言っても、山形や福島は地味が悪く、実質五万石程度だ。おかげで藩士は困窮し、足軽小者の子弟からは栄養が足りずに死ぬ者まで出ている。わしも『貧は士の常』だと思ってきたが、食うや食わずでは、まともに仕事もできぬ」

表高と実質的収穫高に乖離のある地への転封を繰り返させられた堀田家は、遂に家臣たちへの扶持米も給せなくなり、「歩引《ぶびき》」と呼ばれる禄高を減じる方法で対応するしかなくなっていた。

「子を多く抱えている者は食べていけなくなり、堀田家を致仕していった」

こうした目に遭った大名の常で、下士の方から禄を離れる者が続出した。彼らは浪人することになるが、餓死するよりはましだという判断を下すのである。

「新井先生は、主家を見捨てなかったのですね」

「ああ、藩財政の再建にかかわっていたからな」

家老たちは、侍講にすぎない白石にも意見を求めた。これを受けた白石は絹織物や山漆などの産業を育成し、温泉設立の湯権を競争入札させるなどの意見を具申して、実現を見たが、どれも一朝一夕に利益が出るものではない。

「しかも転封が続く藩は、その地に根を下ろして産業を育成しようという気力がわかなくなる。つまり根無し草の根性が染みつき、その日暮らしをするだけになるのだ」

白石は、意固地になって堀田家に踏みとどまった。

「しかし強がってみたところで、米櫃《こめびつ》の底にこびり付いた米さえ、もうなくなりつつある」

「それでも新井先生は立派だ」

「だが、わしにも妻子がいる。妻子が餓死の危機に瀕《ひん》したら、致仕することも考えねばならぬ」

白石は山形転封後、同じ堀田家の藩士である朝倉万右衛門長治《あさくらまんえもんながはる》の娘を娶《めと》り、すでに女子をもうけていた。

「ただな――」

白石が苦笑する。

「暇だけはあるので、こんなものを書いた」

白石が風呂敷包みから数冊の書物を取り出した。そこには『論語筆記』と書かれている。

「これは『論語』の解釈本ですか」

「そうだ。ただし初学者、つまり童子《わらべ》向けに書かれている」

「つまり『庭訓往来』のようなものですね」

「ああ、幼少年期の学問ほど大事なものはない。ところがこの国には、初学者向けの書物がない。学才に恵まれた者であれば、それでもよいが、常の者にとっては敷居が高い。それゆえ学問が嫌いになる。こういう悪循環が生まれておるのだ」

「なるほど、さすがは新井先生だ」

この時代、元々、初学者向けに書かれた『庭訓往来』などの教科書を除けば、大人向けの書物を子供向けに嚙《か》み砕いて書かれたものは、ほとんどない。

「それで、『論語筆記』を書写したものを一揃《そろ》え、こちらに進呈しようと思ったのだ」

「ありがとうございます」

「まあ、今は飯も食わずに読書か執筆をしておる。つまり――」

白石がにやりとした。

「雷雲の訪れを待って天に昇ろうとした伏竜だったが、時は至らず、再び海底の穴倉に戻ったというわけだ」

「新井先生――」

そうした戯《ざ》れ言《ごと》からも、白石の無念さが伝わってくる。

「それでもあきらめてはいけません。天が伏竜を呼び寄せる時は、必ず訪れます」

「だと、よいのだがな。まあ、それはそれとして――」

白石が威儀を正した。

「七兵衛殿、越後に行くと聞いた」

「はい。もう一勝負してきます」

「あんたも懲りぬ男だな」

「それだけが取り柄で」

二人の笑い声が書院内に響く。

「もはや、覚悟は決まっておるのだな」

「言うまでもありません」

「それなら、わしはとやかく言わん」

そう言いつつ白石は、背後の風呂敷包みから巻物を取り出した。

「わしには餞別《せんべつ》を買う金もない。それゆえ詩を作った」

新井白石が朗々たる声音で、巻物に書かれた漢詩を読み上げた。

忽《たちま》ち見る未《いま》だ知らざるの嶽《がく》
杳然《ようぜん》として雲を望むが如し
天に倚《よ》りて千仞《せんじん》に立ち
地を抜いて八州分かる
晴雪《せいせつ》の粉は画《えが》くに堪え
長烟《ちょうえん》の篆《てん》は文を作《な》す
時有りてか仙客到り
笙鶴《しょうかく》を月中に聞かん

この五言律詩は、唐国《からくに》の伝説にちなんだもので、王子喬《おうしきょう》という男が、笙《しょう》（雅楽で使う楽器の一種）のうまい仙人となって、鶴に乗って往来する時に見た光景を描いたものである。

詩心のある白石は、その雄大な心象風景を自在に詩に託してみせた。

「何とも壮大な詩ですな」

さほど詩に明るくない七兵衛でも、この詩の素晴らしさは分かる。

「この詩は、王子喬のようにこの国の隅々まで飛び回り、あらゆるものを見てきた貴殿にこそ、ふさわしいものだ」

この時代、人々の行き来は制限されていた。庶民がその所属する国以外の地に行くためには、様々な手続きが必要だった。しかし幕府のお墨付きを得た七兵衛は、この国の隅々まで見て回ることができた。

「お礼の申し上げようもありません」

白石から渡された巻物を押し頂き、七兵衛は嗚咽《おえつ》を漏らした。これまで行った地での様々な思い出が、一気に押し寄せてきたのだ。その中には、懐かしい人々の顔もある。その大半は、すでに鬼籍に入っているか第一線を退いているが、七兵衛だけは王子喬のように、いまだ旅を続けている。

「七兵衛殿、大坂は楽しかったな」

「ええ、新井先生のおかげで、畿内治水は滞りなく終わりました」

「わしも共に越後に行きたいが、それを許されぬのが浮世というものだ」

「はい。仰せの通りで」

「七兵衛殿、もはや無事を祈るなどと言っても仕方がない、それぞれに与えられた天命を全うしよう」

「は、はい」

後は言葉にならない。畳についた手の甲に大粒の涙が落ちる。

「新井先生、夜は必ず明けます」

「ああ、その時こそ、竜は天に向かって飛び立つのだ」

白石の顔が引き締まった。

たとえ今は不遇にあるとしても、伏竜はさらに大きくなって天に昇るに違いないと、七兵衛は確信した。

この後、白石は堀田家のために粉骨砕身したが、二年後の元禄四年（一六九一）、三十五歳の時、遂に堀田家を致仕することになる。長男が誕生した上、生活資金が枯渇し、どうにもならなくなったのだ。

主君の正仲は思いとどまるように諭したが、最後は致仕を許してくれた。

かくして白石は再び浪人となるが、下野佐野藩主・堀田正高から資金援助を受けられたので、江戸で私塾を開くことができた。白石の塾は流行《はや》り、その名も徐々に広まっていった。

将軍綱吉が没し、六代将軍の座に家宣《いえのぶ》が就いた宝永《ほうえい》六年（一七〇九）、周囲の推挙によって将軍の侍講となった白石は、政治顧問のような立場に就き、「生類憐みの令」の廃止、宝永大銭《おおぜに》の使用停止などの新政策を打ち出し、前代の悪政を正していく。

「正徳の治」である。

伏竜が天に昇る日は目前に迫っていた。

三

――戻ってきたな。

峠道の途中から採掘地となるあの渓谷を眺めつつ、しばし七兵衛は感慨にふけった。

――伝十郎は、ここで死んだのだ。

「息子の敵討ち」と息巻いて江戸を後にしたものの、ここに来てみると、あの時の悲しみがよみがえってくる。

——それでも引き受けたからには、逃げるわけにはいかない。

もしもあの時、断っていたら、七兵衛は悔恨を抱えたまま、つまらぬ隠居生活を送ることになったはずだ。それを思えば、ここに来る以外に道はなかったのだ。

——やはりわいは、この地に立つべき運命だった。

七兵衛は、伝十郎を死に追いやった渓谷を睨《ね》め付けた。

——わいの最後の勝負、受けてくれるか。

渓谷を渡る風が、色づき始めた木々をざわめかせる。それが「諒《りょう》」の意であると、七兵衛は解釈した。

「河村屋さん、行きましょう」

しばらくしてから、粂八が声を掛けてきた。きっと七兵衛の気持ちを慮《おもんぱか》っていたのだろう。

「そうですね。ここからは、仕事のことだけを考えることにします」

「それがいいと思います」

七兵衛一行は山を下り、採掘口があった場所に着いた。

かつて、必死の思いで伝十郎を救おうとした日々が思い起こされる。

その時、採掘口の脇に建てられた大工建場《たてば》（休憩所）から、五人ほどの男たちが出てきた。現地で待ち合わせた者たちである。

「買石頭《かいしがしら》の浦野《うらの》門左衛門《もんざえもん》です」

製錬を担当する門左衛門は、須浜屋時代もこの山に入っていたので、上田銀山の事情に精通している。

七兵衛たちはそれぞれ名乗ると、打ち合わせに入った。

門左衛門によると、思った通り、須浜屋又兵衛の失敗は水にあった。もちろん又兵衛も、間歩が深くなれば湧水《ゆうすい》が多くなり、敷と呼ばれる採鉱現場に水がたまることや、下手に掘り進むと地下水脈に当たってしまい、坑道に水が溢れてしまうことを知っていた。

「ではなぜ、失敗したのですか」

「焦っていたのです」

須浜屋は、七兵衛よりも長い五年間の「請山」契約だったという。しかし調査の段階で、疎水坑や排水設備に莫大な投資が必要だと分かった。むろん初期投資は公金だが、それにも限りがあるため、万全を期すためには自腹を切らねばならない。

「どのくらいの追加金が必要だったのですか」

「一万から一万五千両です」

「何だって」

さすがの七兵衛も絶句する。

須浜屋程度の分限では到底、投資できない額である。そこで一万両という公金の範囲内で、それらの排水処理関連の投資を済ませようとしたのが間違いの元だった。

結局、大事故には至らなかったものの、日々、水の処理に悩まされた末、穿子《ほりこ》たちの中には山を下りる者が続出した。その結果、仕事は遅々として進まなくなった。

しかも越後の山は半年ほど雪に閉ざされるため、一年中、掘り続けることができない。すなわち全く採算が取れなくなったのだ。

結局、採掘らしい採掘もできず、須浜屋は二年で音を上げ、幕府に山を返したという。

粂八が言う。

「採鉱に必要なのは、一に立合の正確な見立てと測量、二に掘進《くっしん》技術、三に土石の崩落を防ぐ山留《やまどめ》技術、四に排水、五に換気です。この五つのうちの一つでもおろそかにすると、採鉱はうまくいきません」

門左衛門が補足する。

「それだけではありません。寄選場《よせせりば》（製錬・精錬所）、石撰建場《いしえりば》（鉱石選別所）、鍛冶小屋（鑿《のみ》や鏨《たがね》の製作・修理作業所）、穿子たちの宿舎などの設営、掘り出した鉱石の搬出と食料などの搬入道の整備など、やるべきことは山ほどあります」

――鉱石を掘り出すというのは、生半可のことではないのだな。

さすがの七兵衛でも、うんざりするほどの仕事が山積していることを知った。

その時、風が木々をざわめかせた。それは、「どうだ。やれるか」と言っているような気がした。

「よし」

七兵衛は肝を決めた。

「とことんやってみよう。金なら何とかする」

すでに隠居の身であるため、弥兵衛の事業資金には一切、手を付けられない。ただし隠居した際にもらったまとまった金と、月々に弥兵衛から支払われる隠居料をすべて注ぎ込めば、何とかならないこともない。

――どうせ裸一貫から始めた人生だ。裸一貫で終わっても構わない。

七兵衛は、自分の馬鹿さ加減に可笑《おか》しくなった。

「図面を見せてくれるかい」

この瞬間から、七兵衛の最後の仕事が始まった。

まずは見立てと測量からである。すでに見立ては済んでおり、上田銀山が質量共にまれに見る鉱山なのは間違いない。また測量についても同様で、須浜屋の残していった測量結果に沿っていけば何とかなる。

須浜屋の立てた基本計画に変更を加えつつ、粂八の指揮による掘進作業が始まった。掘進と言っても慎重を期さないと、伝十郎の時のように地下水脈を掘り当ててしまうこともある。それゆえ、伝十郎が掘り進めようとしていた方角は避けることにした。

それだけならまだしも、四月と言えば雪解け水が最も多い季節であり、湧水の処理だけでも、たいへんな労力がかかる。

そのため水貫《みずぬき》（疎水坑道）を密に切ることはもちろんだが、水貫だけで処理しきれない水をどうするか考えねばならなかった。坑道は起伏が激しく、うまく水が水貫まで流れないこともある。また岩盤などに遮られ、水貫の掘削ができない場所もある。

そうした間歩には、独自の工夫が必要になる。

――やはり、水上輪か。

かつて伝十郎は、水上輪と呼ばれる螺旋《らせん》式の揚水機を導入し、それで効率よく水を汲《く》み上げようとした。しかし、その稼働を待たずして事故は起こってしまった。

――水上輪だけで、低い場所にたまる水を揚げきれるか。

伝十郎が導入しようとしていた水上輪は、まず坑道の中に井戸のような穴を掘り、そこに水がたまるようにする。そこに筒状の水上輪を設置し、樋引《といびき》人足と呼ばれる者たちが、昼夜三交代で轆轤《ろくろ》を回して水上輪を回転させる。それによって水を螺旋状に汲み取っていくという仕組みである。汲み上がった水は、井戸の脇に付けられた小さな疎水に流れ込むようにしてあり、疎水は川までつながっている。

――まずは、やってみよう。

七兵衛は様々な準備を指揮するかたわら、江戸にいる弥兵衛に使者を走らせ、水上輪の専門家を呼ぶよう申し付けた。もちろん「金に糸目は付けるな」と言い添えるのを忘れなかった。

五月末、一人の老人と、その荷を運ぶ人足たちがやってきた。荷物が多いらしく、四人ほどの人足が、それぞれ大きな行李《こうり》を背負っている。

番士が何の用かと問うと、「樋屋《といや》」と答えた。水上輪は竜樋とも呼ばれているので、そう答えたらしい。

早速、番所に七兵衛が駆け付けると、擦り切れた僧衣と道中袴《ばかま》を身に着けた老人が、ちんまりと座り、お茶を飲んでいた。老人と言っても、七兵衛より五、六歳は若そうである。

「よくぞいらして下さった」

七兵衛が畏《かしこ》まる。

「随分と難渋したわい」

老人は不機嫌そうにしている。

「あの、水上輪の製作と指導をしていただけるお方ですね」

その老人は、とても技術を生業《なりわい》にしている者とは思えない。

「わしの名は水学宗甫《すいがくそうほ》。尤《もっと》も水学というのは、皆に付けられた渾名《あだな》だが、宗甫というのは歴《れっき》とした出家名だ」

老人が呵々《かか》大笑した。前歯がほとんどなく、残っていても虫歯にやられているらしく、鉄漿《おはぐろ》を付けているように見える。

その時、七兵衛は老人の目が白濁していることに気づいた。

——まさか白底翳《しろそこひ》では。

白底翳とは白内障のことである。

「あの」

七兵衛が言いにくそうにしていると、老人の方から答えた。

「ああ、わしの目のことだな」

「はい。その——」

「あんたが心配することではない」

「では、見えるので」

老人が首を左右に振る。

「いや、見えないよ。まあ、光くらいは感じられるが」

「では、どうやって——」

弥兵衛の書簡によると、水上輪の第一人者を送るとのことだったが、盲人とは思わなかった。

「見えなくても分かる」

「それは真で」

「あんたらに見えないものが、わしには見えるからな」

「わいらに見えないもの、ですか――」

七兵衛には何のことだかわからない。

「面倒な御仁だな。あんたらが見たままに中の様子や寸法を教えてくれれば、わしは目明き以上に物事が見えるということだ」

「はっ、はい」

七兵衛は前途の多難を思った。

四

宗甫の指導により、奇妙な装置ができ上がった。

「どうだい」

「これが水上輪ですか」

「そうだよ」

宗甫は得意げだが、七兵衛たちには使い方が分からない。

「下の方に水はたまっているかい」

宗甫が井戸の縁から間切り（試掘坑）の中に向かって問うと、「へーい」という声が返ってきた。

「よし、その轆轤を回しな」

四人の樋引人足が、井戸から一間ばかり離れた場所に設置された轆轤を押す。

すると、すぐに筒の中から水が溢れ、樋を伝って疎水に流れ込んでいく。

粂八から聞いていた伝十郎の水上輪は、井戸の中に推進装置を造り、二人の樋引人足が脚力によって水を引き上げていたが、宗甫の水上輪の推進装置は地上に造られている。

その理由を七兵衛が問うと、宗甫はさも当然のごとく、「からくりというのは、日進月歩なのさ」とうそぶいた。

そう言いつつも宗甫は、「前のものは地下に広い空洞が必要だったので、取り付けられる場所が限られていた。しかも人足は二人しか使えない上に空気が薄いので、すぐに息が切れる。一方、こいつは今までより五倍から十倍の水を汲み上げられる」と教えてくれた。

見えない目で井戸の底をのぞきながら、宗甫が問う。

「水は、こぼれていないかい」

「はい」と、並んで井戸の底を見下ろしていた七兵衛が答えると、宗甫は「どんなもんだい」と言わんばかりに煙管《きせる》を取り出し、慣れた手つきで煙草《たばこ》を詰め始めた。

七兵衛は、その構造をもう一度、子細に見回した。

まず地下には井戸が掘られており、そこにたまった水を水上輪によって汲み上げるだけなのだが、その水上輪を動かす方法として、地上に轆轤を設置し、それを人足たちが手で押すことにより、水上輪が回る仕組みになっている。

「それができるようになったのは、こいつのおかげよ」

手探りで車輪のような者を探り当てた宗甫は、それを愛《いと》しそうに撫《な》でた。

「これは南蛮巻（滑車）と言うんだ」

その推進装置には、多くの車輪状のものが取り付けられており、最低限の労力で、大量の水を汲み上げられるようになっていた。

「南蛮巻は南蛮だか唐国で考案されたもので、こいつを多く取り付けていればいるほど、力は要らなくなる」

「なるほど」

井戸の釣瓶《つるべ》を引き上げる装置などで、すでに滑車は普及しており、七兵衛も見たことはあるが、これだけ多くの滑車を使っているものは知らない。

「何事も日進月歩さ。ただね――」

宗甫が紫煙を吐き出す。

「こいつは、壊れやすいのが玉に瑕《きず》なんだよ」

宗甫は慣れた手つきで煙管の灰を落とすと、すぐに次の煙草を詰めている。

「これと同じものを、大工たちに造らせるんだ」

宗甫の荷物が多かったわけが、これで分かった。宗甫は、水上輪とその推進装置の肝の部分を部品として運び込んだのだ。

煙草を吸いながら、聞き耳を立てるようにしていた宗甫が言う。

「どうやら、うまく動いているようだな」

「はい。水も疎水に流れ込んでいます」

汲み上げられた水は、小さな水路を通って川に流れ込むようにしてある。

「わしの思惑通りだ」

「これを間歩の要所要所に設けていくのですね」

「そうだ。できる限り、この装置を使う」

「できる限り、と言うと――」

宗甫が、煙管の灰を膝で落とすと言った。

「地形的に、こいつを設置できない場所も出てくる。例えば傾斜地や泥湿地では難しい。また木々が生い茂っていれば、伐採もせねばならない」

「なるほど」

「とにかく間歩をどう取るか、あんたの話を聞きながら現場を歩き、決めていくしかない」

「は、はい」

七兵衛が図面を見ながら歩き出すと、後方から「おい、おい」と宗甫の声が追ってきた。

「すいません」と言いつつ、宗甫の手を取って、己の肩に載せると、七兵衛は再び歩き出した。

盲人の宗甫は、すぐに石や岩につまずくが、悪態をつきながらも、へこたれる様子はない。

「山道は慣れているのですか」

「まあ、山を歩くのが仕事のようなものだからな」

宗甫のカラカラという笑い声が、山間に響く。

七兵衛は設計図と近くの地形を説明しながら、宗甫を導いた。

半刻（約一時間）ばかり歩き回って休憩を取ると、またぞろ宗甫は煙管を取り出し、煙草を吸い始めた。

七兵衛は水と握り飯を宗甫に渡したが、宗甫は「まずは一服。いや二服だな」などと言いながら、うまそうに紫煙を吐いている。

「それでは先にいただきます」

七兵衛が握り飯を食べていると、宗甫がしみじみとした調子で言った。

「あんたという男は、やけに低姿勢だな。河村屋と言えば、天下に並ぶ者なき大分限だ。それがどうして、わしのような年下の貧乏職人に、そこまで丁寧に接するんだい」

「わいは、わいよりも優れたものをお持ちの方は、すべて師だと思っています」

「それはよい心がけだ。それが、あんたの身代を築いたのだな」

——いかにも、その通りかもしれない。

七兵衛は相手が優れていると思えば、自分のことなど忘れて相手を尊敬する。あえてそうしているのではなく、自然にそれができるのだ。

「人というのは、長く生きているだけで偉そうになる。ましてや何かに熟達した者や何かで成功した者は皆、つまらん誇りを持っている。わしもそうだ。だが、あんたは違う」

「そんなことはありません」

「いや、少しでも自分より秀でている者に対して敬意を払うことは、できそうでできないことだ」

「そういうものですか」

「ああ、わしは若い頃から鉱山を渡り歩いてきた。おそらく眼疾も、その頃の何かによるものだろう。鉱山の仕事はきつい。その上、病気や怪我《けが》で働けなくなれば、放り出される。それが掟だからだ。そこでわしは、万が一そうなっても食いっぱぐれないよう、何かに秀でようとした」

「ははあ」と相槌を打ちつつ、七兵衛が身を乗り出す。七兵衛は己がそうだったこともあり、こうした立身話が大好きである。

「鉱山で最も困るものは何だ」

「水ですか」と七兵衛が答えると、「その通り」と言って、宗甫が歯のない口を開けて笑った。

「わいのような素人にも、ようやく、それが分かってきました」

「水というのは厄介なものだ。そこで水を汲み出す技術を学び、それを生業にしようと思った。わしはある先達の弟子になり、懸命に学んだ。それによって、この分野で食いっぱぐれないだけの名声を築いた」

「立派なものです」

「ところがどうだ。山に入れば役人は威張り散らし、山師や山方も、わしのような者を使い走りのようにしか考えない」

「そうでしたか」

「相手の立場や技量を認め、互いに尊敬し合って仕事をしたことなど、これまで一度もなかった。その方が仕事はうまく運ぶと分かっていても、人は自分の感情に負けてしまうもんだ」

「仰せの通りかもしれません」

かつて稲葉正休は、下らない自尊心のために上役である堀田正俊を刺し、自らの命も身代も棒に振った。自分の面子や立場など忘れ、仕事に没頭していれば、あの悲劇は防げたのだ。

「それにしても、あんたもわしも、いつお迎えが来てもおかしくない年だな」

「はい。おそらくわいは、この地の土となるでしょう」

「その覚悟があるのなら、この仕事はうまく行く」

二人は様々な話をしながら、山間の地を歩き回った。

宗甫は学識があるわけではないが、その経験に培われた話には学ぶところが多々あり、七兵衛は技術屋としてだけでなく、人としての宗甫を尊敬するようになっていった。


仕事は徐々に軌道に乗り始めた。

須浜屋の計画書は、予算との兼ね合いもあったのか、細部はずさんなところも多く、測量も厳密に行われていないところがある。そのため確認作業が生じていた。

その間も、寄選場、石撰建場、鍛冶小屋、宿舎などの設営と、掘り出した鉱石の搬出と食料などの搬入道の整備が並行して進められた。このあたりは品川組の梅沢四郎兵衛と浜田久兵衛が得意とするところなので、すべてを任せられる。

現場には常時二百名ほどの人々が動き回るようになり、にわかに活気づいてきた。天候も晴天が続き、皆の顔にも笑みが溢れていた。

様々な準備も順調に進み、六月初めには試掘も始められることになった。

そんな折、七兵衛が現場で指揮を執っていると、客人がやってきたという知らせが入った。

——こんな場所に誰だろう。

首をかしげつつも、慌てて宿舎としている掘立小屋に赴くと、その前には何頭もの馬が草を食《は》み、その背から数えきれないほどの荷が下ろされていた。

誰かと思って客間に入ると、懐かしい顔が待っていた。

「これは驚いた。七郎右衛門《しちろうえもん》さんじゃないですか」

「ご無沙汰しておりました」

客人とは、かつて中江用水を造るべく、共に奔走した今池村の和田《わだ》七郎右衛門だった。

「お懐かしい。もう会えないかと思っていました」

かつて苦労を共にした人に会うことは、高齢の七兵衛にとって感無量である。

「こちらにいらしていると聞き、矢も盾もたまらずやってきました。外にあるものは、些少《さしょう》ですが、用水路によって受益者となった村々からの陣中見舞いです」

「えっ、あんなに――」

「はい。米は五十俵、酒樽は十、ほかに味噌、鰹節、干鰯《ほしいわし》、塩鮭、蠟燭《ろうそく》、菜種油、煙草など、思いつくままに取りそろえてきました」

七郎右衛門の陣中見舞いは、越後国の特産品、生活必需品、嗜好品《しこう》など多岐に及んでいた。

「何とお礼を申し上げていいか」

「いえいえ、中江用水による利益を考えれば、このくらいは何でもありません。ただ何分、運び込むのがたいへんな山奥ゆえ、この程度でご勘弁下さい」

「あ、ありがとうございます」

涙腺の弱くなった七兵衛は、涙声で礼を言った。

「すでに聞いておられると思いますが、あれから頸城平野は金城湯池《きんじょうとうち》となりました」

七郎右衛門によると、中江用水によって三千七百町歩、二万六百七十四石が新たに生み出された。

受益地域は実に百二十二カ村に達し、そのうち上流の村を除く百六カ村が中江用水組合を結成し、松平光長の越後高田藩が改易された後も、自力で用水路の維持管理に当たっているという。

「そうでしたか。こんなわいでもお役に立てたと聞き、ほっとしています」

「お役に立てたどころではありません。どれほど感謝しても足らないくらいです」

その後、こうした生産性の向上や新田開発は越後国全土に広がり、慶長三年（一五九八）から明治元年（一八六八）までの間に生み出された新たな石高は、実に七十万石に及ぶことになる。

「しかし、返す返すも残念なのは小栗様のことです」

七郎右衛門がしみじみと言った。

「仰せの通り、無念でした」

小栗美作は藩と民のことだけを思い、懸命に仕事をした。もちろん、もっと仕事をしたかったはずだ。しかし能力はないが、欲だけはある連中に足を引っ張られた挙句、腹を切らねばならなくなり、さらに主家を改易とされたのだ。その無念を思うと、七兵衛は胸が締め付けられる。

「美作様のことを思うと、わいは辛くなります。せめて中江用水の成功が手向けとなればよいのですが」

「何を仰せです。美作様の治世で、最も大きな仕事は中江用水の構築でした。きっとあの世で、河村屋さんに感謝しています」

「だとしたら、少しは救われた気持ちになります」

二人は盃を酌み交わし、昔話に花を咲かせた。

翌朝、多くの馬や荷運び人足と共に、七郎右衛門は山を下りていった。七郎右衛門は、「帰途に、ぜひ中江用水を見に来て下さい」と言っていたが、それが難しいのは言うまでもない。いかに幕府のお墨付きを得ている七兵衛でも、何の用事もないのに稲葉氏の高田藩領に入り、物見遊山のような旅をすることは、幕府の隠密《おんみつ》と疑われかねないからである。

七郎右衛門は、見送る七兵衛の姿が見えなくなるまで、幾度も振り向いては手を振ってくれた。

七郎右衛門も、二度と会うことはないと分かっているのだ。

過去を振り返ることのない七兵衛だったが、さすがに人生の総決算となった今、自らの事績の一つである越後治水事業が大成功を収めたことに、大きな誇りを持っていた。しかしそれも、上田銀山の仕事が失敗してしまえば、意味を成さないものになる。

——晩節を汚すわけにはいかない。

過去の成功を捨て去り、七兵衛は今の仕事に全力を尽くそうと思っていた。

五

地下水の処理は予想を上回るほどの難作業となった。宗甫は大工たちを指揮し、水上輪とその推進装置の製作に余念がないものの、それを待っていては埒《らち》が明かないので、ごまかしごまかし間歩を切って掘り進めてみたが、地下水は止《と》め処《ど》なく溢れてくる。

宗甫は七兵衛から間歩内の状況を聞き、その上を這《は》い回り、時には地面に耳を押し当てて中の様子を探り、「ここ」という場所に水上輪を設置していく。その場所の選定は実に的確で、一時的にその間歩の効率は上がるのだが、また掘り進めば新たな水が溢れてくる。

宗甫は「水が多すぎる」と嘆いていたが、その原因は、この地の積雪量が多いことにあった。

実は、この辺りは佐渡島の五倍ほどの積雪量があり、その大量の雪解け水が梅雨の雨水と一緒になり、地下水となって夏でも流れているのだ。

「駄目です」

間切りの中から粂八が這い出してきた。粂八の全身は豪雨の中を歩いたかのように濡れており、中がどのような状態かを物語っていた。

「やはり駄目か」

四留（坑口）近くの大工建場で、粂八が出てくるのを待っていた七兵衛は肩を落とす。

「ここの下には、いい立合があるはずです。この鉱山の釜の口（主要坑道）にできると思っていたのですが」

粂八が口惜《くや》しげに唇を嚙む。

「そんなに水が多いのか」

「はい。少し掘り進むだけで、すぐに膝まで達します」

「そうか――」

七兵衛は天を仰いだ。

この間歩は最も有望らしいので、七兵衛はここを釜の口にして、そこから支道を延ばしていくつもりでいた。

「ここが駄目だと、また別の場所に間切りして、立合を探さねばなりません」

粂八が落胆を隠そうともせずに言う。

――そうなると今年一年を棒に振る。

そんなことにでもなれば、さすがの七兵衛も須浜屋同様、資金的に追い込まれる。鉱山の怖さは、どれだけ投資すればもうけが出るか、予想もつかないところにある。ただ掘っただけで鉱脈に突き当たり、たいへんな利益が出ることもあれば、その逆に資金を際限なく注ぎ込み、地下水対策などを講じても、大した鉱脈に突き当たらないこともある。

「宗甫さん」

七兵衛が、大工建場で煙管をくゆらせる宗甫に問うた。

「やはり、ここには水上輪を設置できませんか」

「ああ、できんな」

宗甫はそっけない。

「この間歩は大きな岩盤を避けて掘り進めたので、四留を入ってすぐに急角度で下っている」

「仰せの通りで」

粂八が答える。

宗甫は目が不自由なので、中にいる者から状況を聞き、それを頭に思い描いて話をする。確かに中に入らなければ、目明きの七兵衛とて同じことなので、宗甫の目が見えないことは、この仕事においてさほど障害でもない。

「角度はこれくらいかい」と言いつつ、宗甫が腕の先を、餌をついばむ鶴の首のように曲げる。

「いえ、これくらいです」

粂八は宗甫の腕をさらに曲げた。

「そいつは無理だね」

宗甫が、もう片方の手で持っていた煙管を左右に振る。

「その角度では、岩盤が邪魔して水上輪は設置できん」

「この奥には、いい立合が眠っているというんだ。宗甫さん、何とかならないか」

「あんたも、あきらめが悪いね」

それでも宗甫は、何かを考えているようだ。

「水を下に流していき、上に岩盤のないところで垂直に掘り進み、水上輪を使ったらどうだろう」

粂八が打開策を提案する。

「そいつは無理だ。水上輪は強度に不安があり、せいぜい五間（約九メートル）の長さが限界だ。岩盤のないところまで水を流していったら、優に十間から十五間の深さになる」

「やってみませんか」

「おいおい、わしを見くびっちゃいけないよ。これまで何度も試してきたんだ。その結果が、水上輪は最長五間ということだ」

「分かりました」

七兵衛が肩を落とす。

「一つだけ方法はあるが、まあ、無理だろうね」

「それは──」

七兵衛は藁《わら》にもすがる思いである。

「別のからくりを使って順次、水を押し上げていき、水上輪が設置できる場所まで水を運ぶ」

「そんなことができるのですか」

粂八が首をかしげる。

「どうだかね。そんなからくりを今から考えるにしても、試し物（試作品）を作っては改良を繰り返すことになるので、早くても二年はかかる」

七兵衛は暗澹《あんたん》たる気分になった。

——本当に裸一貫になってしまう。

それは覚悟の上だが、「あの時、ああすればよかった。こうすればよかった」などと愚痴をこぼしながら、息子の世話になるような隠居生活だけは送りたくない。

宗甫が気の毒そうに言う。

「七兵衛さんよ、この山は、どこを掘っても同じようなことになる」

「それは真で」

「いかにも掘ってみないことには分からない。しかしこうした岩盤は、一つだけぽつんとあるわけではない。一つあれば、たくさんあるはずだ」

「その通りです」

粂八が同意する。

「わたしの経験からも、岩盤の多い鉱山は始末に負えません。坑道は曲がりくねり、また上り下りが激しくなり、鉱石を運び出すことさえ難儀します」

「水と岩盤。この二つを克服しないことには、この鉱山は駄目だ」

「ちょっと待って下さい」

七兵衛が右手を挙げて二人を制した。皆で思考停止してしまえば、そこですべては終わる。皆で考え続けることにより、突破口は開けるのだ。

——待てよ。

何かが近づいてくるような感覚が、突然、よみがえってきた。

——岩盤があって水上輪が設置できないとしたら、別の何かで水を汲み上げればよいのだ。それは新たに作らなくても、既存のものを応用すればよい。

「そうだ」

七兵衛が大工建場の縁台から立ち上がった。

「翻車《ほんしゃ》だ!」

「ほ、ん、しゃ、だと」

宗甫と粂八が顔を見合わせる。

「粂八さん」

懐から不要の紙を取り出した七兵衛が、そこに絵を描いていく。

「こういう風に掘れるかい」

そこには、階段状の段差と奇妙なからくりが描かれている。

「掘れないこともありませんが」

七兵衛が、翻車とそれを設置する地形を説明する。

それを聞いていた宗甫が、「なるほどな」と言いつつ煙管に煙草を詰め始めた。

「段差を造って順次、水を汲み上げ、岩盤のないところまで運んでいき、水を井戸に落とす。それから水上輪を使うというわけか」

「そうです。それなら行けるはずです」

「そのからくりを作るには図面が要る。この坑道に入る小型のものを作るにしても、動く仕組みが分からないと、どうにもならない」

宗甫の言うことは当然である。

――確か持ってきているはずだ。

七兵衛は、かつて新井白石の描いた図面を行李に入れてきたことを思い出した。

「わいの行李の底を浚《さら》ってみます」

七兵衛は走って宿所に戻ると、十以上ある行李の底を片っ端から探っていった。

「あった」

「どうしたんで」

そこに浜田久兵衛が戻ってきた。

「おう、ちょうどいい。こんなものを作れるか」

「この絵図面通りでよければ、作れると思います」

「そうじゃない。こいつを穴に入れる。つまり一人が踏んで水を汲み上げるような小型のものにしたいんだ」

「ということは、すべて採寸をし直し、新たに図面を引き直さねばなりませんよ」

「それは分かっている」

久兵衛の顔が曇る。

「しかし旦那、わたしは勘定方ですよ。からくり作りなんて、やったことがありません」

「数字に強ければ必ずできる」

「とは仰せになられても――」

当初、久兵衛は渋ったが、何とか説き伏せた。

「それで、今の仕事はどうします」

「四郎兵衛はどうした」

「今、四郎兵衛さんは下の里まで資材や食料の買い付けに行っています」

下の里とは須原口という小さな村だが、上田銀山の登山口として、にわかに商人たちが見世棚を出し、女郎も集まりつつある。

「それでは今の仕事を誰かに任せて、こいつを作ることに専念してくれ」

「どうやら、こいつを作れるかどうかが、この鉱山の死命を決することになるんですね」

「そういうことだ。鉱山どころか、わいの死命を決する」

それは決して大げさではなかった。この小型翻車の製作に失敗すれば、七兵衛の身代と名声が揺らぐ。身代はまだしも、七兵衛はその名声を失い、晩節を汚した者として、その名を青史に刻まれることになる。

――だが、それくらいの勝負ができなければ、人生なんて面白くない。

七兵衛は肚《はら》をくくった。

六

最初の翻車ができ上がったのは、梅雨が終わり、川音をも消すほどだった蟬《せみ》の声が衰え始める七月半ばだった。次第に近づいてくる冬の足音に、七兵衛の焦りは募る。

「どんな様子だ！」

坑口の中に向かって怒鳴ると、久兵衛の声が返ってきた。

「駄目です。うまく設置できません」

「どうしてだ」

「小さな凹凸があり、片方が浮き上がってしまうのです」

坑道の中に平面を造るのだが、暗いので、どうしても多少の凹凸ができてしまう。それがたとえわずかでも、からくりは斜めになり、水がこぼれてしまう。

「平面にできるか」

「何とかやってみます」

そうした試行錯誤が繰り返された。

細部に改良を加え、何とか水を汲み上げられるようになったが、岩盤が大きいので、翻車は三基も要る。

三基の翻車で水を押し上げ、いったん井戸のようなところに水をため、それを水上輪で組み上げるという仕組みなのだが、最終的には、どうしても六間の長さの水上輪を作らねばならなくなった。

それを聞いた宗甫は、何度も首を左右に振ったが、結局、七兵衛の熱意にほだされて請け負ってくれた。

「できたぞ」

宗甫が人足たちに水上輪を運ばせてきた。

「まるで大筒のようだ」

七兵衛が唖然《あぜん》とする。

「まあな。作るのに苦労したぞ」

「長さだけでなく、目通り（直径）も随分と太いですね」

「そりゃそうさ。長いと強度に不安が出る。その分、胴回りも太くせねばならんのさ」

煙管を手にした宗甫が、「下ろせ」と命じる。

人足たちは「わっせ、わっせ」と声を合わせながら、太縄で轆轤に結ばれた水上輪を、少しずつ井戸の中にを下ろしていく。井戸の下にも人足はいるが、多くの人間が支えられる空間がないので、つり下ろすという方法を取ることにした。

その時、突然、水上輪が止まった。

「どうした！」

「途中で引っ掛かっています！」

井戸の中から久兵衛の声がする。

「どういうことだ」

宗甫が煙管を置いて立ち上がる。

「待って下さい」

井戸の際まで走った七兵衛が下に向かって怒鳴る。

「どうなっている」

「待って下さい」

下の方で久兵衛と人足のやりとりが続くが、声が錯綜《さくそう》してよく聞こえない。

「おい、一人でしゃべれ！」

七兵衛の命に応じ、久兵衛の声だけが聞こえてきた。

「石か何かの突起が壁面から出ており、それに引っ掛かってしまったようです」

「分かった」

七兵衛はそう返事すると、宗甫に原因を報告した。

「仕方ない。いったん引き上げて、その石を取り除くしかないな」

宗甫の判断に応じ、七兵衛が人足たちに命じる。

「轆轤を逆に回せ」

やがて水上輪は戻され、かわりに命綱を付けた人足たちが下りていく。

しばらくすると、石を取り除《の》けたという報告が届き、七兵衛は胸を撫で下ろした。

そうした一進一退の作業が繰り返された末、ようやく巨大な水上輪が下ろされた。

「よし、始めろ！」

七兵衛の掛け声で取り付けが始まる。

約一月に及ぶ苦闘の末、三基の小型翻車と水上輪が連携し、大量の水を巻き上げることができるようになった。おそらくこれだけ巨大な揚水装置は、ほかに類を見ないはずである。

——知恵を絞れば、できないことなどないのだ。

七兵衛の人生は、難題に突き当たり、それを突き崩すことの連続だった。その瞬間の喜びを味わうために、あえて難題を引き受けてきた感すらある。

「宗甫さん、やったな」

「まだ分からない」

それでも宗甫は安心していない。

「どうしてだい」

宗甫がゆっくりと天を指差す。

「今は雨が少ない。だが、もうすぐ大風《おおかぜ》の季節になる。いつも大風は雨雲を連れてくる。そうなれば井戸内に水が溢れ、汲み上げるどころではなくなる」

宗甫が苦い顔で言う。

「その時に、こいつが壊れないという保証はない」

間歩や井戸には、雨囲いがされており、直接、雨が降り込むことはないが、地下水が増えるのは防ぎようがない。

——とにかく天に祈るしかない。

さすがの七兵衛も、神仏にすがりたい気分だった。

その後、八月中旬までは、極めて順調に進んだ。

釜の口から、いくつかの間歩も延ばし始めることができ、試験的な採鉱も行われた。人足たちが最初の銀の塊を担いできた時、七兵衛たちは四留付近で列を成し、彼らを拍手で迎えた。

――よし、これでうまく行く。

七兵衛は採掘の成功に自信を持った。

ところが八月も中旬を過ぎると、案に相違せず、雨の日が増えてきた。粂八が「もう無理です」と言いながら坑口から出てくることが多くなり、休坑の決断を下すことが連日になった。

悪いことに揚水機も度々、故障し、そのたびに修理せねばならなくなるので、敷に地下水がたまることが多くなってきた。

八月末、遂に暴風雨に襲われた。

凄《すさ》まじい風と雨の中、全員総出で揚水機を見守っていると、最下段の翻車が水につかった。こうなると手の施しようがない。

夜になっても七兵衛たちは、井戸の中をのぞいていた。すると翻車の部材らしきものが浮いてきた。最下段の翻車が水圧によって破壊されたのだ。

皆の間からため息が漏れる。

「翻車の一つくらい何だ。また作ればよい」

七兵衛は息巻いたが、それをいなすように宗甫が言った。

「七兵衛さん、翻車はまだしも、この水上輪が壊れちまうと、今年中の採鉱は無理だよ」

「えっ、それは真で――」

「ああ、部材は木なので何とかなるが、それを加工するにも十日ほどはかかる。山を下りるのはいつだっけ」

「十月下旬から十一月初めです」

「となると、逆算しても難しい」

「ということは、こいつを守らねばならないということですね」

「そうだな。さもないと、本格的な採鉱は来季になってしまう」

もしも巨大水上輪が壊れれば、今年の作業をあきらめ、皆で下山せねばならなくなる。そうなると再挑戦は、来季すなわち、翌年の四月になるというのだ。

――何とかせねば。

初年度に何の実績も上げられず、江戸に帰ることにでもなれば、弥兵衛に「もう手を引いて下さい」と言われるに決まっている。こうした鉱山仕事に直接、かかわっていない者は、状況が分からないため冷ややかで、成果が上がらなければ撤収を勧めるのが常である。

自前の資金なら続けることもできるが、金を息子に借りるとなれば、話は別である。

その間も暴風雨は続き、井戸の中からは、木の軋《きし》む嫌な音が聞こえてくる。

「水は、どの辺りまで来ている」

「水上輪の足元くらいです」

「となると、明日の朝には水上輪が水につかるな」

「おそらく」

「そうなると水上輪は水中に没し、井戸から水が溢れ出す」

七兵衛はうなずくしかない。

「確か水上輪には、支えをしてあったね」

宗甫が問う。

支えとは、水上輪の倒壊を防ぐべく、途中にしてあるつっかえ棒のことである。

「はい。三カ所で支え棒を縛り付けています」

「それが軋んでいるらしい」

「あの嫌な音がそうですか」

「うむ。あいつを締め直さねばならん」

「それは――」と言いかけて、七兵衛は言葉に詰まった。

――それを締め直すために、誰かを中に下ろせと言うのだな。

そんな危険な仕事を、人足の誰かに強いることはできない。

「わいが行きます」

「何を言うんですか」

背後で二人の会話を聞いていた久兵衛が色めき立ったが、宗甫は首を左右に振った。

「これは容易な仕事ではない。誰かを行かせることなどできん」

「山師はわたしです。命綱を付けて、わたしが入ります」

今度は粂八が言ったが、粂八とて五十を回っている。

「粂八さん、お気持ちはありがたいが、あんたには替えがいない」

七兵衛がきっぱりと断った。

「致し方ない。後は成り行きに任せよう」

そう言い残すと、宗甫がその場を後にした。

——その通りだ。後は運を天に任せるしかない。

井戸の周囲にとどまっていても仕方ないので、見張りを残し、皆は宿所に戻ることにした。

七

七兵衛が宿所でうつらうつらしていると、突然、肩を揺すられた。

「七兵衛さん、たいへんだ」

条八が血相を変えている。

「どうしたんだ」

「宗甫さんが落ちた」

「落ちたって、いったいどこに」

「井戸の中です」

「何だって！」

豪雨の中、二人は井戸のある場所まで走った。

そこでは多くの提灯《ちょうちん》が行き交い、掛け声と共に轆轤が押され、太縄が引かれていた。七兵衛と条八も慌てて轆轤に取り付く。

「どうしたっていうんだ！」

七兵衛の声に応じ、井戸際で太縄を引いていた久兵衛が答える。

「見張りによると、宗甫さんは一人で井戸に入ったというんです」

「どうして止めなかった」

「見張りが気づいた時は、もう入っていたそうです」

井戸の周りでは誰も作業していないこともあり、篝《かがり》が焚《た》かれていなかった。そうなれば、見張りの目を誤魔化すのは容易である。

——何て男だ。

七兵衛は宗甫の無謀な行為に呆れたが、同時に宗甫の熱意に打たれた。

——宗甫さん、あんたは立派だ。わいなど足元にも及ばぬほど立派だ。

七兵衛は宗甫の命を救ってくれるよう、天に祈りながら轆轤を押した。

「見えたぞ！」

久兵衛が喚《わめ》くと、人足たちが何かを抱えた。

「宗甫さん！」

たまらず七兵衛が駆け寄る。

宗甫は目を閉じ、うめき声を上げており、まだ息があった。

「医者を呼んでこい！」

七兵衛の命に応じ、何人かが駆け出す。

「七兵衛さんか」

「宗甫さん、大丈夫か」

「命は、まだあるらしいな」

宗甫の顔が笑み崩れる。

「よかった」

「支えを三カ所、しっかり締め直したぜ」

「ま、まさか――」

「本当だ。まだまだ目明きには負けないさ」

「あんたって人は――」

七兵衛は天に感謝した。

「ただな――」

宗甫が舌打ちする。

「最後に足を滑らせちまって、井戸の底に落ちた」

「でも、無事でよかった」

「無事ではないさ」

「というと――」

「右足が何も感じない。どうなっている」

宗甫の言葉に応じ、右足を確認した七兵衛は蒼白《そうはく》となった。

骨が皮膚を破り、飛び出している。

――何てこった。

七兵衛が天を仰ぐ。

「折れているな」

「ええ、まあ」

「ひどいか」

七兵衛は何と答えてよいか分からない。

「答えんでいい。わしも年貢の納め時だな」

「何を仰せか」

「井戸に落ちるなど、わしも焼きが回った。そろそろこっちに来いという仏のお指図だ」

「そんなことはありません」

その時、ようやく医者が到着し、宗甫を戸板に乗せて大工建場に運んだ。

「七兵衛さん、井戸脇に置いてある巾着を持ってきてくれ」

その言葉に応じて、人足の誰かが巾着を取ってきた。

それを受け取った宗甫は、中から煙草入れを取り出した。

「まずは一服つけてくれないか」

その間も治療は続いていたが、ここでできることは、血止めをして添え木を当てるくらいである。

七兵衛は震える手で煙管に煙草を詰めると、火打石で火をつけて宗甫に渡した。

「ありがたい」

紫煙を吐き出しつつ、宗甫は極楽にいるような顔をしている。

「施療所に運びます」

医者の言葉に七兵衛が点頭する。

戸板に乗せられた宗甫は、煙管を口にしながら施療小屋に運ばれていった。

――宗甫さんは、もう歩けない。いや、あれだけ出血していると命さえ危うい。

戸板に乗せられた宗甫を茫然《ぼうぜん》と見送りつつ、七兵衛は暗澹たる気分になった。


翌朝、七兵衛は取るものも取りあえず施療所に駆け付けた。

「宗甫さん、ご加減はどうですか」

「ああ、七兵衛さんか。おかげで痛みを感じるようになったよ」

「それは快復の兆《きざ》しに違いありません」

「そんなことはない。傷口を縫い合わせてもらったが、すでに大量の血が流れてしまったらしい」

「でも、それなら気を失いますよ」

「いかにも、もう頭がもうろうとしてきている」

確かに宗甫の顔色は悪い。

その時、医師がやってきて告げた。

「すぐに宗甫さんを山から下ろさないと、手遅れになります」

「分かっている。そうしてくれ」

「待て」

宗甫が落ち着いた口調で言った。

「わしは下りないよ」

「何を言っているんですか」

「ここを死に場所と決めたんだ」

「死に場所、と――」

「そうだよ。わしは山で多くの者の死を看取ってきた。その中には、ひどい骨折をした者もいた。山には毒があるので、坑内で骨折すると、すぐに体に不調を来して高熱を発する」

鉱山での怪我は命取りになりかねない。細菌が傷口から侵入すると壊疽《えそ》が始まる。さらに全身に回れば、高熱や吐き気に襲われ、最後は多臓器不全症になって死が訪れる。というのも鉱物の表面には、様々な微生物が生息し、それが人の体に侵入するのだ。

「宗甫さん、何事もあきらめてはいけない。最後まで戦い抜いた末に死が訪れるのなら、それはそれで仕方がない。だが生きることができるのに、それをあきらめてしまうのは、人の道ではない」

「人の道、か」

宗甫が笑みを浮かべた。

「七兵衛さん、わしは、いつかどこかの山で死ぬと決めていた。それがわしの道なんだ」

「宗甫さん――」

そこまで言われると、七兵衛に返す言葉はない。

「死ぬ時と場所くらいは、自分で決めたいからな。それに――」

宗甫が真顔になる。

「わしがここにいれば、水上輪に何かあった時、的を射た指示が飛ばせる」

――その通りだ。水が引けば水上輪も修理できる。その時、宗甫さんが必要になる。

「宗甫さん、申し訳ない」

「構わんよ。これも乗り掛かった舟だ」

宗甫が高笑いする。

七兵衛は泣き笑いのような顔をして、それに応えるしかなかった。

八

台風一過の秋晴れの下、揚水装置の修理が始まった。最下段の翻車は完全に破壊されており、新たに作り直さねばならない。

それでも、宗甫のおかげで水上輪が倒壊しなかったのは、幸いとしか言いようがなく、早期の復旧が可能となった。

七兵衛は宗甫に損害状態を伝え、その修理法を教えてもらった。これにより二日後、揚水装置の稼働が再開され、地下水の汲み上げが始まった。ただでさえ地下水は多い。そこに雨水が流れ込んでくるので、当初は吸い上げても吸い上げても尽きない状態だった。それでも三日後には、常と変わらぬ水量になってきた。

粂八や久兵衛らと「明日には間歩に穿子《ほりこ》を入れよう」などと話しつつ宿所に戻ると、宗甫の具合が悪いという。

早速、施療所に駆け付けてみると、折れた足をつり上げられた宗甫は、いつものように悠然と煙管をふかしていた。

「宗甫さん、よかった。大したことはなさそうだな」

「そんなことはない。なあ、先生」

「は、はい」

若い医師がうなだれる。

「いったい、どうしたというんです」

「実は、宗甫さんの足に壊死《えし》が始まっているんです」

「何だって」

ほのかに漂う悪臭は、骨折した部位の壊死が原因だったのだ。

七兵衛も当初、壊死の危険性は察知していた。だが骨折したからといって、その周辺の骨や皮膚が壊死するとは限らない。そのため容態の安定を見てから、下山を勧めるつもりでいた。しかし壊死が始まってしまえば、話は別である。

――責はわいにある。

壊死の危険性は十分にあった。だが七兵衛は、「山を下りない」という宗甫の言葉に甘えたのだ。

「ここに残ったのは、わしが決めたことだ。あんたに責はないよ」

「いや、それは――」

七兵衛は総責任者として、強制的に宗甫を下山させることもできたはずだ。だが、宗甫なくして揚水装置の補修がままならないことから、つい宗甫の願いを聞き入れてしまった。

――わいは何てずるい男なんだ。

七兵衛は己を責めた。

「それで直るのかい」

「残念ながら、この怪我は、そう容易には治りません」

「わしの足のことじゃない。揚水機さ」

「あっ、はい。修理が終わりましたので、明日から間歩に人を入れます」

「そいつはよかった」

宗甫が、ほっとしたような顔をした。自らの身より揚水機のことが心配なのだ。

「で、先生、ここでは壊死を食い止められないのですか」

七兵衛が医師に向き直る。

「それなりの治療を受けさせるには、直江津か高田城下までお運びし、骨接ぎを専らとする医師の治療を受けねばなりません」

「分かりました。それではすぐに――」

「待て」

宗甫の声音が厳しくなる。

「わしはここから動くつもりはない。山を下りる時は皆と一緒だ」

「何を仰せか。それでは手遅れになります」

「構わないよ。その時はその時だ」

「宗甫さん」

医師が困ったように言う。

「このままでは、高熱の中でもがき苦しみながら死んでいくことになります。何らかの手を打たねばなりません」

「それじゃ、直江津か高田城下まで運んで、どんな治療をするんだい」

一瞬、躊躇《ちゅうちょ》した後、医師が言った。

「壊死した部分を取り除きます」

「どういうことだ。もっと、はっきり言えよ」

「足を切断します」

「やはり、そうか。だが足を切るだけなら、ここでもできるだろう」

「確かに足は切れますが——」

医師が口ごもる。

「先生、ここでできるなら、ここでやった方がいいんじゃありませんか」

意志の言葉に、七兵衛は一縷《いちる》の光明を見出《みいだ》した。

「そう仰せになられても、ここでは切断する道具も短刀くらいしかなく、術後の手当ても万全を期し難いのです」

「それでも構わんよ」

宗甫が平然と言う。

「わしは、この山から銀が掘り出されるのを見るまで生きられれば、それでいい」

「宗甫さん」

七兵衛が涙ぐむ。

「本当に、それでいいんだね」

「ああ、構わんよ。わしは山で食べてきた男だ。下界に下りれば、一人のつまらん老人だ。だが、ここなら水学宗甫として葬られる」

――そういうことか。

七兵衛にも、宗甫が山を下りたがらない理由が、ようやく分かった。

――宗甫さんは、皆から尊敬される存在として死にたいのだ。

「分かりました」

七兵衛が威儀を正す。

「先生、ここでやりましょう」

「しかし、ここには――」

医師が口ごもると、宗甫がすかさず口を挟む。

「足を切断するものがないというのだな。それでは下では何で切る」

「それは――、鋸《のこぎり》です」

「よせやい。その方が辛い。太刀でばっさりやってくんな」

「太刀で――」

「そうさ。その方が痛みは一瞬だ」

「そうか」

七兵衛が膝を叩く。

「下の神社で清めてもらった御神刀があります。それでやりましょう」

七兵衛は厄払いの御神刀を山まで運ばせ、小さな祠を設けて安置させていた。御神刀は長さが二尺（約六十センチメートル）もあり、小太刀や長脇差と変わらない上、越後一の刀鍛冶の打った最高級品なので、その切れ味も抜群のはずだ。

「お前さん、剣術の腕は立つのかい」

「滅相もない。ただ――」

七兵衛は人足の中に、かつて武士だった者がいるのを思い出した。

「それなりの腕の方にやってもらいます」

「ああ、そうか。それならいい。よろしく頼む」

宗甫が満足そうに微笑《ほほえ》んだ。


台座の上にうつぶせに縛り付けられた宗甫は、折れた右足だけを伸ばし、それをもう一つの台座に固定されていた。

そこに、武士出身の人足が近づく。

「宗甫さん、痛みは一瞬だ。後は楽になる」

脇に控える七兵衛が声を掛ける。

「嘘つくなよ。こういうもんはな、切られてからが痛いんだ」

宗甫はそう言うと、酒の入った徳利を飲み干した。

「よし、やってくんな」

「それでは」

元武士が桶に入った水を柄杓《ひしゃく》ですくい、御神刀を清める。

「ちょっと待ってくんな」

「どうした」

「足に礼を言いたいんだ」

宗甫が右足の付け根を撫でる。

「長年、ありがとよ。かなりこき使っちまったが、お前のおかげで皆の役に立てた。お前とはここでお別れだが、相棒とは、もう少しだけ一緒に行かせてもらう」

そこまで言うと、宗甫は覚悟を決めるように息を吐き出した。

「いいぜ。やってくんな」

医師が宗甫の口に猿轡《さるぐつわ》を嚙ませるやいなや、元武士は凄まじい気合と共に御神刀を振り下ろした。

声にならない悲鳴を上げつつ、宗甫が体を強張らせる。

「宗甫さん、辛抱してくれ！」

七兵衛が覆いかぶさる。宗甫の体は石のように硬い。

次の瞬間、宗甫の体から力が抜けた。あまりの痛みに気を失ったのだ。

間髪入れず医師は止血剤を塗ると、白布を幾重にも巻き、何とか出血を押しとどめようとしている。

——宗甫さん、何とか生きてくれ。

七兵衛は祈るような気持ちで、蒼白となった宗甫の横顔を見ていた。

釜の口から四方に間歩を走らせ、さらにそこから、いくつかの間切りを切り始めた矢先の九月末頃、最初の立合に当たったという知らせが届いた。

早速、粂八が中に入って確かめると、間違いないという。しかもその周辺には、いくつかの立合の兆候があるという。

この知らせに鉱山全体が沸き立った。

――当たったな。

七兵衛は喜びを嚙み締めるというより、ほっとしたという心境だった。これで外してしまえば、今に至るまでの苦労が水泡に帰すだけでなく、宗甫の怪我が意味を成さなくなる。

翌日、立合から掘り出された最初の銀が運ばれてきた。石撰建場《いしえりたてば》で「椀掛《わんが》け」し、鑑定したところ、かなり純度の高い花降銀だという。

「よし、やったぞ！」

七兵衛が快哉を叫ぶと、周りにいた者たちも雄叫《おたけ》びを上げた。

「どんどん掘り出せ！」

七兵衛は四留から中に入らんばかりの勢いで、仕事に向かう穿子《ほりこ》たちを激励した。

揚水装置も問題なく稼働し、釜の口周辺の土も乾いてきている。

作業は軌道に乗り始めていた。

それに反して、宗甫の具合は悪くなる一方だった。骨折した際に出血がはなはだしかった上に、体力が衰えているところで切断手術をしたため、急速に衰弱し始めたのだ。

七兵衛は昼の仕事が終わると、必ず宗甫の許を訪れたが、宗甫は現場の話ばかりを聞きたがり、自らの病状を案ずることはない。

七兵衛は、その方が宗甫の痛みも薄らぐかと思い、知り得る限りの現場の状況を語った。

釜の口から延びる間歩にも、新たに水上輪などの揚水装置を設ける必要が出てきたので、七兵衛が問うと、宗甫はにやりとして「秘伝」と称する方法を話してくれた。そのおかげで、揚水装置を設置する場所を的確に見つけられるようになった。

七兵衛が指定した場所で水上輪が稼働していると聞いた宗甫は、満面に笑みを浮かべた。

「わしの言った通りだろう。あんたはいい弟子だ」

しかし十月になると、宗甫は高熱を発し、夢と現《うつつ》を往復する日々が多くなってきた。

「あと一月で山を閉じます。そうしたら一緒に下山しましょう」

七兵衛がそう言っても、宗甫は何とも答えない。

十月半ばのある日、現場で指揮を執っていると、医師から「いよいよ危ない」という知らせが入った。

粂八に現場の指揮を任せた七兵衛は、石撰建場にあった銀の塊を一つ摑むと、宗甫のいる施療小屋に走った。

「宗甫さん！」

七兵衛が施療小屋に駆け付けると、医師が宗甫の看病に当たっていた。

「先生、どんな具合ですか」

「かなり危うい状況です」

宗甫の意識がないためか、医師は病状をはっきりと告げた。

「何か手立てはあるのですか」

「もう何もできません」

「快復の見込みは――」

医師が首を左右に振る。

「では、このまま――」

七兵衛が絶句した時である。

「聞こえてるよ」

宗甫の声がした。

「宗甫さん――」

「わしのことはもういい。今、死んだら下に運ぶ手間も省ける。ここで荼毘《だび》に付して骨を埋めてくんな。切った右足と一緒の場所にしてくれよ。あの世に行っても片足じゃ、山を歩けんからな。埋める場所は四留の近くがいい。事故が起こらんように見守っていてやる」

「宗甫さん、ありがとう」

七兵衛の瞳から熱いものが溢れ出す。

「煙管を吸わせてくれるかい」

「あっ、はい」

宗甫の好きな細刻みを煙管に詰め、火をつけて渡すと、宗甫はうまそうに紫煙を吐き出した。

「七兵衛さん、そいつは何だい」

「あっ、これは取れたばかりの銀の鉱石です」

銀の塊を宗甫に渡すと、宗甫は胸の上に置き、愛しそうに撫で回した。

「採鉱は軌道に乗ったんだな」

「はい。これで、わいも破産を免れました」

「そいつはよかった。誰かに喜んでもらえるのは、とても気分がいい」

宗甫は何度か紫煙を吐くと、煙管を置いた。もう煙草を吸う体力もないのだ。

「七兵衛さんよ、わしは幸せ者だった。山で働く者の大半はいい奴だった。とくに最後にあんたと出会えたのは、天の思《おぼ》し召しだ」

「わいなんか、取るに足らない男です」

「人なんてものは皆、取るに足らないもんさ。だがな、取るに足らない男ほど何事にも真摯に取り組む。そして成果を出す。その見本があんたさ」

七兵衛と宗甫が声を上げて笑った。

「いかにも、わいの人生はその繰り返しでした。人より劣るから人より懸命に働く。それだけです」

「それが、あんたって男を築いたんだね」

宗甫は「作った」ではなく「築いた」という言葉を使った。その理由が、七兵衛にもよく分かる。

「宗甫さんも一芸を極めに極めた。それで、どれだけの人が喜んだか分かりません」

「そう言ってくれると、人生の終わりを前にして、晴れがましい気分になるってもんだ」

高らかに笑おうとして、宗甫は顔をしかめた。痛みに耐えかねているのだ。

「七兵衛さんよ、これからの時代、皆、あんたに倣《なら》って生きていくことになる」

「何てことを――」

七兵衛はこれまで、そんなことを思ったことなどない。ただ、立ちはだかる問題を一つひとつ解決してきただけである。

「あんたの仕事に対する姿勢は、この国で仕事をする者たちすべてが見本にすべきだ」

「そんなことはありません。わいは、ただ一心不乱に走ってきただけです」

「それが大切なのさ。生涯を通して懸命に走れる者は滅多にいない。あんたは、このまま走りきりなよ」

「はい。最後まで走って倒れるように死ぬつもりです」

「その意気だ」

宗甫が満足げな笑みを浮かべる。

「宗甫さん、ありがとうございました」

「いいってことよ。わしは先に逝くことになるが、あんたの年だと、すぐに冥途で会えそうだな」

「仰せの通りで」

二人は声を上げて笑った。

この二日後、宗甫は息を引き取った。

知らせを受けた七兵衛が駆け付けた時、すでに宗甫の意識はなくなっていた。夜を徹して施療所に詰めていたが、宗甫の意識は戻ることなく、明け方、静かに息を引き取った。

その手には、七兵衛が渡した銀の鉱石が握られていた。

「宗甫さん、後は、わいらで何とかします」

宗甫の死を看取った七兵衛が外に出ると、ちょうど東の山の端から、朝日が差してきた。

——夜明けか。

曙光は分け隔てなく山や谷に降り注ぎ、一日の始まりを告げていた。

――この朝日をあと何度、拝めるかは分からない。だが拝めなくなるまで、わいは走り続ける。

眼前に広がる荘厳な景色を眺めつつ、七兵衛は「その日」が来るまで止まらないことを、宗甫に誓った。

九

元禄二年（一六八九）十一月初頭、初雪がちらつき始めたのを機に、七兵衛は冬季閉山を決断した。無理をすればまだ掘れるのだが、万一の事故を考え、早めに閉山したのだ。

山を下りる日、残務整理で残っていた少数の者たちと共に、宗甫の墓にお参りした七兵衛は、墓石に語りかけた。

「宗甫さん、見守っていてくれよ。必ずやり遂げてみせる」

宗甫を師として遇してきた七兵衛の思いに、宗甫は応えてくれた。一方は最高責任者で、一方は技術者にすぎないが、それぞれの技量と人間性を信頼し、二人の間には強い絆《きずな》ができていた。

――人と人が力を合わせれば、どんな仕事でもできる。それぞれの力を存分に発揮させることが、わいの仕事だ。

これまで七兵衛は、いくつもの大きな仕事を成し遂げてきた。しかしそれらは、多くの人の力を結集しなくしては成し得ないものばかりだった。

七兵衛のしてきたことは、末端の人足まで気を配り、それぞれの立場を慮《おもんぱか》ることくらいである。

――人とは、怒鳴り付けて動かすものではない。その人の気持ちを理解し、人それぞれの値打ちを尊重し、気分よく仕事ができる環境を整えてやれば、人はいくらでも力を発揮する。

七兵衛はこれまでの人生で、それだけを学んだと言ってもいい。

――宗甫さん、また来年、ここで会おう。

宗甫の墓に別れを告げた七兵衛は、山を後にした。

江戸に戻った七兵衛は、来年の開山のための準備に入った。苦戦しながらも初年度から実績を上げられたことで、幕閣の表情は明るく、追加資金一万両の投資も決まった。これで二年目からは、七兵衛が自腹を切ることもなくなる。

幕閣のように保守的な者たちを相手にする時は、実績がいかに物を言うか、七兵衛はあらためて学んだ。


「何とか帰ってこられたな」

元禄三年（一六九〇）の新年を迎え、七兵衛の家には妻子眷属《けんぞく》が一堂に会していた。

妻のお脇、弥兵衛とその妻、そして九歳になる又一郎（義篤）、養女の初音とその夫の武田信郷、そして二人の間に生まれた娘である。

子や孫に囲まれ、七兵衛は人並みの幸せを味わった。

――わしの血は、こうして引き継がれていくんだな。

七兵衛は乳飲み子の孫娘を抱いて、しみじみとそう思った。

「父上、越後の件は、うまくいってよかったですね」

お屠蘇《とそ》で頰を真赤にしながら、弥兵衛が言う。

早いもので、放蕩者として七兵衛の頭を悩ませてきた弥兵衛も、今年で三十七歳になる。材木問屋の事業も、元禄の好景気の波に乗って拡大を続けていた。

「下手をすると破産するところだったが、どうしたわけか天運に恵まれ、採鉱を軌道に乗せることができた」

「やはり、七兵衛さんは運が強い」

信郷が、さも感心したかのように首を左右に振る。

「だから、いつも言っているでしょう。うちのおとっつぁんは、運も体も常人とは違うって」

初音が得意げに笑う。

「だがわしも、もう若い頃のようにはいかない」

体のどこかに不調を来しているわけではないが、かつて無尽蔵にあった七兵衛の体力にも、衰えが見え始めており、膝や腰の痛みも慢性的になってきている。

——今年は越後に行けても、来年は行けないかもな。

それでも、何とかして三年の請山契約だけは全うしたいというのが、七兵衛の思いである。

「そろそろ父上も、ゆっくりなさった方がよいかもしれません」

弥兵衛が暗に隠居を勧める。

「もちろん、この仕事が終わったら身を引くさ」

幕閣との請山契約は元禄四年までだが、体に変調を来せば、潔く身を引くつもりでいる。

「それを約束できますか」

弥兵衛は懐疑的である。

「ああ、約束する。元気なうちに女房孝行しなければな」

七兵衛の言葉に皆が沸いた。

「その通りですよ。あなたのように働き詰めの人はいません。もうゆっくりなさって下さい」

「わしだってのんびりしたいよ。だがな――」

七兵衛がしみじみと言う。

「男は仕事があってこそ男でいられる。もちろん病気になった者や老人は別だが、男から仕事を取ったら何も残らん」

「仰せの通り。男は仕事あってのものです」

信郷もうなずく。

七兵衛は、仕事に明け暮れる日々を辛いと思ったことはない。もちろん人として、「楽をしたい」という気持ちはある。だが楽をしてのんびり暮らすよりも、何かを成し遂げ、その達成感を皆で分かち合う方が、はるかに好きなのだ。

「わいの戦いはまだ続く。皆も、これがわいの道楽だと思って許してほしい」

「分かっていますよ」

お脇が笑みをたたえて言う。

「冥途にいる伝十郎と兵之助も、そんな父親をきっと誇りに思っています」

「ああ、きっとそうだな」

久しぶりに兵之助のことを思い出し、七兵衛は目頭が熱くなった。

――兵之助、今どこにいるのだ。もう伝十郎と会えたのか。

あの日の昼、懸命に飯を食べていた兵之助の面影が、今でもはっきりと思い出される。あれが最後の食事になるなど思いもせず、兵之助は無心に咀嚼《そしやく》していた。

「わいが死に物狂いになって働くことで、二人の死は無駄にならない」

「その通りですよ」

気づくと、お脇も手巾で目を拭っていた。

「おとっつぁんとおっかさん、めでたい正月ですよ。笑って新年を迎えましょう」

初音が明るい声で言った。

「そうだったな」

七兵衛が、すでに昇りきっている朝日に向かって柏手を打った。

「どうか、この一年、皆が無事に過ごせるよう、守って下さい」

七兵衛が深々と頭を下げたので、皆もそれに倣った。

元禄三年の正月が明けると、上田銀山が開山する三月に向けて、準備を始めねばならない。ところが二月に入り、梅沢四郎兵衛が突然、倒れて帰らぬ人となった。長年、七兵衛を支えてくれた四郎兵衛の死は衝撃だったが、それでも仕事は待ってくれない。越後の地は約半年間、雪に閉ざされる。そのため採鉱可能な期間は残る半年しかない。

四郎兵衛の葬儀が終わるや、その悲しみに浸る間もなく、七兵衛たちは準備に掛からねばならなかった。

すでに品川組も、磯田三郎左衛門と梅沢四郎兵衛が鬼籍に入り、雲津六郎兵衛は長患いで床から起き上がれないので、六十近くなった浜田久兵衛だけを残すばかりとなっていた。その久兵衛は、この年も一緒に行くと言ってくれた。

採鉱も二年目に入り、新たな準備が必要となる。

鉱山というのは、ただ金銀を掘り出せばよいというのではない。石撰建場で掘り出されてきた鉱石を選別し、勝場《せりば》で鉱石を粉砕し、石粉にして金銀分を選鉱する作業や、床屋での吹立（精錬）作業もある。

これらを現場で行い、運びやすい純銀としてから、須原口で幕府役人に引き渡すまでが、七兵衛の受け持ちである。

役人は別途、山にいる役人から送られる帳簿と照合し、不正がなかったかを確認し、納入確認書を七兵衛に出す。これに従い、七兵衛の取り分が確定する。

採鉱作業が軌道に乗り始めると、掘り出した後の工程も本格化するため、それに見合った設備や人の手配もせねばならない。

七兵衛は江戸で経験者を募り、よく吟味した上、先行して上田銀山に送り出した。

三月、いよいよ七兵衛らが出発することになった。

七兵衛の挑戦が再び始まる。

十

この年は雨が少ないこともあり、採鉱はすぐに軌道に乗り始めた。間歩からは次々と銀の鉱石が掘り出され、床屋での吹立に回されていく。

すでに七兵衛が陣頭指揮する必要もなくなったので、七兵衛は新たな間切りをどこに開くかを、粂八らと話し合うようになっていた。

――確か伝十郎は、赤川の対岸にも立合は続いていると言っていたな。

赤川の対岸と言えば、会津藩領である。

正保《しょうほう》三年（一六四六）の幕府の裁決により、赤川西岸は上田銀山として高田藩に、東岸は別の銀山として会津藩に採掘権が下されたが、会津藩の鉱山開発は進んでおらず、荒れ果てたままとなっていた。

七兵衛は幕府役人を通じて、会津藩領の銀山の見立てを行いたいと申請した。

五月になり、会津藩の承認が出たので、七兵衛は粂八を伴って赤川東岸に渡った。

粂八は長年の経験から藪の中に分け入ると、魔術のように露頭鉱床を見つけてくる。

「こちらも宝の山のようです」

「こいつも花降銀だな」

「ええ、品質的にも上田銀山と変わりません」

同行してきた幕府の役人も、それを見て目を輝かせている。

――これはいける。

七兵衛は確信を持った。

紆余曲折《うよきょくせつ》の末、赤川東岸一帯は天領となり、会津藩は替え地をもらって採鉱から手を引くことになる。これにより赤川東岸の銀山も七兵衛の管理下に置かれ、早速、採鉱に向かっての準備が進められた。

後に、こちらの鉱脈は白峯《しらぶ》銀山と呼ばれることになり、隣接する上田銀山と合わせて大福銀山と名付けられた。

採鉱が始まって二年目の元禄三年（一六九〇）も、請負最終年にあたる翌元禄四年も大福銀山は大きな成果を上げた。

実際に、どれだけの銀が採掘できたのかは定かでないが、元禄三年には、一万三千人もの人々が鉱山の仕事に携わっていたという記録が残る。しかも大福銀山への登り口にあたる須原口は、最盛時、人口一千を超える一大繁華街になっていたという。

七兵衛らの苦闘により、伝十郎が成し得ず、須浜屋又兵衛も挫折した大福銀山の採掘事業は成功し、幕府財政に多大な貢献を果たしていく。

元禄文化に代表される元禄時代は、町人文化が花開いた時代である。商いで大を成した豪商たちの多くが吉原や柳橋で遊興にふけり、意味のない散財を繰り広げていたが、七兵衛は越後の山中に籠り、人生最後の仕事に没頭していた。

だが七兵衛にとって仕事こそが生きがいであり、体が動く限り、世のため人のために働き続けることは当然のことだった。

元禄四年の十月末、請負期間の三年間が終わり、七兵衛は山を下りることになった。

山を後にする時、七兵衛は宗甫の墓に手を合わせて礼を言った。

「宗甫さん、あなたのおかげで銀山開発は成功しました。何とお礼を申し上げていいか分かりません」

立ち上がって一礼すると、七兵衛は立ち上がり、採掘場一帯を見回した。

――晩節を汚すことなく、有終の美を飾らせていただき、ありがとうございました。

七兵衛は心地よい達成感に包まれつつ、峠道を登った。

上田銀山が一望の下に見下ろせる場所に着いた七兵衛は、両手を口に当てて叫んだ。

「伝十郎、おとはんは勝ったぞ！」

図らずも涙が出た。

――ここで伝十郎は死んだんだな。

それを思うと、この地から離れ難くなる。

――でもな、生きている者は前に進まねばならないんだ。

己にそう言い聞かせると、七兵衛は再び歩き出した。


山を下りた七兵衛は江戸に戻った。

いまだ体は頑健で、まだまだ大仕事ができる気がしたが、さすがの幕閣も、元禄五年（一六九二）で七十五歳になる七兵衛に、新たな仕事を依頼することはなかった。

七兵衛は霊岸島の屋敷に多くの書生を招き、その求めに応じて様々な書籍を購入したり、その生活を支えたりした。

名前が残っているだけでも、新井白石を筆頭に、細井広沢《こうたく》、榊原篁洲《こうしゅう》、黒川道祐《どうゆう》、服部保《ほ》孝《こう》といった者たちが、七兵衛の家に出入りしていた。

七兵衛は彼らに自らの経験を語り聞かせ、書き留めさせた。

その代表的作品が、新井白石の『奥羽海運記』と『畿内治河記』だが、ほかにも、『本朝河功略記』『疏《そ》瀹提要《やくていよう》』『関東水利考』『奥羽漕運考』『漕政議略』『北陸道巡見記』『河《か》渠志《きょし》稿《こう》』といった書名が、七兵衛関連の著作物として記録に残る。

七兵衛自身は何かを書き残すことはなかったが、自分が見聞してきたことを書生たちに語り、多くの著作物を残した。

むろん七兵衛は、自らの事績を後世に残すために、書生たちに代作させたわけではない。自らの知見を記録として残し、後世の同志に利用してもらおうと思ったのだ。

元禄六年に甲府宰相綱豊《つなとよ》(後の六代将軍家宣)に出仕することになる新井白石も、それ以前には、七兵衛の霊岸島屋敷にちょくちょく顔を出しており、屋敷内にある書庫は、あたかも梁山泊《りょうざんぱく》の様相を呈していた。

こうした書生のほかにも、松尾《まつお》芭蕉《ばしょう》や鉄牛《てつぎゅう》禅師といった時代を代表する文化人も、七兵衛と交友していた。

七兵衛には元来、学問や文化芸術を好む一面があった。ただし、若い頃から働きづめだったため、自らは学問を修められず、文化芸術に親しむこともなかった。だからこそ財を成した今、貧しくてもやる気のある若者を育成していきたいと思っていた。

またこの頃から、鎌倉建長寺と緊密な関係になり、多くの寄進をして、死後の供養を依頼するようになる。本来が現実主義者の七兵衛だが、次第に自らの死後を考えるようになっていた。

かくして、七兵衛の隠居生活らしきものが始まった。

このまま七兵衛自身も巷間に消えていくと思っていた元禄十年(一六九七)六月、幕閣から、これまでの功績を評価し、将軍綱吉に拝謁する機会を与えるという知らせが届いた。

この年、八十歳になっていた七兵衛は、腰が抜けるほど驚いた。

——わいが将軍様に拝謁するのか。

七兵衛は慌てふためき、その支度に入った。

七月、七兵衛は布衣《ほい》という旗本の着る大礼服姿で、江戸城本丸御殿内にある謁見の間に伺候し、将軍の「お成り」を待っていた。

顔を伏せているので、額から落ちる汗が手の甲を濡らす。喉はからからに渇き、頻繁に尿意が襲ってくる。いかに豪胆な七兵衛でも、さすがに将軍と同じ空間を共有するとなると緊張する。

やがて帳台構えを開け、近習が入室してきた。むろん七兵衛が這いつくばっている場所とは、優に十五間（約二十七メートル）は離れている。

七兵衛が見たのはそこまでで、後は額をひたすら青畳に擦り付けていただけである。

一つ咳払《せきばら》いすると、老中らしき者が七兵衛を紹介した。

「こちらに控えるは、河村屋七兵衛という商人《あきゅうど》に候。この者は伊勢国の産にして——」

七兵衛の履歴と事績が続く。

それが終わると、将軍は一言「大儀」と言った。

「はっ、ははあ」

七兵衛はそう言ったつもりだが、喉が渇いているため、獣のうめき声のように聞こえた。

将軍綱吉は、衣擦《きぬず》れの音を派手にさせながら立ち上がると、そそくさと去っていった。

対面の儀は、それで終わりである。

それでも七兵衛は身に余る光栄に、体が震えた。

いつまでも動かない七兵衛を不審に思ったのか、茶坊主がやってくると、耳元で「ささ、お早く」と呟くのだが、緊張のあまり、体が言うことを聞かない。

茶坊主は「やれやれ」といった様子で七兵衛の肩に腕を回し、無理に立ち上がらせると、次の間へと連れていった。

――わいは将軍様に会ったのか。

次の間で小半刻（約三十分）ばかり休ませてもらった後、七兵衛は江戸城を後にした。

七兵衛の人生において、最も栄光に彩られた一日は、こうして終わった。

十一

元禄十一年（一六九八）の春、七兵衛が唯一の趣味である鉢植えをいじっていた時である。

お脇が広縁までやってきて告げた。

「お客人がお見えです」

「お客人だって。こんなわいに用のある暇人などいるのかい」

手に付いた泥を払い、七兵衛が振り向いた時である。

「ご無沙汰しておりました」

その顔を見た七兵衛は唖然とした。

「まさか、甚兵衛さんかい」

客人とは中甚兵衛だった。かつて力を合わせて河内平野の治水事業に取り組んだ日々が、懐しく思い出される。

「お知らせするのも迷惑かと思い、突然、寄らせてもらいました」

「そうか、そうか。よくぞいらしていただけた」

七兵衛は広縁から居間に上がると、甚兵衛に座を勧めた。

「ご商売は、随分とご繁盛のようですね」

「これも息子のおかげです」

しばしの間、世間話をした後、甚兵衛が切り出した。

「実は、河内平野の治水に関してなのですが――」

「ということは、世間話をしにいらしたのではないのですね」

「そうなのです」

甚兵衛によると、七兵衛が去った後、大坂城代の内藤重頼も、ほどなくして京都所司代に転じたため、その座には、摂津・河内三万二千石の松平信興が就いた。信興が城代だった元禄三年（一六九〇）までは、さしたる補修も必要としなかったが、その後任として赴任してきた土岐頼殿の頃になると、各所で問題が出始めた。しかし頼殿は、七兵衛の残していった「治水補修細目」に目を通そうともせず、甚兵衛たちが幾度となく陳情しても、聞く耳を持たないという。

「そいつは困りましたね」

「昨年は五年ぶりに溢れ水となり、作物の大半を駄目にしてしまいました」

「何だって」

事態はそこまで深刻だったのだ。

「河村屋さん」

突然、甚兵衛が両手をついた。

「もはやわれらは、河村屋さんに頼るほかありません。どうか幕閣に口を利いてもらえませんか」

「甚兵衛さん、手を上げてくれ」

七兵衛が抱き起こそうとしたが、甚兵衛は、その場に突っ伏して動かない。

「わいは隠居の身。何ができるかは分かりませんが、お力添えはいたします」

「あ、ありがとうございます」

その日から甚兵衛は、七兵衛の屋敷の離れに泊まることになった。


早速、秋元喬知に嘆願書を書くと、「すぐに来るように」という返書があった。

「幸先よし」と思って喬知の屋敷に伺候すると、喬知も七兵衛を呼び出そうとしていたという。

「河村屋、聞いて驚くな」

喬知が童子のように目を輝かせる。

「老中と若年寄が話し合い、幕府に多大なる貢献を果たした者に対し、その功労に報いるべく禄米を支給し、武士に取り立てることにした」

「えっ、それはまた、どういうことで！」

七兵衛には、何のことだか分からない。

「これは内々の通達だが、そなたを武士身分とし、禄米を支給する。むろん子々孫々まで、その身分は引き継がれる」

「まさか、わいを武士に――」

ようやく七兵衛にも、喬知の言っていることが分かってきた。

「そうだ。よかったな」

「あっ、ははあ」

――それほど、わいの仕事を高く買っていただけたのか。

武士になれることよりも、自分の仕事がそれほど高く評価されていることに、七兵衛は驚いた。大福銀山が莫大な銀を産出しており、それが幕府財政に大きく寄与したことで、七兵衛の名が幕閣内でも知られ始めたことは確かである。だが、武士身分の売買など行われていないこの時代、庶民が武士になれるなど夢のようなことだった。

「それで、そなたの用件は何だ」

「実は、お願いがあります」

七兵衛は、畿内治水に関しての問題をあげつらった。

「そんなことになっていたのか」

喬知は呆れ、老中たちに諮ることを約束してくれた。


三月、七兵衛は江戸城に伺候し、武士身分と禄米《ろくまい》百五十俵を下賜する旨を告げられた。

これにより河村屋七兵衛は、晴れて河村平太《へいだ》夫義通《ゆうよしみち》となった。

それよりもうれしかったのは、その場で「畿内治水補修の儀を申し付ける」と命じられたことである。しかも期間は一年間で、一万両を拠出してくれるという。

七兵衛は身が震えるほど感動し、「謹んで承って候」と弾んだ声で返事をした。

自邸に帰り、このことを告げると、甚兵衛は涙を浮かべて感謝し、七兵衛の手を取るようにして何度も礼を言った。

七兵衛は万が一、大坂で客死することも想定し、鎌倉の建長寺で出家得度し、死後の供養を依頼することにした。この時から七兵衛は法名瑞賢となる。ただし剃髪《ていはつ》はしたものの僧侶姿ではなく、武士のいでたちである。

五月、旅立ちの日がやってきた。

「それでは行ってくる」

七兵衛が門を出ようとすると、両刀の先が門に当たって転倒しそうになった。

「この年で両刀を手挟《たばさ》むなんて思いもしなかった」

七兵衛が照れ笑いすると、婿の武田信郷が、「こうすれば、少しは歩きやすくなります」と言って、両刀を立ててくれた。

「どうにも慣れていないもんで、すまないね」

「武士というのは、意外にめんどうなものですよ」

「何かに失敗したら、腹を切るんだろ」

さすがに七兵衛も、信郷から切腹の作法だけは習っていたが、いざ本番となった時、うまくできるか自信がなかった。

「そう闇雲に切られても困ります。切る必要がある時は、おのずと分かります」

「そういうもんかな」

七兵衛のとぼけた返答に、皆が沸いた。

「父上、これが最後ですよ」

弥兵衛の顔が曇る。

「分かっている。お前はしっかり店を守っておればよい」

「おとっつぁん」

初音が子供の時のように胸にしがみついてきた。

「心配すんない。この世の果てに行くわけじゃない。必ず戻る」

「あんた」

お脇はどうしてよいやら、ただおろおろしている。

「大丈夫だ。それよりも家を頼んだぞ」

身内の見送りを門前までとした七兵衛は、甚兵衛と浜田久兵衛を従え、一路、大坂を目指した。

船の舳《へさき》に立って皆で談笑していると、大坂湾が見えてきた。住吉大社の大鳥居を過ぎると、船は一気に面舵《おもかじ》を切り、大坂湾口を目指す。

眼前に九条島が広がる。かつて白石と共に苦労した日々が、脳裏によみがえってくる。

――よし、やってやる。

七兵衛の胸内に、新たな闘志の灯がともった。

大坂に上陸した七兵衛は、多くの役人たちの出迎えを受け、まず大坂城に向かった。

そこで大坂城代の土岐頼殷と対面した七兵衛は、何もしてこなかった頼殷を責めることをせず、理路整然と補修の大切さを説いた。

すでに幕閣の意向を受けているのか、七兵衛の話を殊勝な顔つきで聞いていた頼殷は、今後の補修をなおざりにしないと約束した。

また蔵米の放出によって、困窮した民を救ってほしいと申し出ると、快く了解してくれた。頼殷としても、ここで七兵衛と喧嘩し、幕閣の機嫌を損ねることをしたくないのだ。

武士になったことで、相手の対応の仕方が随分と変わったことに、七兵衛は驚いていた。

その日から七兵衛の仕事が始まった。

「最も厄介なのは、河内平野の北東部です」

甚兵衛が絵地図の一点を叩《たた》く。

「というと――」

「稲葉村です」

七兵衛の脳裏に、あの日のことがよみがえる。

――あの一家は、無事なのか。

「稲葉村の被害は、そんなにひどいのかい」

「そうなんです」

稲葉村は菱江川と吉田川の分流地点にある村で、そこから北方半里に新開池があるため、常に溢れ水と隣り合わせにある地域である。

「ここ五年ほど、深野池と新開池の掘削作業を怠っていたため、溢れ水が各所で起こり、稲葉村は

――」

「どうしたというんだ」

「もう耕作ができません」

「とにかく行ってみよう」

一行は一路、稲葉村に向かった。

稲葉村の風景は一変していた。

かつては、それでも何軒もの農家があり、耕作地も開けていたのだが、今の稲葉村は、縹渺《ひょうびょう》として風が吹くだけの荒蕪地《こうぶち》と化していた。

駕籠《かご》の中から荒れ果てた風景を眺めつつ、七兵衛は、あの一家に何もしてやれなかったことを悔いた。

――すまなかったな。

七兵衛は心の中で詫《わ》びた。

やがて、あの一家が住んでいた家のあった場所が見えてきた。

「止めてくれ」

駕籠を降りた七兵衛の眼前に、朽ち果てた廃屋が横たわっていた。もう人が住まなくなって五年以上は経《た》っている。

――こんなことを二度と起こしてはならない。

再び駕籠に乗った七兵衛は、かつて小さな社があった場所にも行ってみたが、その石段を見ただけで、上の社の有様が想像できた。

七兵衛は黙って、倒木が横たわる石段を見つめていた。

——誰も住まなくなった地の社には、神様もいらっしゃらないってことか。

「河村屋さん」

茫然とする七兵衛に、甚兵衛の声が掛かった。

「やはり大和川は、付け替える必要があると思います」

「そうですな。この有様では、いつかはそうせねばならないでしょうな」

河川の補修をしないなら、一気に問題を解決できる付け替えの方が、いいに決まっている。これで七兵衛が江戸に帰れば、次第に補修はなおざりにされ、また元の木阿弥になってしまう。

「甚兵衛さん、あんたの言う通りだ。だがここ一年で、そこまでは無理だ。まずはできることをやっておこう」

「そうですね。とにかく、ここを人の住める地にしましょう」

二人は、目の前の仕事に全力を注ぐことを誓い合った。

十二

七兵衛と甚兵衛の二人三脚は、かつてのようにうまく行き始めた。むろん方法は以前と変わらず、中洲の除去、浚渫《しゅんせつ》、川幅拡張の三本立てである。

とくに今回は、荒れ地と化していた深野池と新開池周辺を、いかに水害のない沃野にするかに力を注いだ。

天候にも恵まれて補修作業は順調に進み、元禄十二年（一六九九）を迎えた。

正月を大坂で祝った七兵衛は、甚兵衛と共に作業報告と今後の補修計画を立て、土岐頼殷に提出した。むろん今後の計画の中には、甚兵衛の意向を汲み、大和川付け替えの必要性が強く訴えられていた。

結局、この時から四年後の元禄十六年（一七〇三）十月、幕府は大和川の付け替えを決定し、翌元禄十七年二月、新大和川と名付けられた大河川の築造が始まる。そして年号が改まった宝永元年（一七〇四）十月、付け替え普請が完了する。

この時、甚兵衛は六十六歳になっていた。翌年、生涯の夢を実現した甚兵衛は、仏の加護があったことに感謝し、出家得度した。

その後、この新大和川により、河内平野全域が国内有数の沃野となり、そこから上がる収穫物によって、畿内で飢え死にする者の数は激減したという。

それを見届けた甚兵衛は享保《きょうほう》十五年（一七三〇）、九十二年の生涯を閉じることになる。


すべての仕事を終わらせた元禄十二年二月、七兵衛は甚兵衛らに惜しまれつつ大坂を後にした。もう甚兵衛とも、二度と会うことはないだろう。桟橋で手を振る甚兵衛の姿が見えなくなるまで、七兵衛も手を振り続けた。

江戸に戻ると、将軍綱吉が再び謁見の機会を設けてくれるという話が待っていた。今度は息子の弥兵衛も一緒である。

三月、二人は布衣《ほい》姿で江戸城に登城し、将軍に拝謁した。

前回の拝謁の時、綱吉は、ただ「大儀」と言うだけにとどまったが、今回は「ご下問あり」ということで、七兵衛の過去の仕事について、いくつかの質問があった。

緊張のあまり答えられないかと思っていた七兵衛だが、意外にもすらすらと答えられた。

最後に綱吉は、「ということは、そなたは生涯、休む間もなく仕事をしてきたわけだな」と問うてきた。これに対して、七兵衛は胸を張り、「これぞ男子の本懐に候」と答えた。

それを聞いた綱吉は、幾度かうなずきつつ立ち上がると、笑みをたたえて言った。

「大儀であった」

七兵衛はこの瞬間、自分の人生が完結したと思った。

綱吉が退室したと知った七兵衛は、顔を上げると、震える弥兵衛を促して謁見の間を後にした。元商人とは思えない堂々たる態度だったという。

この後、七兵衛は浜田久兵衛を呼び、自分のしてきた仕事の補修や後処理の全権を委任した。すでに久兵衛も若くはないので、維持管理を任せるにとどめ、新たな仕事は請け負わないよう申し渡した。

弥兵衛は七兵衛の死後、本業を他人に譲り渡し、格式だけでなく完全な武士となる。

宝永四年（一七〇七）、小普請方となった弥兵衛は、主に江戸近郊の寺社の造営に当たっていたが、将軍綱吉没後、その廟の建築を任され、また新将軍家宣が西の丸から本丸に移る際にも、その改修作業に辣腕を発揮した。

さらに土木事業にも携わり、将軍吉宗の治世には荒川や利根川の改修普請、また各地の溝渠《こうきょ》の築造などに力を尽くした。

享保六年（一七二一）八月、弥兵衛は六十八歳で死去するが、その後も河村家は大いに栄え、七兵衛の血脈は今日まで続くことになる。


将軍に二度めの拝謁をしてから一月と経っていない四月、七兵衛は体を壊した。疲労から来る風邪かと思っていたが、肺炎を併発してしまい、五月には床から起き上がれなくなった。

——いよいよ、お迎えが来たな。

死の覚悟はすでにできている。自分がこの世から消滅しても、自分のやってきたことは残る。それを思うと何ら寂しいことはない。

——人は死の床に就いた時、何をやってきたかが問われる。言うなれば、その時のために生きてきたも同じなのだ。

七兵衛は床に臥せったまま、お脇と思い出話に花を咲かせることが多くなった。

その大半が若い頃のことで、話題は、すぐに子供たちに向いた。四人の実子すべてが男子だったが、長男の万太郎は乳飲み子のうちに死に、三男の兵之助は大火で失った。次男の伝十郎は三十歳まで生きたが、越後の山で無念の死を遂げた。残ったのは四男の弥兵衛だけである。

「弥兵衛だけでも生き残ってくれてよかったな」

「ええ、弥兵衛がいなかったら、生きている甲斐は、ありませんでしたね」

「その通りだ。奴がいなかったら、わいは骸《むくろ》のようになっていたよ」

しかし七兵衛は、仮にすべての子に先立たれてしまっても、仕事に邁進《まいしん》していたと分かっていた。

――それが、わいという男だ。

齢八十二になり、七兵衛にも、ようやく己というものが見えてきた。

――芥子粒《けしつぶ》のように小さなわいだったが、何がしかのことはできた。それだけでも、わいが生きてきた甲斐はあった。

「あなたは立派でしたよ」

「そうかい。自分では、ちっとも立派だとは思わないんだがな」

「だから立派なんですよ」

お脇がしみじみと言う。

「人はある程度の地位に就けば、それをひけらかし、金ができれば見栄を張ります。それが常人というものです。ところがあなたは――」

「走り続けるだけだった、と言いたいのだろう」

「その通りですよ。自分から厄介事を求めて飛び込んでいく人なんて、この世にいやしません」

「そうだな。いかにも割に合わん生涯だったな」

「そこが――」

お脇が一拍置くと言った。

「あなたのいいとこなんですよ」

「そうか。惚《ほ》れ直したかい」

「ええ、若い頃より今の方が、はるかに惚れていますよ」

「そうか。そうか」

七兵衛は心底、うれしかった。


しかし、そんな日々も長くは続かなかった。

六月になると、七兵衛の容体は悪化の一途をたどった。高熱に悩まされ、夢と現の間をさまようことが多くなっていった。

いよいよとなった六月十六日、身内が枕頭《ちんとう》に詰める中、七兵衛の意識は次第に遠のいていった。

——さて、いよいよ行くか。

そう思った時、突然、霧が晴れるように頭がはっきりした。

「皆、そろっているな」

七兵衛が突然、しっかりした声を出したので、お脇が驚いたように答えた。

「はい。弥兵衛も初音も、みんないますよ」

「では、これでお別れだ。みんな元気でな。わいはそろそろ戻る」

「戻るって、どこへ戻るんですか」

「昔に戻るんだよ」

「何を言ってるんですか」

「昔に戻って、もういっぺん、すべてをやり直すんだ」

「何を——、何をやり直すんですか」

お脇の問いに七兵衛は答えられなかった。ただ口元に笑みを浮かべ、ゆっくりと目を閉じた。

七兵衛が居間に入ると、三人の子が正座して待っていた。その視線は、湯気を上げている深川めしに釘付《くぎづ》けになっている。

お脇が、椀と箸を盆に載せて運んできた。

「今日も、うまく炊き上がりましたよ」

「こいつは、うまそうだな」

「朝方、河岸に行ったら、いい貝が買えたんですよ」

「そいつはよかった」

神棚に柏手を打ち、七兵衛が座に着くと、伝十郎と兵之助の二人は「食べていいぞ」という言葉がかかるのを、今か今かと待っている。四歳になったばかりの弥兵衛だけが、正座に耐えられないのか、膝をもぞもぞと動かし、今にも泣き出さんばかりである。

お脇が留袖をたくし上げて、七兵衛の椀に深川めしをよそう。それを受け取った七兵衛は、椀に向かって手を合わせた後、「いただきます」と言って箸を付けた。

「うん、うまい。よし、食べていいぞ」

子供たちも手を合わせると、「いただきます」と元気な声を上げて食べ始めた。

「熱いから、ゆっくり食べなさい」

お脇の言葉を、伝十郎と兵之助は気にも留めない。

箸がうまく使えない弥兵衛のために、お脇は箸の持ち方を教えている。

「兵之助、いくら好物だからって、そんなに慌てるな」

七兵衛が、にこやかに注意した時である。

外から慌ただしい気配が伝わってきた。何やら常とは違う気がする。

——何かあったのか。

胸騒ぎがした。

七兵衛が椀と箸を置くと同時に、表口から声がかかった。

「河村屋の旦那」

裏長屋に住む酒問屋の手代である。

「どしたい」

七兵衛が表口に出てみると、人々がそこかしこに寄り集まり、不安げな顔を見交わしている。

「何かあったのかい」

「いや、大したことはないと思うんですけどね」

「だから何だって」

「どうやら火事のようです」

「火事だと——」

慌てて風の臭いを嗅いだが、木材が焼け焦げるような臭いはしない。

「どうして分かった」

「酒樽大工の留吉が、走って帰ってきて、そう言うんでさあ」

「留吉は」

「道具を抱えて親方の家にすっ飛んで行きやした。何でも家屋の引き倒しを手伝わされるとかで」

「で、火事はどこだと言っていた」

「何でも本郷だとか」

「随分と遠いじゃないか」

七兵衛はほっとした。

「しかし、この風ですからね」

二人が表口で話し込んでいると、留吉が帰ってきた。

「おい、留吉、どうしたい」

「ああ、旦那。大したことはありませんでした。ほんのぼやでさあ」

「もう消し止めたのかい」

「はい。火の粉一つ落ちてやしません」

「そうかい。そいつはよかった」

安堵した七兵衛が居間に戻ろうとすると、心配そうな顔でお脇と子供たちが出てきた。

「案じることはない。火は消し止められた」

「ああ、よかった」

お脇が胸を撫で下ろす。

ちょうどその時、厚い雲間から日の光が差してきた。

「さて、天下は泰平だ。今日も一日、がんばるぞ！」

外に出た七兵衛は、その光に向かって柏手を打った。

「どうか一家が健やかに暮らせ、商いがうまくいきますように」

お脇も手を合わせたので、子供たちもそれに倣う。

「さあ、仕事だ。仕事だ。おとはんは日本一の材木商になってみせるぞ！」

弥兵衛を抱いたお脇が七兵衛に寄り添うと、伝十郎と兵之助も、七兵衛の左右に体を寄せてきた。

「お前たちは、ずっとわいが守ってやる」

明暦三年（一六五七）正月十八日の穏やかな日差しが、七兵衛一家に注がれていた。

各所に寄り集まっていた人々も、それぞれの仕事場に向かい始め、江戸の町は、いつもと変わらぬ喧騒に包まれていた。

――何があっても、わいは逃げないぞ！

四人を抱き寄せつつ、七兵衛はまだ見ぬ明日に向かって突き進んでいく決意をした。

【主要参考文献】
『河村瑞賢』古田良一著・日本歴史学会編集　吉川弘文館
『没後三〇〇年　河村瑞賢――国を拓いたその足跡』　土木学会
『人物日本の歴史14　豪商と篤農』　小学館
『日本の歴史16　元禄時代』児玉幸多　中央公論新社
『首都江戸の誕生――大江戸はいかにして造られたのか』大石学　角川書店
『明暦の大火』黒木喬　講談社
『保科正之――徳川将軍家を支えた会津藩主』中村彰彦　中央公論新社
『保科正之　民を救った天下の副将軍』中村彰彦　洋泉社
『新井白石』宮崎道生著・日本歴史学会編集　吉川弘文館
『折りたく柴の記』新井白石著・桑原武夫訳　中央公論新社
小田原ライブラリー6『稲葉正則とその時代　――江戸社会の形成――』下重清　夢工房
『江戸の刑罰』石井良助　中央公論新社
シリーズ藩物語『高田藩』村山和夫　現代書館
『儒学殺人事件――堀田正俊と徳川綱吉』小川和也《かずなり》　講談社
『日本鉱山史の研究』小葉田淳　岩波書店
各都道府県の自治体史、論文・論説、展示会図録、事典類、ムック本、分冊百科本等の記載は省略いたします。

【付記】

本書は、『奥羽海運記』と『畿内治河記』を現代語訳していただいた江波戸瓦《えばとわたる》氏の協力なくして書き上げることはできませんでした。この場を借りて、江波戸氏に謝意を述べたいと思います。

本書は、「週刊朝日」二〇一五年一月二／九日号から十二月二十五日号に連載されたものに加筆修正をいたしました。

装幀・芦澤泰偉
装画・ヤマモトマサアキ
図版・谷口正孝

伊東潤（いとう・じゅん）
一九六〇年、神奈川県横浜市生まれ。早稲田大学卒業。『国を蹴った男』（講談社）で「第三十四回吉川英治文学新人賞」を、『巨鯨の海』（光文社）で「第四回山田風太郎賞」と「第一回高校生直木賞」を、『峠越え』（講談社）で「第二十回中山義秀文学賞」を、『義烈千秋　天狗党西へ』（新潮社）で「第二回歴史時代作家クラブ賞（作品賞）」を、『黒南風の海──加藤清正「文禄・慶長の役」異聞』（PHP研究所）で「本屋が選ぶ時代小説大賞２０１１」を受賞。最新刊に『横浜１９６３』（文藝春秋）がある。

江戸《えど》を造《つく》った男《おとこ》

二〇一六年九月三十日　第一刷発行

著　者　伊東　潤
発行者　友澤和子
発行所　朝日新聞出版
〒一〇四-八〇一一　東京都中央区築地五-三-二
電話　〇三-五五四一-八八三二（編集）
　　　〇三-五五四〇-七七九三（販売）

印刷製本　凸版印刷株式会社

ISBN978-4-02-251409-7
定価はカバーに表示してあります。
落丁・乱丁の場合は弊社業務部（電話〇三-五五四〇-七八〇〇）へご連絡ください。
送料弊社負担にてお取り替えいたします。

朝日新聞出版の本

宇江佐真理

うめ婆《ばあ》行状記

夫を亡くしたうめは気ままな独り暮らしを始めようとした矢先、甥っ子の隠し子騒動に巻き込まれ、ひと肌脱ぐことを決意するのだが……。人生の哀歓、夫婦の情愛、家族の絆が描かれる宇江佐文学の最高傑作！〔遺作〕にして最後の長編時代小説。　四六判

葉室 麟

この君なくば

九州・伍代藩の軽格の家に生まれた楠瀬譲は、恩師の娘・檜垣栞と互いに惹かれあう仲であった。蘭学の力を買われた譲は、藩主・忠継の密命で京の政情を探ることとなるが——。懸命に生きる男女の清冽な想いを描く傑作長編時代小説。　四六判／文庫判

山本一力

五二《ぐに》屋《や》傳蔵

「五」足す「二」で「しち」——「五二屋」とは質屋のこと。舞台は江戸深川にある質屋・伊勢屋。その蔵に収められた大金を狙って、盗賊が襲撃計画を実行に移そうとしていた！店主の傳蔵の鋭い洞察力が光る、謎と興奮と人情に満ちた長編時代小説。　四六判／文庫判

山本兼一

銀の島

ポルトガル国王の密命「石見銀山占領計画」を帯びて来日した司令官バラッタは、宣教師ザビエルに帯同し日本に潜入するが……。迫りくるポルトガル大艦隊、迎え撃つは倭寇の大海賊・王直船団！　世界的なスケールで描く、戦国時代活劇巨編!!

四六判／文庫判

高橋克彦

ジャーニー・ボーイ

明治十一年五月、英語が堪能で腕も立つ伊藤鶴吉は、イザベラ・バードという英国人女性冒険家の北海道旅行に同行することとなる。通訳兼護衛役の密命を帯びていた。やがて二人の前に反政府勢力の魔手が迫る――。東北を舞台にした奇跡の明治冒険譚。

四六判

佐々木　譲

婢伝《ひでん》五稜郭

明治二年五月、箱館戦争の最終局面――。若き看護婦・朝倉志乃は、思いを寄せる医師・井上青雲を官軍に惨殺される。志乃は青雲の復讐を誓い、次第に戦士としての才能を開花させていく。「五稜郭三部作」の完結編！

文庫判

夢枕 獏

宿神　全四巻

「美に狂うたか、西行よ」――北面の武士である佐藤義清（後の西行）と平清盛は、怪しげな呪文を唱える呪師の申と妹の鰍に出会ったことにより、謎の古代神〝宿神〟に翻弄されていく――。人間の根源に挑む著者畢竟の大河伝奇時代小説！

四六判／文庫判

片山洋一

大坂誕生

慶長二十年（一六一五）、灰燼と化した大坂を再興すべく大御所・徳川家康から大命を受けた松平忠明は、大坂人との確執を知略と胆力で乗り越えて、反徳川包囲網の中、次々と大胆な計画を練っていく――。第六回朝日時代小説大賞優秀作。

四六判

松永弘高

戦旗　大坂の陣 最後の二日間

真田幸村は死中に活を求めて家康本陣めがけて攻め込んだ！　猛将・後藤又兵衛、大坂方最後の砦・毛利勝永らと、対する徳川方の独眼竜・伊達政宗、戦の寵児・水野勝成、家康の外孫・松平忠明――戦国最後の大合戦を活写する群像時代活劇。

四六判